O TURISTA

olen steinhauer

O TURISTA

Tradução de
JOSÉ ROBERTO O'SHEA

1ª edição

EDITORA RECORD
RIO DE JANEIRO • SÃO PAULO
2014

CIP-BRASIL. CATALOGAÇÃO NA FONTE
SINDICATO NACIONAL DOS EDITORES DE LIVROS, RJ

Steinhauer, Olen, 1970-
S839t O turista / Olen Steinhauer; tradução de José Roberto O'Shea. – 1. ed. – Rio de Janeiro: Record, 2014.

Tradução de: The tourist
ISBN 978-85-01-09827-6

1. Ficção norte-americana. I. O'Shea, José Roberto. II. Título.

CDD: 813
13-06145 CDU: 820(73)-3

Título original em inglês:
THE TOURIST

Texto revisado segundo o novo Acordo Ortográfico da Língua Portuguesa.

Impresso no Brasil

ISBN 978-85-01-09827-6

Seja um leitor preferencial Record.
Cadastre-se e receba informações sobre nossos lançamentos e nossas promoções.

Atendimento e venda direta ao leitor:
mdireto@record.com.br ou (21) 2585-2002.

EDITORA AFILIADA

Para
Margo

Agradecimentos

Agradeço a William Desmond, meu tradutor para o francês, por corrigir meus pífios esforços em seu idioma.

Minha agente, Stephanie Cabot, ajudou a tornar tudo isso possível com seu ouvido generoso, seus conselhos sagazes e sua energia ilimitada. Seus colegas na Gernert Company demonstraram por este livro um zelo impressionante, pelo que sou profundamente grato.

Mais uma vez, Kelley Ragland, da Minotaur, foi detalhista sem perder a noção do todo. Poucas coisas neste mundo são mais importantes do que um editor que não apenas se envolve, mas que também compreende.

Como sempre, sem Slavica pouco teria acontecido. Ela me dá coragem quando a coragem é necessária, me empurra quando um empurrão é necessário e me oferece o afeto que todos nós, não apenas os romancistas, precisamos para seguir adiante.

O

FIM do

TURISMO

DE SEGUNDA-FEIRA, 10 DE SETEMBRO,
A TERÇA-FEIRA, 11 DE SETEMBRO DE 2001

1

Quatro horas depois da frustrada tentativa de suicídio, ele descia em direção ao Aeródromo de Liubliana. Ouviu-se um som e, acima de sua cabeça, o aviso para apertar o cinto se iluminou. Ao lado dele, uma executiva suíça afivelou o cinto de segurança e olhou pela janela, contemplando o claro céu esloveno. Bastara uma recusa inicial para que ela se convencesse de que o americano cheio de tiques nervosos sentado ao seu lado não queria conversa.

O americano fechou os olhos, pensando no fracasso daquela manhã em Amsterdã: disparos, vidros estilhaçados, madeira rachando, sirenes.

Se suicídio é algo pecaminoso, ele pensou, então qual seria sua definição para alguém que não acredita em pecado? O quê? Uma abominação da natureza? Provavelmente, pois se há uma lei imutável na natureza é continuar a existir. Provas disso: ervas daninhas, baratas, formigas e pombos. Todas as criaturas trabalham em função de um objetivo único: sobreviver. Trata-se da única teoria irrefutável que se aplica a tudo.

Refletira tanto sobre o suicídio nos últimos meses, examinara o ato de tantos ângulos diferentes, que a coisa tinha perdido a pegada. A expressão no infinitivo, "cometer suicídio", tornara-se tão trágica quanto "tomar café da manhã" ou "sentar", e o desejo de acabar com a própria vida assumiu uma intensidade comparável ao desejo de "dormir".

Por vezes, era uma compulsão passiva — por exemplo, dirigir de forma imprudente e sem o cinto de segurança ou atravessar uma rua movimentada sem olhar para os lados. Porém, cada vez com mais frequência, sentia o ímpeto de tomar a iniciativa em relação à sua própria morte. "A Grande

Voz", conforme diria sua mãe: *Eis a faca; você sabe o que deve fazer. Abra a janela e tente voar.* Às quatro e meia daquela madrugada, deitado em cima de uma mulher em Amsterdã, mantendo-a imóvel no chão enquanto a janela do quarto explodia em consequência dos disparos de uma pistola automática, o ímpeto sugerira que ele se levantasse com brio e enfrentasse a chuva de balas como um homem.

Ele tinha passado a semana toda na Holanda, vigiando uma figura da política, uma mulher de 60 anos que contava com o apoio dos Estados Unidos e cujos comentários sobre imigração lhe valeram uma sentença de morte. Naquela manhã, o assassino de aluguel, um matador que em determinados círculos era conhecido como "Tigre", atentara pela terceira vez contra a vida dela. Se obtivesse êxito, a votação da conservadora lei de imigração proposta por ela e marcada para aquele dia na Câmara dos Deputados holandesa seria malograda.

Por que a existência de uma única figura política — nesse caso, uma mulher cuja carreira fora construída satisfazendo os caprichos de fazendeiros amedrontados e racistas amargurados — poderia interessar ao seu país era algo que ele ignorava.

— Preservar um império é dez vezes mais difícil do que conquistá-lo. — Era o que Grainger gostava de dizer a ele.

Racionalidade, nesse ramo, não tinha importância. A ação era justificada por si só. Mas, coberto de cacos de vidro, com a mulher embaixo dele gritando tanto que abafava os estalidos semelhantes aos de uma fritura em óleo escaldante e com o painel da janela se rachando, ele havia pensado: "O que estou fazendo aqui?" Chegara mesmo a espalmar a mão no carpete coberto de lascas de madeira no intuito de se pôr novamente de pé e encarar o assassino. Então, em meio àquela barulheira, ouviu o toque jubiloso do seu celular. Retirou a mão que estava no chão, viu que a chamada era de Grainger e gritou ao celular:

— O que foi?

— Correrrio, depois de Eva — anunciou Tom Grainger.

— E Adão.

Como homem que gostava de literatura, Grainger tinha criado códigos a partir das primeiras palavras de romances. O código joyciano lhe dizia que precisavam dele em algum novo local. No entanto, nada mais havia de novo.

A inexorável sequência de cidades, quartos de hotéis e fisionomias suspeitas, que havia muitos anos fazia parte de sua vida, tornara-se insuportavelmente entediante. Será que aquilo um dia chegaria ao fim?

Desligou o telefone em seguida; disse à mulher, que ainda gritava, que não se movesse, e se pôs de pé... mas não morreu. Os disparos tinham cessado, sendo substituídos pelo gemido das sirenes da elite da polícia de Amsterdã.

— Eslovênia — contou-lhe Grainger mais tarde, enquanto ele conduzia a mulher em segurança de volta ao café Tweede Kamer. — Portorož, um balneário. Temos uma maleta desaparecida, cheia de dinheiro proveniente de impostos pagos por cidadãos, e Frank Dawdle, um chefe de divisão também desaparecido.

— Eu preciso de uma licença, Tom.

— Vai ser como um período de férias. Angela Yates é o seu contato; ela trabalha no escritório de Dawdle. Um rosto conhecido. Depois você pode ficar por lá, aproveitando o mar.

À medida que Grainger, com um discurso monótono, descrevia a operação em seus mínimos detalhes, o estômago dele começou a doer e ainda doía agora, uma dor aguda. Se a lei imutável da existência é existir, será que isso torna o oposto uma espécie de crime? Não. Para suicídio ser crime seria preciso que a natureza soubesse distinguir o bem e o mal. A natureza distingue apenas o equilíbrio e o desequilíbrio. Talvez fosse esse o ponto crucial: equilíbrio. Ele havia se esgueirado até um recôndito extremo, algum ponto longínquo de total desequilíbrio. Era uma criatura ridiculamente desequilibrada. Como poderia a natureza sorrir para ele? A natureza decerto também queria vê-lo morto.

— Senhor? — chamou uma comissária de cabelos oxigenados, sorrindo. — Seu cinto de segurança.

Ele piscou os olhos, confuso.

— Como assim?

— O senhor precisa afivelá-lo. Estamos aterrissando. É para sua segurança.

Embora sentisse vontade de rir, ele afivelou o cinto, apenas para satisfazê-la. Em seguida, enfiou a mão no bolso do paletó e retirou um pequeno envelope cheio de pílulas compradas em Düsseldorf e engoliu duas de dexedrina. Viver ou morrer era um dilema; por enquanto, porém, ele só queria se manter alerta.

Com um ar de suspeita, a executiva suíça observou-o guardar as drogas.

A bela morena de rosto redondo sentada do outro lado do vidro à prova de bala, cuja superfície estava arranhada, observou-o enquanto ele se aproximava. Ele se perguntava em que ela estaria reparando — talvez no tamanho avantajado de suas mãos. Mãos de pianista. A dexedrina provocava um ligeiro tremor nas mãos e, se ela notasse os movimentos, talvez achasse que, inconscientemente, ele estivesse tocando uma sonata.

Ele apresentou um passaporte americano já um tanto gasto, que cruzara mais fronteiras do que muitos diplomatas. Um pianista que fazia turnês pelo mundo, ela pensaria. Um pouco pálido e suado em consequência do longo voo que acabara de fazer. Olhos avermelhados. Medo de voar... era isso, provavelmente, que ela supunha.

Ele conseguiu exibir um sorriso, o que ajudou a eliminar a expressão de tédio burocrático estampada no rosto dela. Era, de fato, muito bonita, e ele queria que ela soubesse, pela expressão dele, que o rosto dela constituía uma bela acolhida eslovena.

O passaporte informou a ela os detalhes a respeito do homem: 1,80m de altura; nascido em junho de 1970, 31 anos. Pianista? Não. Passaportes americanos não especificam profissão. Ela olhou para ele e indagou, com um sotaque hesitante:

— Sr. Charles Alexander?

Ele olhou novamente em torno de si, paranoico, e exibiu-lhe outro sorriso.

— Isso mesmo.

— O senhor está aqui a trabalho ou apenas para fazer turismo?

— Eu sou turista.

Ela segurou o passaporte aberto sob uma luz especial e em seguida ergueu o carimbo sobre uma das poucas páginas em branco.

— Quanto tempo o senhor pretende ficar na Eslovênia?

Os olhos verdes do Sr. Charles Alexander contemplaram-na com amabilidade.

— Quatro dias.

— Férias? O senhor deveria ficar ao menos uma semana. Tem muita coisa para ver.

O sorriso voltou a faiscar, e ele balançou a cabeça.

— Pois é... talvez você tenha razão. Vamos ver como as coisas se desenrolam.

Satisfeita, a funcionária carimbou e devolveu-lhe o passaporte.

— Divirta-se na Eslovênia.

Ele passou pelo setor de recolhimento de bagagens, onde outros passageiros do voo de Amsterdã a Liubliana apoiavam os cotovelos sobre carrinhos vazios ao redor da esteira ainda sem malas. Ninguém parecia notá-lo; portanto, ele tentou parar de parecer uma mula paranoica entrando com drogas na Eslovênia. Era culpa do estômago, ele bem sabia, e da ação inicial da dexedrina. Nas duas mesas brancas do setor da alfândega não havia funcionário algum, e ele prosseguiu através de duas portas espelhadas que se abriram automaticamente. Uma aglomeração de rostos cheios de expectativa demonstrou decepção ao constatar que ele não era a pessoa esperada. Ele afrouxou o nó da gravata.

A última vez que Charles Alexander visitara a Eslovênia, há alguns anos, seu nome era outro, um nome tão falso quanto esse que agora usava. Àquela época, o país ainda exultava em consequência da Guerra dos Dez Dias, em 1991, que resultara na saída da Eslovênia da Federação Iugoslava. Aninhada junto à Áustria, a Eslovênia sempre destoara da imagem de uma nação fragmentada, sendo mais germânica do que balcânica. O restante da Iugoslávia acusava os eslovenos — não sem motivo — de serem esnobes.

Ainda nas dependências do aeroporto, ele avistou Angela Yates do outro lado da porta, junto ao meio-fio em frente ao setor de desembarque de passageiros. Ela usava um blazer azul, estilo vienense, e calça social. Com os braços cruzados sobre os seios, fumava e fitava, através da luz matinal acinzentada, o estacionamento situado em frente ao aeroporto. Ele não se aproximou dela. Em vez disso, localizou um banheiro e examinou-se no espelho. A palidez e o suor nada tinham a ver com medo de avião. Arrancou a gravata, borrifou água no rosto, limpou os cantos avermelhados dos olhos e piscou, mas a aparência continuou a mesma.

— Desculpe por ter feito você se levantar cedo — disse ele, já do lado de fora.

Angela reagiu com um sobressalto, e o medo passou por seus olhos cor de lavanda. Então, sorriu. Parecia cansada, e tinha razão para tal. Dirigira durante quatro horas para esperá-lo no aeroporto, o que significava que tinha saído de Viena às cinco horas da manhã. Ela descartou o cigarro quase inteiro, um Davidoff, deu-lhe um soquinho no ombro e o abraçou. O cheiro de tabaco era um consolo. Em seguida, olhou-o de cima a baixo.

— Você não tem comido direito.

— Pior do que isso.

— E está com uma aparência horrível.

Ele deu de ombros enquanto ela bocejava, escondendo a boca com uma das mãos.

— Você vai conseguir dirigir? — perguntou ele.

— Não preguei os olhos na noite passada.

— Quer alguma coisa?

Angela deixou o sorriso de lado.

— Ainda tomando anfetaminas?

— Só em situações de emergência — mentiu ele, pois a dose mais recente fora tomada por nenhum motivo especial, apenas porque ele assim desejara, e agora, enquanto tremores agitavam sua corrente sanguínea, ele tinha vontade de despejar o restante do frasco goela abaixo. — Quer uma?

— *Por favor.*

Atravessaram uma via de acesso entupida de táxis e ônibus que se destinavam à cidade, e então desceram uma escada de concreto em direção ao estacionamento. Ela sussurrou:

— Então hoje você é Charles?

— Já faz quase dois anos.

— Bem, é um nome idiota. Aristocrático demais. Eu me recuso a usá-lo.

— Eu vivo pedindo outro. Um mês atrás, quando cheguei a Nice, um russo já tinha ouvido falar em Charles Alexander.

— Ah?

— Quase me matou, o tal russo.

Ela sorriu, como se ele estivesse falando de brincadeira, mas não estava. Então, as sinapses soaram o alarme, e Charles achou que tivesse falado demais. Angela nada sabia sobre aquele serviço nem deveria saber.

— Fale-me sobre o Dawdle. Há quanto tempo você trabalha com ele?

— Três anos. — Ela pegou o chaveiro, pressionou um pequeno botão preto e avistou, três fileiras adiante, um Peugeot cinza. As luzes do carro piscaram. — Frank era meu chefe, mas a gente mantinha uma relação informal. É só uma presença discreta da Companhia na embaixada. — Ela fez uma pausa. — Ele foi gentil comigo durante algum tempo. Já imaginou? Ele mal podia enxergar o que estava diante do nariz.

Angela falou com um toque de histeria que o fez ter medo de que ela começasse a chorar. Ainda assim, ele insistiu:

— O que você acha? Pode ter sido ele?

Angela abriu o porta-malas do Peugeot.

— De jeito nenhum. Frank Dawdle não era um cara desonesto. Meio covarde, talvez. E se vestia mal. Mas nunca foi desonesto. Ele não pegou o dinheiro.

Charles largou a valise dentro do porta-malas.

— Você está falando no passado, Angela.

— Só estou com medo.

— De quê?

Angela franziu o cenho.

— De que ele esteja *morto*. O que você acha?

2

Atualmente ela dirigia com cuidado, o que ele supôs ser consequência inevitável dos dois anos passados na Áustria. Se tivesse trabalhado na Itália, ou mesmo ali na Eslovênia, não usaria setas e não levaria em conta aquelas ridículas placas de limite de velocidade.

A fim de diminuir a tensão, ele começou a falar sobre velhos amigos do tempo em que ambos trabalhavam na embaixada em Londres, num cargo vagamente definido como "adido". Ele partira às pressas, e tudo que Angela sabia era que o novo cargo dele, junto a um departamento secreto da Companhia, exigia constante troca de identidades e que ele voltara a trabalhar para o antigo chefe de ambos, Tom Grainger. O restante do pessoal de Londres acreditou na explicação oficial: demissão.

— Eu vou até Londres, de vez em quando — disse Angela. — Eles sempre me convidam. Mas é uma gente triste, sabe? Todo o corpo diplomático. Existe algo neles que me desperta pena.

— É mesmo? — retrucou Charles, embora soubesse do que ela estava falando.

— É como se vivessem num condomínio exclusivo, cercado com arame farpado. Fingem que estão impedindo a entrada de estranhos, mas, na verdade, eles é que estão trancados.

Ela definira bem a questão, e ele pensou nas ilusões que Tom Grainger alimentava acerca do império: postos avançados romanos em territórios hostis.

Quando alcançaram a rodovia A1 no sentido sudoeste, Angela voltou a falar de negócios.

— Tom lhe passou todos os detalhes?

— Não muitos. Posso fumar um dos seus cigarros?

— Não dentro do carro.

— Ah.

— Diga-me o que você sabe, e eu complemento com o que falta.

Densas florestas passavam por eles e pinheiros cintilavam enquanto ele resumia a breve conversa que tivera com Grainger.

— Ele disse que Frank Dawdle foi enviado até aqui para entregar uma maleta cheia de dinheiro. Não disse quanto.

— Três milhões.

— Dólares?

Ela fez que sim, fitando a estrada.

— Ele foi visto pela última vez pelo serviço de inteligência esloveno, no Hotel Metropol, em Portorož — prosseguiu Charles. — No quarto dele. Depois, sumiu. — Esperou que ela preenchesse as diversas lacunas do enredo. Angela se limitou a continuar guiando o carro com a mesma firmeza e segurança. — Mais alguma coisa que você queira me dizer? Por exemplo, para quem era o dinheiro?

Angela balançou a cabeça, mas em vez de responder, ligou o rádio. O aparelho estava sintonizado em uma estação que ela havia localizado durante a longa viagem desde Viena. Música pop da Eslovênia. Horrenda.

— E talvez você possa me contar por que ficamos sabendo do último paradeiro dele por meio do Serviço Secreto esloveno, o SSE, e não do nosso próprio pessoal.

Como se ele não tivesse dito nada, ela aumentou o volume, e as harmonias de uma *boy band* ressoaram dentro do carro. Finalmente, ela começou a falar, e Charles precisou se inclinar por cima do câmbio para poder ouvir.

— Não sei bem de onde partiram as ordens, mas chegaram a nós por intermédio de Nova York. Do escritório do Tom. Ele escolheu Frank por razões óbvias. Veterano com ficha impecável. Nenhum sinal de ambição. Nenhum problema com bebida, nenhum rabo preso. Podiam confiar os 3 milhões a ele. E o mais importante: ele é conhecido por aqui. Se o vissem andando por aí, ninguém ia suspeitar de nada. Ele passa férias em Portorož todo verão e fala esloveno fluentemente. — Ela deu uma risadinha. — Ele até parava para bater papo com eles. Tom não lhe disse? No dia da chegada, ele viu um agente do SSE numa loja de suvenires e comprou para ele um barquinho à vela em miniatura. Frank é assim mesmo.

— Gosto do estilo dele.

O olhar de Angela sugeriu que ele estava sendo indevidamente irônico.

— A coisa era para ser muito simples. Frank levaria o dinheiro até o porto, no sábado, dois dias atrás, e faria a clássica entrega mediante troca de códigos secretos. Ele entregaria a maleta e, em troca, obteria um endereço. Iria até um telefone, faria uma chamada para Viena e informaria esse endereço. Em seguida, iria para casa de carro.

A canção chegou ao fim, e um jovem DJ começou a gritar em esloveno, elogiando a banda cuja música ele acabara de reproduzir e apresentando a canção seguinte, uma balada melosa.

— Por que ninguém deu cobertura a ele?

— Ele teve cobertura — esclareceu ela, olhando pelo espelho retrovisor. — De Leo Bernard. Você conheceu Leo em Munique, lembra? Há alguns anos.

Charles lembrou-se de um homenzarrão, natural da Pensilvânia. Em Munique, Leo tinha atuado durante uma operação realizada junto ao Serviço Secreto alemão, em combate a um esquema de venda de heroína originado no Egito. Não foi preciso colocar à prova a competência de Leo em lutas marciais, mas Charles se sentia seguro só de saber que o brutamontes estava disponível.

— É. Leo era um cara engraçado.

— Bem, ele está morto — acrescentou Angela, voltando a olhar pelo retrovisor. — Foi no quarto do hotel em que ele estava hospedado, um andar acima do quarto de Frank. Nove milímetros. — Ela engoliu em seco. — A gente acha que foi com a arma dele, mas ainda não a encontramos.

— Alguém ouviu o disparo?

Ela balançou a cabeça.

— Leo usava um silenciador.

Charles se recostou no assento, checando o espelho lateral involuntariamente. Diminuiu o volume do rádio no momento em que uma mulher tentava, com pouco sucesso, sustentar um mi agudo. Em seguida, desligou o rádio. Angela estava fazendo mistério em relação ao fato central do caso, ou seja, ao *porquê* de todo aquele dinheiro, mas isso ficaria para mais tarde. Agora, ele pretendia visualizar os eventos.

— Quando eles chegaram ao balneário?

— Sexta-feira à tarde. Dia 17.

— Identidades falsas?

— Não no caso de Frank. Ele era conhecido demais. Leo usou uma identidade velha, Benjamin Schneider, um austríaco.

— No dia seguinte, sábado, foi feito o negócio. Em que local do porto?

— Eu tenho isso anotado.

— A que horas?

— À noite. Lá pelas sete horas.

— Frank some às...?

— Foi visto pela última vez às quatro da manhã. Na madrugada de sábado. Até aquele momento, estava bebendo com Bogdan Krizan, agente local do SSE. Eram grandes amigos. Por volta das duas da tarde, as arrumadeiras do hotel encontraram o corpo de Leo.

— E lá no porto? Alguém viu o que aconteceu às sete da noite?

Novamente, ela checou o espelho retrovisor.

— A gente chegou tarde demais. Os eslovenos não nos perguntariam por que Frank estava comprando brinquedinhos para eles. E só ficamos sabendo sobre o corpo de Leo depois das sete. Os documentos dele pareciam tão fidedignos que enganaram a embaixada da Áustria durante mais de oito horas.

— Se 3 milhões de dólares estavam em jogo, vocês não poderiam ter destacado mais gente para dar cobertura?

Angela contraiu o maxilar.

— Talvez, mas agora é fácil falar.

A incompetência surpreendeu Charles; no entanto, o que mais ele poderia esperar?

— De quem foi a decisão?

Quando ela voltou a olhar pelo retrovisor, seu maxilar estava ainda mais contraído, as faces coradas. Então tinha sido culpa dela, ele pensou, mas Angela respondeu:

— Frank quis que eu ficasse em Viena.

— Foi ideia do próprio Frank Dawdle sair por aí com 3 milhões de dólares com apenas um cara de cobertura?

— Eu conheço Frank. Você não.

As palavras foram pronunciadas sem que ela movesse os lábios. Charles teve um impulso de dizer a Angela que conhecia seu chefe. Trabalhara com ele certa vez, em 1996, quando executaram um espião comunista aposentado que trabalhava para um país insignificante do Leste Europeu. Mas ela não deveria tomar conhecimento desse fato. Ele tocou no ombro dela em sinal de solidariedade.

— Tudo bem?

Finalmente, Angela olhou para ele, exibindo um sorriso cansado.

— Obrigada, Milo.

— É Charles.

O sorriso se tornou sardônico.

— Eu me pergunto se você tem um nome verdadeiro.

3

O trajeto seguido por eles, com duração de uma hora, percorria a fronteira com a Itália; à medida que se aproximavam do litoral, a rodovia parecia se alargar, e a folhagem, escassear. O sol cálido da manhã refletia na estrada enquanto passavam por Koper e Izola, e Charles observava os arbustos, a arquitetura mediterrânea e as placas com os dizeres ZIMMER-FREI que poluíam cada saída. Aquilo fazia com que se recordasse de que aquela minúscula região litorânea era realmente bela, menos de 50 quilômetros disputados por italianos, iugoslavos e eslovenos durante séculos de guerras.

À esquerda podiam ter alguns vislumbres do Adriático, e, através da janela aberta, ele sentia cheiro de sal. Perguntava-se se sua salvação não dependeria de algo assim. Desaparecer e passar o resto da vida sob um sol quente, à beira-mar. O tipo de clima capaz de curar qualquer desequilíbrio. Mas desistiu da ideia, pois já sabia de uma verdade: a geografia nada resolve.

— Nós só vamos conseguir fazer o trabalho se você me contar tudo — disse ele.

— Tudo o quê? — indagou ela, como se não soubesse.

— O *motivo*. Por que Frank Dawdle foi mandado para cá com 3 milhões de dólares?

— Criminoso de guerra — respondeu ela, dirigindo-se ao retrovisor. — Sérvio da Bósnia. Peixe grande.

Passaram por um hotelzinho cor-de-rosa e então contemplaram a Baía de Portorož, cheia de sol e água reluzente.

— Quem?

— Faz alguma diferença?

Ele supunha que não. Karadžić, Mladić, ou qualquer outro procurado cujo nome terminasse em *ić*, a história era sempre a mesma. Eles, assim como os croatas fanáticos que viviam do outro lado da linha de batalha, tinham participado dos genocídios ocorridos na Bósnia, que tanto contribuíram para transformar em pária internacional um país multiétnico outrora amado. Desde 1996, aqueles indivíduos eram fugitivos, escondidos por simpatizantes e funcionários corruptos e acusados pelo Tribunal Internacional da ONU. Crimes contra a humanidade, genocídio, descumprimento da Convenção de Genebra, assassinato, saque e violações das leis e condutas de guerra. Charles contemplou o Adriático, inspirando o vento.

— A ONU oferece 5 milhões por essa gente.

— Ah, esse cara *queria* cinco — falou Angela, diminuindo a velocidade e se aproximando de uma fila de carros com placas da Eslovênia, da Alemanha e da Itália. — Mas ele só tinha um endereço e pediu o dinheiro adiantado para poder sumir. A ONU não confiava nele e recusou a oferta categoricamente. Então algum espertinho lá da sede, em Langley, resolveu que a gente deveria comprar a coisa por três. Uma jogada de relações públicas. A gente compra a glória de uma detenção e, mais uma vez, expõe a incompetência da ONU. — Ela deu de ombros. — Cinco ou três... em qualquer um dos casos, você fica milionário.

— O que a gente sabe sobre ele?

— Ele não revelou nada, mas o pessoal em Langley descobriu. Dušan Masković, sérvio de Sarajevo, que se juntou às milícias desde o início. Faz parte do grupo que esconde os peixes graúdos nas colinas da Republika Srpska. Duas semanas atrás, ele abandonou o grupo e contatou o escritório de direitos humanos da ONU, em Sarajevo. Pelo jeito, o escritório recebe gente como ele todos os dias. Então, Dušan telefonou para nossa embaixada, em Viena, e encontrou um ouvido amigo.

— Por que eles não lidaram com a coisa lá mesmo, em Sarajevo?

O tráfego avançava regularmente, e eles passavam por lojas que vendiam flores e jornais internacionais.

— Ele não quis receber na Bósnia. Não quis sequer receber pela embaixada, em Sarajevo. E não queria o envolvimento de pessoas que já tivessem servido em quaisquer das ex-repúblicas iugoslavas.

— Ele não é bobo.

— Até onde a gente sabe, ele conseguiu um barco na Croácia e planejava ficar esperando no Adriático até as sete da noite de sábado. Depois pretendia desembarcar, concluir o negócio e embarcar novamente, sem precisar fazer qualquer registro na Capitania dos Portos.

— Entendi — comentou Charles, pois, a despeito das dores estomacais que voltavam a afligi-lo, finalmente dispunha de dados suficientes para ter uma ideia dos diversos protagonistas e das ligações entre eles.

— Você quer que eu cuide do quarto?

— Vamos dar uma olhada no porto antes.

O porto principal de Portorož é situado mais ou menos na metade da avenida que contorna a baía; mais adiante fica o hotel Slovenia, com sua arquitetura dos anos 1960, o nome do estabelecimento escrito em azul-claro sobre a fachada de concreto branco, com temática de surfe. Estacionaram numa rua transversal e caminharam por lojas que vendiam miniaturas de barcos à vela e camisetas com vários dizeres, tais como PORTOROŽ; EU AMO A ESLOVÊNIA e MEUS PAIS FORAM À ESLOVÊNIA E EU SÓ GANHEI ISSO... Famílias calçando sandálias, tomando sorvete de casquinha e fumando passavam tranquilamente por eles. Atrás das lojas havia uma fileira de pequenos atracadouros repletos de barcos de passeio.

— Qual? — perguntou Charles.

— O 47.

Ele seguiu à frente com as mãos nos bolsos, como se ele e a amiga estivessem apreciando a vista e o sol cálido. As tripulações e os capitães dos barcos à vela e a motor não prestavam atenção neles. Era quase meio-dia, hora de fazer a sesta e beber. Alemães e eslovenos cochilavam em suas varandas ensolaradas, e as únicas vozes que ouviam eram as das crianças, que não queriam dormir.

O 47 estava vazio, mas no 48 estava atracado um pequeno iate com bandeira italiana. No convés, uma mulher obesa tentava tirar a pele de uma linguiça.

— *Buon Giorno!* — cumprimentou Charles.

A mulher inclinou ligeiramente a cabeça de maneira educada.

O italiano de Charles era sofrível; portanto, ele pediu a Angela que perguntasse quando a mulher havia chegado em Portorož. Angela disparou o italiano falado em Roma, uma metralhadora que soava como uma saraivada de insultos, e a mulher da linguiça sorriu e balançou as mãos, devolvendo os insultos. Tudo acabou com Angela acenando e dizendo:

— *Grazie mille.*

Charles também acenou e se aproximou de Angela enquanto os dois se afastavam da mulher.

— Então?

— Ela chegou aqui no sábado à noite. Havia um barco a motor ao lado dele... sujo, segundo me disse, mas foi embora pouco depois que ela atracou. Ela acha que eram sete e meia, talvez oito horas.

Depois de dar mais alguns passos, Angela percebeu que Charles tinha ficado para trás. Com as mãos nos quadris, ele fitava o ponto em que uma pequena placa dizia "47".

— Você acha que essa água é limpa?

— Já vi pior.

Charles entregou-lhe o paletó, desabotoou a camisa e tirou os sapatos.

— Você não vai... — disse Angela.

— Se o negócio foi mesmo fechado, é provável que tenha havido algum problema. E se houve briga, é possível que algo tenha caído aí.

— Ou — sugeriu Angela —, se o tal Dušan for esperto, é possível que ele tenha levado o corpo do Frank e o atirado no Adriático.

Charles teve vontade de dizer a ela que já havia descartado a possibilidade de Dušan Masković ser o assassino, que ele nada ganharia ao matar o homem que lhe daria dinheiro em troca de um simples endereço, mas se conteve. Não havia tempo para discussões.

Ele disfarçou as dores estomacais enquanto se curvava para tirar as calças, ficando só de cueca. Não usava camiseta, e seu tórax estava pálido em decorrência da semana que passara sob o céu cinzento de Amsterdã.

— Se eu não voltar...

— Não conte comigo — disse Angela. — Não sei nadar.

— Então, peça à *signora* Linguiça que me salve.

Antes que ela pudesse responder, Charles pulou de pé nas águas da baía rasa. O mergulho causou um choque em seus nervos estimulados pela droga, e por um instante ele quase respirou embaixo d'água; precisou se concentrar para não fazê-lo. Voltou à superfície e passou a mão pelo rosto. Angela, à beira do cais, sorriu para ele.

— Já acabou?

— Não amasse minha camisa.

Voltou a submergir e abriu os olhos. Com o sol quase diretamente acima, as sombras embaixo d'água eram nítidas. Ele viu os cascos sujos dos barcos e, mais adiante, tudo ficava escuro. Passou as mãos ao longo da lateral do barco de bandeira italiana atracado no número 49, seguindo as linhas até a proa, onde uma corda grossa mantinha a embarcação amarrada com firmeza a uma estaca. Largou a corda e mergulhou na escuridão embaixo do cais, valendo-se do tato para "ver". Tocou em coisas vivas, uma concha áspera, limo, escamas de peixe, mas, quando se preparava para emergir, encontrou algo a mais. Um coturno com solado espesso. Estava ligado a um pé, jeans, um corpo. Mais uma vez, teve de se concentrar para não respirar. Deu um puxão, mas o corpo frio e duro não se moveu.

Voltou à superfície para respirar, ignorou os protestos de Angela, e mergulhou novamente. Apoiou-se nos pilares do cais para ganhar impulso. Depois que arrastou o corpo até um ponto mais iluminado, perto do barco italiano, em meio à nuvem de areia revolta, ele constatou por que a tarefa tinha sido tão árdua: o corpo inchado de um homem de barba castanha estava amarrado pela cintura a um pedaço de cano de metal; uma peça de motor, ele supunha.

Voltou à superfície quase sem fôlego. A água, que até um minuto antes parecia tão limpa, agora estava imunda. Ele cuspiu, limpando os lábios com as costas da mão.

— Eu posso prender a respiração por mais tempo que você — disse Angela logo acima dele, com as mãos apoiadas nos joelhos. — Quer ver?

— Me ajude.

Ela empilhou as roupas dele, ajoelhou-se no cais e esticou-lhe a mão. Num instante, ele já estava fora d'água, sentado com os joelhos encolhidos, pingando. Uma brisa o fez estremecer.

— Então? — indagou Angela.

— Como é o Frank?

Ela enfiou a mão no bolso do blazer e retirou uma pequena foto, trazida para ser mostrada em possíveis averiguações com estranhos. Um retrato frontal, precário, mas com luz suficiente, de modo que os traços faciais de Frank Dawdle se distinguiam nitidamente. Um sujeito bem-barbeado, calvo no topo da cabeça, com cabelo branco nas têmporas e cerca de 60 anos.

— Ele não deixou crescer a barba depois que tirou essa foto, deixou?

Angela balançou a cabeça e expressou preocupação.

— Mas a última foto que temos do Masković...

Charles se levantou.

— A menos que os índices de assassinato de Portorož tenham aumentado muito, é o seu sérvio que está lá embaixo.

— Eu não...

Charles a interrompeu, antes que ela pudesse começar a debater a questão.

— A gente vai falar com o SSE, mas você precisa telefonar para Viena. Agora. Entre em contato com o escritório de Frank. Pergunte se algo desapareceu. Descubra o que estava no computador dele antes de ele partir.

Charles vestiu a camisa, e seu corpo encharcado fez o algodão branco sangrar cinza. Angela começou a manusear o telefone, mas os dedos se atrapalharam com as teclas. Charles segurou as mãos dela e encarou-a.

— A situação é séria, certo? Mas não adianta se desesperar antes de descobrirmos tudo. E não vamos dizer aos eslovenos que achamos o corpo. Não queremos perder tempo com interrogatórios.

Mais uma vez ela assentiu.

Charles soltou as mãos dela, pegou o paletó, as calças e os sapatos e voltou pelo cais em direção à terra firme. Do barco, com o queixo apoiado nos joelhos gorduchos, a italiana assobiou.

— *Bello!* — exclamou ela.

4

Uma hora e meia mais tarde, eles já se preparavam para ir embora. Charles queria dirigir, mas Angela não cedeu. Tinha sido um baita choque: sem que ele precisasse dizer uma só palavra, ela montou o quebra-cabeça. Frank Dawdle, seu chefe querido, tinha matado Leo Bernard e Dušan Masković e levado os 3 milhões de dólares que pertenciam ao governo dos Estados Unidos.

A prova mais contundente surgiu depois que ela telefonou para Viena. O disco rígido do computador de Dawdle havia desaparecido. A julgar pelo consumo de energia, o técnico em computação que estava no escritório achava que o disco tinha sido removido na manhã de sexta-feira, pouco antes da hora em que Frank e Leo partiram para a Eslovênia.

Apesar disso, ela se agarrava, esperançosa, a uma teoria nova: os responsáveis seriam os eslovenos. Talvez Frank houvesse mesmo levado o disco rígido, mas só teria agido assim sob coerção. Seus velhos companheiros do Serviço Secreto esloveno o estariam ameaçando. Quando se encontraram com Bogdan Krizan, chefe local do SSE, ela arregalou os olhos, sentada diante dele no restaurante do hotel Slovenia enquanto o velho se deliciava com um prato de lula frita, afirmando que na noite de sexta-feira tomara uns tragos com Frank Dawdle no quarto dele.

— Como assim... o senhor o visitou? — indagou ela. — O senhor não estava ocupado com o trabalho?

Krizan fez uma pausa, segurando o garfo diante de si. Krizan tinha um rosto angular que parecia se expandir quando ele sacudia os ombros com o típico exagero balcânico.

— Nós somos velhos amigos, Srta. Yates. Velhos espiões. Costumávamos nos reunir para beber até altas horas. Além disso, eu fiquei sabendo sobre Charlotte. Ofereci consolo com uma garrafa.

— Charlotte? — perguntou Charles.

— A esposa dele — explicou Krizan, e então se corrigiu: — *Ex*-esposa.

Angela meneou a cabeça.

— Ela o abandonou há seis meses — explicou ela. — Ele sofreu bastante.

— Trágico — acrescentou Krizan.

Para Charles, o quadro estava quase completo.

— O que ele lhe disse sobre a vinda para a Eslovênia?

— Nada. É claro que eu perguntei várias vezes. Mas ele se limitava a dar uma piscadela. Agora, acho que teria sido bom se ele confiasse em mim.

— Eu concordo.

— Ele se meteu em alguma encrenca? — indagou Krizan, sem qualquer preocupação visível.

Charles balançou a cabeça. O celular de Angela tocou, e ela se afastou da mesa.

— Eis aí uma mulher amargurada — falou Krizan, olhando para as costas de Angela. — Sabe como Frank a chama?

Charles não sabia.

— Minha maravilha de olhos azuis. — Ele sorriu. — Homem amável, mas não seria capaz de identificar uma lésbica nem se ela estivesse a um palmo do nariz dele.

Charles se inclinou enquanto Krizan abocanhava a lula.

— O senhor não se lembra de mais nada?

— Fica difícil sem que vocês me coloquem a par a respeito dessa coisa toda — retrucou ele e continuou mastigando. — Não, não. Ele me parecia absolutamente normal.

Perto da porta, Angela pressionou uma das mãos sobre o ouvido livre, a fim de escutar melhor. Charles levantou-se e apertou a mão de Krizan.

— Agradeço pela ajuda.

— Se Frank se meteu *mesmo* em alguma encrenca — disse Krizan, detendo Charles um pouco mais do que a educação mandava —, espero que vocês sejam justos com ele. Frank trabalhou muitos anos pelo país de vocês. Se ele cometeu um deslize na terceira idade, quem poderá culpá-lo?

— Novamente o dar de ombros exagerado, e então ele permitiu que Charles fosse embora. — Ninguém pode ser perfeito cem por cento das vezes. Nenhum de nós é Deus.

Charles deixou Krizan e suas especulações filosóficas e acercou-se de Angela no momento em que ela, com o rosto corado, desligou o celular.

— O que foi?

— Era Max.

— Quem?

— É o funcionário que fica de plantão na embaixada à noite. Em Viena. Na noite de quinta-feira, um dos informantes de Frank enviou dados sobre um russo que a gente vinha seguindo. Um tremendo oligarca. Roman Ugrimov.

Charles conhecia Ugrimov, um empresário que saíra da Rússia para salvar a própria pele, mas que mantivera contatos importantes no país enquanto espalhava pelo mundo seu portfólio diversificado.

— Que tipo de dados?

— Chantagem. — Ela fez uma pausa. — Ele é pedófilo.

— Pode ser coincidência — sugeriu Charles no momento em que se retiraram do restaurante e entraram no saguão pintado de lilás, onde três agentes do SSE montavam guarda para o chefão.

— Talvez. Mas ontem Ugrimov se mudou para sua nova casa. Em Veneza.

Mais uma vez Charles se deteve, e Angela foi obrigada a retroceder até o ponto onde ele havia parado. Enquanto olhava para as janelas do saguão, as últimas peças se encaixaram.

— Veneza fica logo ali, do outro lado — disse ele. — Com um barco, é perfeita.

— É possível, mas...

— Do que alguém com 3 milhões de dólares roubados mais precisa? — interrompeu Charles. — Ele precisa de um novo nome. Um homem com os contatos de Roman Ugrimov poderia facilmente prover os documentos necessários... se fosse persuadido. — Ela não respondeu, apenas o encarou. — Mais uma ligação — prosseguiu ele. — Peça a alguém que verifique junto à Capitania dos Portos, em Viena. Descubra se algum barco foi abandonado nos últimos dois dias.

Aguardaram a resposta num café que ainda precisava se adaptar aos estrangeiros surgidos no período pós-comunismo que agora desfrutavam daquele litoral de 50 quilômetros. Detrás de um balcão de zinco, uma matrona obesa com o avental manchado de café e cerveja servia Lasko Pivo a estivadores mal-remunerados. A mulher pareceu se irritar com o pedido feito por Angela — um *cappuccino* —, e quando o *cappuccino* chegou, Angela pôde constatar que se tratava de uma mistura instantânea, demasiadamente adocicada. Charles convenceu-a a beber sem se queixar e depois indagou por que ela não havia lhe contado que Frank fora abandonado pela esposa.

Ela deu mais um gole e fez uma careta.

— Muita gente se divorcia.

— É uma das coisas mais estressantes que existem — afirmou ele. — Divórcios fazem as pessoas mudarem. Muitas vezes, elas têm o ímpeto de recomeçar do zero, de refazer a vida... para melhor. — Ele esfregou o nariz. — Talvez Frank tenha chegado à conclusão que deveria ter trabalhado para o outro lado desde o início.

— Já não existe essa coisa de "outro lado".

— Claro que existe.

Ela ainda não parecia estar convencida de coisa alguma. O telefone tocou e, enquanto ouvia o toque, ela balançou a cabeça com raiva... de Frank, de Charles, dela própria. O escritório de Roma informou-lhe que, na manhã de domingo, um barco com registro de Dubrovnik fora abandonado nas imediações do cais do Lido.

— Dizem que encontraram vestígios de sangue dentro do barco — explicou o encarregado do escritório.

Depois que ela desligou, Charles se ofereceu para dirigir; ele não queria que os hábitos austríacos dela os atrasassem. Em resposta, Angela mostrou a ele o dedo médio.

Mas ele acabou prevalecendo, pois, quando alcançaram a serra situada na parte superior da península, ela começou a chorar. E no momento em que se aproximavam da fronteira com a Itália, ela tentou explicar o comportamento histérico.

— É difícil. A gente passa anos trabalhando e aprendendo que só se pode confiar em poucas pessoas. Poucas pessoas... apenas o bastante para seguir em frente. E, depois que pegamos confiança, não tem mais volta. Não pode ter. De que outra maneira é possível trabalhar?

Charles deixou a indagação no ar, sem resposta, mas perguntou-se o que teria a ver com aquilo. Havia muito tempo que a ideia de confiar em quem quer que fosse, além do indivíduo que lhe designava missões, se tornara inadmissível. Talvez o corpo humano fosse incapaz de tolerar tamanho nível de desconfiança.

Depois que exibiram os passaportes e entraram na Itália, ele pegou o celular e digitou um número. Falou com Grainger e repetiu a informação recebida:

— Scuola Vecchia della Misericordia. Terceiro andar.

— O que foi? — perguntou Angela, quando ele desligou.

Charles digitou um segundo número. Depois de alguns toques, Bogdan Krizan disse secamente:

— *Da?*

— Vá até o atracadouro em frente ao hotel Slovenia. Número 47. Dentro d'água você vai encontrar um bósnio-sérvio chamado Dušan Masković. Entendeu?

Krizan respirou, ofegante.

— Isso tem a ver com Frank?

Charles desligou.

5

Levaram três horas para chegar a Veneza e tomar um barco-táxi. Às cinco e meia, estavam no cais do Lido. Um jovem *carabiniere*, emburrado e com um bigode atraente, aguardava junto ao barco abandonado; os venezianos tinham sido informados sobre a chegada de visitantes, mas não receberam instruções para organizar uma festa de boas-vindas. O oficial levantou a fita vermelha de isolamento, mas não os seguiu a bordo. Estava tudo lá: o registro do barco, feito em Dubrovnik, a cabine imunda e cheia de peças de motor e, num canto, uma nódoa marrom de sangue coagulado.

Não demoraram no barco. As únicas coisas que Frank Dawdle deixara a bordo foram suas impressões digitais e a cronologia da morte. De pé no meio da cabine, Charles estendeu dois dedos, imitando uma pistola.

— Dispara contra ele aqui e depois o arrasta para fora. — Agachou-se para apontar para o óleo sobre o piso, manchado com vestígios de sangue. — Talvez ele tenha amarrado o cano de metal ainda dentro do barco, ou talvez dentro d'água. Não faz diferença.

— Não — concordou Angela, olhando para ele. — Não faz mesmo.

Não encontraram cartuchos de balas vazios. Possivelmente, os cartuchos tinham caído na Baía de Portorož, mas era igualmente possível que Frank tivesse seguido as instruções da Companhia e os recolhido, embora deixando suas digitais. Pânico, talvez, mas isso tampouco fazia diferença.

Agradeceram ao *carabiniere*, que murmurou "*Prego*", enquanto olhava para os seios de Angela, e então encontraram o condutor do barco-táxi esperando no cais, com um cigarro apagado preso entre os lábios. Atrás do sujeito, o sol estava baixo. Ele lhes informou que o taxímetro continuava rodando e que já superara a marca de 150 mil liras. Ele pareceu bastante satisfeito quando nenhum dos dois passageiros se queixou.

Foram necessários mais vinte minutos para voltarem pelo Grande Canal e seguirem até o distrito de Cannaregio, onde o empresário russo, Roman Ugrimov, acabara de se instalar.

— Ele está em todas — explicou Angela. — Energia e saneamento na Rússia, empreendimentos imobiliários na Áustria... até uma mina de ouro na África do Sul.

Ele franziu o cenho ao sentir a brisa quente, contemplando um *vaporetto* que passava repleto de turistas.

— Mudou-se para Viena há dois anos, não foi?

— Foi nessa época que começamos a investigar. Muita sujeira, mas não conseguimos pegá-lo.

— A segurança de Ugrimov é competente?

— É incrível. Frank buscava provas de pedofilia. O cara viaja com uma sobrinha de 13 anos. Mas ela não é sobrinha coisa nenhuma. Disso a gente tem certeza.

— Que tipo de sujeira vocês detectaram?

Angela agarrou-se à lateral do barco sacolejante, a fim de manter o equilíbrio.

— Frank descobriu uma fonte. Ele é muito bom no que faz.

— É isso que me preocupa.

Quando chegaram à parada do *vaporetto*, no Ca'd'Oro, Charles pagou o condutor, oferecendo-lhe uma bela gorjeta, e eles seguiram em meio à multidão de turistas em direção ao labirinto de ruelas vazias. Finalmente, após algumas conjecturas, localizaram a área aberta — não era exatamente uma praça — de Rio Terà Barba Frutariol.

O *palazzo* de Roman Ugrimov, situado numa esquina, estava dilapidado, mas era uma construção ornamentada e grandiosa. Voltava-se para Barba Frutariol, mas o terraço comprido e coberto que Angela agora contemplava, protegendo os olhos com uma das mãos, fazia um "L", projetando-se sobre uma rua lateral.

— Impressionante — elogiou ela.

— Muitos ex-agentes da KGB moram em casas impressionantes.

— KGB? — Ela o encarou. — Você já tem a ficha desse cara. Como?

Charles tocou a cartela de dexedrina dentro do bolso com um gesto que indicava alívio.

— Eu ouço coisas por aí.

— Ah. Eu não sou vidente.

Charles não se deu ao trabalho de responder.

— Quer assumir dessa vez?

— Prefiro que você assuma. Não ando com o crachá da Companhia.

— Todo cheio de mistério! — comentou Angela no momento em que tocava a campainha da porta da frente.

Ela mostrou o crachá do Departamento de Estado ao típico segurança, alto e de cabeça raspada, com fone num dos ouvidos, e pediu para falar com Roman Ugrimov. O homenzarrão inclinou o rosto em direção à lapela do paletó, falou em russo, ouviu a resposta, e então os acompanhou durante a subida por uma escadaria escura, de pedra gasta. No topo, ele destravou uma porta feita de madeira de lei.

O apartamento de Ugrimov parecia ter saído diretamente de Manhattan: piso de tábua corrida reluzente, mobiliário arrojado, televisão de plasma e portas duplas de correr, dando acesso a um amplo terraço de onde se podia ter uma vista noturna dos telhados de Veneza até o Grande Canal. Charles foi obrigado a admitir que a visão era espetacular.

Ugrimov estava sentado numa cadeira de espaldar alto diante de uma mesa de aço, lendo a tela de um laptop. Ao vê-los, sorriu, fingindo estar surpreso, e levantou-se, estendendo-lhes a mão.

— As primeiras visitas que recebo em meu novo lar — anunciou ele num inglês fluente. — Sejam bem-vindos.

Era alto, cinquentão, com cabelos grisalhos ondulados e sorriso reluzente. Apesar dos olhos um tanto turvos, similares aos de Charles, Ugrimov exalava juventude e vitalidade.

Depois das apresentações, ele os conduziu aos sofás supermodernos.

— Então, por favor, digam-me como posso ser útil aos meus amigos americanos.

Angela mostrou-lhe a foto de Frank Dawdle. Ugrimov pôs sobre os olhos os grandes óculos bifocais Ralph Lauren e inclinou a foto em direção à fraca luz noturna.

— Quem seria essa pessoa?

— Ele trabalha para o governo americano — esclareceu Angela.

— CIA também?

— Nós só trabalhamos para a embaixada. Ele está desaparecido há três dias.

— Ah. — Ugrimov devolveu a foto. — Isso é preocupante.

— É sim — concordou Angela. — O senhor tem certeza de que ele não o procurou?

— Nikolai, nós recebemos alguma visita? — perguntou Ugrimov em russo.

O segurança fez um gesto de negação.

Ugrimov deu de ombros:

— Nenhuma visita, pelo jeito. Talvez vocês possam me dizer por que supõem que ele tenha me procurado. Eu não conheço esse senhor, conheço?

— Quando desapareceu, ele estava investigando a vida do senhor — respondeu Charles.

— Ah — repetiu o russo, e ergueu o dedo. — Você está me dizendo que alguém na embaixada americana em Viena tem investigado a minha vida e obra?

— Para o senhor, seria um insulto se não estivessem — retrucou Charles.

Ugrimov sorriu.

— Ok. Deixe-me oferecer uma bebida. Ou vocês não bebem quando estão trabalhando?

— Sem bebidas em serviço — disse Angela, para desagrado de Charles, e se levantou. Ela entregou um cartão a Ugrimov. — Se o Sr. Dawdle procurá-lo, por favor, ligue para mim.

— Farei isso, com toda certeza. — Virou-se para Charles. — *Do svidaniya.*

Charles repetiu a despedida em russo.

Depois que desceram a escadaria e saíram pela rua escura em meio a um ar úmido e ainda abafado, Angela bocejou novamente.

— O que foi aquilo? — perguntou ela.

— O quê?

— Como ele sabia que você fala russo?

— Eu já disse que preciso de uma nova identidade. — Charles olhou a rua de cima a baixo. — A comunidade russa não é tão grande assim.

— Nem tão pequena — retrucou Angela. — O que você está procurando?

— Lá. — Ele não apontou, fez apenas um gesto com a cabeça em direção a uma pequena placa na esquina que indicava uma taverna. — Vamos até lá. Comer e vigiar.

— Você não confia nele?

— Um sujeito como ele... nunca admitiria que Dawdle o procurou.

— Fique à espreita, se quiser. Eu preciso dormir.

— Não quer um comprimido?

— O primeiro é grátis? — perguntou ela, em seguida piscou o olho e conteve mais um bocejo. — Eu sou obrigada a me submeter aos testes antidoping da embaixada.

— Então ao menos deixe comigo um cigarro.

— Quando você começou a fumar?

— Estou tentando parar.

Ela retirou um cigarro do maço, mas antes de entregar a ele questionou:

— São as drogas que fazem isso com você... ou é o trabalho?

— Fazem o quê?

— Talvez sejam todos esses nomes. — Ela entregou-lhe o cigarro. — Talvez eles tenham tornado você muito frio. Quando se chamava Milo, você era uma pessoa diferente.

Ele piscou para ela, refletindo, mas não conseguiu pensar numa resposta.

6

Ele passou parte da noite em vigília na pequena taverna, contemplando Barba Frutariol, comendo *cicchetti* — pequenas porções de frutos do mar com legumes grelhados — e bebendo um Chianti delicioso. O barman tentou puxar conversa, mas Charles preferiu se manter calado. Portanto, quando o sujeito começou a falar sobre George Michael, "sem dúvida, o melhor cantor do mundo", Charles não se deu ao trabalho de concordar nem discordar. Os comentários do homem soavam como um monótono ruído de fundo.

Alguém abandonara no local um exemplar do *Herald Tribune*, e Charles refletiu um pouco sobre as matérias, em particular sobre uma declaração do secretário de Defesa dos Estados Unidos, Donald Rumsfeld: "De acordo com determinadas estimativas, o governo não tem como rastrear 2,3 trilhões de dólares em transações realizadas." Esse valor correspondia a um quarto do orçamento do Pentágono. Um tal senador Nathan Irwin, de Minnesotta, rompendo alianças partidárias, definia a situação como "desgraça maldita". No entanto nem mesmo isso foi capaz de chamar a atenção de Charles, que dobrou o jornal e deixou-o de lado.

Não estava pensando em suicídio, mas na Grande Voz, aquela coisa sobre a qual sua mãe costumava falar em suas ocasionais visitas noturnas nos anos 1970, quando ele era criança e morava na Carolina do Norte.

— Observe as pessoas — recomendava ela — e veja o que as está guiando. Vozes pequenas: televisão, políticos, padres, dinheiro. Essas são as vozes pequenas, e interferem na Grande Voz que todos nós ouvimos. Mas ouça o que eu digo: as pequenas vozes nada significam. Elas apenas nos enganam. Entendeu?

Ele era demasiado jovem para entender, mas não era capaz de admitir a própria ignorância. As visitas nunca demoravam o bastante para que ela pudesse lhe dar as devidas explicações. Ele estava sempre cansado quando, no meio da noite, ela chegava, batia na janela e o levava até um parque próximo.

— Sou sua mãe, mas você não deve me chamar assim. Não vou permitir que se sinta oprimido nem que me oprima com essa palavra. Você não deve nem me chamar de Ellen... esse é meu nome de escrava. Meu nome como mulher livre é Elza. Você pode repetir?

— Elza.

— Ótimo.

A infância dele era pontuada por esses sonhos, e assim lhe parecia aquilo tudo: sonhos das visitas da mãe-fantasma, com seus breves planos de aula. Durante o ano, ela aparecia três ou quatro vezes; quando ele tinha 8 anos, ela apareceu todas as noites durante uma semana inteira e focou suas lições na libertação que o aguardava. Ela explicou que, quando ele fosse um pouco mais velho, aos 12 ou 13 anos, ela o levaria consigo, porque àquela altura ele teria condições de entender a doutrina da guerra total. Contra quem? Contra as pequenas vozes. Embora entendesse pouco, ele ficava empolgado com a ideia de desaparecer noite adentro com ela. Mas isso jamais aconteceu. Depois daquela semana intensa, os sonhos nunca mais aconteceram, e somente muito tempo mais tarde ele ficou sabendo que ela havia morrido antes de conduzi-lo à luta. Numa prisão na Alemanha. Suicídio.

Teria sido a Grande Voz? A voz que emanou dos muros de pedra da penitenciária Stammheim, em Stuttgart, e a convenceu a tirar as calças de presidiária, amarrar uma das pernas de tecido às grades da porta, a outra ao pescoço, e então sentar-se com a devoção de um fanático?

Ele se perguntava se ela teria feito o que fez caso houvesse preservado seu nome verdadeiro. Teria feito o que fez se ainda se apresentasse como mãe? Ele se questionava se ela teria sobrevivido todos esses anos ou optado serenamente por acabar com a própria vida, caso houvesse preservado seu verdadeiro nome.

Lá estava ele, novamente pensando em suicídio.

Quando, às dez da noite, o restaurante fechou, ele voltou a olhar para a porta da casa de Ugrimov; em seguida, saiu com passos apressados, entrando em um beco ou outro até alcançar os pórticos à beira da água na Scuola

Vecchia della Misericordia. Terceiro andar, Grainger dissera, e ele, então, contou: um, dois, três. Depois, embora o estômago ainda o incomodasse, prostrou-se sobre as pedras do pavimento e estendeu a mão até o meio-fio, voltado para o canal fedorento.

Sem conseguir enxergar, precisou recorrer ao tato, tocando as pedras até encontrar uma que fosse diferente das demais. Aqueles "escaninhos" eram utilizados havia mais de cinquenta anos, tendo sido acrescentados à arquitetura da Europa no pós-guerra pelos integrantes da Pond, precursora da CIA. Tremendos visionários. Muitos tinham sido descobertos e outros se abriram voluntariamente por terem sido malfeitos, mas em determinadas situações os restantes tinham uma utilidade inestimável. Fechou os olhos para aguçar o tato. Na extremidade inferior da pedra havia uma tranca; puxou a trava, e a pedra se abriu. Ele pôs a tampa de lado e enfiou a mão dentro do buraco aberto, onde encontrou um objeto pesado, embrulhado a vácuo dentro de um saco plástico. Charles retirou o saco plástico e o abriu. Dentro havia uma Walther P99, com dois pentes de munição, tudo com aparência de novo.

Ele tampou a pedra, voltou para Barba Frutariol e percorreu a área, circundando o *palazzo*, seguindo por ruelas escuras, sempre buscando um ângulo de onde pudesse avistar a porta da rua ou as luzes do terraço da casa de Roman Ugrimov. Em determinados momentos, via pessoas no terraço: Ugrimov, seguranças e uma jovem de cabelos castanhos, lisos e longos. A "sobrinha". Mas pela porta da frente só transitavam seguranças, entrando com mantimentos, garrafas de vinho e outras bebidas alcoólicas e, uma vez, portando uma caixa de charutos. Depois da meia-noite, Charles ouviu ópera vindo de lá e ficou surpreso.

Enquanto os gatos miavam e o ignoravam, três bêbados tentaram fazer amizade com ele naquela noite. O silêncio funcionou com os dois primeiros, mas o terceiro pôs o braço em volta dos ombros de Charles e falou em quatro idiomas, na expectativa de obter resposta em algum deles. Num ímpeto incontrolável de destempero, Charles deu uma cotovelada nas costelas do sujeito, tapou-lhe a boca com uma das mãos e desferiu-lhe dois socos violentos na nuca. Com o primeiro golpe, o homem engasgou; com o segundo, desmaiou. Charles segurou o sujeito durante alguns segundos, indignado consigo mesmo, e depois o arrastou rua abaixo, atravessou uma ponte arqueada acima do Rio dei Santi Apostoli e escondeu o bêbado num beco.

Equilíbrio: a palavra voltou à mente de Charles no momento em que ele retornava pela ponte, tremendo. Sem equilíbrio, a vida já não vale a pena.

Ele vinha realizando esse trabalho havia seis, não, *sete* anos, à deriva, de cidade em cidade, sendo acionado por ligações telefônicas transatlânticas de um homem com o qual não se encontrava havia dois anos. O telefone era seu mestre. Às vezes, semanas se passavam sem que precisasse trabalhar, e nesses períodos ele dormia e bebia muito; mas quando estava em missão, era impossível deter as investidas brutais. Ele precisava consumir quaisquer estimulantes que o mantivessem em movimento, pois o trabalho nada tinha a ver com a ideia de mantê-lo saudável. O trabalho tinha a ver apenas com a noção discreta, anônima e amável conhecida como "esfera de influência", e que se danassem Charles Alexander e outros iguais a ele.

Angela havia dito que "já não existe essa coisa de outro lado", mas existia. O outro lado era multifacetado: máfias russas, industrialização chinesa, armas nucleares e até muçulmanos acampados no Afeganistão, tentando livrar o Oriente Médio afogado em petróleo das garras de Washington. Conforme dizia Grainger, qualquer um que não pudesse ser abarcado ou absorvido pelo império era uma maldição que precisava ser enfrentada, como bárbaros nos portões de uma cidade. Era nesses momentos que o telefone de Charles Alexander tocava.

Ele se perguntava quantos corpos forravam o fundo turvo daqueles canais, e a ideia de se juntar a eles era ao menos um consolo. É por causa da morte que a morte nada significa; é por causa da morte que a vida nada significa.

"Conclua o trabalho", ele pensou. "Não acabe a carreira com um fracasso. E depois... Nada de aviões e polícia de fronteira e funcionários da alfândega; nada de ficar espreitando por cima do ombro."

Às cinco horas a coisa já estava decidida. O brilho que prenunciava a manhã iluminava o céu, e ele engoliu em seco mais duas dexedrinas. Os tremores voltaram. Lembrou-se de sua mãe e dos sonhos de uma utopia povoada apenas por grandes vozes. O que ela pensaria disso tudo? Ele bem sabia: teria vontade de surrá-lo até que ele perdesse os sentidos. Ele havia passado toda a sua vida adulta trabalhando para os agentes e construtores das insidiosas vozes pequenas.

Quando, às nove e meia da manhã, o fã de George Michael reabriu a taverna, Charles se surpreendeu por ainda estar respirando. Pediu dois cafés espressos e aguardou pacientemente enquanto o homem preparava uma *pancetta* com ovo, alho, azeite e *linguine* para seu estômago sensível e combalido. Estava delicioso, mas no meio da refeição ele parou e ficou olhando através da janela.

Três pessoas se aproximavam do *palazzo*. O segurança que ele tinha visto no dia anterior, chamado Nikolai, e, logo atrás dele, uma mulher em estado avançado de gravidez acompanhada de um homem mais velho. O tal homem mais velho era Frank Dawdle.

Ele fez uma ligação no celular.

— Sim? — respondeu Angela.

— Ele está aqui.

Charles enfiou o celular no bolso e pegou o dinheiro. O barman, que estava servindo um casal de idosos, zangou-se.

— O senhor não gostou do café da manhã?

— Deixe o prato aqui — pediu Charles. — Eu já volto para acabar de comer.

Quando Angela chegou, com os cabelos ainda molhados por causa da chuveirada interrompida, os visitantes já estavam no interior do *palazzo* havia 12 minutos. Quatro turistas perambulavam pela rua, e Charles fazia votos para que eles logo fossem embora.

— Você está armada? — perguntou Charles, enquanto sacava a Walther.

Angela abriu a jaqueta para mostrar uma SIG Sauer dentro de um coldre de ombro.

— Não saque a arma. Se for preciso atirar em alguém, é melhor que eu faça o disparo. Eu posso sumir... você, não.

— Então você está cuidando de mim.

— Exato, Angela. Estou cuidando de você.

Ela fez um bico.

— Você está é com medo de que eu não consiga atirar nele. — O olhar dela baixou até a mão trêmula com a qual ele segurava a arma. — Mas eu tenho as minhas dúvidas quanto a sua capacidade de acertar um alvo.

Ele segurou a Walther com força, até os tremores diminuírem.

— Eu vou me sair muito bem. Você pode ficar ali — indicou ele, apontando para uma porta mais adiante, situada em frente à porta do *palazzo*. — Ele está encurralado. Quando sair, a gente faz a apreensão. É simples.

— Simples — repetiu ela, seca, e se dirigiu à porta designada por Charles enquanto os turistas felizmente afastavam-se rua abaixo.

Depois que ela se foi, ele reexaminou a mão. Ela estava certa, é claro. Angela Yates geralmente estava certa. Ele não poderia continuar assim, e não continuaria. Era um trabalho miserável; era uma vida miserável.

A porta da frente do *palazzo* se abriu.

O calvo Nikolai tinha aberto a porta, mas permanecera no interior do edifício. Um braço, encoberto por uma manga de paletó, segurou a porta de madeira para que a grávida, cujos belos olhos verdes e cintilantes Charles agora podia ver, cruzasse o umbral e saísse para a rua. Em seguida, vinha Dawdle, tocando o cotovelo dela. Sua aparência fazia jus a cada um dos seus 62 anos, ou era ainda pior.

O segurança fechou a porta depois que eles passaram, e a mulher virou-se a fim de dizer algo a Dawdle, mas este nada respondeu. Estava olhando para Angela, que corria em sua direção.

— Frank! — gritou ela.

Charles tinha perdido o timing. E saiu correndo também, empunhando a Walther.

Uma voz de homem, vinda do céu, gritou:

— *E eu a amo, seu filho da mãe!*

Então, um uivo crescente, como o apito de uma locomotiva a vapor, encheu o ar. Ao contrário das outras três pessoas que estavam na rua, Charles não ergueu os olhos. Era apenas uma distração, ele sabia. Em vez disso, avançou. A grávida olhou para cima, deu um grito e recuou. Frank Dawdle foi derrubado no chão. Angela parou e abriu a boca, sem emitir som algum. Ao lado da grávida, uma coisa rosada chocou-se contra o solo. Eram dez e vinte e sete.

Charles tropeçou e parou. Talvez fosse uma bomba. Mas bombas não eram rosadas e não caíam daquele jeito. Explodiam ou se espatifavam no solo, provocando um estrondo. A coisa rosada produziu um baque abafado, horrendo. Foi então que ele se deu conta de que era um corpo. De um lado, no meio da mancha de sangue que se espalhava sobre o pavimento de pedra, ele viu um tufo de cabelos longos: era a bela jovem que ele vira no terraço na noite anterior.

Ele olhou para cima, mas o terraço estava novamente vazio. A grávida gritou, tropeçou e caiu de costas. Frank Dawdle sacou uma pistola e fez três disparos a esmo, e o som ecoou nas pedras. Depois, virou-se e saiu correndo. Angela correu atrás dele.

— Pare! Frank! — gritou.

Charles Alexander era treinado para agir diante do imprevisível, mas o que ele testemunhou — a jovem caindo, os tiros, o homem fugindo — serviu apenas para deixá-lo confuso e perplexo.

Como a mulher grávida se encaixava naquilo tudo?

Embora respirando com dificuldade, conseguiu aproximar-se dela. A mulher continuava a gritar. O rosto vermelho, os olhos se revirando. As palavras eram incompreensíveis.

Sentiu um incômodo no tórax, e ele precisou sentar-se no chão, ao lado dela. Foi então que notou o sangue. Não era da jovem que estava do outro lado da mulher histérica, mas dele próprio. Ele agora enxergava o sangue claramente, abrindo uma flor vermelha em sua camisa.

"E essa agora?" Sentia-se exausto. Filetes vermelhos preenchiam os espaços entre as pedras do pavimento. "Estou morto." Ao longe, à esquerda, Angela corria atrás da figura evanescente de Frank Dawdle.

Em meio aos ruídos indecifráveis que emanavam da grávida, ele ouviu uma frase, com toda clareza:

— *Estou em trabalho de parto!*

Charles piscou os olhos, querendo dizer "mas eu estou morrendo; não posso ajudá-la". Então constatou o desespero visível em seu rosto suado. Ela queria muito sobreviver. Por quê?

— Eu preciso de um médico! — gritou a mulher.

— Eu... — Ele começou a falar e olhou em redor. Angela e Dawdle tinham desaparecido; eram apenas sons de passos que dobravam uma esquina distante.

— Chame a merda de um médico! — berrou a mulher perto do ouvido dele.

De algum ponto naquela esquina distante, ele ouviu três estampidos da SIG Sauer de Angela.

Ele pegou o celular. A mulher estava apavorada, e ele então murmurou:

— Tudo vai dar certo.

Discou 118, o número para emergências médicas na Itália. Recorrendo a apenas um dos pulmões e falando um italiano forçado e demasiado contido, ele explicou que uma mulher, em Rio Terà Barba Frutariol, estava em trabalho de parto. Foi-lhe prometida ajuda. Ele desligou. O sangue já não formava uma rede de filetes pelo chão, mas sim uma poça comprida.

A mulher agora estava um pouco mais calma, mas ainda ofegava. Parecia desesperada. Quando ele segurou sua mão, ela a apertou com um vigor surpreendente. Por cima da barriga, ele via a jovem morta, vestida de cor-de-rosa. Ao longe, Angela reapareceu, uma forma diminuta, curvada, caminhando como se estivesse bêbada.

— Quem é você? — A grávida finalmente conseguiu dizer.

— O quê?

Ela precisou de um momento para regular a respiração e trincar os dentes.

— Você está armado.

Ele ainda empunhava a Walther. Largou-a. A arma fez um som metálico ao cair no chão, e uma névoa avermelhada preencheu a visão de Charles.

— Quem... — começou ela, e expirou três vezes através dos lábios semicerrados. — Quem é você?

Ele se engasgou com as palavras; então fez uma pausa e apertou a mão dela com mais força. Tentou falar novamente:

— Sou um Turista — respondeu, embora, no momento em que apagou no meio da rua, soubesse que já não era mais um Turista.

Primeira Parte

Problemas do TURISMO INTERNACIONAL

DE QUARTA-FEIRA, 4 DE JULHO,
A QUINTA-FEIRA, 19 DE JULHO DE 2007

1

Tigre. Era o tipo de apelido que combinava bem com o Sudeste da Ásia, ou com a Índia, e por isso havia muito tempo que a Companhia acreditava que o assassino fosse asiático. Somente depois de 2003, quando as fotos começaram a aparecer e ser verificadas, houve a constatação de que ele tinha ascendência europeia. Isso originou a pergunta: por que "Tigre"?

Os psicólogos da Companhia discordavam, o que não era surpresa. O único freudiano da equipe afirmava que o assassino tentava dissimular alguma disfunção sexual. Outro se referia ao mito chinês dos "meninos tigres", meninos que se transformavam em tigres ao entrarem na floresta. Uma especialista natural do Novo México defendia a hipótese de que o nome se referia ao símbolo do tigre na cultura indígena norte-americana, que significava "confiança, espontaneidade e força". Ao que o freudiano respondeu, num memorando sucinto: "Quando foi que o tigre se tornou nativo da América do Norte?"

Milo Weaver pouco se importava. O tal Tigre, que agora viajava com a identidade de Samuel Roth (passaporte israelense número 6173882, nascido em 19/06/1966), partira da Cidade do México de avião e entrara nos Estados Unidos por Dallas. Milo passara as últimas três noites no encalço dele, acampado dentro de um Chevrolet alugado no Aeroporto Internacional de Dallas. Pequenas pistas levaram-no em direção ao sudeste, à periferia da sofrida Nova Orleans, e depois rumo ao norte, através do Mississippi, até que bem tarde, na noite anterior, quando ele estava perto de Fayette, Tom Grainger telefonou de Nova York.

— Acabo de ser notificado, parceiro. A polícia deteve um tal de Samuel Roth, em Blackdale, no Tennessee... por violência doméstica.

— Violência doméstica? Não pode ser ele.

— A descrição confere.

— Certo. — Milo procurou e abriu o mapa manchado de Coca-Cola. Localizou Blackdale, um ponto minúsculo.

— Avise que estou a caminho. Diga para colocá-lo em uma cela isolada. Se é que eles têm isso.

Quando chegou a Blackdale naquela manhã do Dia da Independência, seus companheiros de viagem eram copos de plástico e sacos amassados do McDonald's, recibos de pedágios, papéis de bala e duas garrafas vazias de Smirnoff, mas nenhuma ponta de cigarro. Tinha, ao menos, cumprido a promessa feita à esposa. Na carteira recheada ele trazia mais recibos que mostravam o caminho que ele havia trilhado: jantar em Dallas, churrasco em Louisiana, hotéis baratos em Sulphur, Los Angeles, e Brookhaven, Massachusetts, e uma pilha de recibos de postos de gasolina relativos ao abastecimento pago com o cartão corporativo.

Blackdale não tinha atrativos para Milo. Perdida no meio das trepadeiras kudzu do condado de Hardeman, entre a Memphis maníaca por Elvis e a fronteira tríplice onde o rio Tennessee separava os estados do Tennessee, Mississippi e Alabama, Blackdale era pouco promissora. Para piorar, enquanto entrava na cidade, ele se deu conta de que jamais chegaria a tempo de assistir ao show de talentos do qual sua filha participaria naquela tarde, no Brooklyn.

Mas gostou da cidade e do delegado, Manny Wilcox. O oficial macilento e obeso demonstrou uma hospitalidade surpreendente para alguém que exercia a mais desprezada das profissões e não fez qualquer pergunta sobre jurisdição ou sobre quem era, de fato, o responsável pelo prisioneiro. Isso melhorou o humor de Milo. A limonada cheia de açúcar trazida por um policial de bigode chamado Leslie também ajudou. A delegacia contava com um grande suprimento de limonada preparada pela esposa de Wilcox, Eileen, e armazenada em grandes *coolers* alaranjados, com capacidade de 40 litros. Era exatamente do que a ressaca de Milo precisava.

Manny Wilcox enxugou o suor das têmporas.

— Eu vou precisar da sua assinatura, você sabe.

— Eu já esperava por isso — assentiu Milo. — Talvez você possa me contar como o prendeu.

Wilcox ergueu o copo, observou a condensação e depois fungou. Havia dois dias que Milo não tomava banho; a prova disso estava estampada no rosto do delegado.

— Não fomos nós. A garota dele... Kathy Hendrickson. Prostituta em Nova Orleans. Parece que ela não gostou do jeito que ele transava. Ligou para o 911. Disse que o sujeito era um assassino. Estava batendo nela.

— Foi só isso?

— Só isso. A gente o pegou ontem de madrugada. Acho que a informação que vocês obtiveram partiu da central do 911. A vadia estava com alguns hematomas, o lábio sangrando. Os machucados eram recentes. O nome dele conferiu com o do passaporte israelense. Depois encontramos outro passaporte no carro dele, italiano.

— Fabio Lanzetti — disse Milo.

Wilcox estendeu as mãos calejadas.

— Exatamente. Tínhamos acabado de enfiar o cara na cela quando vocês telefonaram.

Era quase inacreditável. Seis anos antes, desequilibrado e vivendo com outra identidade, Milo encontrara o Tigre pela primeira vez, em Amsterdã. Ao longo dos seis anos seguintes, o sujeito fora localizado e perdido na Itália, na Alemanha, nos Emirados Árabes, no Afeganistão e em Israel. Agora, ele tinha sido pego num motelzinho perto da fronteira com o Mississippi, delatado por uma prostituta de Louisiana.

— Nada mais? — perguntou ao delegado. — Ninguém mais fez qualquer denúncia? Somente a mulher?

A papada sob o queixo de Wilcox vibrou.

— Isso mesmo. Mas esse cara, Sam Roth... esse é mesmo o nome verdadeiro dele?

Milo decidiu que o delegado merecia uma recompensa pela hospitalidade.

— Manny, a gente não tem certeza do nome dele. Cada vez que ele aparece no nosso radar, o nome é diferente. Mas a garota talvez saiba algo. Onde ela está agora?

Sem jeito, o delegado brincou com o copo úmido.

— Lá no motel. Eu não tinha motivo para prendê-la.

— Eu vou querer falar com essa mulher também.

— Leslie pode ir buscá-la — garantiu Wilcox. — Mas diga uma coisa: seu chefe comentou... esse sujeito é mesmo conhecido como o Tigre?

— Se for quem a gente está pensando, sim. É assim que ele é conhecido.

Wilcox grunhiu em sinal de divertimento.

— Hoje em dia ele já não é um tigre. Está mais para gatinho. E tem um jeito de andar engraçado, apático.

Milo acabou de beber a limonada, e Wilcox ofereceu-lhe mais. Era compreensível que os oficiais gostassem da limonada preparada pela Sra. Wilcox.

— Não se iluda, delegado. Lembra-se do que aconteceu no ano passado, na França?

— Com o presidente?

— Com o ministro das Relações Exteriores. E, na Alemanha, teve aquele líder de um grupo islâmico...

— Terrorista?

— Líder religioso. O carro explodiu com ele dentro. E, em Londres, aquele executivo...

— O que comprou a companhia aérea! — exclamou Wilcox, satisfeito por saber ao menos desse caso. — Não me diga que esse palhaço matou o executivo também. *Três* pessoas?

— Essas são as três pessoas cujas mortes, no ano passado, nós atribuímos a ele, com certeza. Ele vem atuando há, pelo menos, uma década. — No momento em que o delegado levantou as sobrancelhas, Milo percebeu que tinha falado o bastante. Não havia necessidade de aterrorizar o homem. — Mas como eu disse, delegado, eu preciso falar com ele, para ter certeza.

Wilcox bateu com as juntas da mão no tampo da mesa com força suficiente para sacudir o monitor do computador.

— Ora, então vamos providenciar isso agora mesmo.

2

O delegado transferira três bêbados e dois acusados de violência doméstica para uma cela conjunta, deixando Samuel Roth sozinho numa saleta construída com blocos de concreto, sem janelas e com uma porta de aço. Milo espiou por uma janelinha com barras que havia na parte superior da porta. Uma lâmpada fluorescente tubular presa ao teto iluminava a cama estreita e o vaso sanitário de alumínio.

Definir a busca pelo Tigre como obsessiva seria, segundo Grainger, atenuar a realidade. Em 2001, em Viena, logo depois de se recuperar dos ferimentos à bala e se aposentar do Turismo, Milo resolveu que, enquanto seus companheiros de trabalho se dedicavam a encontrar, em algum canto do Afeganistão, o muçulmano mais famoso do mundo, ele se dedicaria aos atos mais "cirúrgicos" do terrorismo. Atos terroristas, por definição, eram bruscos e confusos. Mas quando alguém como Bin Laden ou al-Zarqawi queria executar determinado indivíduo, ele, assim como o resto do mundo, recorria aos profissionais. No ramo do homicídio, poucos superavam o Tigre.

E assim, nos últimos seis anos, a partir do seu cubículo no 22º andar da sede da Companhia na Avenue of the Americas, ele seguira esse sujeito pelas cidades do mundo, sem jamais chegar perto de prendê-lo.

Agora ali estava ele, o dono daquela ficha vergonhosamente curta e tão bem conhecida por Milo, sentado à vontade na cama, de costas para a parede, com as pernas esticadas e cruzadas à altura dos tornozelos. Samuel Roth, ou Hamad al-Abari, ou Fabio Lanzetti, ou outros cinco nomes previamente identificados. O assassino não olhou para quem o espiava; manteve os braços cruzados sobre o peito no momento em que Milo entrou.

— Samuel — chamou Milo enquanto um policial trancava a porta. Não se aproximou; apenas esperou até que o homem olhasse para ele.

Mesmo sob aquela luz, que produzia sombras marcantes e amarelava a pele, o rosto de Roth lembrava as três fotos arquivadas no escritório. Uma tinha sido tirada em Abu Dhabi, quando ele era al-Abari e seus traços estavam um pouco encobertos por um turbante branco. Na segunda, batida em Milão, ele era Lanzetti, num café da Corso Sempione, e conversava com um sujeito de barba ruiva que jamais fora identificado. A terceira resultara da gravação de uma câmera de segurança instalada em frente a uma mesquita em Frankfurt, onde ele deixara uma bomba embaixo de um Mercedes-Benz preto. As três imagens coincidiam com aquelas sobrancelhas espessas, as faces encovadas, os olhos profundos e a testa alta e estreita. Às vezes, um bigode ou uma barba escondiam detalhes do rosto, mas agora o único disfarce era uma barba de três dias que despontava nas maçãs das faces. Sob aquela luz, a pele parecia manchada, descascando em consequência da exposição ao sol.

Milo se manteve ao lado da porta.

— Samuel Roth... vamos usar este nome por ora. É fácil de ser pronunciado.

Em resposta, Roth apenas piscou.

— Você sabe por que eu estou aqui. Não tem nada a ver com seu problema com as mulheres. Eu quero saber por que você está nos Estados Unidos.

— Как вас зовут, мудаки? — disse Roth.

Milo fez uma careta. Precisaria de muita paciência. Pelo menos um novo idioma impediria que a conversa deles fosse compreendida por aquele pessoal do Tennessee. Em russo, ele respondeu:

— Eu sou Milo Weaver, da CIA.

Samuel Roth reagiu como se aquele fosse o nome mais engraçado que ouvira na vida.

— O que foi?

— Desculpe — falou Roth num inglês fluente, erguendo uma das mãos. — Mesmo depois de tudo isso, eu ainda não esperava que a coisa funcionasse.

A fala dele era monótona e irregular, típica de quem já absorveu inúmeros sotaques.

— O que você não esperava que funcionasse?

— É uma surpresa para mim, lembrar de você. Eu tenho andado muito esquecido ultimamente.

— Se você não responder às minhas perguntas, eu vou te machucar. Fui autorizado.

Os olhos do prisioneiro se arregalaram; estavam vermelhos e cansados.

— Você só se arriscaria a entrar no país por um motivo. Quem você pretendia matar?

Roth mordeu o interior da bochecha e falou em tom lacônico:

— Talvez você, homem da Companhia.

— Nós estávamos na sua pista desde Barcelona... sabia disso? Seguimos você no México, em Dallas, no carro alugado em Nova Orleans, onde você pegou aquela garota. Talvez você só quisesse saber se ela havia sobrevivido ao Katrina. Você passou a usar o passaporte italiano... Fabio Lanzetti... mas optou por usar outro depois que entrou no Mississippi. Mudar de identidade é um bom truque, mas não é infalível.

Roth aprumou a cabeça.

— Você sabe disso, não é mesmo?

— Sei?

Samuel Roth levou a mão aos lábios secos, retendo um acesso de tosse. Quando falava, sua voz parecia congestionada.

— Já ouvi muito a seu respeito, Milo Weaver, também conhecido por outros nomes. Alexander. — Apontou para Milo. — Esse é o nome que eu conheço. Charles Alexander.

— Não sei do que você está falando — declarou Milo com a maior naturalidade possível.

— Sua história é longa — prosseguiu Roth. — E interessante. Você foi Turista.

Ele deu de ombros.

— Todo mundo gosta de umas férias.

— Lembra de 2001? Antes daqueles muçulmanos estragarem tudo. Amsterdã. Naquela época, eu só me preocupava com gente como você, gente a serviço dos governos e que estraga meu trabalho. Hoje em dia... — Ele balançou a cabeça.

Milo lembrava-se mais de 2001 do que da maioria dos outros anos.

— Nunca estive em Amsterdã — mentiu.

— Você é estranho, Milo Weaver. Já vi as fichas de muita gente, mas você... sua história não tem *centro*.

— Centro? — Milo avançou dois passos, ficando a meio metro do prisioneiro.

As pálpebras de Roth caíam sobre os olhos avermelhados.

— Não existe *motivação* ligando os eventos do seu passado.

— Claro que existe. Carros potentes e garotas. Não é essa a sua motivação?

Samuel Roth pareceu gostar do que ouviu. Voltou a levar a mão aos lábios, agora a fim de encobrir um amplo sorriso; acima das maçãs do rosto queimadas de sol, os olhos pareciam lacrimejar, com um aspecto doentio.

— Bem, é óbvio que você não é motivado pelo seu próprio bem-estar, caso contrário não estaria aqui agora. Em Moscou, talvez, onde os agentes são bem-tratados. Lá, ao menos, eles sabem se cuidar.

— É isso que você é... russo?

Roth ignorou a pergunta.

— Talvez você só queira estar do lado vitorioso. Tem gente que gosta de fazer história. Mas a história é traiçoeira. O monólito de hoje é a pilha de pedras de amanhã. Não. — Ele balançou a cabeça. — Não é isso. Acho que você agora é leal à sua família. Isso faz sentido. Sua esposa e sua filha. Tina e... Stephanie, não é?

Involuntariamente, Milo agarrou Roth pelo colarinho da camisa, levantando-o da cama. De perto, pôde ver que a pele seca e descascada estava cheia de lesões rosadas. Aquilo não era queimadura de sol. Com a outra mão, segurou o maxilar de Roth, a fim de examinar seu rosto. O hálito do homem era fétido.

— Deixe minha esposa e minha filha fora disso — ordenou Milo e, em seguida, o soltou. Ao desabar sobre a cama, Roth bateu a cabeça na parede.

Como foi que aquele sujeito conseguiu subverter o interrogatório?

— Eu só queria puxar conversa — alegou Roth, esfregando a parte posterior do crânio. — É por isso que estou aqui, sabia? Para falar com você.

Em vez de questionar tal afirmação, Milo dirigiu-se à porta. Ao se retirar do recinto, ele poderia ao menos frustrar a vontade expressa por Roth.

— Aonde você vai?

Bom... ele parecia estar preocupado. Milo bateu à porta, e um dos policiais começou a abrir a tranca.

— Espere! — exclamou Roth. — Eu tenho informações!

Milo escancarou a porta, e Roth gritou novamente:

— *Espere!*

Milo não se deteve. Saiu da saleta e avançou pelo corredor, e o policial fechou a porta de aço.

3

O calor sufocante do meio-dia o devorava enquanto ele manuseava o novo Nokia cedido pela Companhia. Ainda não sabia muito bem como mexer naquele aparelho, mas finalmente encontrou o número. Entre uma viatura policial e alguns arbustos secos no entorno da delegacia, ele contemplou nuvens carregadas que começavam a ocupar o céu.

— O que foi? — respondeu Grainger, áspero. Sua voz denotava a irritação típica de quem acaba de ser acordado, mas já era quase meio-dia.

— Já fiz a constatação, Tom. É ele.

— Bom. Eu suponho que ele não queira falar, certo?

— Não. Mas está tentando me irritar. Ele viu minha ficha. Sabe da existência de Tina e Stef.

— Deus do céu! Como ele ficou sabendo disso?

— Tem uma garota envolvida. É possível que ela saiba de algo. Eles vão trazê-la para cá agora. — Ele fez uma pausa. — Mas ele está doente, Tom. De verdade. Tenho dúvidas de que consiga viajar.

— O que ele tem?

— Ainda não sei.

Quando Grainger soltou um suspiro, Milo o imaginou reclinando-se bruscamente na cadeira giratória e observando a vista dos arranha-céus de Manhattan. Ao longo da via principal de Blackdale, diante dos edifícios pálidos de tijolo aparente, metade dos quais sediando empresas falidas, mas ostentando bandeiras comemorativas do Dia da Independência, Milo não pôde conter um sentimento de inveja.

— Para sua informação... você tem uma hora pra fazê-lo falar — disse Grainger..

— Não me diga.

— Digo sim. Um babaca em Langley me enviou um e-mail pelo servidor aberto. Eu passei a última meia hora nos defendendo do Departamento de Segurança Nacional. Se ouvir a palavra "jurisdição" mais uma vez, vou ter um ataque.

Milo deu um passo para trás no momento em que um policial entrou numa viatura e deu partida no motor. Ele voltou para perto das portas de vidro da delegacia.

— Minha esperança é a garota. Seja qual for o jogo, ele só vai seguir as minhas regras se tiver o rabo preso comigo. Ou se for pressionado.

— Você tem como fazer isso aí?

Milo avaliou a questão enquanto uma viatura saía e outra estacionava na mesma vaga. O delegado talvez fizesse vista grossa diante de uma pressãozinha, mas Milo tinha dúvidas quanto aos policiais, que pareciam um tanto apavorados.

— Quando a garota chegar, eu vejo o que pode ser feito.

— Se o pessoal da Segurança Nacional não tivesse passado a manhã inteira gritando comigo, eu diria para você quebrar ele todinho. Mas não temos escolha.

— Você acha que eles vão querer dividir Roth conosco?

— *Eu* é que não quero dividir Roth com eles — vociferou o chefe. — Seja um bom menino e deixe o cara para eles, mas o que Roth contar para você vai ser só nosso, ok?

— Certo. — Milo viu que o policial de bigode que naquele momento saía do carro era Leslie, que fora enviado para buscar Kathy Hendrickson. Ele estava sozinho. — Eu ligo de volta — disse Milo e desligou.

— Cadê a garota?

Leslie tinha em mão o chapéu de aba larga da polícia e, nervoso, girava-o sem parar.

— Foi embora, senhor. Ontem, tarde da noite, poucas horas depois que a liberamos.

— Sei. Obrigado.

Ao voltar para o interior da delegacia, Milo telefonou para casa, sabendo que àquela hora não haveria ninguém que pudesse atender à chamada. Ainda no trabalho, Tina verificaria as mensagens gravadas no telefone tão logo percebesse o atraso dele. Milo gravou uma mensagem breve e concisa. Lamentava perder a apresentação de Stephanie, mas não exagerou o tom de culpa. Afinal, na semana seguinte, eles estariam juntos na Disney; e ele teria tempo suficiente para desfrutar da companhia da filha. Sugeriu que a esposa convidasse Patrick, o pai biológico de Stephanie.

— E filme tudo, ok? Eu quero ver a apresentação.

Encontrou Wilcox na copa, brigando com a máquina de refrigerantes.

— Pensei que você só bebesse limonada, Manny.

Wilcox pigarreou.

— Estou de saco cheio de limão. — Ele apontou o dedo gorducho. — Se você disser isso para minha mulher, eu vou querer sua cabeça numa bandeja.

— Vamos fazer um acordo. — Milo se aproximou um pouco mais. — Eu fico de bico calado se você me deixar uma hora sozinho com o prisioneiro.

Wilcox se empertigou, recuou e olhou para ele.

— Você quer ficar com ele *sozinho*-sozinho?

— Sim, senhor.

— E você acha que isso é uma boa ideia?

— Por que não?

O delegado Wilcox coçou a nuca flácida; o colarinho bege estava marrom de tanto suor.

— Bem, os jornais estão trucidando vocês. Todo dia tem um ignorante gritando denúncias que envolvem a CIA. Sabe, eu sei manter *minha* boca fechada, mas numa cidadezinha como esta...

— Não se preocupe. Eu sei o que estou fazendo.

O delegado fez um bico, deformando o narigão.

— Questão de segurança nacional, não é?

— A mais nacional, Manny. E o máximo de segurança.

4

Quando Milo retornou à cela, Samuel Roth sentou-se como se o aguardasse para um bate-papo, seu corpo aparentemente acionado por uma súbita corrente de energia.

— Olá de novo — cumprimentou depois que a porta foi trancada.

— Quem mostrou minha ficha a você?

— Um amigo. Um ex-amigo. — Roth fez uma pausa. — Ok. Meu pior inimigo. O cara é barra-pesada.

— Eu conheço ele?

— Nem *eu* conheço ele. Nunca fui apresentado a ele. Só conheço o intermediário.

— Então o sujeito é um cliente.

Roth sorriu, e os lábios secos pareciam se rachar.

— Exatamente. Ele me mostrou dados a seu respeito. Um presente, segundo ele, para compensar umas dores de cabeça que ele tinha me causado. Ele disse que foi você que atrapalhou o trabalho em Amsterdã. E também que você estava encarregado do meu caso. Por isso, é claro, estou aqui.

— Você está *aqui* — interveio Milo, chegando ao meio da cela — porque bateu numa mulher e achou que ela não fosse dar o troco.

— É isso mesmo que você está pensando?

Milo não respondeu; ambos sabiam que esse cenário era improvável.

— Estou *aqui* — prosseguiu Roth, gesticulando para as paredes de concreto — porque queria falar com Milo Weaver, antes conhecido como Charles Alexander. Só com você. Você é o único sujeito da Companhia que conseguiu me parar. Você merece meu respeito.

— Em Amsterdã?

— Sim.

— Engraçado.

— É mesmo?

— Há seis anos, em Amsterdã, eu estava consumindo um monte de anfetamina. Vivia completamente chapado. Não tinha ideia de metade das coisas que eu fazia.

Roth encarou-o e então piscou.

— É mesmo?

— Eu era um suicida. Tentei ficar diante de sua linha de fogo na esperança de acabar com minha vida.

— Bem — disse Roth, considerando a novidade —, ou eu nunca fui tão bom quanto achava que era ou você é tão bom que foi capaz de me derrubar mesmo estando cego e chapado. Você agora merece ainda mais o meu respeito. E isso é uma coisa rara e maravilhosa.

— Se queria falar comigo, por que não pegou um telefone?

O assassino balançou a cabeça.

— Isso, como você sabe, é inviável. Eu seria encaminhado a algum funcionário que passaria uma hora me fazendo perguntas. Se não desligasse na minha cara, o sujeito telefonaria para Tom... Tom Grainger, certo? E aí o departamento inteiro acabaria se envolvendo. Não. Eu queria só você.

— Ainda assim, haveria meios mais fáceis. Mais baratos.

— Dinheiro já não significa coisa alguma — retrucou Roth pacientemente. — Além do mais, foi divertido. Eu precisava de uma última perseguição. Não poderia ser muito difícil, pois você precisava me encontrar; mas não poderia ser muito fácil, senão o FBI ou o Departamento de Segurança Nacional esbarraria comigo em minha chegada a Dallas. Não, eu precisava deixar meu rastro ainda fora do país, de forma que você o seguisse; afinal, você tem sido o responsável pelo meu caso nesses últimos anos. Depois, eu daria uma voltinha com você no meu encalço por este país enorme. Minha intenção era ter chegado até Washington ou até sua casa, no Brooklyn, mas o destino não quis. O destino não quis muita coisa. Eu queria ir *mais longe*. Queria botar você para trabalhar.

— Por quê?

— Se tivesse tempo — respondeu Roth —, eu seria evasivo, pois é sabido que nenhum agente secreto que se preze acredita no que lhe é dito. Todo agente precisa arrancar a informação do interlocutor, ou melhor, descobrir tudo sem que o interlocutor perceba que deixou a coisa escapar. Mas, infelizmente, não houve tempo. Vai ter que ser na pequena Blackdale e sem enrolação, porque eu não vou estar aqui amanhã.

— Você vai a algum lugar?

Novamente o mesmo sorriso.

Milo não podia acreditar no que ouvia. Aquilo era orgulho, evidentemente, uma reação contra o fato de que, nos últimos três dias, ele estivera encurralado.

— E Kathy Hendrickson?

— Tudo que ela sabe é que foi bem paga pelo trabalho. Sim... e pelos hematomas. Ela não sabe o motivo. Falando sério, ela não sabe nada — explicou ele e então teve um violento acesso de tosse. Depois que o acesso passou, ele olhou para uma das mãos. — Ah. — Ele mostrou a Milo a palma da mão, manchada de sangue. — Será mais rápido do que eu desejo.

— O quê?

— Minha morte.

Milo examinou a fisionomia do Tigre, constatando sinais que pareciam resultar de uma fuga exaustiva pelos estados do Sul dos Estados Unidos: olhos congestionados, cansaço, a condição da pele. Aquela palidez não decorria da luz fluorescente.

— Diagnóstico?

— Aids.

— Entendo.

A falta de solidariedade não abalou Roth.

— Falei com alguns médicos na Suíça... da clínica Hirslanden, em Zurique. Você pode verificar isso, se quiser. Procure por Hamad al-Abari. Aqueles alemães das montanhas são espertos. Eles têm um novo procedimento para constatar o avanço da doença por meio da contagem das células T... algo assim. Sabem até dizer quando eu contraí o HIV. Foi há cinco meses. Fevereiro. Eu estava em Milão.

— O que você fazia em Milão?

— Fui encontrar meu contato. O intermediário ao qual me referi há pouco. Ele atende pelo nome de Jan Klausner, mas não fala nem alemão nem tcheco. Pelo sotaque, talvez seja holandês. Quarentão. A barba ruiva é a única marca autêntica nele.

Milo lembrou-se da foto que tinha visto no dossiê de Fabio Lanzetti: Milão, Corso Sempione, um sujeito de barba ruiva.

— Nós temos uma foto de vocês dois juntos.

— Bom começo.

— Ele te entregou algum serviço?

— Faz anos que ele me passa serviços. Na realidade, o primeiro foi há seis anos, pouco depois do ocorrido em Amsterdã. Uma surpresa. Eu estava preocupado, pensando que se a notícia do meu fracasso na Holanda tivesse se espalhado, eu não conseguiria mais trabalho. Mas então Jan apareceu. Os serviços não eram constantes, um ou dois por ano... mas pagavam bem. O último que ele me passou foi em janeiro. Um trabalho em Cartum. Mulá Salih Ahmad.

Milo pensou em retrospectiva: Sudão, janeiro.

Em janeiro, o mulá Salih Ahmad, um líder religioso tão radical quanto popular, conhecido por seus discursos em defesa da al-Qaeda, havia desaparecido. Dois dias depois, o corpo foi encontrado no quintal da casa da própria vítima: estrangulado. O fato ocupou o noticiário internacional durante cinco minutos, sendo rapidamente substituído pela contínua guerra civil na região de Darfur, mas no Sudão a notícia ainda circulou por um tempo, e a culpa recaiu sobre o presidente, Omar al-Bashir, que não tinha por hábito permitir que os críticos do regime fossem ouvidos ou saíssem da cadeia. Houve protestos, repelidos por tropas de choque. No último mês, mais de quarenta pessoas tinham sido mortas.

— Quem contratou você?

A energia parecia se esvair de Roth e ele fixou o olhar, fora de foco, num ponto atrás de seu interrogador. Milo não se deu ao trabalho de interromper o transe, embora imaginasse veículos utilitários lotados de agentes da Segurança Nacional voando pelas estradas empoeiradas do Tennessee em direção a Blackdale.

Finalmente, Roth balançou a cabeça.

— Desculpe. Os médicos dizem que é demência provocada pela Aids. Eu perco o fio da meada, esqueço coisas. Mal consigo andar. — Com esforço, ele engoliu em seco. — Do que a gente estava falando?

— Do mulá Salih Ahmad. Quem contratou você para executá-lo?

— Ah, sim! — Crispando-se em consequência da dor, Roth parecia ao menos satisfeito por ter reconhecido a lembrança. — Bem, eu não sei. Eu tinha meu contato, um tal Jan Klausner, ruivo, possivelmente, holandês — explicou sem se dar conta das repetições. — Ele não falou nada sobre quem o contratou. Ele me paga e, para mim, isso já basta. Mas aí veio o serviço com Ahmad, e o chefe de Jan me deu um golpe. Só pagou dois terços. Klausner disse que é porque eu não segui as instruções: *marcar* o corpo com ideogramas chineses.

— Chineses? — interrompeu Milo. — Por que chineses?

— Boa pergunta, mas ninguém me disse nada. Klausner só me perguntou por que eu não marquei o corpo. Afinal, eu tinha mandado um ferreiro preparar as marcas. Infelizmente, não há muitos ferreiros exímios no Sudão, e as marcas que eles fizeram para mim eram de alumínio. Já imaginou? Quando eu as aqueci, os ideogramas derreteram. — Ele tossiu novamente, como se seu corpo não pudesse suportar tantas palavras ao mesmo tempo. — Nenhuma marca chinesa... foi essa a desculpa de Klausner pelo desconto no pagamento. — Mais tosse.

Milo enfiou a mão no paletó e retirou um pequeno frasco.

— Vodca.

— Obrigado. — O assassino deu um gole demorado, o que fez com que tossisse mais sangue sobre o uniforme alaranjado de prisioneiro, mas não largou o frasco. Manteve um dedo erguido até que a tosse diminuísse, e então continuou: — É melhor eu desembuchar logo, não?

— O que os ideogramas diziam?

— Algo como "conforme prometido, o fim". Estranho, não é? — Milo assentiu. — Eu poderia ter deixado para lá, e cheguei a considerar a possibilidade. Mas, se as pessoas descobrissem que eu havia deixado um cliente me dar um golpe, aí... — Ele limpou os lábios ensanguentados. — Você sabe do que estou falando.

— Claro.

Roth voltou a tossir, com menos intensidade dessa vez.

— Em todo caso, pensei, por razões óbvias, que fossem os chineses. Eles investem bilhões naquele país, por causa do petróleo; fornecem armas para o governo. Teriam interesse em proteger o investimento. Mas, aí... sim. Eu li os jornais. Todo mundo acreditava que tinha sido por ordem do presidente. Ele perseguia Ahmad havia anos. E eu também perseguia, certo? E havia também o chefe de Jan Klausner, pelo menos naquele serviço. — Roth piscou algumas vezes e Milo achou que ele voltaria a perder o foco, mas isso não aconteceu. — Eu trabalho por impulso. Em outras pessoas, isso indica derrota, mas de alguma forma isso funciona comigo. Decisões tomadas em fração de segundo fazem parte do trabalho, você não acha?

Milo não questionou esse ponto.

— O presidente al-Bashir, afinal, estava numa missão diplomática no Cairo. Então, impulsivamente, eu fui até lá. Bela mansão, cercada de segurança. Mas, eu sou o Tigre, certo? E consegui descobrir um meio de entrar na casa. Encontrei ele no quarto... sozinho, por sorte. E perguntei: *Omar, por que você está me ferrando?* Mas escute o que vou lhe dizer, Milo Weaver. Depois de vinte minutos de lenga-lenga, percebi que ele não sabia de nada. Ele queria ver Ahmad morto? Claro. O cara era um tremendo incômodo. Mas ele ordenou a execução? — Roth balançou a cabeça. — Infelizmente, não. Daí, como o vento, eu fui embora.

Roth deu mais um gole na vodca de Milo, saboreando-a com a língua antes de deixá-la escorregar pela garganta. Olhou para o frasco:

— Russa?

— Sueca.

— É boa.

Mais uma vez, Milo aguardou.

Depois de mais um gole medicinal, Roth prosseguiu:

— Pensei mais um pouco e resolvi procurar Jan Klausner. Fiz algumas investigações... eu tenho meus contatos, você sabe. Gente que pode ajudar. E descobri que Jan Klausner tem domicílio em Paris, mas com o nome de Herbert Williams, um americano. Fui até o endereço, que evidentemente era falso, e foi ali, creio, que eu cometi um deslize. Acho que fui localizado. Uma semana depois, Jan, ou Herbert, entrou em contato comigo. Àquela altura já era fevereiro. Pediu que eu fosse a Milão para receber o restante do dinheiro. O chefe tinha reconhecido o próprio erro.

— Então você foi — disse Milo, não conseguindo disfarçar seu interesse.

— Dinheiro é dinheiro. Ou costumava ser. — De novo o sorriso, agora entediado. — Foi tranquilo. A gente se encontrou num café... 14 de fevereiro... e ele me entregou uma sacola de loja cheia de euros. E me entregou também, como se fosse um pedido de desculpas, um dossiê contendo informações sobre Milo Weaver, antes conhecido como Charles Alexander. *Seu adversário*, ele me disse. *Esse homem está atrás de você há meia década.* — Roth franziu o cenho. — Por que ele faria uma coisa dessas, Milo? Por que ele me daria seu dossiê? Alguma ideia?

— Nenhuma.

Roth ergueu as sobrancelhas diante do mistério.

— Só depois, na Suíça, quando fui informado sobre a época em que fui infectado, me lembrei do que tinha acontecido. Sabe, havia cadeiras de metal naquele café. De alumínio. Muito bonitas, mas, em algum momento, enquanto tomávamos café, eu senti uma picada. Aqui. — Ele tocou a parte posterior da coxa direita. — Furou minha calça, atingindo a perna. Pensei que fosse apenas algum defeito de fabricação, uma farpa. Mas sangrou. Klausner — ele meneou a cabeça ao se recordar, quase sorrindo — chamou a garçonete e começou a reclamar. Disse que o amigo, ou seja, *eu*, processaria o café. Evidentemente, a garçonete era bonita... todas as garçonetes de Milão são bonitas... e eu precisei acalmá-lo.

— Você acha que foi assim que contraiu HIV?

Roth demonstrou indiferença com certo esforço.

— De que outro jeito? Você deve ter lido na minha ficha que eu sou solteirão e que não uso drogas.

Milo pensou em não responder, mas, finalmente, admitiu:

— Sua ficha tem poucos dados.

— Ah! — Isso pareceu agradar o assassino.

Durante todo esse tempo, Milo se mantivera de pé no meio da cela. Àquela altura, a posição se tornara incômoda, e ele então sentou-se no pé da cama, perto de Roth. No lábio superior do assassino brilhava um filete de coriza.

— Quem você acha que é o chefe de Klausner?

Roth o encarou, refletindo.

— É difícil saber. Os serviços que ele me pedia eram inconsistentes, tanto quanto sua história pessoal. Eu sempre me perguntava: o Sr. Klausner-

Williams representa um grupo ou vários grupos? Primeiro achei que fosse um, depois, que fossem vários; finalmente cheguei à conclusão de que ele representa apenas um grupo mesmo. — Roth fez uma pausa, talvez a título de efeito dramático. — A *jihad* islâmica global.

Milo abriu e fechou a boca.

— Isso incomoda você? — perguntou ele.

— Eu sou um artesão, Milo. A única coisa que me interessa é a viabilidade do serviço.

— Então terroristas o pagaram para executar o mulá Salih Ahmad, ele próprio um terrorista. É isso que você está me dizendo?

Roth fez que sim.

— Execuções públicas e privadas têm propósitos diferentes. Você, melhor do que ninguém, sabe disso. Você não acha que a única técnica empregada pela al-Qaeda é amarrar bombas no corpo de rapazinhos e mandá-los pelos ares, para um céu cheio de virgens, acha? Não. E o Sudão... a princípio eu também não conseguia enxergar. Então comecei a observar melhor. Quem está ganhando agora? Esqueça Darfur por um instante. Estou falando da capital. Cartum. Os rebeldes extremistas muçulmanos... eles é que estão ganhando. Eles têm mais apoio da população do que nunca. A morte de Ahmad foi o melhor presente que aqueles filhos da mãe ganharam, e se houvesse uma marca chinesa no corpo dele, a coisa seria ainda melhor... a culpa cairia nos investidores chineses que apoiam o presidente. — Ele balançou a cabeça. — Eles vão estar no paraíso islâmico a qualquer momento, graças a mim.

A julgar pela fisionomia, ninguém saberia o quanto essa notícia empolgara Milo. Ele formulara todas as perguntas com a discrição que cabe a um interrogador, como se uma resposta jamais fosse mais importante do que outra. Sempre impassível, ele prosseguiu:

— Tem uma coisa que eu não entendo, Roth. Você ficou sabendo, cinco meses atrás, que tinha contraído HIV. Foi informado por uma clínica suíça. Agora o vírus está quase te matando. Por que você não se medicou? Você poderia viver relativamente bem por décadas.

Era a vez de Roth se mostrar impassível, e ele estudou o rosto de Milo.

— Milo, a ficha que você leu sobre mim deve ter sido mesmo curta. — Finalmente, ele explicou: — "A Ciência Cristã purifica a fonte, a fim de purificar o riacho."

— Quem disse isso?

— Você é um homem de fé, Milo? Além da esfera doméstica?

— Não.

Roth parecia levar aquilo a sério, como se estivesse decidindo qual caminho seguir.

— É difícil. A fé nos convence a fazer coisas que normalmente não faríamos.

— Quem você acabou de citar?

— Mary Baker Eddy. Eu sou um cientista cristão. — Novamente ele engoliu em seco, embora com dificuldade.

— Estou surpreso — admitiu Milo.

— Claro que está... mas por quê? Quantos marginais católicos existem no mundo? Quantos assassinos muçulmanos? Quantos anjos da morte amam a Torá? Por favor. Eu posso não ter vivido segundo os ensinamentos da Igreja, mas estou pronto a morrer por eles. Deus achou por bem me levar... e por que não haveria de achar? Se eu fosse Ele, teria feito isso há muito tempo. — Ele fez uma pausa. — É claro que aqueles médicos suíços pensaram que eu fosse maluco. Quase me obrigaram a tomar medicação. A todo momento encontravam-me do lado de fora, embaixo de uma árvore, de joelhos, rezando. A força da oração... não salvou meu corpo, mas talvez salve minha alma.

— O que Mary Baker Eddy diz sobre vingança? — perguntou Milo, irritado com o inesperado surto de poesia moralista. Ele supunha que aquilo fosse comum em assassinos como o Tigre, que se isolavam e evitavam até a intimidade do sexo. Não havia quem pudesse compartilhar de seus pensamentos, ninguém que pudesse lembrar-lhe de que as palavras saídas de sua boca não eram necessariamente repletas de sabedoria. — É por isso que você está aqui, certo? — insistiu ele. — Você quer que eu me vingue da pessoa que está te matando.

Roth pensou por um instante, ergueu um dedo (Milo notou a presença de sangue na articulação) e entoou:

— "Supor que o pecado, a luxúria, o ódio, a inveja, a hipocrisia e a vingança têm vida própria constitui um erro terrível. A Vida e a ideia da Vida, a Verdade e a ideia da Verdade, nunca tornam o homem enfermo, pecaminoso ou mortal." — Roth baixou a mão. — A vingança não tem vida própria, mas, talvez, a justiça tenha. Entende? Eu já disse tudo o que sei sobre ele. Não é muito, mas você é um homem esperto. Você tem recursos. Espero que consiga localizá-lo.

— E o dinheiro? — questionou Milo. — Como Klausner passava o dinheiro para você? Sempre numa sacola de loja?

— Não, não — disse Roth, satisfeito com a pergunta formulada por Milo. — Geralmente eu era instruído a ir até um banco. Eu entrava e limpava uma conta. Os bancos mudavam, e cada conta era aberta num nome diferente, mas sempre com o meu como segundo titular.

Milo encarou o homem. Considerando todos os corpos recolhidos por Samuel Roth ao longo dos anos, havia algo estranho nesse último desejo.

— Talvez ele esteja me fazendo um favor. Ele vai fechar alguns dos meus casos acabando com você. Talvez esse Klausner seja meu amigo.

— Não — retorquiu Roth. — *Eu* fiz isso por você. Eu poderia ter morrido na obscuridade, em Zurique. Seria, com certeza, mais pitoresco. Mas eu estou ajudando você. Talvez você me ajude. Você é um Turista. Pode pegá-lo.

— Não sou mais Turista.

— É a mesma coisa que dizer: *não sou mais assassino.* Você pode trocar de nome, trocar de trabalho... pode até se tornar um chefe de família burguês, Milo. Mas, na realidade, nada muda.

Sem perceber, o Tigre tinha verbalizado um dos maiores temores de Milo Weaver. Antes que pudesse demonstrar apreensão, ele mudou de assunto.

— Isso dói?

— Muito. Aqui. — Roth tocou o peito. — E aqui. — Tocou a virilha. — É como se houvesse metais pesados no sangue. Você se lembra de tudo o que eu disse?

— Responde uma pergunta...

— Se eu puder.

A questão tinha a ver com algo que Milo queria saber havia seis anos, desde que resolvera concentrar seus esforços no assassino cujas balas tentara encarar. Havia aprendido muito sobre o Tigre, chegando ao primeiro assassinato atribuído a ele, na Albânia, em novembro de 1997. Adrian Murrani, então com 30 anos, líder da comunidade Sineballaj. Tinha sido um ano com muitas mortes repentinas na Albânia, e era sabido que os neocomunistas que então ocupavam o poder haviam ordenado a execução de

Murrani, mas, nesse caso, o assassino fora contratado no exterior. Apesar da pilha de provas físicas e testemunhais reunidas a partir das execuções subsequentes, Milo não chegara nem perto de esclarecer o mistério mais básico sobre esse sujeito.

— Quem é você, realmente? Nunca descobrimos seu nome verdadeiro. Nunca descobrimos sequer sua nacionalidade.

O Tigre sorriu novamente e enrubesceu.

— Suponho que isso seja uma espécie de vitória, não?

Milo reconheceu que era algo impressionante.

— A resposta está na minha ficha. Lá naquele arranha-céu na Avenue of the Americas. Sabe, a única diferença entre você e eu é que nós escolhemos maneiras diferentes de lidar com as nossas despedidas.

A mente de Milo demorou alguns instantes antes de entender.

— Você foi Turista.

— Irmãos de armas — confirmou ele com um largo sorriso. — E, mais tarde, você vai se arrepender de não ter feito outra pergunta. Sabe qual é?

Milo, ainda zonzo diante da informação acerca do passado de Roth na Companhia, não imaginava qual seria a tal pergunta. Então ela veio à sua mente, porque a pergunta era muito simples, assim como o temperamento do assassino.

— Por que "Tigre"?

— Precisamente! Mas a verdade é decepcionante: não faço a menor ideia. Alguém, em algum lugar, usou o termo. Talvez algum jornalista, sei lá. Acho que, depois do Chacal, eles queriam o nome de algum animal. — Ele deu de ombros... mais uma vez, o gesto parecia provocar dores. — Suponho que deva ficar contente por eles não terem escolhido outros animais, como abutre, ou ouriço. Mas agora eu quero perguntar uma coisa — disse Roth. — Qual é sua opinião sobre o Livro Negro?

— Livro... o quê?

— Pare de fingir, por favor.

Na subcultura do Turismo, o Livro Negro era a coisa que mais se aproximava do Santo Graal. Era o guia secreto da sobrevivência, cujos 21 exemplares tinham sido supostamente escondidos mundo afora por um Turista aposentado. As histórias do Livro Negro eram tão antigas quanto o próprio Turismo.

— Tremenda bobagem.

— Nisso a gente concorda — respondeu Roth. — Quando comecei a trabalhar por conta própria, achei que ele poderia ser útil, então passei alguns anos procurando o tal livro. É fruto de imaginações criativas. Talvez o boato tenha sido espalhado por Langley ou talvez por algum Turista entediado. Mas a ideia é interessante.

— Você acha?

— Claro. É algo estável e concreto em nosso mundo confuso. Uma bíblia para a vida.

— Felizmente, no seu caso, você pode contar com a Bíblia de verdade.

Roth assentiu e, quando falou de novo, seu tom de voz era grave.

— Por favor. Você e eu somos inimigos... isso é um fato. Mas confie em mim: o cara que fez isso comigo é muito pior do que eu. Você vai ao menos dar uma olhada na questão?

— Ok — disse Milo, sem saber quanto tempo duraria a promessa.

— Bom.

Samuel Roth inclinou-se para a frente e tocou o joelho de Milo; em seguida, recostou-se à parede. Sem cerimônia, trincou os dentes. Algo estalou dentro de sua boca, como uma noz, e Milo sentiu um cheiro pungente no momento em que Roth expirou. Era um cheiro com que ele já tinha se deparado algumas vezes, vindo de pessoas extremamente devotas ou extremamente assustadas. A saída mais difícil ou mais fácil, dependendo da filosofia da pessoa.

Os olhos congestionados do assassino se arregalaram, tão próximos que Milo pôde enxergar neles seu próprio reflexo. Roth sofreu três rápidos espasmos, e Milo o amparou antes que ele caísse da cama. A cabeça pendeu para trás, com os lábios espumando. Milo tinha um cadáver em suas mãos.

Ele deixou o corpo cair na cama, limpou as mãos na calça e recuou até a porta. Fazia anos que não presenciava aquele tipo de coisa, mas mesmo no passado, quando se deparava com a morte com mais frequência, nunca se acostumara. O peso súbito. O esfriamento célere. Os fluidos que escapam do corpo (o macacão alaranjado que Roth vestia já estava manchado na virilha). A rápida interrupção da consciência, de tudo que a pessoa, por mais abjeta ou virtuosa, havia vivenciado. Não importava que poucos minutos antes quisesse ridicularizar a falsa devoção daquele homem. Isso não vinha ao caso. A questão era que, dentro daquela cela de concreto, um mundo inteiro deixara de existir. Num estalar de dedos, diante dos seus olhos. Assim era a morte.

Milo voltou a si quando a porta, atrás dele, estremeceu. Ele deu um passo para o lado, abrindo caminho para o delegado Wilcox, que entrou dizendo:

— Escute aqui, eu tenho uns cidadãos que...

Ele se deteve.

— *Cristo!* — murmurou o delegado. O medo tomou conta de seu rosto. — Que diabo você fez com ele?

— Ele fez consigo mesmo. Cianeto.

— Mas... mas, *por quê*?

Milo balançou a cabeça e se encaminhou em direção à porta, perguntando-se o que Mary Baker Eddy dizia sobre o suicídio.

5

A agente especial Janet Simmons examinava Milo, sentada de um dos lados de uma mesa branca com o tampo arranhado na sala de interrogatório da delegacia de Blackdale. Apesar de sua altura, o parceiro dela, o agente especial George Orbach, era visivelmente o inferior da dupla. Mais de uma vez ele se levantou e saiu da sala, retornando com copos de isopor contendo água, café ou limonada.

Simmons interrogava com um estilo fluente e cativante, que Milo supunha ser consequência dos novos treinamentos da Segurança Nacional. A todo momento, ela se inclinava para a frente com as mãos espalmadas, exceto quando ajeitava uma mecha de cabelo atrás da orelha. Devia ter 30 e poucos anos, Milo supôs. Traços marcantes, atraentes, prejudicados apenas pelo olho direito, estrábico. Ela se valia da beleza como um meio de diminuir a distância psicológica entre interrogador e interrogado, tornando a relação menos antagônica. Até fingiu não perceber que ele cheirava mal.

Depois de mandar George Orbach buscar leite para seu café, Janet disse a Milo:

— Vamos lá, Milo. Nós estamos do mesmo lado nessa história. Certo?

— Claro que estamos, Janet.

— Então me diga por que a Companhia está trabalhando fora de sua jurisdição neste caso. Diga por que você está guardando segredos de nós.

A deliciosa limonada preparada pela Sra. Wilcox começava a produzir em Milo um pico de glicose.

— Eu já expliquei — retrucou ele. — Fazia anos que a gente estava no encalço de Roth. Ficamos sabendo que ele tinha entrado no país por Dallas, e então eu fui para lá.

— E você não pensou em nos avisar? — Ela ergueu a sobrancelha. — Nós *temos* um escritório em Dallas, você sabe.

Milo buscou palavras para expressar a situação.

— Eu resolvi...

— *Eu?* Tom Grainger já não toma as decisões em Nova York?

— Eu *ponderei* — corrigiu-se ele — que, se fosse convocada, a Segurança Nacional chegaria com a tropa de choque. O Tigre perceberia a manobra imediatamente e acabaria fugindo. O único jeito de pegá-lo era utilizar um único indivíduo.

— Você.

— Eu estava trabalhando no caso havia muito tempo. Conhecia o *modus operandi* dele.

— E veja como tudo deu certo. — Simmons piscou um dos olhos... *piscou um dos olhos.* — Mais um dia bem-sucedido para o Serviço Secreto!

Ele não quis contestá-la.

— Acho que estou sendo bastante prestativo, Janet. Eu disse que ele tinha uma cápsula de cianeto dentro da boca. Ele não gostava da ideia de viver na Baía de Guantánamo; então mordeu a cápsula. Você pode culpar o delegado Wilcox por não ter providenciado um exame das cavidades dentárias, mas acho que isso não seria justo.

— Ele conversou com você. — O tom de voz dela tornou-se meigo; o olho estrábico recuperou o foco. — Vocês tiveram uma conversa. Aquele policial que tem nome de mulher...

— Leslie.

— Certo. Disse que você ficou vinte minutos a sós com ele.

— Eu diria uns 15.

— Então?

— Sim?

Surpreendentemente, Simmons não elevou a voz.

— Sobre o que vocês conversaram?

— Um homem daqueles, um assassino que é uma celebridade... é preciso mais de 15 minutos para fazê-lo começar a falar.

— Então vocês ficaram lá sentados? Olhando um para a cara do outro?

— Eu fiz algumas perguntas.

— Você tocou nele?

Milo aprumou a cabeça.

— Você bateu nele para que ele falasse, Milo?

— É evidente que não — respondeu ele. — Isso é contra a lei.

Ela ensaiou um sorriso, mas mudou de ideia.

— Sabe o que eu acho? Acho que você e a Companhia... estão desesperados. Vocês perderam toda e qualquer credibilidade que tinham e fazem qualquer negócio para se agarrar às suas gratificações. Vocês são até capazes de matar por isso.

— Pelo jeito você refletiu bastante sobre isso.

Dessa vez, ela permitiu que o sorriso aparecesse; talvez pensasse que ele estava brincando.

— O que o Tigre sabia de tão grave a respeito de vocês? Qual era a relação entre Tom e ele? Vocês o usavam para os servicinhos sujos? Eu não sei o que vocês fazem lá naquele arranha-céu, mas acho que há bastante sujeira lá.

Milo surpreendeu-se com a veemência dela; porém ficou ainda mais surpreso com o ar de superioridade.

— Será que o Departamento de Segurança Nacional não tem segredos?

— Claro que sim, mas não estamos sendo julgados pela opinião pública. Ainda não é a nossa vez.

George Orbach entrou na sala trazendo um punhado de envelopinhos.

— Só tem leite em pó.

Janet Simmons pareceu ficar indignada com a notícia.

— Não tem problema. — Ela cruzou os braços. — O Sr. Weaver já está de saída. Ele está precisando de um bom banho. Acho que vamos precisar falar com o Sr. Grainger.

Milo bateu na mesa com os nós dos dedos e levantou-se.

— Por favor, se precisar falar comigo, é só me procurar.

— Como se isso fosse resolver muita coisa...

O temporal da manhã tinha ido embora com a mesma rapidez com que chegara, deixando atrás de si estradas molhadas e o ar úmido e limpo. Enquanto dirigia, Milo acendeu um Davidoff de um maço comprado quando ele parou para encher o tanque de gasolina. De início, a fumaça produziu uma sensação agradável, mas, logo depois, ele começou a tossir violentamente. Mesmo assim, continuou a fumar. Qualquer coisa que atenuasse o fedor da morte seria bem-vinda.

Ele ainda não tinha aprendido a mudar o toque de chamada do novo celular; portanto, quando o aparelho tocou em algum ponto da Rota 18, a caminho de Jackson, o som era tolo, funcional. Ele olhou para conferir se era a esposa, mas era Grainger.

— Sim?

— É verdade o que aquela vaca da Segurança Nacional disse? Ele está morto?

— É.

Uma pausa.

— Você vem ao escritório ainda hoje?

— Não.

— Eu vou te esperar no aeroporto, então. A gente precisa conversar.

Milo desligou o celular e ligou o rádio, sintonizando uma sequência de estações de música country até desligar o aparelho e pegar o iPod que havia usado durante quase toda a viagem. Colocou os fones de ouvido, acionou o playlist de música francesa e foi até a quinta canção.

Sua cabeça se encheu da melodia rápida e envolvente de "Poupée de cire, poupée de son", interpretada por France Gall, vencedora do Festival Eurovision de 1965, composta por Serge Gainsbourg. Era essa a canção que ele ensinara a Stephanie e que seria apresentada por ela no show de talentos, cuja apresentação ele perdia naquela mesma hora.

Ligou para Tina. A chamada foi atendida por uma gravação, e ele escutou a ladainha de que ela não estava em casa e que telefonaria de volta se ele deixasse um recado. Ele sabia que ela já estava no show de talentos, ao lado de uma cadeira vazia, ouvindo a filha deles cantar o hit fenomenal de Gainsbourg. Não deixou recado. Queria apenas ouvir aquela voz.

6

Tina se perguntava que pais idiotas seriam capazes de vestir a filha de 7 anos com meia-calça cor-de-rosa e regata, amarrar um par de asas de anjo nas costinhas frágeis da criança e ainda bordar as asas com lantejoulas. Mal era possível ver a menina sob o holofote, enquanto ela percorria o palco de um lado ao outro dançando num ritmo marcado por guitarras elétricas e cantando uma versão gorjeada de "I Decide", nas palavras da diretora da escola, "sucesso do filme da Disney *O diário da princesa 2*". A canção até podia ser boa, mas de onde estava sentada, no meio do auditório da escola Berkeley Carroll, Tina só escutava o som da bateria e só enxergava a pequena figura reluzente de uma menina evoluindo pelo palco dolorosamente vazio.

Mas, é claro, ela aplaudiu. Todos aplaudiram. Dois se levantaram e gritaram... eram os pais idiotas, Tina supôs. Ao lado dela, no assento destinado a Milo, Patrick bateu palmas e sussurrou:

— Incrível! Vou falar com meus amigos de uma agência de Hollywood para que contratem essa menina o mais cedo possível.

Tina não queria telefonar para Patrick, mas, diante de mais aquela ausência de Milo, Stef merecia uma plateia lotada.

— Comporte-se — recomendou.

Milo deixara mais uma de suas mensagens breves, sem qualquer tom de desculpas, no telefone residencial da família, dizendo que tinha havido um atraso. Como de costume, ele não falou o motivo do atraso; disse apenas "um atraso".

"Tudo bem", ela pensara. "Pode perder o show de talentos da sua filha; eu convido o pai biológico dela."

Então o próprio Milo sugeriu que Patrick fosse convidado. "É pela Stef. E filme tudo, ok?" Isso abrandou um pouco a raiva de Tina... isso e o fato de que, nos últimos três dias, Patrick tentara convencê-la a voltar para ele. Milo, naquela misteriosa e súbita viagem de trabalho, não fazia a menor ideia do que estava acontecendo.

Em reação às investidas de Patrick, Tina levou o telefone até a cozinha, para que a filha não a ouvisse.

— Você usou *drogas*, Patrick?

— É claro que não — respondeu o ex... *namorado*, o que soava estranho, mas eles nunca haviam se casado. — Como você pode imaginar uma coisa dessas? Você sabe o que eu penso sobre drogas.

— Aposto que tomou algumas doses de uísque.

— Escute aqui — interrompeu, tentando parecer razoável. — Agora eu consigo olhar para trás... consigo olhar para trás e enxergar tudo. Consigo enxergar o que aconteceu há décadas. E o que eu vejo? Dois anos maravilhosos. Os dois únicos anos em que fui realmente feliz. Com você. *É isso* que eu quero dizer. Minha vida nunca foi tão boa quanto naquele tempo.

— Eu gosto da Paula — comentou ela enquanto esfregava distraidamente uma esponja na superfície de alumínio da pia, a fim de limpar as manchas. — Ela é inteligente. Jamais vou entender por que ela se casou com você...

— Ha, *ha*! — Ele riu, e agora ela tinha certeza de que ele estava bêbado. Pôde perceber que ele tragava uma daquelas cigarrilhas fedorentas. — Eu sou a piada do século. Mas pense bem. Pense em mim. Lembre-se de como estávamos apaixonados.

— Um minutinho. *Cadê* a Paula?

Outra longa tragada.

— Você sabe tanto quanto eu.

Agora estava tudo explicado.

— Ela abandonou você. E, depois de seis anos, você quer voltar para mim? Você só pode estar muito bêbado, Pat. Ou ser muito idiota.

No palco, um menino vestido de Superman recitava um monólogo, mas um forte ceceio dificultava o entendimento das palavras. Patrick chegou mais perto dela:

— Ele vai sair voando. Estou vendo o fio amarrado no cinto.

— Ele *não vai* sair voando.

— Se sair voando, eu pago o primeiro martíni da vida dele.

O ar blasé de Patrick e a barba grisalha de três dias garantiam-lhe mais clientes no escritório Berg & DeBurgh. Os clientes achavam que ele, ao contrário dos sócios idosos, aparentava vitalidade. No momento, porém, com aquelas olheiras, ele aparentava mais desespero do que vitalidade. Paula Chabon, beldade de origem franco-libanesa que vendia coleções de joias cujo design era assinado por ela própria em butiques situadas em diversas capitais do mundo, mudara-se para Berlim. Um ex-namorado a reconquistara. Mais do que qualquer outra coisa, Patrick tinha esperança de conseguir fazer o mesmo, de conseguir reconquistar Tina. Ele era realmente patético.

O *superboy* concluiu o monólogo correndo pelo palco, simulando um voo, mas lamentavelmente a capa pendia-lhe rente às costas, e Patrick se incomodou com o fato de que os pés do menino não saíam do chão.

— Ligue a filmadora — ordenou Tina depois dos aplausos.

Patrick retirou do bolso uma pequena filmadora Sony. Quando a câmera foi acionada, a tela de 2 polegadas brilhou.

Sem pensar, Tina apertou o joelho dele.

— Aí vem a Pequena Senhorita!

Mas a diretora da Berkeley Carroll surgiu primeiro, semicerrando os olhos para ler o cartão que tinha em mão.

— Por favor, recebam Stephanie Weaver, da primeira série, que vai cantar... — A mulher franziu o cenho, tentando decifrar as palavras. — *Puu-pi de cirqui, puu-pi de son.*

Risadinhas ecoaram pela plateia. Tina pensou: por que a vaca não tinha aprendido a pronunciar o nome da música?

A diretora também riu.

— Meu francês já não é o mesmo. Mas, de toda forma, o título significa "boneca de cera, boneca de serragem", de autoria de Serge Gainsbourg.

O público aplaudiu educadamente e, enquanto a diretora deixava o palco, Stephanie entrou, caminhando um tanto sem graça, mas com altivez. Era, sem dúvida, a mais bem-vestida do show. Milo passara um fim de semana inteiro com ela no Village, procurando o vestido e a meia-calça certos. Depois, pesquisou na internet estilos de corte de cabelo que estavam na moda em meados dos anos 1960. Na opinião de Tina, havia naquilo tudo certo exagero, e ela achava um tanto pedante vestir a filha de acordo com a moda de quarenta anos atrás. Mas agora, vendo que os tons amarronzados do vestido e a meia listrada se sobressaíam discretamente à luz do holofote e que o penteado estava perfeito...

Ao lado dela, assistindo à apresentação da filha, Patrick emudeceu.

Ouviu-se um estalo nos alto-falantes, o ruído de um CD girando, e então uma melodia orquestrada que se transformou num tremendo som, com um ritmo acelerado. Stephanie começou a cantar num francês perfeito.

Je suis une poupée de cire,

Une poupée de son.

Ao ver a imagem da filha fora de foco, Tina percebeu que estava chorando. Milo tinha razão. Estava lindo. Ela olhou para Patrick, boquiaberto diante da tela minúscula e murmurando:

— Puxa vida!

Talvez finalmente aquilo o convencesse de que Milo era uma ótima pessoa, apesar do que Patrick dissera no dia anterior, quando telefonou para a sala dela na Biblioteca Avery de Arquitetura e Belas-Artes, na Universidade de Columbia.

— Eu não gosto dele.

— O quê? — respondeu Tina de maneira ríspida, irritada. — O que você disse?

— Do Milo. — Ela notou que ele já estava meio alto àquela hora da tarde, possivelmente como resultado de um daqueles almoços em que ele consumia cinco martínis. — Estou falando de Milo Weaver. Jamais confiei nele; ele não é uma boa companhia para você, muito menos para minha filha.

— Você nunca sequer tentou gostar dele.

— Mas o que você *sabe* sobre ele? Ele é só um cara que você conheceu na Itália, certo? De *onde* ele é?

— Você já sabe. Os pais dele morreram. Ele é da...

— Carolina do Norte — interrompeu Patrick. — Sei... sei. E por que ele não tem sotaque do sul?

— Ele já viajou muito.

— Certo. Um viajante. E o orfanato... ele me disse que ficou no abrigo para meninos Saint Christopher. Esse orfanato foi destruído num incêndio em 1989. Mais do que conveniente, você não acha?

— Eu acho mais do que inconveniente você saber essas coisas, Pat. Você tem andado por aí bisbilhotando.

— Eu tenho o direito de bisbilhotar quando o bem-estar da minha filha está em jogo.

Tina tentou tirar da cabeça essa conversa, mas as palavras continuavam a golpeá-la enquanto Stephanie cantava com uma voz cristalina que se projetava pelo auditório. Tina sequer sabia o significado da letra da música, mas estava maravilhoso.

— Pat, eu poderia xingar você por ter me abandonado quando eu estava grávida e mais precisava de você, mas eu já nem sinto raiva. No final das contas... estou *feliz*. Milo nos trata bem; gosta de Stephanie como se fosse filha dele. Você entende o que estou dizendo?

A voz de Stephanie se elevou, e a música a envolvia. Ela quase gritou os últimos versos; então, calou-se. Mais alguns compassos da melodia, enquanto Stephanie repetia os passos suaves que aprendera assistindo à gravação de France Gall encontrada por Milo no YouTube. Ela estava tão segura, tão... Manhattan.

— Puxa vida! — repetiu Patrick.

Tina levantou-se, assobiando e gritando, sacudindo o punho no ar, exultante. Outros pais levantaram-se para aplaudir, e Tina pouco se importava se estivessem apenas sendo educados. Estava zonza. Milo teria adorado.

7

Tinha sido um péssimo ano para a Companhia. Ninguém sabia ao certo como aquela onda de má sorte começara, o que significava que a culpa permeava verticalmente toda a hierarquia da instituição, dependendo do estado de espírito da opinião pública, causando danos a diversas carreiras. As câmeras dos telejornais testemunhavam aposentadorias precoces e demissões canhestras.

Antes de seguir com suas vidas, os funcionários humilhados costumavam participar de mesas-redondas em programas de TV veiculados nas manhãs de domingo, ocasiões em que irradiavam a culpa por todos os lados. Um ex-vice-diretor, carreirista de fala mansa agora extremamente amargurado, foi quem melhor resumiu a opinião geral:

— O Iraque, é claro. Primeiro, o presidente nos culpa por fornecer informações erradas. E nos culpa por não termos eliminado Osama bin Laden antes do grande ato de relações públicas que ele perpetrou. E nos culpa por unir esses dois erros e causar uma guerra sem fim, desastrosa, como se nós o tivéssemos levado ao Iraque. Nós nos defendemos com fatos; *fatos*, eu disse. E, de repente, os aliados do presidente no Congresso começam a nos atacar. Que coincidência! Comissões parlamentares... Se forem empregados os recursos necessários, encontraremos sujeira em todas as instituições. Isso também é fato.

O republicano da Georgia, Harlan Pleasance, foi quem soltou a bomba, em abril de 2006. Ele foi o relator da segunda Comissão Parlamentar de Inquérito, que, a partir dos resultados da primeira, cujos trabalhos haviam ocorrido no mês anterior, cuidara de investigar a movimentação financeira.

Com acesso ao orçamento da CIA (secreto desde a Lei de Inteligência Central, de 1949), o senador Pleasance levantou a questão de como era possível a Companhia financiar, por exemplo, o recém-descoberto bônus de 10 milhões de dólares destinado à Liga Juvenil, um grupo militante chinês pró-democracia e sediado na província de Guizhou, cujo nome ironicamente remetia a uma organização juvenil comunista. Em menos de três meses, o senador Pleasance pôde relatar, no programa *The Situation Room*, da CNN, que o dinheiro do bônus oferecido ao grupo militante chinês resultara de uma venda, em Frankfurt, de heroína afegã no valor de 18 milhões de euros, tudo feito por prisioneiros talibãs sob a custódia do Exército dos Estados Unidos.

Sabia-se em Langley que, embora tudo isso pudesse ser verdade, era humanamente impossível de ser descoberto com base nos documentos existentes. Alguma outra agência estava prestando informações ao senador Pleasance. A maioria das pessoas, inclusive Milo, acreditava que fosse culpa do Departamento de Segurança Nacional, que tinha uma rixa antiga com a CIA. Isso não fazia diferença, no entanto, porque o público pouco se importava com a origem da informação. Os fatos eram muito sedutores.

Independente do que tivesse iniciado a sangria, a descoberta feita por Pleasance propiciara o massacre público internacional. Primeiramente, os alemães, constrangidos, retiraram seu apoio histórico e encerraram várias operações conjuntas. Depois, a situação se transformou numa corrida. Novas comissões de inquérito exigiam a exposição de registros financeiros, e políticos de menor importância atacavam a credibilidade em nível nacional, enquanto Langley começava a incinerar discos rígidos. Louise Walker, uma datilógrafa, foi detida por causa disso e, depois de uma longa reunião com seu advogado, convenceu-se de que a única maneira de sair da enrascada era dar o nome de alguém. O nome era Harold Underwood, funcionário do baixo escalão. Um advogado persuasivo foi igualmente designado para Harold.

E assim foi. Um total de 18 meses, resultando em 32 detenções, 17 absolvições, 12 condenações, dois suicídios e um desaparecimento. O novo diretor da CIA, cujo nome foi aprovado às pressas, era um texano baixinho, mas enérgico, Quentin Ascot. Diante do Senado, calçando sapatos com solado mais alto, ele deixou clara sua posição. Chega de dinheiro sujo. Chega de operações sem a aprovação da Comissão de Segurança Nacional e Assuntos Governamentais do Senado. Chega das loucuras dos cowboys em Langley.

— Chega de departamentos corruptos. O mundo agora é outro. Nós servimos ao povo norte-americano, que paga as nossas contas. Devemos ser um livro aberto.

O lamento coletivo da Companhia pôde ser ouvido pelo mundo inteiro. Os quatro andares secretos de escritórios na Avenue of the Americas, repletos de Agentes de Viagens cujo foco era a gerência e a assimilação de informações colhidas por Turistas posicionados nos cinco continentes, eram considerados (detrás de portas fechadas) o alvo prioritário para os cortes inevitáveis. Dizia-se que o novo diretor, Ascot, pretendia deixar o mundo completamente livre do Turismo. Ele afirmava que Turistas, com recursos ilimitados e sem precisar apresentar recibos, acabariam levando a Companhia à bancarrota. Mas como não contava com apoio interno suficiente para erradicar o departamento secreto, restava-lhe devorá-lo lentamente.

Milo ficou sabendo dos primeiros passos dados por Ascot quando chegou em LaGuardia, vindo do Tennessee, e encontrou-se com Tom Grainger no escritório do serviço de segurança do aeroporto. O velho despachara todos os "policiais de aluguel", como chamava a maioria do pessoal externo, que não consta nos quadros da Companhia. Através de um espelho falso, os dois observaram a multidão se acotovelando na esteira de bagagens, o fluxo irregular de viajantes nas rotas de tráfego intenso que tinham se tornado nos últimos anos centros de ameaça à nação. Ambos tinham saudade do tempo quase esquecido em que viajar significava chegar a algum lugar, e não atravessar as barreiras incômodas impostas pela legislação antiterrorista.

— Estão começando o frenesi pós-massacre — disse Grainger, voltado para o espelho com uma expressão absorta.

Mesmo para os padrões da CIA, Tom Grainger estava velho: 71 anos, a maior parte dos cabelos brancos escoada pelo ralo do chuveiro, o armário cheio de pílulas compradas com receita médica. Jamais aparecia em público sem gravata.

— O Grande Inquisidor enviou um memorando aos lacaios, por intermédio de Terence Fitzhugh, para ser mais preciso. Devo me preparar para cortar cabeças, ele diz. Ascot está prevendo uma guerra interna e quer que eu extermine meu próprio pessoal. É um *hara-kiri* feito aos poucos.

Milo conhecia Grainger desde 1990, quando, em Londres, fora convidado a integrar o mundo clandestino da Companhia, e sabia que o velho era sempre melodramático quando se tratava de Langley. O departamento secreto, em Manhattan, era seu território particular, e magoava-o constatar que quem realmente mandava eram pessoas localizadas em outro estado. Talvez por isso tivesse resolvido aparecer no aeroporto, em vez de esperar até a manhã seguinte para conversar no escritório: ali, ninguém ouviria suas reclamações.

— Você já passou por coisa pior, Tom. Todos nós já passamos por coisa pior.

— Dificilmente — contestou Grainger com desdém. — Uns 25 por cento... é isso que vamos perder. Ele está me dando um sinal de alerta. No ano que vem, nosso orçamento será reduzido em 25 por cento, o que mal dá para cobrir custos operacionais. Eu devo decidir quais Agentes de Viagens serão dispensados e quais serão transferidos para departamentos mais conhecidos.

— E os Turistas?

— Ha ha! Eles existem em número excessivo. Resumindo: 12 indivíduos para cobrir toda a Europa, trabalhando 24 horas por dia, e eu ainda tenho de me livrar de três. *Filho da mãe.* Quem ele pensa que é?

— Seu chefe.

— Meu *chefe* não estava lá quando os aviões vieram, estava? — O velho raspou o vidro com as juntas dos dedos. Um menino de pé, logo adiante, virou-se e fez uma careta em direção ao espelho barulhento. — Acho que você também não estava lá, não é? Você nunca visitou o escritório antigo... — Ele agora era dominado por suas memórias. — Você ainda era Turista, e nós ficávamos sentados em nossas mesas, tomando café do Starbucks, como se o mundo não estivesse prestes a explodir.

Milo já ouvira aquilo tudo antes, o eterno replay que Grainger fazia do 11 de Setembro, quando o antigo escritório secreto da CIA, localizado no número 7 do World Trade Center, desabou. Não aconteceu imediatamente, porque os 19 jovens que sequestraram quatro aviões naquela manhã não imaginavam que, se atingissem um dos prédios menores, aniquilariam um departamento inteiro da Companhia. Em vez disso, buscaram a glória da primeira e da segunda torre, o que deu a Grainger e a seu pessoal tempo suficiente para fugir em pânico, antes que os alvos principais desmoronassem, levando junto o número 7.

— Foi cinquenta vezes pior do que Beirute — afirmou Grainger. — Toda Dresden em alguns minutos. Foi a primeira horda de bárbaros chegando para saquear Roma.

— Não foi nada disso. Era sobre isso que você queria conversar comigo?

Grainger desviou o rosto do espelho e franziu o cenho.

— Você está queimado de sol.

Milo inclinou-se sobre a mesa bagunçada do supervisor de segurança do aeroporto de LaGuardia e olhou para baixo. Seu braço esquerdo, que ficara do lado de fora da janela do motorista, tinha adquirido um tom diferente.

— Você não quer esperar pelo meu relatório?

— Eles não param de me telefonar — disse Grainger, ignorando a pergunta. — Quem é essa vadia dessa Simmons?

— Ela é gente boa. Só está furiosa. Eu também estaria.

Através da janela, eles viram a bagagem girar numa esteira enquanto Milo resumia sua conversa com o Tigre.

— Ele queria que eu encontrasse as pessoas que o contaminaram com HIV. Achava que eram terroristas. Ligados ao Sudão.

— Sudão. Ótimo. Mas a única informação que ele deu foi um nome. Herbert Williams. Ou Jan Klausner. É pouco.

— E a clínica Hirslanden. Ele esteve lá sob o pseudônimo al-Abari.

— Vamos averiguar.

Milo mordeu o interior da bochecha.

— Mande Tripplehorn. Ele ainda está em Nice, não está?

— Você é melhor do que Tripplehorn — alegou Grainger.

— Eu não sou Turista. Além disso, tenho que estar na Flórida na próxima segunda-feira.

— Claro.

— É sério — insistiu Milo. — Eu, minha família e o Mickey Mouse.

— É o que você está dizendo...

Eles observaram os passageiros se aproximando da esteira, esbarrando-se em um pânico exaustivo. Para desagrado de Milo, o chefe suspirou alto. Ele sabia o que aquilo queria dizer, e tal constatação esclareceu por que Grainger se dera ao trabalho de esperá-lo em LaGuardia: ele pretendia despachar Milo numa outra viagem.

— Não, Tom.

Grainger observou os viajantes antes de dar qualquer resposta. Milo deixaria que ele falasse. Permaneceria calado e sequer lhe revelaria que o Tigre era egresso das fileiras do Turismo. Se fosse verdade, Tom já saberia disso, e teria motivos para negar tal informação a Milo.

Quase em tom de tristeza, Grainger disse:

— Você acha que pode partir amanhã à tarde?

— De jeito nenhum.

— Pergunte para onde seria.

— Não interessa. Tina está furiosa. Perdi a apresentação da Stephanie.

— Não se preocupe. Eu telefonei para ela há uma hora pedindo desculpas por precisar enviá-lo nessa viagem. Coloquei toda a responsabilidade sobre os *meus* ombros.

— Você é mesmo um santo.

— Claro que sou. Disse a ela que você salvaria o mundo livre.

— Faz tempo que ela já não acredita nisso.

— Bibliotecárias. — Grainger fungou e olhou para os viajantes. — Você deveria ter me escutado. A gente não tem a menor chance quando se casa com uma mulher esperta.

De fato, Grainger realmente tinha dado esse conselho a ele uma semana antes do casamento com Tina. Isso sempre havia despertado nele certa curiosidade a respeito de Terri, esposa de Grainger, já falecida.

— Vai, diz logo para onde é — resmungou. — Mas não prometo nada.

Grainger deu-lhe um tapinha nas costas com a mão pesada.

— Viu? Não foi tão difícil assim.

8

O percurso até Park Slope, a região do Brooklyn que Milo aprendera a amar ao longo dos últimos cinco anos, teve a mesma duração do crepúsculo. Quando estavam procurando apartamento e Stephanie ainda era bebê, Tina apaixonara-se à primeira vista pelas casas antigas de tijolo aparente e pelos cafés charmosos, aquele mundo aconchegante de jovens internautas e romancistas de sucesso. Milo tinha demorado um pouco mais para gostar do local.

A vida em família era bastante diferente da que ele conhecera antes; ao contrário do Turismo, a vida em família era, de fato, uma vida. E ele, então, aprendeu. Primeiro, a aceitar, e depois da aceitação veio o afeto. Isso porque Park Slope nada tinha a ver com novos-ricos que torturavam os garçons dos cafés com elaboradas exigências dietéticas na hora do preparo das bebidas; Park Slope tinha a ver com a família de Milo Weaver.

O Tigre se referira a ele como um chefe de família burguês. Nesse ponto, pelo menos, o assassino tinha acertado em cheio.

Em Garfield Place, ele desceu da Mercedes de Grainger prometendo conversar sobre o assunto no escritório na manhã seguinte. Mas enquanto subia a estreita escada do prédio onde morava, Milo já havia tomado sua decisão. Chefe de família ou não, ele iria a Paris.

No terceiro andar, ouviu o som da televisão. Quando ele tocou a campainha, Stephanie gritou:

— A porta! Mãe, *a porta*!

Em seguida, ouviu os passos rápidos de Tina.

— *Já vou.*

Quando ela abriu a porta, estava abotoando a blusa. Assim que a imagem dele entrou em foco, ela cruzou os braços e, num sussurro audível, disse:

— *Você perdeu a apresentação dela.*

— Tom não falou com você?

Ele tentou entrar, mas ela não saía da sua frente.

— Aquele sujeito é capaz de dizer qualquer coisa para defender você.

Isso era verdade; portanto, ele não rebateu. Apenas esperou que ela se decidisse. Quando o fez, ela o agarrou pela camisa, puxou-o para si e beijou os lábios dele ardentemente.

— Você ainda está ferrado, amigo.

— Posso entrar?

A rigor, Tina não estava zangada. Ela vinha de uma família na qual não se disfarçava a raiva, pois aquele era um sentimento rapidamente expurgado. Esse era o estilo dos Crowes em Austin, e se isso funcionava no Texas, funcionaria em qualquer outro local.

Milo encontrou Stephanie na sala de visita, estirada no chão em meio a uma pilha de bonecas, enquanto na TV animaizinhos num desenho animado passavam por apuros.

— Oi, menina — cumprimentou ele. — Desculpe ter perdido sua apresentação.

Ela não se levantou.

— Já me acostumei com isso.

A cada dia, ela ficava mais parecida com a mãe. Quando ele se abaixou e beijou a cabeça da filha, ela disse:

— Papai, você está cheirando mal.

— Eu sei, querida. Desculpe.

Tina atirou um tubo de creme hidratante em direção a Milo.

— Para essa queimadura de sol. Quer uma cerveja?

— Tem vodca?

— Primeiro você precisa comer algo.

Tina preparou macarrão instantâneo, uma das cinco coisas que sabia cozinhar, conforme ela própria afirmava, e trouxe a tigela. Àquela altura, Stephanie já se mostrava mais afável e sentou-se ao lado dele no sofá. Ela relatou a atuação dos demais participantes do show de talentos, falou dos pontos fortes e fracos de cada um e queixou-se da grande injustiça na escolha do melhor número: a interpretação de "I Decide" de Sarah Lawton.

— Mas e o seu número? A gente ensaiou durante várias semanas.

Stephanie inclinou a cabeça para a frente e arregalou os olhos, furiosa.

— Foi uma ideia muito boba.

— Por quê?

— *Porque*, papai... ninguém entende francês.

Milo esfregou a testa. Ele achara excelente a ideia de a filha interpretar uma canção de Serge Gainsbourg. Seria uma surpresa. Algo inovador.

— Eu pensei que você gostasse daquela canção.

— É...

Tina sentou-se na outra ponta do sofá.

— Foi incrível, Milo. Simplesmente sensacional.

— Mas eu não ganhei.

— Não se preocupe — disse ele. — Um dia você ainda vai dirigir a Filarmônica de Nova York, e Sarah Lawton vai servir batata frita em alguma lanchonete.

— *Milo...* — advertiu Tina.

— Estou falando só por falar.

Um sorriso travesso surgiu no rosto de Stephanie enquanto seu olhar vagava distante.

— *É mesmo.*

Milo atacou o macarrão.

— Nós temos o vídeo, certo?

— Meu pai não acertou o foco. Fiquei muito longe.

Era assim que Stephanie diferenciava os homens em sua vida: Patrick era pai; Milo era papai.

— Ele já pediu desculpas — lembrou Tina.

Stephanie, que não se encontrava em um estado de espírito dos mais generosos, voltou ao chão e às bonecas.

— Então? — questionou Tina. — Você vai me contar?

— Isso está muito bom — elogiou Milo, com a boca cheia de macarrão.

— Para onde?

— Para onde o quê?

— Para onde Tom vai te mandar? Foi por isso que ele telefonou... para me amaciar. Ele é o agente da CIA menos sutil que eu já conheci.

— Espere um...

— Além disso — interrompeu ela —, estou vendo o sentimento de culpa estampado na sua cara.

Milo olhou por cima da tigela em direção à TV. O Papa-Léguas estava mais uma vez desafiando a gravidade, enquanto o Coiote padecia do destino de todos nós, sujeitos às leis da física.

— Eu preciso ir a Paris — disse ele em voz baixa. — Mas estarei de volta no sábado.

— Você não faz mais esse tipo de trabalho.

Ele não respondeu. Ela estava certa, é claro, mas no decorrer do último ano ele havia desaparecido com frequência cada vez maior em "viagens de trabalho", e a preocupação de Tina tinha fundamento. Ela sabia o suficiente da vida que Milo levava antes de os dois se conhecerem para ter ideia de que aquele não era o homem com quem havia se casado. Ela se casara com o homem que deixara tudo aquilo para trás.

— Por que é tão importante ir a Paris? Até parece que a Companhia não tem um exército de valentões que podem ser enviados a Paris.

Ele baixou ainda mais o tom de voz.

— Tem a ver com Angela Yates. Ela se meteu em alguma encrenca.

— A Angela? Aquela do nosso casamento?

— Eles estão achando que ela está vendendo informação.

— Como assim?! — Ela fez uma careta. — Angela é mais patriota que John Wayne.

— É por isso que eu preciso ir até lá — insistiu Milo, erguendo o olhar no momento em que o Coiote saía de um buraco imundo, depois de despencar de uma altura de quase 2 quilômetros. — Aqueles sujeitos da corregedoria... eles não levam esse tipo de coisa em consideração.

— Ok. Mas você vai voltar no sábado. Nós *vamos* para a Disney sem você. Não vamos, senhorita?

— *Claro* — garantiu Stephanie, vendo televisão.

Milo ergueu uma das mãos.

— Eu prometo.

Tina passou a mão pelo joelho dele, e Milo puxou-a mais para perto, sentindo o aroma dos cabelos recém-lavados enquanto assistia à TV. Foi então que se deu conta de que estava enganado: o Coiote não estava sujeito às mesmas leis da física que o restante de nós. Desafiando todas as probabilidades, ele sempre sobrevivia.

Tina fungou e o empurrou para longe.

— Meu Deus, Milo! Você está fedendo.

9

A primeira coisa que um visitante deveria saber ao se aproximar do arranha-céu situado na esquina da 31 oeste com a Avenue of the Americas era que estava sendo vigiado por câmeras que cobriam cada centímetro das calçadas e das ruas em torno do edifício. Portanto, quando a pessoa entrava no prédio, já era esperada, e Gloria Martinez, a circunspecta recepcionista quarentona, já tinha em mão o respectivo crachá. Por brincadeira, Milo flertava com Gloria, e ela, por sua vez, e por brincadeira, o repelia. Ela sabia que a esposa dele era, conforme dizia, meio hispânica, e por isso, de vez em quando, considerava importante dar um lembrete:

— Cuidado, e mantenha objetos cortantes longe da cama de vocês.

Milo aceitou o conselho e o crachá, sorriu para a câmera instalada no terminal e prometeu a ela pela terceira vez:

— Férias secretas em Palm Springs.

Em resposta, ela passou o dedo de um lado ao outro do pescoço, lembrando a ele que cabeças iriam rolar.

Junto aos seis elevadores posicionavam-se três gigantescos jogadores de futebol americano a quem todos chamavam de porteiros. Esses indivíduos eram responsáveis pelo acesso aos quatro andares secretos, do 19º ao 22º, que constituíam o território de Tom Grainger. Naquele dia, Lawrence, um negro alto e calvo, acompanhou-o. Mesmo depois de seis anos daquela rotina diária, Lawrence ainda passava um detector de metal pelo corpo de Milo dentro do elevador. O aparelho soou à altura do quadril e, conforme fazia todos os dias, Milo retirou as chaves, o celular e as moedas para serem devidamente examinados.

Passaram pelo 19º andar, que abrigava uma misteriosa sucessão de corredores estreitos e portas numeradas, onde, quando necessário, a Convenção de Genebra virava piada. O vigésimo estava vazio, destinado à futura expansão, e o 21º continha os extensos arquivos impressos do Turismo, um back up dos arquivos eletrônicos. As portas finalmente se abriram no 22º andar.

Se um visitante acidentalmente entrasse no Departamento de Turismo, nada encontraria de extraordinário. Era um escritório imenso e aberto, recortado por cubículos com divisórias baixas, onde Agentes de Viagens pálidos se debruçavam sobre computadores, vasculhando montanhas de informações no intuito de escrever relatórios quinzenais ou, segundo o jargão, os Guias Turísticos destinados a Tom Grainger. Milo sempre achou que o local tinha a atmosfera de um escritório de contabilidade num romance de Dickens.

Antes do 11 de Setembro, quando o escritório anterior, localizado no número 7 do World Trade Center, ruiu, o Departamento de Turismo estava dividido de acordo com um critério geográfico. Seis setores dedicados a seis continentes. Depois, quando o novo escritório foi instituído e todas as agências de inteligência foram submetidas a processos investigativos, o departamento se reorganizou a partir de um critério temático. No momento, havia sete setores. O setor de Milo trabalhava com terrorismo, crime organizado e os diversos pontos de interseção entre essas duas atividades.

Cada setor empregava nove Agentes de Viagens e um supervisor, o que significava que o pessoal na Avenue of the Americas (sem contar com um número não revelado de Turistas espalhados mundo afora) somava 71 funcionários, incluindo o diretor, Tom Grainger.

Vinte e cinco por cento, ele dissera. Vinte e cinco por cento de todo aquele pessoal seria dispensado.

O velho estava reunido com Terence Fitzhugh, vice-diretor de Operações Secretas, que, por vezes, aparecia para apontar aspectos da incompetência de Grainger. Enquanto Milo aguardava do lado de fora da sala, Harry Lynch, um Agente de Viagens de 20 e tantos anos que trabalhava no mesmo setor que ele, passou pelo corredor carregando uma pilha de folhas impressas a laser. Ao ver Milo, parou e perguntou:

— Como foi?

— Como foi o quê?

— Lá no Tennessee. Captei o tráfego no rádio na noite de terça-feira, e eu sabia... eu *sabia* que era o nosso cara. A verificação demorou um pouco, mas tive um forte pressentimento.

Lynch era chegado a pressentimentos, dom do qual Milo desconfiava.

— Seu pressentimento estava certo, Harry. Belo trabalho.

Lynch sorriu de satisfação e correu de volta para seu cubículo.

A porta da sala de Grainger se abriu, e Fitzhugh apareceu. Olhando para Grainger com um ar intimidador, ele apontou na direção de Milo com um envelope de papel pardo.

— Weaver, certo? — Milo confirmou e elogiou a boa memória dele, visto que os dois não se falavam havia seis meses. Numa demonstração de afeto e camaradagem, Fitzhugh deu um tapinha no ombro de Milo. — Foi uma pena o que aconteceu com o Tigre, mas não se pode prever esse tipo de coisa, não é?

Grainger, atrás dele, manteve-se calado.

— Mas nos livramos de mais um terrorista — prosseguiu Fitzhugh, passando a mão nos cabelos grisalhos acima da orelha. — Mais um ponto para os mocinhos na luta contra os bandidos.

Respeitosamente, Milo concordou com a metáfora.

— Então, o que está na sua agenda agora?

— Só Paris.

— Paris? — repetiu Fitzhugh, e Milo notou uma ponta de apreensão na fisionomia dele. Fitzhugh virou-se para Grainger: — Você tem recursos para mandar esse cara para Paris, Tom?

— Tem a ver com Yates — esclareceu Grainger.

— Yates? — Fitzhugh tornou a repetir; talvez tivesse algum problema de audição.

— Ela é velha amiga dele. É a única maneira de resolver a situação.

— Entendi — afirmou Fitzhugh; depois deu um tapinha no braço de Milo e se afastou, exclamando: — *Oh-là-là!*

— Entre aqui — disse Grainger.

O velho voltou a se sentar em sua cadeira giratória, tendo atrás de si o brilhante cenário de Manhattan, e apoiou um tornozelo no canto da mesa espaçosa. Ele sempre se sentava assim, como se quisesse lembrar os visitantes a quem, de fato, pertencia aquela sala.

— O que ele queria? — perguntou Milo enquanto ocupava um assento.

— Eu te disse que eles estão me ferrando com o orçamento e você tinha que falar de Paris!

— Desculpe.

Grainger descartou a questão com um simples gesto.

— Antes que a gente comece a acertar os detalhes: parece que sua amiguinha, Simmons, mandou fazer uma autópsia meio apressada no Tigre. Ela quer provar que você o matou. Você não deu motivo para ela pensar uma coisa dessas, deu?

— Acho que colaborei bastante com ela. Como você ficou sabendo da autópsia?

— Foi Sal. Nosso amigo no Departamento de Segurança.

Grainger não era o único que tinha amigos no Departamento de Segurança. Milo lembrou-se da confusão quando o presidente anunciou, nove dias após o ataque às torres, que seria criada uma nova agência de inteligência. A Companhia, a Polícia Federal e o Departamento de Segurança Nacional fizeram fila, com o propósito de incluir o maior número possível do seu próprio pessoal nos quadros da nova agência. "Sal" era o informante do Turismo e, de tempos em tempos, Grainger se comunicava com ele por meio de um serviço de e-mail anônimo conhecido como Nexcel. O próprio Milo utilizara tal serviço algumas vezes.

— Conforme você suspeitava — continuou Grainger —, foi cianeto. Implantado numa cavidade dentária. De acordo com um legista do departamento, ele só duraria uma ou duas semanas. Mas acontece que suas digitais aparecem por toda a cara dele. Quer me explicar?

— No começo do interrogatório, eu o ataquei.

— Por quê?

— Já disse... Ele meteu Tina e Stef na conversa.

— Você perdeu o controle.

— Eu tinha dormido pouco.

— Ok. — Grainger esticou o braço até o centro do tampo da mesa de carvalho, passando para Milo um dossiê cinzento, sem etiqueta. — Aqui está a pasta de Angela. Pode pegar.

Milo precisou sair da cadeira para pegar o dossiê insípido, que exibia o mais recente procedimento de segurança adotado pela Companhia: dossiês supersecretos não eram mais etiquetados, para suscitar menos interesse. Milo deixou o dossiê no colo, fechado.

— E a tal clínica suíça?

Grainger fez um bico.

— Como ele disse: registrado em nome de Hamad al-Abari.

— Então, você vai designar o caso para Tripplehorn?

— No momento só temos 11 Turistas na Europa. Elliot morreu na semana passada, perto de Berna. Os demais, inclusive Tripplehorn, estão ocupados.

— Elliot? Como?

— Acidente numa rodovia. Ele não fez contato por uma semana, e nós finalmente identificamos o corpo.

Por motivos de segurança, Milo desconhecia os nomes verdadeiros, as idades e até a aparência física dos demais Turistas; somente Grainger e alguns outros, inclusive Fitzhugh, tinham acesso a tais informações. Mesmo assim, a notícia da morte de Elliot o incomodou. Milo coçou a orelha, pensando no homem que só conhecia por meio do pseudônimo. Qual seria a idade dele? Teria filhos?

— Vocês têm certeza de que foi um acidente?

— Mesmo que não tenha sido, duvido que a gente consiga obter os recursos para conduzir uma investigação adequada. *Eis* o nível do purgatório em que entramos. — Ao ver a dúvida estampada no rosto de Milo, Grainger atenuou o tom: — Não, Milo. Foi acidente. Ele bateu de frente, o outro motorista também morreu.

Milo finalmente abriu o dossiê. Algumas folhas com dados impressos e uma fotografia: a imagem frontal de um chinês obeso usando o uniforme de coronel do Exército de Libertação Popular.

— Foram os britânicos que descobriram — esclareceu Grainger. — Bem, "descobriram" é exagero. Eles deram muita sorte. Pura rotina, aparentemente. O pessoal do Seis estava vigiando a oposição.

Pelo que Milo sabia, o MI6 não dispunha de mão de obra suficiente para vigiar todos os diplomatas estrangeiros que trabalhavam no país, nem mesmo diplomatas importantes como aquele da foto, o coronel Yi Lien, mas preferiu não interromper.

— Não havia nada de estranho com a viagem. O coronel tomava a balsa para a França todo fim de semana.

— Não ia pelo túnel?

— Claustrofóbico... a informação está na ficha. Por isso ele pegava a balsa e depois seguia de carro até um chalé que ele tem na zona rural da Bretanha.

— Comprado em nome dele mesmo?

Grainger esticou a mão a fim de alcançar o mouse do computador, mas como estava sentado longe demais, foi obrigado a retirar o pé de cima da mesa.

— É claro que não. Em nome de... — Ele clicou duas vezes e fixou os olhos na tela. — Isso... Renée Bernier. Parisiense, 26 anos.

— Amante.

— Romancista promissora... é o que diz aqui. — Outro clique. — Ela usa o chalé para escrever, acho.

— E para se encontrar com o coronel.

— Todo mundo precisa pagar aluguel.

— Raciocine comigo — disse Milo. — O coronel Yi Lien toma a balsa e vai para seu chalé na França. Passa o fim de semana com a garota. Depois, toma a balsa novamente. E desaparece?

— Não desaparece. Infarta.

— E o MI6 está lá para reanimá-lo.

— Claro.

— E os caras vasculham a bagagem dele...

— Que atitude é essa, Milo?

— Desculpe, Tom. Continue.

— Bem, o coronel é meio paranoico. Não confia em ninguém da sua própria embaixada, e por um bom motivo. Ele tem 64 anos, é solteiro e sua carreira está em decadência. Ele sabe que, em breve, alguém vai dizer que está na hora de fazer as malas e voltar para Pequim, e ele não quer que isso aconteça. Ele gosta de Londres. Gosta da França.

— E por que não haveria de gostar?

— Certo. Mas, como não confia em ninguém, ele leva o laptop consigo aonde quer que vá. Algo extremamente arriscado. Daí, nossos amigos do MI6 aproveitaram a oportunidade, na balsa, e copiaram o disco rígido do laptop.

— Eles são espertos.

— Não são? — Grainger voltou a clicar com o mouse, e a impressora, posicionada em uma estante ao lado de uma fileira de livros antigos e intocados, zumbiu e cuspiu uma página.

— E o coronel Lien? O que aconteceu com ele?

— A ironia das ironias. Foi chamado a Pequim pouco depois do infarto.

Como Grainger não se mexia, Milo apanhou a página impressa.

Era um memorando interno e ultrassecreto, expedido pela embaixada dos Estados Unidos em Paris. Um comunicado do embaixador americano para Frank Barnes, chefe do Serviço de Segurança Diplomática na França, acerca dos novos procedimentos a serem adotados em relação ao embaixador chinês, que seria temporariamente monitorado por uma equipe de três agentes.

— E o Seis nos entregou isso de graça?

— Eles são grandes amigos nossos — esclareceu Grainger, sorrindo. — Na verdade, um dos meus grandes amigos me passou essa informação.

— Será que seu grande amigo acha que Angela passou essa informação para Lien? É isso que o Seis acha?

— Calma, Milo. Eles apenas enviaram o memorando. O resto a gente descobriu sozinho.

Assim como Tina, Milo não conseguia acreditar que Angela Yates, "a garota mais patriota que John Wayne", vendesse segredos de Estado.

— Isso tudo já foi verificado? A balsa? O infarto?

— Como eu te disse ontem — falou Grainger com uma paciência teatral —, as coronárias de Yi Lien ganharam as manchetes dos jornais britânicos. É de conhecimento público.

Milo depositou o memorando sobre a mesa de Grainger.

— Então quais são as evidências?

— Esse papel passou por três pessoas. O embaixador e Frank Barnes, é claro. E a chefe de segurança da embaixada, que por acaso é Angela Yates. Barnes já foi verificado, e espero que você não exija uma investigação sobre o embaixador.

Ele já tinha ouvido isso no dia anterior, no carro de Grainger. Mas agora a realidade física do memorando o deixava nauseado.

— Quando foi a última vez que você viu Yates?

— Faz mais ou menos um ano. Mas nós temos estado em contato.

— Então vocês ainda são amigos?

Milo deu de ombros e depois fez que sim.

— Bom. — Grainger olhou para o mouse, um objeto bulboso com uma roda de rolagem e uma luzinha azul no topo. — Você e ela... alguma vez...?

— Não.

— Ah. — Ele pareceu estar decepcionado. — Não importa. Quero que você entregue isso a ela. — Ele abriu uma gaveta e retirou um pen drive preto, do tamanho de um dedo polegar, com capacidade de quinhentos megabytes. O objeto resvalou pela lateral da mesa até Milo.

— O que tem aí?

— Um relatório falso sobre os interesses chineses no petróleo do Cazaquistão. É o tipo de coisa que eles vão querer ver.

— Sei lá, Tom. Vocês podem até ter checado e liberado Barnes, mas ainda não me convenceram de que Angela tem culpa no cartório.

— Não faz parte do seu trabalho ser convencido — retrucou Grainger. — Você vai obter mais dados por intermédio do seu contato. Acredite: há provas.

— Mas, se Yi Lien saiu de cena, então...

— Redes de informação sempre podem ser reativadas, Milo. Você sabe disso. O que a gente não sabe é quem está no topo da cadeia alimentar agora.

Milo olhou para a cabeça calva de Grainger, refletindo sobre o assunto. A questão era bastante simples, e ele estava contente por ter sido convocado; ao menos Angela seria tratada com justiça. Mas a Companhia não funcionava assim; não comprava passagens aéreas internacionais porque pretendia ser justa. Ele estava sendo convocado porque Angela confiava nele.

— Quanto tempo isso vai durar?

— Ah, não muito — garantiu Grainger, satisfeito com a mudança de assunto. — Você vai até lá, se encontra com ela e entrega o pen drive. Ela vai ficar com o pen drive e entregá-lo a um contato chamado Jim Harrington, que vai chegar em Paris na segunda-feira, para pegar o material. Ela vai ter apenas... — Ele ergueu as mãos. — Digo, *se* for ela, vai ter apenas dois dias para copiar os dados.

— Esse Harrington é confiável?

— Ele vai voar de Beirute a Paris. Ele sabe o que deve fazer, mas não sabe o porquê.

— Entendo.

— Seu trabalho é rapidinho. Você vai poder pegar um voo noturno e vai estar em casa no sábado de manhã.

— Muito animador.

— Não seja sarcástico.

Milo sabia por que estava aborrecido. Não era por não ter tomado seu café naquela manhã, tampouco por estar morrendo de vontade de fumar um cigarro. Nem mesmo pelo fato infeliz de estar preparando uma armadilha para uma velha amiga acusada de traição, o que só revirava seu estômago.

— Quando você vai me falar sobre o Tigre? — perguntou ele.

— Falar o quê? — perguntou Grainger de volta, com um olhar totalmente ingênuo.

— Contar que ele era um de nós. Que ele era um Turista.

A expressão do velho perdeu o ar de ingenuidade.

— É isso o que você acha?

— Passei os últimos seis anos no encalço dele. Você não acha que uma informação como essa teria ajudado?

Grainger o encarou por cerca de dez segundos e então passou os nós dos dedos sobre o tampo da mesa.

— Vamos conversar sobre isso quando você voltar, ok? Agora não vai dar tempo.

— A história é longa assim?

— É. Seu voo sai às cinco da tarde, e você ainda precisa redigir uma explicação sobre o fiasco lá em Blackdale, algo que nos impeça de parecer absolutamente imbecis. Ah... e anexe todos os recibos. Não posso mais reembolsar despesas não comprovadas.

Milo resmungou alguma coisa.

— Vou avisar ao James Einner para te esperar — continuou Grainger. — Ele é o seu contato em Paris.

— Einner? — questionou Milo, despertando subitamente. — Você acha mesmo que precisamos de um Turista para isso?

— Excesso de cuidado nunca fez mal a ninguém — retrucou Grainger. — Agora vá. Tudo já foi enviado para o terminal do seu voo.

— E o Tigre?

— Como eu disse. Quando você voltar.

10

Milo sempre se sentia à vontade em grandes aeroportos. Não que adorasse voar; isso, sobretudo depois das Torres Gêmeas, tinha se tornado uma experiência cada vez mais insuportável. As únicas coisas que ele apreciava a 40 mil pés acima do nível do mar eram as refeições engenhosamente embaladas e a seleção de músicas no seu iPod.

No entanto, depois que se via novamente no solo, num aeroporto bem-projetado, ele sempre se sentia como se estivesse caminhando por uma pequena cidade. O Charles de Gaulle, por exemplo, é bem-projetado. A impressionante arquitetura dos anos 1960, que ilustra a ideia que os projetistas daquela década faziam do futuro, sugere uma utopia estranhamente nostálgica da chamada arquitetura para controle das massas, um ambiente que propicia o prazer do consumo, tudo reforçado pelo leve *din-don* dos alto-falantes, seguido de uma agradável voz feminina anunciando cidades pelo mundo afora.

Nostalgia era o termo adequado, uma falsa nostalgia em relação a um tempo em que ele era jovem demais para perceber esse tipo de coisa. Por isso gostava tanto dos vencedores do Festival Eurovision de 1965, do colorido irreal dos filmes feitos por Bing Crosby em meados de sua carreira e, apesar de todas as promessas no sentido contrário, da dupla perfeita formada por um cigarro Davidoff e uma dose de vodca rascante, servida num bar de aeroporto.

Fazia anos que não perambulava pelo Charles de Gaulle, e logo percebeu que as coisas tinham mudado. Passou por um McDonald's e por algumas padarias e chegou ao precioso La Terrasse de Paris. Não encontrou um bar, apenas uma área semelhante à de uma lanchonete, onde ele procurou em vão uma garrafa de vodca. Havia somente pequenas garrafas de vinho, tinto e branco. Frustrado, foi obrigado a se contentar com quatro decilitros de um Cabernet popular, ao custo de 9 euros. O copo de plástico, disse-lhe a moça da caixa, era cortesia.

Milo localizou uma mesa vazia junto à parede do fundo e, esbarrando em malas e nas costas de outras pessoas, ali se alojou. Eram seis da manhã, e o lugar estava lotado. O celular soou com aquele toque irritante, e ele demorou alguns instantes para achar o aparelho no bolso interno do paletó. NÚMERO RESTRITO.

— Sim?

— Milo Weaver? — disse uma voz fina e metálica.

— É.

— Einner. Você fez boa viagem?

— Bem, sim, eu...

— Nova York me informou que você está com a encomenda. Está?

— Espero que sim.

— Responda sim ou não, por favor.

— Claro.

— A pessoa almoça, todos os dias, exatamente ao meio-dia e meia. Sugiro que você espere por ela em frente ao local onde ela trabalha.

Desesperado por seu interlúdio nostálgico, Milo procurou um cinzeiro; não havia nenhum. Ele pegou um dos Davidoffs comprados no Tennessee e resolveu utilizar o copo como cinzeiro, tomando o vinho na garrafa.

— Então vou ter tempo para tirar um cochilo. O voo foi longo.

— Ah, certo — disse Einner. — Eu tinha me esquecido da sua idade. — Milo ficou tão perplexo que não foi capaz de verbalizar o que a mente lhe dizia: "*Eu tenho apenas 37 anos.*" — Não se preocupe, Weaver. Você vai cair fora daqui a tempo de gozar suas férias. Eu nem sei por que eles mandaram você para cá.

— Mais alguma coisa?

— Soube que a pessoa é uma velha amiga sua.

— É. — Milo deu um trago, perdendo o senso de humor. Alguém perto dele tossiu alto.

— Não permita que isso interfira no seu trabalho.

Milo conteve o ímpeto de gritar uma resposta. Em vez disso, desligou o celular no momento em que um jovem, sentado perto dele, encobria com uma das mãos outro acesso de tosse.

Milo se deu conta do motivo. Vários olhares observavam-no jogar as cinzas dentro do copo de plástico, e ele esperou pela batida do martelo. Não tardou: a moça da caixa, constatando a prática do crime, acenou para o rapaz responsável pelo estoque, que estava agachado diante da máquina de fazer café, e ele seguiu a direção do dedo dela, apontado para o canto onde Milo se encontrava. O menino, com cerca de 18 anos, enxugou as mãos no avental alaranjado após ter se desviado habilmente das mesas.

— *Monsieur, ici vous ne pouvez pas fumer.*

Milo chegou a pensar em resistir, mas viu, pendurado na parede a poucos metros dele, o cartaz que estampava o símbolo "proibido fumar". Ergueu as mãos, sorrindo, deu um último trago e descartou o cigarro no copo de vidro. Depois, despejou um pouco do vinho infame, para apagar o cigarro. O rapaz do estoque deu um sorriso tímido, aliviado por não precisar expulsar o homem do recinto.

Grainger fizera reservas para ele no hotel Bradford Elysées, uma daquelas monstruosidades clássicas e com relação custo-benefício questionável, na rue Saint-Philippe Du Roule. Se fosse feita uma auditoria nas contas do Departamento de Turismo, aquele tipo de despesa resultaria no primeiro corte a ser implementado. Milo pediu na recepção que o acordassem às onze e meia, dali a cerca de quatro horas, e então pegou um exemplar do *Herald Tribune*. Dentro do sofisticado elevador do Bradford Elysées, ele leu as manchetes. Não eram promissoras.

Mais carros-bomba no Iraque, causando a morte de oito soldados norte-americanos e canadenses, e mais protestos em Cartum, no Sudão: a foto de uma praça repleta de homens enfurecidos, milhares deles, brandindo cartazes com a foto do mulá Salih Ahmad, um homem de barba branca e ar devoto que usava um *taqiyah* branco encobrindo a cabeça calva. Outros cartazes, em árabe, segundo o texto explicativo, pediam a cabeça do presidente Omar al-Bashir. Na página oito, ele achou uma breve nota, de um parágrafo, dizendo que o Departamento de Segurança dos Estados Unidos havia detido um suspeito de assassinato cometido por motivação política, mas se recusava a revelar o nome do indivíduo. Contudo, a notícia mais importante não estava escrita: Milo Weaver tinha chegado a Paris a fim de montar uma armadilha para uma velha amiga.

Com excesso de sentimentalismo, lembrou-se do tempo em que os dois eram jovens agentes em Londres. Várias trocas de senhas, encontros secretos em pubs distantes e discussões com a inteligência britânica acerca da bagunça que seus respectivos países começavam a causar no mundo pós-comunista. Angela era inteligente e estável, o que era quase uma contradição no ramo deles, e ainda possuía senso de humor. No mundo do serviço secreto, a reunião dessas três características é tão rara que, quando elas são encontradas, não podem ser descartadas. Considerando o tempo que passavam juntos, todos supunham que formassem um casal. Isso era bom para ambos. Ela mantinha sua homossexualidade fora da pauta e ele se via livre das esposas dos diplomatas, que queriam lhe apresentar suas sobrinhas.

Durante os dois meses que sucederam o fiasco de Veneza, Angela não teve condições de falar com ele, de tão perturbada que ficara com a morte do chefe, Frank Dawdle. Mas, no ano seguinte, quando Milo se tornou, ao mesmo tempo, marido e pai (de uma menininha), Angela foi ao casamento, realizado no Texas, e elogiou Tina. As duas mantiveram contato, e sempre que Angela estava na cidade, Tina fazia questão de convidá-la para jantar fora.

Milo deitou-se na cama do hotel, ainda de roupa, e pensou em telefonar para Tom. O que dizer? Ele já tinha defendido a inocência de Angela. Será que deveria dizer que o tal James Einner era um idiota, incapaz de lidar com a operação? Tom pouco se importaria com o que Milo achasse de Einner.

A verdade — e por um instante isso o perturbou — era que, havia seis anos, na condição de Turista, ele jamais teria feito tais questionamentos. O trabalho teria sido simples e limpo. Mas ele já não era Turista, e quanto a isso não tinha qualquer arrependimento.

11

A embaixada americana separava-se do Champs-Elysées pelo Jardin des Champs-Elysées, extenso e projetado de forma racional. Ele estacionou na Avenue Franklin D. Roosevelt e caminhou toda a extensão do jardim, passando por parisienses da terceira idade sentados nos bancos, segurando entre os joelhos saquinhos de migalhas de pão e atraindo os pombos enquanto o sol do meio-dia queimava úmido e escaldante.

Paris, em julho, é um lugar desolador. Os residentes fogem para suas férias remuneradas pelo Estado de bem-estar social e, em seu lugar, japoneses, holandeses, americanos, alemães e britânicos, com seus pescoços esticados, acenando com folhetos, os rostos suados e gritando com os filhos impacientes, fazem fila diante de guichês de venda de ingressos. Os turistas mais velhos perambulam em bandos, agarrados a andadores ou em cadeiras de rodas, enquanto os mais jovens param, de tempos em tempos, para se queixar das calçadas e sussurrar sua surpresa com a quantidade de negros nas ruas de Paris.

A maioria desses visitantes, antes de saírem de seus países, assistiu ao filme em que Gene Kelly e Leslie Caron dançam por ruas estreitas e ficam surpresos diante das avenidas e dos bulevares de hoje. Em vez de velhotes gordinhos e bigodudos oferecendo fatias de queijo como aperitivo, eles se deparam com jovens brancos, com cabelos sujos, em estilo rastafári, tocando trilhas sonoras de filmes em guitarras velhas, com africanos insistentes vendendo miniaturas da Torre Eiffel e da pirâmide do Louvre e com hordas de outros turistas guiados por francesas idosas e sisudas que portam bandeiras coloridas para sinalizar o caminho.

É claro, havia muitas coisas bonitas em Paris, mas considerando a razão da sua presença na cidade, Milo mal podia vê-las. Ele encontrou um banco na extremidade do jardim voltada para a Place de la Concorde, diante da Avenue Gabriel e da embaixada, no número 2. Sorriu para a senhora sentada ao seu lado no banco, cercada de pombos. Ela também sorriu e lançou migalhas aos pássaros. Era apenas meio-dia e dez, de modo que ele vasculhou os bolsos à procura de cigarros, mas foi vencido pela culpa e deixou o maço em paz. Cruzou os braços e ficou olhando para o edifício, parecido com um bolo de noiva, e para os três fuzileiros navais, devidamente fardados e armados com seus rifles automáticos.

— *Bonjour, monsieur* — cumprimentou a senhora.

Milo ofereceu-lhe um meio sorriso, estritamente por educação.

— *Bonjour.*

— *Êtes-vous un touriste?*

Faltava um dente da frente no sorriso dela. Ela piscou.

— *Oui* — respondeu ele.

— *Monsieur Einner voudrait savoir si vous avez le paquet.* — Ou seja: "O Sr. Einner gostaria de saber se o senhor tem a encomenda."

Milo olhou ao redor. Lá estava: estacionado na Avenue Gabriel via-se um furgão branco com a palavra FLEURS. Fumaça saía do cano de descarga, o único motor ligado por ali. Furgão de entrega de flores. Evidentemente, em seu período de treinamento, Einner assistira a um monte de velhos filmes de espionagem. Milo se virou e respondeu em inglês:

— Diga a ele que venha aqui me perguntar.

O sorriso foi mantido, mas ela não retrucou. O transmissor que ela utilizava já havia captado as palavras. Do outro lado do parque, a porta traseira do furgão de entrega de flores se abriu, e um homem alto e louro cruzou o gramado em direção a eles. O rosto de James Einner estava todo vermelho, e os lábios cor de cereja pareciam selados. Quando Einner parou ao alcance de um soco, Milo reparou que os lábios rubros estavam descascando. Ele se perguntou se Einner sofria de herpes e pensou em acrescentar tal detalhe à ficha dele, quando voltasse a Nova York.

— Olá, James — saudou Milo.

— Responda à merda da pergunta, Weaver. Você está destruindo todo o nosso esquema de segurança.

Milo riu; não pôde se conter.

— Sim, James. Eu trouxe a encomenda.

Einner não viu graça nenhuma.

— Você não está no escritório, Weaver. Isso aqui é o mundo real.

Milo observou-o enquanto ele voltava para o furgão, absolutamente irritado. A velhota disfarçava uma risada, mordendo o lábio para que o riso não fosse ouvido através do microfone.

Passava de meio-dia e meia, e Milo começou a ficar preocupado. As câmeras arredondadas, dispostas na lateral da embaixada, e outras, acopladas aos postes de iluminação pública, sem dúvida registravam o desenrolar da cena. No subsolo da embaixada, alguns peritos pálidos que passavam o dia inteiro diante dos monitores já teriam notado a presença ociosa dele e já o teriam submetido ao software de reconhecimento facial. Com certeza logo saberiam quem ele era. Milo não sabia se a informação seria passada para Angela Yates. Se fosse, será que ela permaneceria dentro da embaixada para evitá-lo? Talvez ela suspeitasse de que a embaixada a estivesse vigiando e, independente de ser culpada ou inocente, resolvesse se esquivar dele. Milo preferia essa possibilidade.

Então, ao meio-dia e cinquenta e sete, ela saiu da embaixada, agradecendo, com um gesto de cabeça, ao fuzileiro empertigado que lhe abrira a porta. Usava uma echarpe leve e colorida que demonstrava sua rendição à moda francesa. Um suéter roxo e apertado delineava os seios, e a saia bege acabava onde as botas de couro começavam, logo abaixo dos joelhos. Cinco anos em Paris tinham sido extremamente benéficos para Angela Yates, natural de Madison, no Wisconsin.

Ela passou pelo portão eletrificado, caminhou pela calçada no sentido oeste, seguiu para o norte, na Rue du Faubourg Saint-Honoré, e parou para sacar euros num dos caixas eletrônicos externos do banco Rothschild. Milo a seguiu, mantendo-se do outro lado da rua.

Angela caminhava rapidamente, e talvez o passo apertado fosse um sinal de que ela sabia que ele a estava seguindo. Se fosse esse o caso, ela não se dera ao trabalho de olhar para trás. Angela nunca fora uma agente ansiosa. Em Londres, ela era a melhor.

A última vez que os dois se viram, um ano antes, tinha sido no Peter Luger Steak House, com Tina e Stephanie. Ele se lembrava de terem rido muito. Angela estava na cidade para participar de um seminário e, enquanto comia um grosso filé e batatas cozidas, ela imitava as vozes monótonas dos diversos palestrantes. Até Stef tinha achado as imitações engraçadas.

Angela virou na Rue Duras e entrou num bistrô pequeno e lotado, com janelas douradas. Milo atravessou para o lado da rua onde ela estava, escapando de um Renault ensandecido, e posicionou-se diante do cardápio emoldurado, olhando através do vidro, enquanto ela se aproximava do bar. Um homem gordo e de avental a cumprimentou com amplos sorrisos. Ela era cliente assídua. O maître pôs a mão no ombro dela e a guiou entre costas curvadas e garçons apressados até a parede do fundo, onde havia uma pequena mesa para dois. "Talvez", Milo pensou enquanto entrava, "ela esteja esperando alguém."

Depois de acomodar Angela, o maître aproximou-se dele com uma expressão de pesar e solidariedade.

— *Je suis désolé, monsieur. Comme vous pouvez voir, pas de place.*

— Tudo bem — respondeu ele em inglês. — Eu vou me sentar com aquela senhora.

O maître assentiu e partiu para despachar um jovem casal que vinha logo atrás dele, um sujeito alto e atraente e uma mulher masculinizada, com olhos grandes e inchados.

No momento em que ele se aproximou da mesa, Angela estava lendo uma folha que continha o cardápio dos pratos do dia escrito à mão; os cabelos castanhos encobriam-lhe o rosto. Quando Milo chegou à cadeira que estava do outro lado da mesa, ela ergueu o rosto e, com uma expressão de surpresa naqueles olhos azul-claros, exclamou:

— Milo! Caramba! O que você está fazendo aqui?

Sim, ela o vira pelas câmeras da embaixada. E, sim, ela esperava por alguém: ele. Milo se inclinou para beijar as faces coradas.

— Eu estava na rua e vi uma linda lésbica entrando aqui.

— Sente-se logo, seu babaca. Conte tudo sobre tudo.

Pediram uma jarra de vinho tinto da casa e logo começaram uma conversa-fiada, da qual, durante o período de treinamento, ambos tinham aprendido a se valer. Era bom revê-la. Milo queria saber o que ela andava fazendo.

Não muito, ela admitiu. Um ano atrás, pouco depois daquela noite no Peter Luger's, ela teve um desentendimento com a namorada, uma aristocrata francesa, e desde aquela época vinha se dedicando inteiramente ao trabalho. Angela não gostava muito de socializar, e compensou a decepção amorosa com uma promoção funcional. Ela não apenas dirigia o posto da CIA na embaixada como também supervisionava toda a rede diplomática na França, incluindo os consulados e a presença norte-americana em postos localizados em Paris, Bordeaux, Lille, Rennes, Strasburgo, Marselha, Nice e Toulouse.

Estava orgulhosa de seus feitos, Milo pôde constatar. Ela havia comandado pessoalmente a descoberta de três vazamentos de informação nos últimos nove meses. A empolgação estampada no rosto de Angela enquanto descrevia — em termos abstratos, logicamente — a captura do último caso era típica dela: a mesma expressão de entusiasmo que ela exibira quando Milo lhe disse, seis anos antes, que iria se casar. Ela era a mesma pessoa daquela época e, visivelmente, ainda era mais patriótica do que Milo.

— É irritante — queixou-se ela. — Ter que escutar os franceses reclamando que nós estamos criando um aparato militar gigantesco, que estamos tornando o mundo inseguro para todos. Ninguém aqui vê os nossos erros como erros honestos. Você entende? Toda vez que a gente faz alguma coisa que eles não gostam, somos acusados de querer controlar o petróleo do mundo, ou de querer tirar a Europa do cenário mundial. — Ela balançou a cabeça. — Será que não percebem que estamos numa situação sem precedentes? Nenhum país na história teve tanto poder e responsabilidade como nós temos. Nós somos o primeiro império verdadeiramente global. É claro que vamos cometer equívocos!

Era uma perspectiva interessante, mesmo que Milo não concordasse com ela. Apesar da paixão que Grainger nutria pela palavra, ele já não aceitava o simples rótulo "império" para descrever seu país. Antes, ele achava que o uso daquela palavra era um ato de vaidade dos americanos, que queriam olhar seu reflexo no espelho e ver Roma, que desejavam se transformar em mitos. Mas disse apenas:

— Os franceses estão causando problemas?

— Por trás dos panos, longe do público, são bastante solícitos. Na verdade, estão me ajudando num projeto especial.

— É?

Ela sorriu, comprimindo os lábios, e suas faces coraram.

— Pode ser o grande momento da minha carreira. O peixe grande.

— Agora fiquei interessado.

Angela deu-lhe uma piscadela sensual.

— Um nome de bicho.

— Bicho?

— *Grroul* — rugiu ela, uma sedução piegas.

Ele também corou.

— O Tigre.

12

Foi duro ver como Angela se sentia orgulhosa ao relatar em voz baixa uma investigação conduzida por ela própria ao longo dos últimos oito meses.

— Desde novembro. Depois que ele executou o ministro de Relações Exteriores, Michael Bouchard. Você se lembra?

Milo se lembrava. Grainger enviara Tripplehorn a Marselha com o objetivo de investigar o assassinato, mas os franceses logo se cansaram dos interrogatórios.

— Nós enviamos um agente, mas ele foi boicotado.

Ela abriu a mão, como se quisesse dizer *c'est la vie.*

— Um amigo meu, Paul, estava trabalhando no caso. Eu o conheci no consulado em Marselha. Ao contrário de muitos colegas, ele não tinha problema em aceitar minha ajuda. Eu sabia que tinha sido o Tigre. Eu *sabia.*

— O que eu ouvi foi que os franceses descobriram que tinha sido ele depois de alguns meses.

— Os franceses droga nenhuma! Fui eu. Com a ajuda de Paul, é claro. — Ela bebeu mais vinho e prosseguiu: — Bouchard estava com a amante no Sofitel. Umas feriazinhas longe da esposa. — Ela pigarreou. — Tudo muito francês.

Milo sorriu.

— Pois é. Eles tinham ido a uma festa... é incrível, essa gente nem *tenta* ser discreta! Saíram de lá caindo de bêbados. Chegaram ao hotel, e os guarda-costas dele o levaram até o quarto. É claro que o quarto tinha sido revistado, e eles o deixaram sozinho. Aconteceu o que era esperado, e então, na manhã seguinte, a garota acordou aos gritos. — Angela pegou novamente a taça de vinho, olhou para ela, mas não bebeu. — Ela não ouviu nada. O legista disse que a garganta dele tinha sido cortada mais ou menos às três da manhã. O assassino havia entrado pela sacada, feito o serviço e escapulido. Foram encontradas marcas no telhado, no local por onde o Tigre tinha descido. Corda.

— E a garota?

— Ficou histérica. Ela e a cama ficaram encharcadas de sangue. Paul me disse que ela sonhou que estava fazendo xixi. Foi o mais perto que ela chegou de perceber o que estava acontecendo.

Milo encheu as taças dos dois, esvaziando a jarra.

— Não havia motivo para acreditar que fosse o Tigre. Um homem como Michel Bouchard tem muitos inimigos. Que diabo! Até *nós* ficaríamos contentes com a morte dele. Você ouviu o discurso que ele fez no Dia do Armistício?

Milo balançou a cabeça.

— Ele nos acusou de tentarmos nos apropriar da África. Os franceses se acham os guardiões do continente africano, e ele vinha nos pressionando para liberar medicamentos de combate à Aids para todo mundo, por bem ou por mal.

— Há algo errado nisso?

Angela o encarou, mas ele não tinha certeza do significado do olhar.

— Talvez. Mas tanto quanto o restante da Europa, ele entende a nossa recusa como uma conspiração para... sei lá, despovoarmos o continente e depois nos apropriarmos do petróleo. Algo assim — afirmou ela e tomou mais um gole. — Seja como for, ele foi morto dez dias depois do discurso.

— Você acha que fomos nós que o apagamos?

Ela deu um meio sorriso.

— Por favor. O ministro das Relações Exteriores da França? Se pelo menos fosse alguém mais importante... Não. Parece que foi o motivo mais antigo do mundo: dinheiro. Ele estava enfiado até o pescoço em especulação imobiliária e tinha contraído um número excessivo de empréstimos. Ele buscava capital em locais tenebrosos. Investiu milhões em Uganda e no Congo, enquanto negociava empréstimos para o desenvolvimento dessas mesmas regiões. Se estivesse vivo, estaria encrencado com a lei. Felizmente para ele, um dos credores cuidou desse problema. — Ela demonstrou indiferença. — O sujeito morreu como herói.

— E o Tigre?

Angela respirou fundo e seus olhos faiscaram. Era ali, então, que ela entrava na história.

— Pura sorte, na verdade. Como eu disse, eu estava convencida de que era o Tigre. O crime não fazia o estilo dele, mas que outro assassino teria tamanha audácia? Resposta: nenhum. Daí eu fiz uma averiguação e descobri que Tom Grainger... ele ainda é o seu chefe, certo?

Milo fez que sim.

— Pois bem, Tom tinha três fotos dele. De Milão, de Frankfurt e dos Emirados Árabes. Paul e eu examinamos todas as gravações feitas pelas câmeras de segurança do hotel. Demorou uma eternidade, isso eu posso dizer, e a gente não encontrou nada. Mas eu insisti. Você sabe como eu sei ser insistente... Ei! Que olhar é esse?

Milo não tinha se dado conta de que estava com um olhar estranho. Na realidade, ele se perguntava por que Grainger não o informara sobre a solicitação da foto. Angela deixou aquilo passar.

— Nós saímos em campo, então. Àquela altura já era janeiro, e era a única coisa a fazer. Eu imprimi a foto tirada na Itália e a espalhei por toda Marselha. Lojas, bancos, hotéis. Todos os lugares. E nada. Não apareceu nada. Semanas se passaram. Voltei a Paris. Então, em fevereiro, Paul me telefonou. A caixa de uma agência da Union Bank of Switzerland tinha feito um reconhecimento.

— Como a memória dela começou a funcionar tão de repente?

— Você esqueceu que as férias por aqui são bem longas. Ela tinha passado um tempo esquiando.

— Ah...

— De volta a Marselha, nós examinamos as gravações feitas pela câmera do banco. E... pronto! Lá estava ele. A data era 18 de novembro, três dias antes do assassinato, fechando... limpando uma conta de trezentos mil dólares. Samuel Roth constava como segundo titular da conta... um dos pseudônimos do Tigre. Evidentemente, ele tinha um passaporte que o identificava, do qual eles nos deram uma cópia. Porém o mais importante: nós tínhamos a conta.

As mãos de Milo jaziam sobre a mesa, uma de cada lado da taça.

— E então?

A fim de aumentar o suspense, Angela deu mais um gole. Ela estava se deliciando com aquilo tudo.

— A conta tinha sido aberta no dia 16 de novembro em Zurique, em nome de Rolf Vinterberg.

Milo inclinou-se para trás, impressionado com o fato de que, em apenas três meses, ela havia chegado mais longe do que ele conseguira em seis anos.

— Então? Quem é Rolf Vinterberg?

— É difícil saber. O endereço remete a uma simples porta numa ruela de Zurique. Ele abriu a conta com dinheiro vivo. A câmera da agência de Zurique captou a imagem de um homem de chapéu. Alto. E o nome é falso.

— Como eu nunca ouvi falar de nada disso? Você não estava se reportando a Langley?

Ela pareceu constrangida e balançou a cabeça.

A admiração de Milo mesclou-se com a frustração. Se ela não fosse tão paranoica, eles teriam unido forças. Mas Angela não queria dividir os créditos... uma "presa" daquelas realmente consolidaria sua carreira.

— Eu estava atrás dele há anos — disse ele. — Você sabia disso?

Não havia por que ela saber daquilo. Ela olhou o interior da taça e deu de ombros.

— Desculpe — falou ela, mas o pedido não foi sincero.

— Estive com ele quarta-feira passada. Nos Estados Unidos.

— Com o Tigre?

Ele assentiu.

As faces rosadas de Angela ficaram pálidas.

— Você está brincando.

— Ele está morto, Angela. Ingeriu cianeto. Um cliente acabou contaminando ele com HIV. Ao contrário de nós, o cliente sabia que ele era um cientista cristão.

— Cientista... *o quê*? — Ela parecia não ter entendido. — Ele era o quê?

— Ele se recusava a tomar a medicação, e o HIV estava acabando com ele.

Ela não tinha condições de falar; podia apenas bebericar o vinho e encará-lo. Angela havia passado os últimos oito meses trabalhando numa investigação, uma investigação e tanto, ele tinha de admitir; uma investigação que finalmente resultaria numa promoção, e com apenas algumas palavras Milo estragou todos aqueles meses de esperança.

Mas Angela era uma pessoa prática. Ela já enfrentara muitas decepções na vida e não iria choramingar. Ergueu a taça na direção dele.

— Parabéns, Milo.

— Não me parabenize — disse ele. — Apenas segui a trilha que ele deixou de propósito para que eu pudesse ouvir o último desejo dele.

— E qual foi esse desejo?

— Localizar o assassino. — Ela não respondeu; então, Milo acrescentou: — O que significa que você ainda tem a dianteira. Eu gostaria de saber quem decidiu apagá-lo.

Ela deu um gole no vinho.

— Tudo bem, Milo. Conte-me tudo.

Nos 15 minutos seguintes, ele a atualizou com os detalhes da história do Tigre e observou o rosto de Angela exibir uma gama de emoções à medida que, aos poucos, ela recuperava as esperanças.

Ela o interrompeu.

— Salih Ahmad? No Sudão? *Ele* fez aquilo?

A notícia pareceu tê-la revigorado, embora ele não soubesse o porquê.

— Foi ele mesmo que admitiu — garantiu. — Por quê? Você sabe alguma coisa sobre o caso?

— Não — respondeu ela um tanto afoita demais. — Continue.

Quando falou em Jan Klausner, isto é, Herbert Williams, ele se lembrou de algo:

— Você tem uma foto dele. Ele é o cara que está ao lado do Tigre em Milão.

Ela franziu o cenho.

— Seu pessoal deve ter cortado a foto.

— Eu passo para você uma inteira.

— Obrigada.

Quando ele concluiu, ela já tinha voltado a se aprumar na cadeira e mordia o lábio inferior, demonstrando ansiedade. Milo ficou satisfeito ao constatar que conseguira deixá-la um pouco abalada, mas tinha um pressentimento — nada concreto — de que ela estava escondendo algo. Algo que não queria confiar a ele. Portanto, Milo insistiu na questão inicial, para que ela se sentisse mais no controle da situação:

— Eu não vou conseguir tocar isso lá dos Estados Unidos; você vai ter que comandar o jogo. Sigo suas instruções. Tudo bem?

— Senhor, sim, senhor! — respondeu ela, sorrindo, mas logo se calou. O que ela estava escondendo não seria revelado, ao menos por ora. Ela ergueu a mão magra. — Chega de falar de trabalho, ok? Vamos falar da família. A Stephanie está com... o quê? Uns 7 anos?

— Ainda 6 — corrigiu ele, estendendo a mão para pegar a jarra, mas logo lembrando-se de que estava vazia. — Fala pelos cotovelos, mas ainda não estou disposto a me livrar dela.

— Tina continua deslumbrante?

— Mais do que nunca. Foi bom mesmo ela não ter vindo comigo.

— Cuidado. — Ela deu uma piscadela e exibiu um sorriso meio torto, que o fez se lembrar do fato de que Angela Yates nada tinha de boba. — Então, o que você quer?

— Por que você acha que eu quero alguma coisa?

— Porque você ficou uma hora em frente à embaixada esperando por mim. Você não me telefonou antes porque não queria um registro do nosso encontro. E, como você disse, você tem família. Duvido que Tina o deixasse tirar férias em Paris sem ela. — Angela fez uma pausa, com uma expressão séria. — Percebe aonde eu quero chegar?

O restaurante estava repleto de franceses, mas havia poucos americanos. Ele avistou, do lado de fora, aguardando uma mesa, o mesmo sujeito alto e atraente que tinha entrado logo atrás dele; perguntou-se para onde a jovem de olhos inchados teria fugido.

Milo apoiou o queixo na mão.

— Você tem razão. Tem uma coisa que eu preciso. Um pequeno favor.

— Uma boa encrenca?

— Não tem encrenca nenhuma. É só um inconveniente. Eu preciso que você guarde uma coisa para mim até a semana que vem. Na segunda-feira, alguém vai pedir esse objeto a você, e você pode entregar a encomenda a essa pessoa.

— É uma coisa grande? Pequena?

— Bem pequena. Um pen drive.

Ela olhou ao redor, checando o restaurante, conforme Milo fizera. E sussurrou:

— Preciso de mais detalhes.

— Tudo bem.

— O que está gravado no pen drive?

— É só um relatório. Não posso enviá-lo agora porque todas as comunicações do meu contato estão comprometidas.

— Ele está na cidade?

— Está em Beirute, mas vai chegar a Paris na manhã de segunda-feira e vai direto para a embaixada. Depois que ele pegar o pen drive, não vai mais haver necessidade de maquinações.

— E por que haveria maquinação agora?

Milo acreditava que Angela confiava nele. Ao menos acreditava naquele agente em Londres, no colega que um dia conhecera tão bem; contudo, nos últimos anos, a relação dos dois, apesar das visitas periódicas, tornara-se mais distante, e ele não sabia se ela acreditaria na história. Ele suspirou:

— A verdade é que eu mesmo deveria fazer a entrega, mas não posso ficar na França.

— Por que não?

Milo coçou o nariz, fingindo-se encabulado.

— É que... são as minhas férias. Tina já reservou nosso hotel na Flórida. Na Disney. E não dá para cancelar. É uma daquelas promoções vendidas pela internet. — Essa parte, ao menos, era verdadeira.

Angela riu.

— Não me diga que você está com medo da sua esposa!

— É só que eu gostaria de aproveitar as minhas férias... *de férias*. E não batendo boca.

— Você já não é o mesmo, certo? Por que você não mandou alguém de Nova York para fazer a entrega?

— Não tem quem possa fazer isso — respondeu ele. — Faz um mês que eu venho trabalhando nesse relatório. Não quero que outra pessoa o veja.

— E aí você se lembrou de mim.

— Eu me lembrei de Angela Yates, minha velha amiga.

— Suponho que você não tenha falado sobre isso com Tom.

— Você é sempre a mais esperta.

Ela olhou de relance para um ponto além de Milo, verificando o ambiente.

— Você vai me contar o que está gravado no pen drive?

Seguindo as ordens de Grainger, Milo começou a contar o que havia no relatório a Angela — uma análise dos interesses chineses no petróleo do Cazaquistão —, mas logo mudou de ideia. Em se tratando de Angela, a curiosidade matava.

— É algo sobre o petróleo asiático. Você não precisa saber todos os detalhes, precisa?

— Acho que não. — Após uma pausa, ela decidiu: — Ok, Milo. Por você, eu faço qualquer coisa.

— Você salvou meu pescoço. — Um garçom passou ao lado dele; Milo pegou o sujeito pelo braço e pediu uma garrafa de Moët. Em seguida, inclinou-se em direção a Angela. — Me dá a sua mão.

Ela parecia hesitante, mas fez o que ele pediu. Ela tinha dedos longos, e as unhas estavam bem-cuidadas, mas sem esmalte. Milo tomou as mãos secas de Angela nas suas, como se fossem amantes. Os olhos dela se arregalaram ligeiramente no instante em que ela sentiu o pen drive pressionando a palma da mão. Docemente, ele beijou os nós dos dedos.

13

Havia duas mensagens esperando no hotel. James Einner queria saber se tudo transcorrera conforme planejado, embora os dizeres da mensagem fossem: "O dinheiro já foi transferido?" Milo amassou a mensagem e a enfiou no bolso. A outra, em branco, era de Grainger, assinada "Pai". Apesar de estar se sentindo meio grogue com o que bebera no almoço, Milo serviu-se do conteúdo de uma garrafinha de vodca ao chegar ao quarto. Abriu as janelas francesas e debruçou-se, a fim de ver o trânsito da hora do rush na Rue Saint-Philippe du Roule. Acendeu um cigarro antes de discar.

— Pronto? — respondeu Tina, sonolenta.

— *Querida.* Sou eu.

— Qual deles?

— O grande babaca.

— Ah... Milo. Ainda está em Paris?

— Estou. Como estão as coisas por aí?

— Não sei. Acabei de acordar. A sua voz... você está bêbado?

— Na verdade, um pouco.

— Que horas são aí?

Ele verificou o relógio.

— Quase três horas.

— Nesse caso, tudo bem.

— Escute aqui, é possível que eu só volte no domingo.

Silêncio. Em seguida, farfalhar de lençóis enquanto ela se sentava.

— Por quê?

— As coisas estão um pouco complicadas.

— Como assim... complicadas?

— Não estou correndo perigo.

— Ok — respondeu ela. — Você sabe o horário do nosso voo, certo?

— Segunda-feira às dez.

— E se você não chegar a tempo...

— Vou passar as férias sozinho.

— Que bom que isso está claro — disse ela enquanto ele dava um trago no cigarro. — Pare com isso, rapaz.

— O quê?

— Você está *fumando.*

Ele tentou se mostrar ofendido.

— Não estou, *não.*

— Você está encrencado até o pescoço — decretou Tina. E acrescentou: — Ei, amor.

— O quê?

— A Stef chegou aqui. — A voz dela soou ligeiramente abafada: — Quer falar com o papai?

— Por quê? — Ele ouviu Stephanie dizer.

— Seja gentil — censurou Tina e, em um instante, Stephanie surgiu na ligação:

— Aqui fala Stephanie Weaver. Com quem estou falando?

— Você está falando com Milo Weaver — respondeu ele

— É um prazer falar com o senhor.

— *Pare com isso!* — gritou ele, e ela caiu na risada. Terminado o acesso de riso, ela voltou aos seus 6 anos e tagarelou sobre tudo o que tinha acontecido com ela naquela quinta-feira. Foi impressionante.

— Você o chamou de quê?

— Sam Aston é um *chato*, papai. Ele me chamou de fresca. Então, eu chamei ele de rato sujo. Não foi bem-feito?

Quando Stef não teve mais o que contar, Tina voltou ao telefone e fez ameaças veladas quanto ao que aconteceria caso ele não voltasse a tempo. Milo ficou se lamuriando de maneira velada. Quando desligou, ficando apenas com o ruído do tráfego, o mundo parecia estar meio morto. Telefonou para Grainger.

— O que é? — berrou o velho.

— Sou eu, Tom.

— Ah... desculpe, Milo.

— Qual foi o problema?

— Nada. Deu tudo certo? Já foi feito?

Lá embaixo, o ruído do tráfego estava cada vez mais alto. Ele se afastou da janela.

— Já.

— Eu não disse que daria tudo certo? Volte para casa hoje à noite e você não vai perder nenhum minuto das suas férias.

— Einner está comandando a vigilância?

— Como assim?

— Você não vai ficar sentado esperando para ver se o relatório vai aparecer em Pequim, está?

— Ah... Claro que não. Sim, ele está de vigia.

— Então eu vou ficar um pouco na minha.

Grainger pigarreou.

— Não sei por que você está criando tanto caso.

— Porque ela é inocente.

— Einner já te mostrou as provas que ele reuniu?

— Eu não preciso de provas, Tom. A gente conversou por quase duas horas. Ela é inocente.

— Você tem cem por cento de certeza?

— Digamos que 97.

— Três por cento já são suficientes para prosseguir. Você sabe disso.

— Mas ela está fazendo um trabalho importante aqui — insistiu Milo. — Não quero ver esse trabalho comprometido.

— Ela é chefe de segurança, Milo. Não é cientista da Nasa.

— Ela está investigando o Tigre.

Silêncio.

— Não venha dar uma de idiota, Tom. Você mandou fotos dele para ela meses atrás. Por que você não me contou?

— Milo — falou ele com um tom de voz levemente autoritário —, não tenha a presunção de saber de tudo o que acontece aqui, ok? Eu tomei uma decisão que, na época, me pareceu correta. Além disso, ela quis manter tudo em sigilo. Respeitei o pedido.

— Claro.

— Então, o que ela descobriu?

— Ela descobriu muito mais coisa do que eu. Ela tem uma gravação dele dentro da filial de Marselha da Union Bank of Switzerland sacando o pagamento pela execução de Michel Bouchard. Trezentos mil dólares. Ela investigou e descobriu que a conta foi aberta em Zurique, por um tal de Rolf Vinterberg.

— Vinterberg — repetiu Grainger, lentamente, talvez fazendo uma anotação.

— O fato é que nós deveríamos ter designado Angela para o caso do Tigre desde o começo. Já teríamos pegado ele há anos. Comparado a ela, eu sou um imbecil.

— Disso eu já sei, Milo. Mas se ela ficar trocando segredos, mantenha-me informado.

— Ok.

— Você não vai criar caso com ele, vai?

— Com quem?

— Com Einner.

— Você me conhece, Tom. Eu gosto de ajudar.

14

Ele voltou ao jardim depois das quatro da tarde, vestido agora de maneira menos óbvia: camiseta, calça jeans e os fones do iPod visíveis logo abaixo do chapéu de feltro que ele comprara numa loja perto do hotel. Com os óculos escuros, o disfarce impedia, até certo ponto, uma identificação imediata por parte das câmeras da embaixada, mas não resistiria a um exame mais próximo.

A velha que trabalhava para Einner tinha sido substituída por um velho que usava uma jaqueta gasta, recostado no banco, o rosto voltado para o sol, segurando uma sacola plástica toda suja. O furgão de entrega de flores permanecia estacionado na Avenue Gabriel.

Não havia muito que fazer até as cinco; portanto, Milo deixou-se levar pelas músicas do iPod: a coletânea de sucessos franceses dos anos 1960 ainda tocava, e ele esperava que a música elevasse seu espírito; mais France Gall, um pouco de Chantal Goya, Jane Birkin, Françoise Hardy, Anna Karina e Brigitte Bardot, com Gainsbourg, cantando "Comic Strip":

SHEBAM! POW! BLOP! WIZZ!

Às cinco e dez, o jardim estava cheio de gente que voltava para casa. O velho já não estava recostado e olhava em direção à embaixada.

De onde estava, Milo não conseguia avistar o portão do edifício; então, dirigiu-se à Avenue Gabriel segurando o iPod perto do rosto, como se quisesse resolver algum problema de funcionamento do aparelho. Mas fixou o olhar no velho, que se levantou vagarosamente, como se os ossos doessem, e em seguida abaixou-se, a fim de ajeitar os laços dos sapatos.

Milo precisou esconder o rosto, pois Angela tinha passado pelo furgão de flores e caminhava em sua direção, cruzando o jardim no sentido leste e dirigindo-se à estação do metrô na Place de la Concorde. Milo, no meio da multidão, deu-lhe as costas casualmente. O velho seguiu Angela.

Milo correu até a Avenue Gabriel e alcançou o furgão no momento em que o veículo começava a dar marcha a ré para sair da vaga onde estivera estacionado. Bateu na janela traseira, revestida com uma película escura, e aguardou.

Einner não respondeu imediatamente; é provável que esperasse para ver se Milo iria embora. Então decidiu abrir a porta. Seus lábios estavam com um aspecto horrível, como se ele os estivesse mordendo.

— Que diabo você está fazendo aqui, Weaver?

— Pode me dar uma carona?

— Saia daqui. Vá embora.

Ele começou a fechar a porta, mas Milo o obstruiu.

— Por favor, James. Eu preciso ir com você.

— O que você *precisa* é ir embora.

— Ora! — exclamou Milo, com um tom amistoso. — Se você tiver que prendê-la, vai ser mais fácil comigo. Ela não vai correr se me vir.

Einner considerou a questão.

— Falando sério — insistiu Milo. — Só quero ajudar.

— Você já falou sobre isso com Tom?

— Ligue para ele, se quiser.

Einner reabriu a porta e sorriu para mostrar que não tinha má vontade.

— Você parece até um adolescente da terceira idade.

Milo não se deu ao trabalho de dizer o que ele parecia ser.

O centro de controle móvel operado por Einner era uma instalação sofisticada que consistia em dois laptops, dois monitores de tela plana ligados a uma torre, um gerador, um microfone e alto-falantes. Os assentos ficavam encostados à lateral direita do furgão, voltados para os equipamentos. Havia pouco espaço livre, e um funcionário insignificante da embaixada, ao volante, dirigia dando pontapés nos pedais. Durante todo o percurso até o apartamento de Angela, no 11º *arrondissement*, Einner se manteve em contato pelo rádio com seus agentes. Os informantes reportaram que Angela havia embarcado no metrô, saíra na estação da Place de la Nation e caminhara pela arborizada Avenue Philippe Auguste até seu apartamento na Rue Alexandre Dumas.

— Que bom que você está por dentro de tudo — debochou Milo.

Einner fitava uma imagem em vídeo do prédio onde Angela residia, obtida por meio de uma câmera instalada num prendedor de gravata. Viram Angela empurrar as portas de vidro.

— Se você for contribuir com sarcasmo, nós vamos deixá-lo no aeroporto — retrucou ele.

— Desculpe, James.

Seguiram em silêncio, e em pouco tempo estavam nos arredores do prédio de Angela. Alguns membros do corpo diplomático — amplo o bastante, em Paris, para constituir a população de uma cidade — residiam ali, na parte leste do 11º distrito. As ruas estavam apinhadas de Beamers e Mercedes.

Através de um alto-falante, eles escutaram um clique e um ruído de discagem.

— Você grampeou o telefone dela? — perguntou Milo, no momento em que um monitor exibiu o número digitado por ela: 850-030-030.

— O que você acha, Weaver? Nós não somos amadores.

— Nem ela. Aposto as minhas férias que ela já sabe...

— Shhh.

Uma voz feminina atendeu:

— Pizza Hut.

O guia telefônico no computador constatou a veracidade do local.

Angela pediu uma pizza havaiana, uma salada grega e seis latinhas de Stella Artois.

— Esfomeada — comentou Einner e registrou a informação no laptop. O segundo monitor, espremido próximo ao teto do furgão, piscou e exibiu a imagem da sala de visita de Angela a partir de uma câmera posicionada em um canto alto. Lá estava ela, afastando-se do telefone em direção ao sofá e bocejando. Milo pensou que o champanhe daquela tarde tornara o restante do dia bastante difícil para ela. Angela achou o controle remoto no meio das almofadas, deitou-se e ligou a TV. Eles não conseguiam ver a tela, mas ouviam as risadas enquanto ela retirava as botas e as colocava ao lado da mesinha de centro.

O furgão diminuiu a velocidade, e o motorista disse:

— Chegamos.

— Obrigado, Bill. — Einner olhou de relance para Milo antes de voltar a se concentrar na tela. — Isso pode levar vários dias, você sabe. Eu ligo para você quando ela fizer algo.

— *Se* ela fizer algo.

— Pouco me importa.

— Vou te fazer companhia.

Depois de meia hora, o sol começou a se pôr no final da rua, entrando pelo vidro traseiro. Pedestres voltavam para casa, desesperados para tirar os ternos. Era uma rua bonita, que fez Milo lembrar um pouco de sua casa, no Brooklyn, da qual ele começava a sentir saudade. Ainda não sabia ao certo por que não estava a bordo de um avião naquele momento... O que ele poderia fazer para de fato ajudar Angela? Einner podia ser arrogante, mas não iria incriminá-la. E se Milo estivesse enganado, e ela estivesse *mesmo* vendendo informações secretas, ele nada poderia fazer para ajudá-la.

— Como surgiu tudo isso? — perguntou.

Einner recostou-se no assento, mas continuou vigiando Angela. Ela sorria para algo na TV.

— Você sabe muito bem. O laptop do coronel Yi Lien.

— Mas por que o MI6 estava investigando o coronel?

Einner observou Angela durante alguns instantes e deu de ombros.

— Eles o estavam seguindo. Dois agentes... coisa de rotina. Estavam apenas de olho no inimigo.

— Foi isso o que *eles* disseram para vocês?

Einner olhou para Milo como se ele fosse uma criança.

— Você acha que eles falam com Turistas? Por favor. Somente o ouvido de Tom é digno de escutar as informações secretas do MI6.

— Continue.

— Bem, a cada dois fins de semana, o coronel pegava a balsa de Portsmouth até Caen. Um chalezinho ao norte de Laval. Uma daquelas casas de campo reformadas.

— E a garota dele?

— Renée Bernier. Francesa.

— Romancista promissora, é o que ouvi dizer.

Einner coçou o rosto.

— Eu já li alguma coisa que ela escreveu. Não é das piores.

Quando Angela se levantou, ele digitou algo, e o monitor exibiu a imagem do banheiro no momento em que ela entrava, desabotoando a saia displicentemente.

— Você vai desligar isso aí, não vai?

Ele dirigiu a Milo um olhar aborrecido.

— Isso não me excita, Weaver.

— E essa Renée Bernier? Ela poderia ter acessado o memorando?

Einner balançou a cabeça diante da ingenuidade de Milo.

— Você acha mesmo que a gente fica aqui de papo para o ar, não é? Estamos revirando a vida dela. É uma comunista inveterada, com certeza. O romance dela é uma tremenda crítica ao capitalismo.

— Mas você não disse que não era das piores?

— Eu não sou ignorante. Sei reconhecer um bom escritor. Mesmo quando o tratamento dado às questões políticas é pueril.

— Você é um cara de mente aberta.

— Não sou? — vociferou Einner e em seguida trocou a imagem no momento em que Angela acionou a descarga do vaso sanitário e voltou ao sofá, agora vestindo um roupão branco atoalhado. — Então, você já sabe da história. O coronel Lien embarca na balsa em Caen, depois de um daqueles fins de semana. No meio do canal, ele tem um colapso. Os dois agentes do MI6 o reanimaram e aproveitam para copiar o disco rígido do laptop.

— Por que Angela?

Einner piscou.

— Como?

— Por que todo mundo acha que ela é a fonte? Tudo isso é bastante circunstancial.

— Você não sabe?

Milo balançou a cabeça, o que provocou um sorriso repugnante.

— É *por isso* que você tem sido tão cabeça-dura...

Einner pegou o segundo laptop. Um arquivo denominado PARDAL surgiu na tela. Nomes de pássaros, Milo percebeu. Diretamente do filme *Ipcress: arquivo confidencial*. Michael Caine, 1965.

Einner começou a explicar o caso. Não era fácil acompanhá-lo. Ele mostrou fotografias, cópias de documentos, arquivos de áudio e vídeo gravados ao longo dos dois últimos meses, resultado de um grande esforço investigativo levado a termo por aquele orgulhoso Turista sentado ao lado de Milo. Alguns dados apontavam a presença de Angela em festas na embaixada da China, mas até o próprio Einner admitia que tal fato em si não era condenatório. Ele observou que, quase sempre, Angela tomava pílulas para dormir, como se isso constituísse um sinal de consciência pesada. Então chegou à parte importante.

— Está vendo esse homem? — perguntou Einner, apontando para um sujeito de barba ruiva, com seus 30 e poucos anos, trajando um terno feito sob medida. O indivíduo estava numa esquina próxima ao Arco do Triunfo, logo atrás de Angela, ambos esperando que o sinal abrisse. As faces de Milo arderam. Ele conhecia o homem. Einner prosseguiu: — Isso foi no dia nove de maio. Veja. — Localizando outra foto, ele mostrou o mesmo sujeito, ao volante de um táxi, sem o terno, com Angela no banco traseiro. — 14 de maio. Esta aqui foi no dia 16 de maio. — Na próxima foto, os dois voltavam a aparecer juntos, no bistrô onde Milo a encontrara, sentados separados, mas em mesas próximas. Nessa foto, no entanto, ela não estava sozinha à mesa. Sentado diante dela, via-se um jovem negro, com um ar grave e as mãos espalmadas, tentando convencê-la de algo. — Vinte de junho — disse Einner e mostrou para Milo mais uma foto batida numa esquina; mais uma vez, Angela estava ao lado do homem de barba ruiva. — Tudo o que sabemos sobre esse sujeito é que...

— Quem é aquele cara?

— O quê? — resmungou Einner, irritado com a interrupção.

— Volte — pediu Milo e, quando Einner voltou à foto batida no bistrô, ele tocou na tela. — Esse cara.

— Um tal de Rahman... — Einner semicerrou os olhos. — Garang. É isso. Rahman Garang. Supostamente terrorista.

— Ah...

— A informação partiu dela — explicou Einner. — Ela estava tentando arrancar informações dele.

— Num local público?

— Parece que a ideia foi dele. Não muito profissional, mas ela não se opôs.

— Ela conseguiu alguma coisa?

Einner balançou a cabeça.

— Nós achamos que ele voltou para o Sudão.

— Sudão. — Milo suspirou, tentando fingir desinteresse.

— E, antes que você pergunte — prosseguiu Einner —, não... nós não achamos que ela esteja colaborando com terroristas. Ela não é desumana.

— Fico contente por vocês saberem disso.

Einner voltou à última foto, de Angela atravessando a rua ao lado do homem de barba ruiva.

— Então, esse sujeito aqui...

— Herbert Williams — disse Milo.

— Que merda, Weaver! Quer parar de interromper?

— É Herbert Williams, não é?

— É, sim — murmurou Einner. — Esse é o nome que ele costumava apresentar à Police Nationale. Como diabos você sabia disso?

— O que mais você tem aí sobre ele?

Einner queria primeiro obter uma resposta, mas, pela fisionomia de Milo, percebeu que não conseguiria nada.

— Bem, ele informou à polícia um domicílio no 3º *arrondissement*. Fizemos a verificação... um abrigo para sem-tetos. Aparentemente, ele nunca esteve por lá. Ele diz que é natural de Kansas City. Pedimos à Polícia Federal que fizesse uma investigação, e os primeiros registros sobre Herbert Williams são de 1991, quando ele solicitou um passaporte.

— Ele teve de informar um número do seguro social, não teve?

— Engodo clássico. O número pertencia a outro Herbert Williams, uma criança negra falecida em 1971, aos 3 anos.

— Isso é tudo o que sabemos?

— O cara é escorregadio. Nós o seguimos depois dos dois flagrantes registrados em junho, mas ele escapou nas duas ocasiões. É profissional. Mas veja isso. — Novamente ele tocou o laptop e, dessa vez, apareceu uma foto de uma região rural. A primeira reação de Milo foi estética: era uma bela foto. Panorâmica, céu limpo e um pequeno chalé à esquerda. Então notou que havia um carro no centro da foto. O cursor do laptop se tornou uma lente de aumento, e Einner acionou o zoom. Numa imagem granulada, mas suficientemente clara, dois homens apareciam de pé ao lado do veículo, conversando. Um era Herbert Williams, também conhecido como Jan Klausner. O outro era um chinês obeso, o coronel Yi Lien.

— Onde você conseguiu esta foto?

— Está nos arquivos da Companhia... foi tirada no ano passado. Tom a localizou quando ficou sabendo sobre o coronel.

Milo passou as mãos pelos lábios, que estavam tão ressecados quanto os de Einner. Ele começava a não gostar da ideia que Tom Grainger tinha de segurança.

— Vocês a estão enganando há dois meses. Por quê?

— Faz anos que nossa representação na França está cheia de furos. Langley queria investigar o assunto, mas queria fazê-lo sem o uso dos canais competentes. Então nós resolvemos começar pela Angela Yates.

— Nós?

— Tom e eu.

Fazia parte do trabalho de Milo não estar inteirado de todas as operações conduzidas pelo departamento, e ele tentava se lembrar de qualquer indicação de que Angela estivesse sendo investigada. Talvez a melhor indicação houvesse ocorrido um mês antes, quando ele havia requisitado a assistência de Einner, especialista em vigilância, na escuta de um encontro entre um integrante da máfia siciliana e suspeitos de militância islâmica em Roma. Grainger tinha dito que Einner não estava se sentindo bem e designara Lacey para realizar o serviço.

— Então — disse Milo — vocês acham que isso já basta para enforcá-la?

— Claro que não, Weaver. É por isso que estou sentado aqui, ao seu lado, em vez de detê-la e ir para casa encontrar minha namorada. — Einner pigarreou. — Agora, você... me diga como conhece o Sr. Williams.

— Motocicleta — disse Bill, contraindo-se ao volante.

Os dois se inclinaram para perto da janela. O sol estava quase escondido, e eles só conseguiram ver a silhueta de um motociclista vestido de couro aproximando-se do furgão. Einner mudou de posição, sacando de um coldre de ombro uma pequena Beretta... tinha que ser uma Beretta.

— Não vá achar que você está num episódio de *Gunsmoke* — recomendou Milo.

A motocicleta ziguezagueou entre dois carros e subiu na calçada. Um baú vermelho na traseira exibia o letreiro: PIZZA HUT.

Depois que o entregador de pizza passou pelo furgão e se aproximou da porta de Angela, Einner guardou a Beretta.

— Vamos... desembuche.

Milo contou-lhe a respeito de Klausner/Williams e o Tigre. A notícia pareceu deixar Einner um tanto confuso. Através dos alto-falantes, escutaram o toque suave da campainha da porta de Angela. Einner estendeu as mãos sobre o colo.

— Eu... bem... o Tigre. Isso altera tudo, não é mesmo?

— Eu não acho.

Einner recuperou o foco.

— Se Angela está ligada a alguém que controla ou controlava as ações do Tigre, então não se trata apenas de venda de informações secretas para os chineses. Ela está sendo comandada por alguém que possui contatos sérios. Pode ser que ela agora esteja atuando por conta própria.

— Mas o plano ainda é o mesmo — objetou Milo. — Identificar e capturar o contato dela. Não toque em Angela, não até colocarmos as mãos no contato.

— É — reconheceu Einner com um toque de desapontamento. — Você tem razão.

Milo abriu a porta traseira e saiu do furgão.

— Eu vou jantar. Telefone para mim se você mudar de posição, ok?

— Claro — respondeu Einner e fechou a porta.

O ar parisiense exalava presunto e abacaxi cozido.

15

Milo encontrou uma lanchonete turca numa ruazinha perto da Place Léon Blum, pediu um *gyro* e comeu diante de um balcão. Nada daquilo fazia sentido. Ou Angela era inocente, e era nisso que ele queria acreditar, ou era culpada de vender informações secretas... mas para os chineses? Faria mais sentido se ela vendesse informações para um país com o qual simpatizasse. Para a Polônia, por exemplo. Ela nascera numa terceira geração de poloneses-americanos e tinha crescido ouvindo aquele idioma difícil. A fluência na língua tinha sido um dos motivos de sua contratação pela Companhia. Assim como seu idealismo. Dinheiro por si só não bastava para fazer Angela trair quem quer que fosse.

Einner, independente de estar sendo justo ou não, tinha investido muitas horas de trabalho naquela operação de vigilância instituída havia dois meses, e abandonar a investigação pareceria desperdício de recursos governamentais... uma atitude arriscada num contexto de cortes orçamentários.

Além disso, havia provas. Angela tinha ligações com um cliente do Tigre, Herbert Williams, e este tinha ligações com o coronel chinês. Será que ela sabia que o sujeito tinha ligações com o Tigre, figura que ela buscava com tanto empenho?

Outra questão: por que, a toda hora, o Sudão surgia em pauta? Angela se mostrara chocada ao saber da atuação do Tigre no Sudão e tinha escondido algo... provavelmente sobre Rahman Garang, o jovem terrorista sudanês.

Mas, por quê?

Enquanto enfiava fatias de carneiro assado na boca, Milo teve uma sensação semelhante à que tivera quando fumou no aeroporto. Estava sendo observado. No reflexo da vitrine, ele podia ver todo o interior da pequena lanchonete: o balcão, com uma caixa registradora, e uma jovem entediada usando um chapéu amarelo e pontudo, um jovem casal, logo atrás dele, trocando sussurros românticos e dois árabes sentados a uma mesa perto da parede, bebendo Fanta em silêncio. Ele examinou os dois árabes, mas não... ninguém parecia estar interessado nele. Em seguida, voltou a atenção para o casal de namorados.

Sim. Um homem alto e atraente e uma mulher masculinizada, com olhos grandes e inchados, como se tivesse sido espancada. Haviam estado no restaurante onde ele se encontrara com Angela.

Milo ampliou o foco e voltou a olhar para a rua. Eram quase nove e meia da noite, e a vizinhança estava quieta. Engoliu mais alguns pedaços de carneiro e então deixou a lanchonete de repente.

Dirigiu-se à próxima esquina. Virando à direita, chegaria à rua movimentada que dava acesso à casa de Angela. Ao dobrar a esquina, olhou para trás e viu o casal saindo da lanchonete, de mãos dadas e vindo em sua direção despreocupadamente.

Assim que deixou o campo de visão do casal, ele saiu em disparada, correndo entre os carros e passando por outros casais, de todas as idades, que caminhavam por ali. Uma coincidência era sempre possível, mas a zelosa paranoia de Milo se recusava a crer nisso. Era, provavelmente, o Serviço Secreto francês: o Secretariado-Geral de Defesa Nacional ou SGDN. Eles tinham a ficha de Milo e certamente haviam registrado sua chegada sem a família, bem como o encontro com Angela. Com certeza queriam saber o que ele estava fazendo no país. Ele, por sua vez, queria manter o maior sigilo possível sobre a situação precária de Angela.

Em vez de seguir adiante na próxima esquina, Milo dobrou novamente à direita e aguardou. Espiando, pôde ver novamente o casal francês. Eles surgiram, beijaram-se e tomaram direções diferentes. O homem seguiu à esquerda e a mulher seguiu em frente, ambos se afastando de Milo. Esperou até que os dois estivessem distantes e então telefonou para Einner.

— Estou sendo seguido.

— Bem, os franceses são meio paranoicos em se tratando de soberania.

— Eles não podem saber que ela está sendo investigada. Não vão confiar nela.

— Então talvez você deva ir embora, meu velho.

— Aconteceu alguma coisa?

— Ela está se preparando para dormir.

— Ela sabe que está sendo vigiada.

— Claro — retrucou Einner. — E sabe que o melhor é esperar até que o pessoal da vigilância se canse. Nossa função é nunca ficarmos cansados.

Milo queria questionar isso, mas não havia o que debater.

— Eu vou para o hotel. Telefone para mim antes de tomar qualquer medida.

— Como não tenho outra escolha...

— Não tem.

Milo dirigia-se à estação do metrô quando, no meio do caminho, o telefone tocou. Ele franziu o cenho diante do número francês não identificado e entrou num beco para atender.

— Alô?

— Ainda está na cidade?

Era Angela.

Milo hesitou e, em seguida, respondeu:

— Meu voo é amanhã de manhã. Às nove.

— Vamos tomar um drinque no seu hotel? Estou com insônia, e tem algo que talvez seja do seu interesse.

— Sobre o quê?

— *Grroul.*

Ele riu, tentando dissimular naturalidade.

— Não me diga que estava escondendo algo de mim.

— Eu nunca diria isso a você.

— Por que eu não vou até o seu apê? Eu levo uma garrafa. Além disso, acho que os franceses estão me vigiando. Não vale a pena sermos vistos juntos num local público.

— Até parece que eles conseguiriam seguir um sujeito com o seu talento.

— Ha, ha. Qual é o seu endereço?

16

Ele comprou mais Davidoffs e uma garrafa de Smirnoff numa loja de conveniência e, em seguida, telefonou para Einner. Evidentemente, ele já escutara tudo.

— Ela tentou dormir mas não conseguiu. Chegou a pegar o frasco de sonífero, mas, pelo jeito, um bate-papo com você vai ser mais eficaz.

— Pode fazer o favor de desligar o aparato de vigilância? Nós somos amigos, e a conversa vai ser íntima.

— Se você quiser foder com ela, vá em frente. Não precisa me pedir permissão.

— Eu ainda vou te dar uma porrada, James. Não duvide disso.

— Mal posso esperar, meu velho.

— Vamos falar sobre coisas que ninguém precisa ouvir. Se ela começar a dizer algo relevante, eu telefono para você.

— Qual vai ser a senha? — perguntou Einner, satisfeito por estar de volta a seu território de códigos e senhas.

— Que diabo! Sei lá! Você vai ouvir minha voz.

— Ligue para sua esposa — sugeriu. — Diga que você tinha ficado de ligar para ela, mas que esqueceu.

— Mas elas são amigas. Angela vai querer falar com ela.

— Ela está ocupada e não vai poder falar.

— Tudo bem — concordou Milo.

— Você vai desativar tudo assim que eu aparecer?

— Vou. Prometo.

Milo duvidava disso, mas se a coisa se tornasse demasiado confessional, ele sabia mais ou menos a localização das câmeras e poderia obstruí-las. Já os microfones seriam outra questão. Talvez os dois pudessem ficar na varanda?

Ela abriu a porta do edifício através do interfone e disse a ele para ir até o quarto andar. Milo usou o velho elevador. Ela esperava à porta, de jeans e camiseta, com uma taça de vinho branco na mão.

— Você veio rápido. Eu não te acordei, acordei?

— Por favor — respondeu ele, brandindo a garrafa de Smirnoff. — Para mim, são cinco horas da tarde. — Ele beijou Angela no rosto e a seguiu porta adentro.

Milo teve a impressão de que ela tinha mudado de ideia. Angela fizera o convite, mas, enquanto esperava, havia percebido o erro. Colocaram a vodca no congelador, para ser bebida mais tarde, e tomaram vinho no mesmo sofá que ele tinha visto através das câmeras de vídeo.

Para quebrar o gelo, Milo começou fazendo perguntas sobre a vida amorosa da amiga. Sim, havia a tal princesa, caso de um ano atrás, mas e desde então?

— Você nunca fica sozinha por muito tempo.

Essas palavras provocaram uma risada, mas o fato era que ela não tinha ido para a cama com ninguém desde o final daquele relacionamento.

— Foi difícil. Lembra de como eu fiquei depois do caso Frank Dawdle? Foi daquele jeito.

— Um problema de confiança.

— Mais ou menos. — Ela deu um gole no vinho. — Pode fumar, se quiser.

Milo pegou os Davidoffs e ofereceu um, mas Angela tinha parado de fumar.

— Eu poderia ter começado a fumar de novo quando a relação afundou, mas isso seria admitir a derrota.

Ele sorriu para ela.

— O que você queria me dizer?

Em vez de responder, ela foi até a cozinha, e Milo sabia que era a chance pela qual esperava. Ele poderia telefonar para Einner e pedir que acionasse o sistema, se é que o sistema já não estava acionado. Mas não o fez, e semanas mais tarde esse equívoco tornar-se-ia um detalhe desagradável na história de Milo Weaver.

Ela retornou com a garrafa de vinho, encheu as taças e voltou à cozinha, a fim de depositar a garrafa no cesto de itens recicláveis. Quando concluiu o ritual e sentou-se no sofá, ela já havia decidido que tática adotar.

— O que você sabe sobre o que está acontecendo no Sudão?

— Sei tanto quanto qualquer outra pessoa, eu acho. Uma guerra civil entre o norte e o sul, longa e sangrenta, acabou há alguns anos. Nós servimos de intermediadores. Mas agora, na região de Darfur, outra guerra civil está acontecendo, entre o Exército da Libertação Sudanesa e a milícia Janjaweed, apoiada pelo governo. Segundo as últimas notícias, mais de duzentos mil pessoas tinham morrido, e havia dois milhões de refugiados. No leste, na capital, acontece outra guerra civil, deflagrada pelo assassinato do mulá Salih Ahmad em janeiro. O presidente foi acusado de ser o mandante, embora a gente saiba o que, de fato, aconteceu, não? — Ele sorriu, mas ela não. — Que mais? Economia em péssimo estado, sendo o petróleo bruto a principal exportação do país. — Ele semicerrou os olhos, lembrando-se de algo. — Mas eles não vendem petróleo para nós, não é? Nós temos um embargo. Eles vendem para a China.

— Exatamente — confirmou ela, sem se abalar com a referência ao país. — No momento, o Sudão fornece sete por cento do petróleo consumido na China. A China fornece armas ao governo sudanês, para que o governo possa matar o povo... e eles fazem qualquer coisa para garantir o fluxo de petróleo. — Ela tocou o lábio inferior. — É engraçado. A China tem sido bastante pressionada pela ONU para incentivar o presidente al-Bashir a estabelecer a paz em Darfur. Finalmente, em fevereiro passado, Hu Jintao, o presidente chinês, encontrou-se com al-Bashir com o objetivo de discutir esse assunto. Ao mesmo tempo, ele anunciou o cancelamento da dívida sudanesa com a China e prometeu construir para o líder sudanês um palácio presidencial. Que merda, não?

— Merda... e da boa.

— Mas volte a Salih Ahmad. Esta tarde você me disse que o Tigre tinha assassinado Ahmad e que a execução não tinha sido a mando do governo sudanês.

— É possível que ele estivesse enganado. Ele nunca chegou a saber *para quem* estava trabalhando. Ele achava que era para extremistas muçulmanos.

Ela franziu o cenho.

— Eu me encontrei com um cara algumas vezes em maio. Rahman Garang. Sudanês. Ele fazia parte do grupo de Salih Ahmad.

— Terrorista?

Angela inclinou a cabeça, e então assentiu:

— Não sei de tudo o que Rahman fazia, mas, sim, eu diria que ele é um terrorista... um terrorista em potencial, ao menos. A família dele está aqui há cerca de cinco anos, e, quando ele veio visitá-los, em maio, foi detido pelos franceses. Eles o relacionaram a uma célula sediada em Lyon. O cara era duro na queda. Sarcástico. Ficou provado que ele não tinha qualquer ligação na França, mas, enquanto esteve detido, ele insistiu em culpar os interrogadores pela morte do mulá. *Vocês e os americanos*, ele dizia. Foi por isso que recebi um telefonema da minha ex... na verdade, ela não é princesa, mas age como se fosse. Ela trabalha para o Serviço Secreto francês. Foi uma tentativa de fazer as pazes comigo. Eu falei com Rahman uma vez, quando ele estava preso, e ele me disse que não tinha medo de nós. Nós, isto é, os Estados Unidos e os aliados, tínhamos matado o mulá Salih Ahmad, e ele esperava ser a próxima vítima. Os franceses o libertaram por falta de provas. Mas eu fiquei curiosa. Nós tínhamos acompanhado o noticiário. Era do interesse dele culpar o presidente al-Bashir. Afinal, derrubá-lo é o grande objetivo da rebelião. Uma semana depois, localizei a família de Rahman e o convenci a falar comigo novamente. Nós almoçamos no centro, no mesmo local onde você se encontrou comigo hoje. O irmão de Rahman, Ali, insistiu em estar presente, como forma de proteção. Concordei, mas pedi que ele esperasse fora do restaurante enquanto conversávamos.

Dezesseis de maio. Milo se lembrava de ter visto as fotos arquivadas por Einner.

— Ele estaria especulando? — perguntou ele enquanto ela bebia um gole do vinho. — Ou será que sabia de algo?

Angela depôs a taça vazia.

— Um pouco de cada. Rahman tinha estado na casa do mulá em Cartum na noite em que o corpo reapareceu. Muitos amigos estavam lá, numa espécie de vigília, junto à família. Rahman foi até o banheiro. Pela janela, ele via o quintal. E viu um europeu, um branco, trazer o corpo. *Esse* era o ponto central do argumento dele.

— Você mostrou a ele as fotos do Tigre?

Ela balançou a cabeça, talvez encabulada.

— Não me ocorreu. Mas eu disse a ele que investigaria a questão. Se eu fosse homem, acho que ele não acreditaria em mim. Mas ele parecia simpatizar comigo. Eu o levei de carro, junto com Ali, até em casa, e nos dias subsequentes comecei uma investigação. Na realidade, eu não tinha bases para trabalhar. Não tinha motivos para acreditar que aquele sujeito era o Tigre. Há muitos brancos nesse mundo, e eu achava que al-Bashir recorreria ao mercado local na hora de recrutar matadores.

— Você avisou que estava prestando assistência a Rahman?

Mais uma vez, ela balançou a cabeça, mas agora não se mostrava encabulada.

— Você sabe o que teria acontecido... ninguém se importa com as teorias conspiratórias de um homem-bomba em potencial. Eu apenas avisei que estava tentando cooptá-lo a se tornar informante.

— Entendo.

— Passados cinco dias, a situação não tinha chegado a lugar algum; então procurei Rahman para dar a má notícia. A família dele não me deixou entrar. A mãe, o pai, a irmã... parecia que eu era uma leprosa. Finalmente, Ali apareceu. Eles não sabiam onde Rahman estava. No dia seguinte ao nosso almoço, ele recebeu um telefonema. Disse à mãe que tinha um encontro importante. Foi a última vez que eles o viram.

— Ele não voltou para Cartum?

Ela fez um movimento negativo com a cabeça.

— Não podia voltar. Rahman não dispunha de qualquer recurso. Não tinha passaporte falso, nada disso. — Ela fez uma pausa. — Na semana passada, o corpo dele foi encontrado em Gonesse, perto de uma das pistas do Aeroporto Charles de Gaule. Duas balas no peito. Os peritos disseram que ele havia sido morto cerca de um mês antes... logo depois que eu falei com ele.

Agora era Milo quem precisava se mexer. Esfregou as mãos nos joelhos, levantou-se e foi se servir de uma dose de vodca gelada. Deveria ter feito aquela chamada para Einner uma hora atrás, sob o pretexto de ligar para Tina, mas, em todo caso, ele supunha que Einner estivesse na escuta. Serviu a vodca nas mesmas taças em que tinha tomado vinho. Angela não se importou.

— A perícia disse mais alguma coisa?

— Nove milímetros, PPK. Essa arma está espalhada pelo mundo todo.

— Pelo jeito, os amigos o viram conversando com você.

— É isso que Ali acha.

— Você falou com ele?

— Ele me telefonou. Assim que o corpo foi encontrado. E foi assim que eu fiquei sabendo.

Ao longo dos sessenta minutos seguintes, bebericando vodca, eles debateram as relações que tais descobertas pareciam indicar. A palavra mais utilizada foi "parece".

"X" tinha contratado o Tigre para matar um mulá extremista no Sudão, e quando o Tigre começou a investigar a identidade do mandante, este mandou matá-lo.

— Qualquer pessoa poderia ter assassinado Rahman — disse Angela, piscando os olhos para manter Milo em foco. — Os terroristas amigos dele o viram falando comigo e concluíram que ele estava fazendo jogo duplo. Ou quem quer que tenha contratado o assassino do mulá pensou que Rahman estava me revelando a identidade de X, e então X mandou matá-lo pelo mesmo motivo que matou o Tigre.

Milo precisou manter o bico calado, pois o que teve vontade de dizer revelaria o que ele sabia. O agente contratado por X, Herbert Williams, tinha sido visto com Angela Yates. E se, em vez de ser um contato, Williams a estivesse espionando? Ele tinha estado no restaurante quando Rahman e Angela se encontraram.

Ignorando-se o diplomata chinês e os segredos roubados, o quadro era outro: Angela se tornava a vítima, em vez de protagonista de um vazamento de informações.

No entanto, a pergunta feita pelo Tigre às vésperas de sua morte persistia: quem era "X"? Quem teria contratado o Tigre para executar o mulá Salih Ahmad e o ministro das Relações Exteriores da França? Será que algum grupo terrorista queria a morte de ambos? Embora o assassinato de Ahmad em última instância auxiliasse a causa militante no Sudão, a morte do ministro das Relações Exteriores em nada os ajudaria.

E mais: como explicar os assassinatos perpetrados pelo Tigre desde 2001, quando Herbert Williams se tornou um de seus clientes?

Talvez Herbert Williams *fosse* "X". Talvez fosse um intermediário, usado quando pessoas poderosas desejavam acabar com a vida de alguém. Nesse caso, não haveria um fio condutor que unisse os diversos assassinatos.

— Os chineses — falou ela. — Marcar o corpo de Salid Ahmad parece ser um aviso direto aos extremistas: parem de assediar nosso amigo ou vocês vão acabar como esse homem. Mas isso seria óbvio demais, não?

Milo fez que sim.

— A China pode ser muita coisa, mas não míope. O Comitê Central não quer uma briga com as massas sudanesas. A China não quer enviar tropas à África, tampouco ficar na mira da comunidade internacional... o país vai sediar os Jogos Olímpicos dentro de um ano. A marcação no corpo de Salid foi uma tentativa de insuflar sentimento antichinês, anti-imperialista. — Ele respirou fundo. — Nesse ponto, concordo com o Tigre... acho que ele trabalhava para os partidários da jihad.

— O único jeito de saber é encontrar Herbert Williams — concluiu ela.

Apesar de não conseguirem respostas concretas, ele estava gostando da conversa. Sentado ali com Angela, examinando detalhes e variáveis, refletindo sobre soluções possíveis, ele se lembrava da amizade que haviam tido fazia mais de uma década, quando ambos eram jovens, desimpedidos e extremamente entusiasmados com o trabalho e o país.

Então a atmosfera se alterou. Ela esfregou os braços, como se as mórbidas histórias que os dois construíam lhe causassem arrepios. Pouco depois de uma hora da manhã, ela disse:

— Vou chamar um táxi. Você não pode se atrasar para a Disney.

Depois de telefonar, ela foi ao banheiro e, quando saiu, retirou um comprimido de um frasco e o engoliu.

— Que comprimido é esse?

— É para dormir.

Ele ergueu uma sobrancelha.

— Você realmente precisa tomar isso?

— Você não é meu terapeuta, Milo.

— Lembra quando eu tentei fazer você tomar anfetaminas?

A princípio ela não se lembrou, mas depois, sim. A risada foi natural.

— Cara, você estava na pior.

Ele deu um beijo em Angela ao sair, e ela lhe entregou a garrafa de Smirnoff, que ainda continha dois terços de vodca.

— Vamos manter contato sobre esse assunto — sugeriu ele. — Você já fez muito mais do que eu teria conseguido fazer.

Ela deu um tapinha na bunda dele, a fim de apressá-lo.

— Isso é porque eu sou mais esperta do que você.

O táxi o aguardava, e, antes de entrar no veículo, Milo olhou para o furgão de entrega de flores. Sentado no banco do carona, Einner o fitava, fazendo uma pergunta silenciosa com o polegar voltado para cima. Milo respondeu com o mesmo gesto, e o Turista desapareceu no interior do furgão. Para surpresa de Milo, Einner tinha, de fato, respeitado a privacidade do momento. Milo jamais teria sido tão generoso.

17

Ele acordou cedo na manhã de sábado com uma baita ressaca e os pulmões doloridos. A televisão esbravejava a previsão do tempo em francês. Tentou abrir os olhos, mas o quarto estava embaçado; então fechou-os novamente. Era isso o que acontecia quando se afastava da família. Não havia quem o advertisse de que era um erro passar a noite toda com uma garrafa de vodca e um maço de cigarros, assistindo à programação da madrugada na televisão francesa. Ele não era assim quando trabalhava como Turista, mas agora Milo, o chefe de família, viajava como um adolescente imaturo que acaba de sair de casa.

Algo se moveu... um estalido... e, quando ele voltou a abrir os olhos, as cores pareciam borradas. Ele empurrou alguma coisa para trás, cerrando o punho. Sentado em uma cadeira ao lado da cama, Einner sorriu.

— Tudo bem?

Milo tentou se sentar, recostando na cabeceira da cama. Lembrava que tinha quase esvaziado a garrafa de vodca e, por curiosidade, bebera também uma garrafinha de conhaque e outra de licor de anis. Tossiu um muco amargo e o engoliu em seguida.

Einner segurou a garrafa, examinando-a... restavam duas ou três doses.

— Pelo menos não esvaziou a garrafa.

Milo percebeu, e não foi pela primeira vez, que tinha vontade de morrer.

Einner pôs a garrafa no chão.

— Está acordado o bastante para falar?

— Ainda estou meio bêbado.

— Vou pedir um café.

— Que horas são?

— Seis da manhã.

— Jesus!

Ele tinha dormido duas horas e meia, no máximo.

Einner telefonou e pediu um café enquanto Milo foi lavar o rosto. Einner apareceu à porta do banheiro, sorrindo.

— Já não é mais a mesma coisa de quando você era jovem, não é?

Milo utilizou a escova de dente para raspar o ácido estomacal aderido à parte posterior da língua. Sentia náusea mas não queria vomitar na frente de Einner. Tudo menos isso.

Quando Milo voltou do banheiro, já conseguia ver a imagem de Einner em foco. Surpreendentemente, o Turista parecia descansado enquanto trocava os canais da TV, parando da CNN Internacional. Milo invejava a aparência dele. Uma chuveirada... isso ajudaria.

— Você está aqui por alguma razão especial, James?

Einner aumentou o volume da TV com uma expressão letárgica.

— É Angela.

— O que houve?

Einner fez menção de falar, e então olhou em volta do quarto. Do bolso da jaqueta retirou um recibo sujo de óleo e uma caneta. Inclinando-se sobre a mesinha de cabeceira, ele escreveu uma palavra e mostrou-a a Milo:

Morta

As pernas de Milo formigaram e estremeceram. Ele foi até a cama, sentou-se e esfregou o rosto.

— Como assim?

Mais uma vez, Einner hesitou, ergueu a caneta, mas concluiu que poderia falar sem entregar muita coisa.

— Ontem à noite, depois que você saiu e me fez um sinal de positivo, eu acionei mais uma vez o sistema de vigilância.

— Sim, e daí?

— Ela estava indo para a cama. Pegou no sono imediatamente.

— Pílulas para dormir — disse Milo. — Ela tomou as pílulas enquanto eu ainda estava lá.

— Certo. Bom, ela pegou no sono. Depois de uma hora, eu saí para comer alguma coisa. Bill assumiu meu lugar. Voltei uma hora mais tarde. Foi então que percebi... ela não tinha se mexido. Nem um dedo. Ela... — Einner fez uma pausa, olhou para o papel e a caneta, pensando se deveria usá-los, mas, novamente, desistiu. Inclinou-se e murmurou no ouvido de Milo. — Durante cerca de uma hora ela não tinha se mexido nem um centímetro. Sequer ressonava. Mais uma hora... a mesma merda.

— Já se certificou? — murmurou Milo.

— Há quarenta minutos. Entrei lá e chequei o pulso. Nada. Mas peguei o pen drive.

— Mas... — Milo começou a dizer. — Mas *como*?

— Bill acha que foi alguma coisa na pizza. Eu acho que foram as tais pílulas que você mencionou.

O estômago de Milo se contraiu. Ele estivera lá, assistindo a um suicídio involuntário. Conseguiu normalizar a respiração.

— Você já informou à polícia?

— Ora, Weaver! Você deve mesmo me achar um idiota.

Milo não sentiu a menor vontade de refutar tal afirmação. Ele não sentia nada além de um imenso vazio. Sabia que era a calmaria antes da tempestade. Pegou o controle remoto que estava na mão de Einner e apertou o botão *mute*. Na TV, havia imagens de crianças palestinas pulando numa rua, celebrando alguma coisa.

— Vou tomar uma chuveirada.

Einner levou o controle remoto até a cama, sintonizou a MTV Europa e aumentou o volume. O quarto se encheu com o som de um rap francês.

Milo foi até a janela e baixou as persianas, sentindo uma dormência por todo o corpo, exceto na cabeça, que latejava sonoramente.

— Por que isso? — perguntou Einner.

Milo não sabia. Fechara as persianas por puro instinto.

— Paranoia — continuou o mais jovem. — Você tem paranoia. Eu já tinha notado, mas não sabia por que... até que, ontem à noite, me dei conta. Verifiquei algumas coisas... você... você já foi Turista? — sussurrou.

— Isso foi há muito tempo.

— Qual era seu codinome?

— Esqueci.

— Ora, vamos!

— O último foi Charles Alexander.

O quarto ficou em silêncio. Einner acionara a função *mute* do televisor.

— Você está brincando.

— Por que eu faria isso?

— Porque... — Einner começou a dizer, sentando-se na cama. Ele refletiu por um instante, e então aumentou o volume. — As pessoas ainda falam em Charles Alexander.

— Falam?

— Falam, sim! — Einner assentiu com veemência, mas Milo não se alterou diante daquela súbita onda de respeito. — Você deixou alguns amigos e *muitos* inimigos espalhados pelo continente. Berlim, Roma, Viena, até em Belgrado. Todos se lembram muito bem de você.

— Você é sempre o portador de boas notícias, James.

O telefone de Milo soou. Era Tina. Ele levou o aparelho para o banheiro, a fim de escapar do som das batidas da música.

— Oi, querida.

— Milo, você está em alguma balada?

— É a TV — explicou ele, fechando a porta do banheiro. — O que houve?

— Quando você chega?

A voz dela não expressava medo, apenas...

— Você está de pileque? — perguntou ele.

Ela riu... sim, ela estava.

— Pat trouxe uma garrafa de champanhe.

— Que cavalheiro. — Milo não sentia ciúmes de Patrick; o ex da esposa não passava de um fato ligeiramente desagradável. — Algum problema?

Ela hesitou.

— Nada, nada. Pat já foi embora; Stef já está na cama. Eu só queria ouvir a sua voz.

— Escute, eu preciso desligar. Recebi uma notícia ruim aqui.

— Angela?

— É.

— Ela não... quer dizer... — A voz de Tina perdeu intensidade. — Ela se meteu em alguma encrenca?

— Pior do que isso.

Ele aguardou em silêncio, enquanto ela tentava entender o que seria pior do que ser pego num ato de traição. Então, ela percebeu.

— Ah, meu Deus! — Tina começou a soluçar, da mesma forma que fazia quando bebia ou ficava nervosa.

Um italiano que Milo conhecera costumava dizer: "Existe algo de banal no sofrimento. Toda aquela pieguice revira meu estômago." O tal italiano era um assassino, e a tal filosofia servia para protegê-lo do impacto emocional de suas execuções. Contudo, enquanto tomava uma ducha, Milo também sentia náusea ao pensar em Angela. Revirava-lhe o estômago o fato de ficar se recordando dos traços faciais, do tom de voz, daquele rosto inteligente e bonito e do modo como ela se rendera à moda parisiense. Lembrou-se do sedutor e bem-humorado "*grrroul*". Em vez de sentir o vazio provocado pelo impacto, ele agora se sentia tomado pela pieguice da morte.

Quando ele saiu do banheiro com a toalha enrolada à cintura, Einner estava tomando o café servido no quarto numa bandeja. O olhar estava fixo na TV, que mostrava mais de duzentos árabes protestando com os punhos erguidos, pressionando uma cerca de aço.

— Onde? — perguntou Milo.

— Bagdá. Parece até o Irã em 1979, não é?

Milo vestiu uma camisa listrada. Einner voltou a aumentar o volume, gesto que àquela altura prenunciava a abordagem de assuntos importantes, mas apenas observou Milo enquanto este se vestia; parecia imerso em pensamentos. No momento em que Milo vestia a calça, Einner disse, mais uma vez, murmurando:

— Você já se deparou com o Livro Negro? Ou o Livro é só mais um dos mitos do Turismo?

Na fisionomia do jovem, Milo percebeu um momento de ingênua expectativa. Por vários motivos, sobretudo para que Einner parasse de criticá-lo, decidiu mentir.

— É de verdade, sim — respondeu. — Eu localizei um exemplar no final dos anos 1990.

Einner aproximou-se.

— Agora você está de brincadeira comigo.

— Não, James. Não estou.

— Onde, então? Eu já procurei mas não cheguei nem perto.

— Então talvez não caiba a você encontrar o Livro.

— Ora, pare com isso!

Milo disse, então, uma frase que escutara muitas vezes quando era mais jovem. Era a frase que conferia ao Livro Negro do Turismo, quer ele existisse ou não, uma aura maior do que ele provavelmente merecia.

— O Livro vai te encontrar, James. Se você for digno, vai descobrir o caminho até ele. O Livro não desperdiça tempo com amadores.

As faces de Einner enrubesceram e sua respiração se tornou ofegante. Em seguida, talvez, lembrando-se de quem era, sorriu e abaixou o volume da televisão a um nível tolerável.

— Sabe de uma coisa?

— O quê?

— Você é um grande mentiroso, Milo Weaver.

— Você me conhece.

Einner começou a rir, mas logo mudou de atitude. Já não sabia em que acreditar.

18

Seguindo a sugestão de Milo, eles desceram pela escada dos fundos e saíram do hotel pela porta de serviço. Einner insistiu em dirigir e, enquanto seguiam pela rodovia A1 em direção ao Aeroporto Charles de Gaulle, Milo relatou a ele o que Angela lhe dissera na noite anterior.

— Você deveria ter me telefonado, Weaver. Não foi isso que combinamos?

— Eu achava que você teria ao menos os microfones ligados.

Einner balançou a cabeça, decepcionado.

— Nós tínhamos feito um trato. Eu costumo honrar o que é combinado.

— Você pediu autorização ao Tom, não pediu?

Uma pausa.

— De início, ele disse não, mas me ligou de volta e me disse para atender ao seu pedido. Mesmo assim, Weaver, você deveria ter me telefonado.

— Desculpe, James.

Ele prosseguiu com a história contada por Angela sobre o jovem radical sudanês convicto de que o mulá tinha sido morto pelo Ocidente.

— Então ele viu a cara de um europeu — falou Einner. — O que isso quer dizer?

— Quer dizer que o Tigre não estava mentindo. Ele *matou* Salih Ahmad. E provavelmente não foi a mando do presidente. Se eu acreditar na história contada por Angela, e eu acredito, acho que ela jamais esteve em contato com Herbert Williams. Acho que ela estava sendo investigada por ele. Talvez ele estivesse preocupado com a possibilidade de ela estar averiguando a identidade dele... quem sabe? Se ela estava rastreando Rolf Vinterberg em Zurique, e se Vinterberg for ligado a Williams... — Tudo, de fato, era possível. — O que eu sei é que Angela começou a recolher provas e acabou morta.

— E o coronel Yi Lien? — perguntou Einner. — Você pode tecer a trama mais complicada que for, mas o fato é que ele obteve informações às quais Angela tinha acesso. Esse tal Williams foi fotografado ao lado de Lien. Você não está visualizando a situação com clareza, Weaver.

— Mas isso não faz sentido — insistiu Milo. — Se Angela estivesse vazando informações, por que a pessoa que a controlava haveria de matá-la? Isso apenas chamaria mais atenção.

— Para que ela não revelasse a identidade dele — decretou Einner, como se isso fosse óbvio.

— Não... — Milo começou a dizer, mas não tinha o que acrescentar.

— A morte de Angela teve *algum* motivo, seja qual for. A gente ainda não sabe.

Einner tinha razão, e Milo sabia disso. Ele notou como as mãos do jovem Turista tremiam ao volante. Seria por isso que ele se mostrava tão desperto àquela hora da manhã?

— Você está tomando algum estimulante?

Einner olhou para ele de soslaio no momento em que pegava a saída para o aeroporto.

— O quê?

— Anfetaminas, coca, seja lá o que for.

— Você acha que eu estou alterado?

— Estou falando de modo geral, James. Por causa do trabalho. Para ter pique.

Uma série de placas anunciava as linhas aéreas.

— De vez em quando, é claro. Quando preciso.

— Cuidado. Essas drogas acabaram comigo... no final. Fiquei em frangalhos.

— Vou me lembrar disso.

— Estou falando sério, James. Você é um Turista competente. Nós não queremos te perder.

Einner balançou a cabeça, no intuito de afastar qualquer mal-entendido.

— Certo. Ok.

Juntos, eles se dirigiram a uma bela funcionária da Delta que tinha a cabeça raspada, compraram uma passagem e sentaram-se numa lanchonete, a fim de aguardar a chamada do voo. Como ali não havia bebida alcoólica, Einner retirou do bolso da jaqueta um pequeno frasco revestido de couro, contendo uísque. Depositou o frasco sobre a mesa e disse a Milo que bebesse. Enquanto descia queimando pela garganta, o uísque lhe provocou um pensamento.

— Caixa morta.

— O quê?

— Eu sabia que tinha uma coisa errada nisso tudo. Se Angela estava passando informações secretas a Herbert Williams, por que ela se encontrava com ele pessoalmente? Não é assim que a coisa é feita. As pessoas têm um encontro, estabelecem uma "caixa morta", e nunca mais se veem. Essa é a primeira lição de espionagem.

Einner refletiu sobre a questão.

— Tem gente que se encontra pessoalmente.

— Claro. Quando se trata de amantes, sócios ou amigos. Mas Angela não era amante desse cara. E era esperta demais para se arriscar expondo-se desse jeito.

Pensando nisso, ambos fitaram o mar de rostos em torno deles. Alguns retribuíram o olhar: crianças, mulheres idosas e... lá estava ela: Milo se empertigou. A loura de olhos inchados... a certa distância, ao lado de uma janela redonda, sorrindo distraidamente, mas não para ele. O homem atraente ao lado dela não estava sorrindo.

Milo se perguntou de maneira estúpida por que eles sempre apareciam em restaurantes.

— Espere aqui — pediu, e caminhou em direção ao casal. O sorriso da mulher se dissipou. Ela disse algo ao parceiro, que pôs uma das mãos embaixo da lapela do paletó, como se estivesse armado. Talvez estivesse.

Milo deteve-se a alguns metros de distância, para que o sujeito não sentisse a necessidade de retirar a arma de dentro do paletó.

— Vocês prepararam um bom relatório? — indagou, dirigindo-se à mulher. — Não querem meu plano de voo?

De perto, ele podia enxergar algumas poucas sardas nas faces da mulher. Ela falava inglês bem, mas com forte sotaque, de modo que ele precisou se atentar a cada palavra.

— Nós agora temos bastante informação, Sr. Weaver. Obrigada. Mas talvez o senhor possa me dizer... quem é seu amigo?

Os três se voltaram para a mesa da lanchonete, mas Einner já havia desaparecido.

— Que amigo? — indagou Milo.

A mulher esticou o pescoço e piscou para ele. Enfiou a mão no bolso e retirou uma identificação em couro. Um cartão amarelo dizia que ela era funcionária do Secretariado-Geral da Defesa Nacional, ligada à Direção-Geral de Segurança Exterior, a DGSE. No momento em que ele leu o nome, Diane Morel, ela recolheu o crachá.

— Sr. Weaver, na próxima vez que vier à França, espero que entre em contato conosco.

Ele começou a dizer algo, mas ela já estava dando meia-volta e, com um meneio de cabeça para indicar ao parceiro que a seguisse, desceu pelo corredor.

Milo voltou até a mesa, preocupado com o incidente, e avistou Einner atrás de uma família de judeus ortodoxos. Encontraram-se entre os assentos disponíveis.

Einner encarou-o de olhos arregalados. Milo ergueu uma das mãos.

— É, eu sei. Estou ficando maluco.

— Mas como você a conhece?

— Ela e o parceiro estavam me seguindo.

— Por quê?

— Só para se certificarem de que não haveria qualquer encrenca.

Einner olhou pelo corredor em direção às silhuetas da dupla ao longe. Virou-se para Milo:

— Espere um minuto. Você não sabe quem ela é, sabe?

— É uma agente da DGSE.

— DGSE?

Milo finalmente colocou a mão sobre o ombro de Einner e o fez sentar numa cadeira de plástico.

— Qual é o grande dilema, James?

Einner abriu e fechou a boca antes de falar:

— Mas essa mulher é Renée Bernier.

— A garota do coronel Yi Lien? A romancista?

— É. Eu já vi fotos dela.

Instintivamente, Milo se pôs de pé, mas era tarde demais. Os agentes franceses haviam desaparecido.

19

O voo de oito horas de duração transcorreu sem turbulência, e Milo conseguiu dormir cerca de três horas antes de aterrissar no Aeroporto JFK, pouco depois do meio-dia, no sábado. Após se submeter à longa fila para controle de passaportes, ele colocou sua bagagem de mão num carrinho, passou pela multidão de passageiros cansados e saiu pela porta da frente. Então parou. Encostado a um Mercedes com película escura nas janelas, Grainger, de braços cruzados, o encarava.

— Vai querer uma carona?

— Meu carro está aqui — respondeu Milo sem se mover.

— Nós te levamos até o carro.

— Nós?

Grainger fez uma careta.

— Vamos, Milo. Entre logo no carro.

A outra metade do "nós" correspondia a Terence Fitzhugh, de Langley, o que explicava o humor de Grainger. Atrás do banco do motorista, o vice-diretor de Operações Secretas parecia mal-acomodado, pois suas pernas compridas mal cabiam no espaço disponível. Depois que colocou a bagagem de mão no bagageiro, Milo foi convidado a se sentar ao lado de Fitzhugh. Grainger tinha sido relegado à função de motorista, e Milo se perguntou se Fitzhugh não estaria sentado atrás dele para se proteger de um eventual franco-atirador.

— Tom me disse que houve um problema em Paris — comentou Fitzhugh depois que o carro deu a partida.

— Não houve *um* problema. Houve muitos problemas.

— Algo pior do que a morte de Angela Yates?

— Acontece que os franceses já estavam em cima do coronel chinês, aquele do memorando. — Milo ergueu o olhar até Grainger, que os observava pelo espelho retrovisor. — A garota de Lien, Bernier. É agente do DGSE. O nome verdadeiro dela é Diane Morel. Independente do que ela estava fazendo com o coronel, o Serviço Secreto francês tinha acesso ao conteúdo do disco rígido dele.

— Isso é uma piada de duplo sentido? — perguntou Fitzhugh.

— Você entendeu.

— Tom? Por que diabos a gente não sabia disso?

Grainger estava atento ao tráfego que se dirigia aos estacionamentos.

— Porque os franceses esconderam o jogo de nós.

— Nós deixamos claro para eles o nosso interesse no coronel?

Silêncio.

Fitzhugh desistiu da pergunta e voltou a questionar Milo.

— Então nós desembolsamos recursos para passagens aéreas e um hotel caro, e você nos traz informações capengas e uma agente morta?

— Trago mais do que isso — retrucou Milo. — O suposto contato de Angela, o tal Herbert Williams, é o mesmo intermediário que lidou com o Tigre. O mesmo sujeito que o acabou matando. Angela não estava passando informação alguma. Ele a estava seguindo.

— A coisa está ficando cada vez melhor — refletiu Fitzhugh, dando um tapinha nas costas do assento de Grainger. — Alguma notícia boa para mim, Milo? Eu tenho que voltar a Langley e defender o Turismo. Tenho que mostrar para eles o excelente trabalho realizado na Avenue of the Americas. Eu posso, é claro, relatar que o departamento está cheio de imbecis que mal sabem reconhecer uma agente do DGSE ou discernir entre um espião e um contato, mas tenho medo de que eles cheguem à conclusão de que é hora de simplesmente acabar com tudo.

Milo passou a mão pelos lábios antes de responder. Uma das vantagens do Turismo é que o agente opera na ignorância. Tudo o que o Turista precisa saber é o conteúdo de suas ordens. Depois que deixou a área, no entanto, Milo ficou farto dessas eternas explicações exigidas por burocratas como Fitzhugh.

— Escute aqui — começou ele —, o problema não é com a nossa operação. Se não fosse o trabalho do Einner, a gente não teria mais fotos de Herbert

Williams. E sem o trabalho de Angela, a gente não saberia que o Tigre era pago por um sujeito chamado Rolf Vinterberg através de uma conta num banco de Zurique.

— Vinterberg? Quem é esse tal de Vinterberg?

— É um codinome, mas é uma figura que nos deixa mais próximos de quem contratou o Tigre. Além disso, Angela encontrou um extremista sudanês que viu o Tigre deixando o corpo de mulá Salih Ahmad no quintal.

— Entendo — disse Fitzhugh, assentindo. — Então o presidente do Sudão contratou o Tigre. Está vendo? *Isso* é informação secreta valiosa.

— Não temos provas concretas do envolvimento do presidente. Na verdade, não acho que foi ele. O Tigre também não achava.

— Agora você me deixou confuso pra cacete — alegou Fitzhugh.

— Pense da seguinte maneira — insistiu Milo num tom de voz didático. — Estamos procurando o indivíduo que matou o Tigre. Eu acho que é o mesmo indivíduo que matou Angela *e* é responsável pela morte do mulá Salih Ahmad.

Fitzhugh o encarou sem piscar enquanto ele prosseguia.

Grainger entrou no estacionamento B, situado ao longo do Lefferts Boulevard, e esticou o pescoço.

— Onde está o seu carro?

— Pode me deixar aqui.

Grainger parou entre duas fileiras de carros empoeirados, mas a conversa ainda não tinha chegado ao fim. Milo esperou, e Fitzhugh, após uma análise cuidadosa dos fatos, disse:

— Ele está morto, Milo. O... hã... não vou chamá-lo de Tigre. Isso é uma bobagem. Quero saber um dos nomes que ele usava.

— Samuel Roth.

— Ok. Esse tal de Sam Roth... está morto. Eu posso levar essa informação para Langley, mas, para eles, isso é um caso arquivado. É um caso arquivado do *Departamento de Segurança Nacional.* Quem contratou o cara, quem matou o cara... na visão de Langley, é irrelevante. Isso não vai deixar o presidente empolgado, eles vão querer uma informação quente. Para eles, *relevante* é a gente impedir a merda *antes* que ela aconteça. O mundo inteiro acha que sabe quem matou esse mulá; portanto, gastar dinheiro para provar quem o matou não é uma prioridade. E o mundo está melhor sem a merda daquele mulá. Entendeu?

Milo entendeu.

— Agora você precisa se concentrar nos partidários da jihad que permanecem vivos. Aqueles que ainda constituem uma ameaça à paz e ao sistema financeiro mundial. Esse é o tipo de isca viva que interessa ao pessoal lá na Virgínia.

— Sim, senhor — assentiu Milo.

— Bom. Ainda bem que a gente se entendeu.

Fitzhugh estendeu a mão, e Milo o cumprimentou.

Grainger ajudou-o a retirar do porta-malas a bagagem de mão e murmurou:

— Obrigado.

— Por quê?

— Você sabe. Por não dizer a ele que o Tigre trabalhava para nós. Isso teria sido o fim da linha.

— Você prometeu me dar os detalhes.

— Amanhã — garantiu Grainger e deu um tapinha no ombro de Milo. — Passe na minha sala e eu deixo você ler a ficha. Combinado?

— Combinado.

20

A conversa com Fitzhugh em nada diminuíra a ansiedade de Milo; ao contrário, a reunião tinha aguçado ainda mais sua ansiedade. Ao deixar o aeroporto, Milo retirou a bateria do celular e, depois de algumas curvas, dirigiu-se aos confins de Long Island. Então saiu da via expressa e estacionou próximo a algumas velhas casas de madeira. Durante dez minutos, ficou observando crianças sentadas nos degraus diante das portas, até se certificar de que não estava sendo seguido. Deu meia-volta e tomou um caminho diferente, dirigindo-se à região central da ilha, onde estacionou diante dos cubículos de um guarda-móveis, isolados por uma corrente. O estabelecimento se chamava Stringer Storage.

Milo sempre tinha consigo um punhado de chaves. Tinha a chave do carro, do apartamento, da gaveta da mesa no trabalho, da casa dos pais de Tina, em Austin, e uma chave não identificada que, se alguém lhe perguntasse, ele diria ser do porão do prédio onde ele residia. Na verdade, essa chave era da porta de um cubículo desse guarda-móveis.

A chave entrou na fechadura, mas, por falta de uso, a tranca emperrou. Finalmente conseguiu abrir a porta do local onde guardava seus segredos. Não era maior do que uma garagem para um único veículo e, ao longo dos anos, ele enchera o depósito com itens que um dia pudessem ser úteis. Dinheiro vivo em diferentes moedas, cartões de crédito em nomes diversos, com as respectivas carteiras de motorista. Pistolas e munição. Passaportes expedidos pela CIA e guardados por ele após algumas missões, alegando perda ou extravio.

Dentro de um cofre especial, no fundo do cubículo, havia duas caixas de metal. Uma estava cheia de documentos de família, reunidos ao longo dos anos e que se referiam à vida de sua mãe. Sua mãe verdadeira, a mãe-fantasma sobre a qual ele nada dissera a Tina, nem mesmo à Companhia. Havia também cópias de registros que a Companhia dispunha acerca de seu pai biológico, outro segredo. Por ora, ele não estava interessado naquilo. Pegou, então, a segunda caixa.

Dentro havia documentos que nada tinham a ver com a Companhia. Ele os juntara anos antes, depois de ler a notícia de uma família composta por pai, mãe e uma bebezinha, morta num acidente de carro. Ele localizara os números de registro dos integrantes da família no programa de Seguro Social e, gradativamente, os reintroduzira à sociedade. Contas bancárias, cartões de crédito, uma pequena propriedade em Nova Jersey e até uma caixa postal. Finalmente, solicitou passaportes para os três e inseriu fotos de sua própria família. Segundo os documentos oficiais contidos naquela caixa, a família Dolan, isto é, Laura, Lionel e a pequena Kelley, estava viva e feliz.

Enfiou no bolso os três passaportes e dois cartões de crédito e trancou tudo. Somente quando já estava perto da estrada, próximo ao ponto de onde tinha partido, recolocou a bateria no celular e o ligou.

Não sabia exatamente o porquê da precaução. Talvez fosse por causa da pressão exercida por Fitzhugh. Ou pelo fato de que Angela se fora e de que isso lhe provocava a sensação perturbadora de que a morte dela significava muito mais do que parecia ser o caso. O chão se tornara um pouco menos seguro. Às vezes ele tinha esse tipo de sensação, fosse por razões concretas ou por simples paranoia. Em tais ocasiões, sentia-se mais tranquilo tendo em mão os documentos da família Dolan e sabendo que, a qualquer momento, ele e a família poderiam desaparecer nos meandros da burocracia humana.

Conforme já tinha feito muitas vezes antes, ouviu atrás da porta antes de entrar. A televisão não estava ligada, mas Stephanie cantarolava "Poupée de cire, poupée de son". Utilizou a chave, deixou a bagagem de mão ao lado dos casacos e gritou, como se estivesse num seriado de TV:

— Querida, cheguei!

Stephanie surgiu da sala e se agarrou à cintura dele, quase lhe provocando falta de ar. Tina veio em seguida, avançando lentamente e ajeitando os cabelos desgrenhados, dando um sorriso misturado a um bocejo.

— Que bom que você está de volta.

— Ressaca?

Ela balançou a cabeça e sorriu.

Vinte minutos depois, sentado no sofá, Milo devorava as sobras de um prato de comida chinesa. Tina se queixou do mau cheiro que exalava do corpo dele; parecia ser de cigarro, embora ela não soubesse ao certo. Stephanie discorria sobre os planos para a viagem à Disney antes de descer do sofá e sair à procura do controle remoto da TV. Finalmente Tina disse:

— Você vai me contar?

Milo engoliu a última garfada do prato de comida chinesa.

— Primeiro eu preciso tomar uma ducha.

21

Tina observou-o se erguer com esforço do sofá, passar ao lado da mesinha de centro e sair da sala. Havia algo surreal naquilo; Milo tinha voltado para casa após uma viagem durante a qual sua amiga de tanto tempo tinha morrido, mas agora... tudo retornava à normalidade.

Ela conhecera Milo sob circunstâncias extremas. Nem mesmo os pais dela sabiam o que tinha acontecido em Veneza; de repente, lá estava ele. Sem explicações, sem pedidos de desculpas. Era como se ele estivesse havia anos naquela rua úmida de Veneza, esperando que ela aparecesse, esperando por alguém a quem pudesse se dedicar.

— Eu sou espião — confessou ele uma semana depois do início do relacionamento, que avançava com rapidez. — Ou, eu era... até o dia em que nos conhecemos.

Ela riu, mas aquilo não era uma piada. A primeira vez que ela o viu, ele estava com uma pistola na mão. Ela achou que ele fosse policial ou detetive particular. Espião? Não, isso jamais lhe ocorrera. Bem, por que então ele se demitiu do emprego depois que se conheceram?

— Era demais, eu acho. Era demais mesmo. — Quando Tina insistiu no assunto, ele reconheceu algo que ela demorou um pouco a aceitar: — Algumas vezes cheguei perto de me matar. Não que eu quisesse chamar atenção, pois naquele tipo de vida tentativas de suicídio não atraem a atenção de quem quer que seja. É apenas o caminho da aposentadoria. Não, eu queria morrer para não ter mais que viver. O esforço de continuar vivo estava me levando à loucura.

Aquilo a deixara abalada. Será que ela queria conviver com um suicida em potencial? Mais importante ainda: será que ela queria que Stephanie convivesse com um suicida em potencial?

— Eu cresci na Carolina do Norte, perto de Raleigh. Quando eu tinha 15 anos, meus pais morreram num acidente de carro.

Ao dizer isso, a fisionomia dele se tornara grave, e talvez essa tragédia a houvesse levado, de súbito, a sentir um ímpeto de amor por aquele homem que era praticamente um estranho. Quem, depois daquilo, não seria assaltado de vez em quando por uma melancolia terrível e até mesmo pela ideia de suicídio? Antes que ela pudesse expressar suas emoções, bem como os devidos pêsames, ele prosseguira, como se precisasse desabafar e contar toda a história.

— Nossa família era pequena. Todos os meus parentes por parte de pai tinham morrido, e os parentes do lado da minha mãe morreram pouco tempo depois que eu nasci.

— E o que você fez?

— Eu não tinha muita escolha, não? Eu tinha apenas 15 anos, e o Estado me colocou num orfanato. Em Oxford... na Carolina do Norte, não na Inglaterra. — Ele deu de ombros. — Não foi tão ruim quanto possa parecer. Na verdade, minhas notas melhoraram, e eu consegui uma bolsa de estudos na Universidade Lock Haven, uma pequena instituição na Pensilvânia. Durante um intercâmbio estudantil na Inglaterra, uns caras da embaixada me procuraram. Eles me levaram para conhecer Tom, que estava em Londres naquela época. Convidaram-me a servir meu país.

Não havia nada de errado com a história, e Tina não tinha qualquer motivo para não acreditar. Mesmo que, em determinados pontos, os detalhes não se encaixassem, que importância tinha isso? Ela não tinha do que se queixar em relação a Milo Weaver. Tratava-se de um homem reservado, mas isso era uma característica inevitável em seu trabalho. Ela já sabia disso quando se casaram. O importante era que, ao contrário de muitos homens, ele não se abstinha de expressar o amor que sentia por ela e por Stephanie. Mesmo quando ele estava longe, Tina sabia que pensava nelas. Embora bebesse, não era alcoólatra, e se, de vez em quando, fumava um cigarrinho, quem era ela para reclamar? E depressão? Não... Ainda que às vezes chegasse em casa meio emburrado e preocupado com questões sobre as quais não podia falar, ele nunca deixava que tais preocupações interferissem na vida da família. Com ela e Stephanie, ao menos, ele não era o tipo de homem sujeito a tal comportamento.

Agora... agora uma pessoa que ambos conheciam havia morrido. Stephanie estava no chão, assistindo a um filme sobre gnomos, e Milo, depois de comer, deixara a sala, com a desculpa de tomar uma ducha. Tina sentia-se totalmente sozinha.

Quando escutou o barulho do chuveiro, ela abriu a pequena mala que Milo deixara perto da porta.

Havia roupas usadas, além de meias e cuecas extras. O iPod. Um par de tênis de corrida. Hidratante labial, cotonetes, desodorante, protetor solar fator 60, escova de dente, pasta de dente, fio dental. Lenços de papel. Um frasco de complexo vitamínico. Remédio contra enjoo. Sabonete. Um saquinho plástico contendo itens de farmácia: pílulas, uma agulha hipodérmica, uma seringa, ataduras, linha e agulha de sutura, esparadrapo e luvas de látex. Havia mais remédios, supostamente, doxiciclina, Zithromax, Imodium, Benadryl, Advil para resfriados e sinusite, omeprazol, laxantes, tabletes de Pepto-Bismol e Tylenol.

No fundo, ela encontrou um par de óculos sem grau, um pequeno frasco de tinta para cabelo louro e 25 notas de 20 dólares muito novas. Um rolo de fita vedante. Por algum motivo, a fita a incomodou mais do que a seringa.

Ela recolocou os itens dentro da mala, fechou o zíper e entrou no banheiro cheio de vapor. Detrás da porta opaca do boxe, Milo tomava sua ducha, cantarolando uma canção que nem mesmo ele sabia qual era.

— Quem está aí? — perguntou ele.

— Eu.

Ela se sentou no vaso sanitário. O vapor afetou-lhe a sinusite, e ela se valeu do papel higiênico para assoar o nariz.

— Meu Deus! — Ela o ouviu dizer.

— O quê?

— É muito bom estar em casa.

— Hmm.

Passado um instante, ele fechou o registro do chuveiro, abriu a porta e esticou o braço comprido a fim de alcançar a toalha que estava num gancho pendurado na parede. Ela passou-lhe a toalha.

— Obrigado.

Ela o observou enquanto ele se enxugava, maritalmente alheio à sua própria nudez. Ela contemplou as duas marcas do lado direito do tórax, cicatrizes por ele adquiridas no momento em que os dois se conheceram. Seis anos antes, o corpo de Milo era uma de suas várias características sedutoras. Ele não se comunicava muito bem, mas era atraente e possuía certos talentos na cama. Quando moraram juntos durante algum tempo em Boston, Margaret se referia a ele como "gostosão".

Porém seis anos numa mesma cidade na condição de chefe de família tinham provocado uma pança, amolecido o glúteo e coberto o peitoral, antes definido, com uma camada de gordura. Ele se tornara um burocrata rechonchudo.

Não que não fosse mais atraente, ela pensou, com um sentimento de culpa. Ele ainda era... mas perdera aquele *algo a mais* característico das pessoas que cuidam bem do corpo.

Ele agora estava seco, e olhou para ela, sorrindo.

— Apreciando a vista?

— Desculpe. Eu estava viajando.

Tranquilo, ele se enrolou na toalha.

Tina o observou enquanto ele espremia pasta na escova de dente. Com uma das mãos, limpou a condensação no espelho. Ela se perguntou por que ele precisava ver o próprio reflexo para escovar os dentes.

— Conte o que aconteceu com Angela.

A escova de dente parou. Milo retirou-a da boca.

— Não queira saber.

— Ela morreu?

— Sim.

— Como?

— Você sabe que eu não posso te contar isso. Mas estou investigando.

Ele voltou a escovar os dentes, como se quisesse pôr um ponto final na questão, e, embora ela mal soubesse o porquê, daquela vez a determinação dele a irritou.

— Eu tenho a sensação de que não sei quem você é, Milo.

Ele cuspiu na pia e fechou a torneira. Virou-se para ela:

— O que está acontecendo?

Ela expirou.

— É todo esse *mistério*... nesse último ano, você tem chegado das viagens com machucados pelo corpo... e fica emburrado... e eu nem posso saber o que está abalando meu marido.

— Isso não tem nada a ver com confiança...

— Eu *sei* — retrucou ela, irritada. — Você está nos protegendo. Mas... isso é demais. A situação não ajuda, nem a mim, nem a Stef.

— Há esposas e maridos que não sabem de absolutamente nada. Você tem consciência disso, certo? Tem gente que acha que o marido é vendedor de seguros ou correspondente de guerra ou consultor financeiro. Você sabe mais do que essas pessoas.

— Mas elas sabem da vida de seus parceiros antes da Companhia.

— Mas eu já te contei toda a história da minha vida — retrucou ele com certa frieza. — Sinto muito se ela não é das mais interessantes.

— Esquece — falou ela e se levantou. — Se você quiser me contar, tudo bem. Mas não me faça ficar tentando arrancar algo de você. É humilhante.

Milo pegou-a pelos ombros e a encarou.

— Você quer saber o que aconteceu em Paris? Eu conto. Angela Yates foi envenenada. Eu não sei quem é o culpado, mas foi assim que ela morreu.

Subitamente, Tina lembrou-se com clareza da bela mulher de olhos azul-claros que jantara com eles e os fizera rir a noite inteira.

— Entendi. — Ela engoliu em seco.

— Não entendeu, não — retorquiu ele. — Porque eu acho que ela morreu em consequência de uma falha de investigação por parte da Companhia. O que significa que *eu* falhei enquanto a investigava. O que significa que *eu* sou responsável pela morte dela.

Tina não conseguiu pronunciar mais um "entendi"; portanto, apenas o encarou. Milo soltou os ombros dela e exibiu-lhe um dos seus famosos sorrisos melancólicos, que expressavam mais tristeza do que qualquer outra coisa.

— Quando fui a Dallas, eu estava seguindo o Tigre.

— O Tigre? — repetiu ela. — Aquele famoso...?

— Assassino, isso mesmo. Acabei numa cidadezinha no Tennessee, e vi o cara morrer na minha frente. Suicídio. Acho que a morte dele está relacionada à da Angela.

— Mas... *como?*

Milo não respondeu a essa pergunta, apenas tornou o assunto ainda mais obscuro:

— Eu sou um idiota, Tina. Não sei nem a metade do que deveria saber, e isso me incomoda. O pior é que a situação está me deixando encrencado. Os cães de Langley estão latindo para mim, e uma mulher que trabalha para o Departamento de Segurança Nacional acha que eu matei o Tigre... ela encontrou as minhas digitais no rosto dele. Minhas digitais estavam no rosto dele porque eu o agredi. Eu o agredi porque ele mencionou o seu nome... o seu nome e o da Stef. Eu o agredi porque temi por vocês.

Tina abriu a boca no intuito de falar, mas não conseguiu respirar. O ambiente estava úmido demais; era como respirar água. Milo pegou-a pelos ombros novamente e a conduziu pelo corredor até o quarto. Sentou-a sobre a cama e agachou-se diante dela. A toalha caíra pelo caminho; ele estava mais uma vez despido.

Finalmente, ela conseguiu dizer:

— Bem, você precisa fazer alguma coisa, certo? Precisa provar que não matou o cara.

— Eu dou um jeito — garantiu ele, e, por alguns instantes, ela acreditou. — Tudo bem?

Ela fez um gesto afirmativo com a cabeça. Arrancara dele um pouco da verdade, algo que ela mesma havia pedido, porém mal conseguia lidar com os fatos. Tina devia saber que Milo escondia coisas por um bom motivo. Afinal, ela não passava de uma simples bibliotecária. Havia bons motivos para esconder determinados assuntos... dela e de outros cidadãos, simplórios cumpridores da lei.

Ela se deitou na cama enquanto Milo suspendia seus pés e olhou para o teto. Em seguida, sussurrou:

— Coitada da Angela.

— De quem? — perguntou uma vozinha estridente.

Tina ergueu a cabeça para olhar. Além do pênis de Milo, ela viu Stephanie de pé no vão da porta, boquiaberta diante da nudez do pai. A menina segurava a toalha que o pai deixara cair.

— Vocês não deveriam *fechar* a porta? — censurou Stephanie.

Milo riu... uma risada incrivelmente natural.

— Você pode me dar a minha toalha, por favor?

Ela deu, mas não foi embora.

— E... *se manda, menina!* Espere eu me vestir, e a gente vai combinar os detalhes da ida à Disney.

Essas palavras foram convincentes, e ela os deixou a sós.

— Tem certeza de que a gente ainda deve ir? — perguntou Tina.

Milo se enrolou na toalha.

— Eu vou sair de férias com a minha família e ninguém vai me impedir. Ninguém vai ter esse gostinho.

Era o tipo de resposta que ela gostaria de ter ouvido uma hora antes. Mas agora, sabendo o que sabia e ouvindo aquele tom de voz severo, quase ríspido, Tina já não sabia o que queria.

22

A manhã de domingo foi parecida com a maioria das manhãs de domingo com as quais os chefes de família se acostumam e das quais passam a depender. O aroma de café, ovos, torradas, às vezes bacon, o farfalhar das páginas do jornal e dos suplementos publicitários e a família andando pela casa, vestindo robes soltos. Milo leu um editorial do *New York Times* sobre o fracasso na criação de um governo estável no Afeganistão seis anos após a invasão que sucedeu ao 11 de Setembro. Era deprimente. Então, na página ao lado, ele viu uma carta ao editor enviada pelo Dr. Marwan L. Khambule, da Universidade de Columbia, a respeito do embargo comercial que os Estados Unidos promoviam em relação ao Sudão. Não fosse por Angela, Milo provavelmente não teria lido a carta.

> Embora os objetivos — mais especificamente forçar um acordo de paz em Darfur — sejam louváveis, os resultados práticos são péssimos. Protegido por investimentos chineses, o presidente al-Bashir não precisa de apoio financeiro do Ocidente. A situação atual não apenas provê ao presidente recursos financeiros, mas também armamentos, possibilitando-lhe continuar a luta em Darfur e defender seu regime contra extremistas em Cartum.
>
> Por outro lado, o embargo comercial compromete a única renda potencial dos sofridos cidadãos da região de Darfur, que não recebem benefícios decorrentes dos investimentos chineses no país.

O Dr. Khambule explicava que um modo mais adequado de levar al-Bashir a firmar a paz seria oferecer-lhe ajuda norte-americana no combate à jihad que devastava a capital. "Oferecer recompensa em vez de punição."

Pouco depois das dez horas, Tom Grainger apareceu. Ele parou no vão da porta diante de Tina, carregando um saco plástico que continha um jornal com vários cadernos.

— Espero não estar atrapalhando.

Stephanie chamava o padrinho de "tio Tom", hábito que eles não conseguiam fazê-la abandonar. Ela deu um gritinho e lançou-se em direção a ele. Tom pegou-a com ternura e segurou-a no colo, demonstrando um vigor surpreendente.

— Como vai a menina mais bonita dos Estados Unidos?

— Não sei. Sarah Lawton mora lá do outro lado da cidade.

— Estou me referindo a você, mocinha.

— Trouxe alguma coisa?

Grainger retirou uma barra de chocolate Hershey do bolso do paletó. Stephanie tentou pegar o chocolate, mas ele o entregou a Tina.

— Sua mãe decide quando você vai comer o chocolate.

— Obrigada mesmo assim — agradeceu Stephanie.

Grainger sentou-se à mesa da cozinha, de frente para Milo. Tina serviu-lhe uma xícara de café; ele lhe ofereceu um sorriso melancólico em agradecimento, e ela foi ao encontro de Stephanie na sala, fechando a porta atrás de si.

— Ela está com algum problema?

Milo fez uma careta.

— Acho que não.

— Vamos dar uma saída?

— Você grampeou a minha casa?

— Tudo é possível, Milo.

Levando consigo o saco plástico que continha o jornal, Grainger se despediu, e Milo prometeu trazer leite quando voltasse para casa. Stephanie explicou a Grainger que gostava de chocolate com avelã, e o velho prometeu se lembrar disso no futuro. Desceram até a Garfield em silêncio, e então seguiram pela Sétima Avenida, que estava repleta de carrinhos de bebês e famílias.

Acabaram numa imitação do Starbucks que se autointitulava "confeitaria francesa", servindo doces e café. Levaram suas xícaras até uma das mesas na calçada, sob um sol cálido e ameno, e ficaram observando as famílias que passavam por ali.

— Pode falar — disse Milo.

Grainger parecia estar apreensivo. Abriu o saco plástico e colocou o espesso *Times* sobre a mesa. Foi então que Milo percebeu que se tratava apenas do primeiro caderno do jornal. Por baixo, havia um dossiê.

— É uma cópia..

— Do Tigre?

O velho fez que sim.

— Benjamin Harris. Em 1989, ele concluiu um curso de pós-graduação em Jornalismo na Universidade de Boston. Em 1990, já constava da folha de pagamento da CIA. Foi enviado a Pequim, onde ficou até 1993, quando morreu num acidente de carro.

— Morreu? Sei...

— É claro que não.

— Quanto tempo?

— Três anos. Novembro de 1996... foi quando ele desapareceu. — Grainger fez uma pausa, olhou com ar de aprovação para duas mulheres de saias curtas e voltou a encarar Milo. — Lacey, Decker e um outro Turista chamado Bramble, entre outros, estiveram no encalço dele. Para capturá-lo ou matá-lo. Lacey e Decker não conseguiram pegá-lo. Bramble foi encontrado morto em Lisboa. Eu pensei em enviar você, mas você tinha aquele servicinho em Viena... o velho espião comunista.

— Fiz aquele trabalho com a ajuda de Frank Dawdle — falou Milo.

— Dawdle — repetiu Grainger. — Que surpresa ele foi para nós! Um amigo. Era assim que eu o considerava. Ingenuidade minha, pelo jeito. — Grainger olhou para as próprias mãos, espremidas entre os joelhos. — No fim das contas, eu entendi, sabe? O motivo de ele ter surtado de repente. Eu dei bobeira demais. A gente estava se preparando para aposentá-lo, e eu disse a ele que o caso, ou seja, a transação em Portorož, encerraria a carreira dele com chave de ouro. — Grainger fez outra pausa. — Se eu tivesse sido um pouco mais cauteloso, talvez ele estivesse vivo hoje.

Milo não parecia interessado na consciência de Grainger. Colocou o pesado jornal sobre o colo.

— Harris desaparece em 1996 e começa a agir por conta própria. Constrói uma bela carreira como assassino, até que um de seus clientes o infecta com HIV. Durante todo esse tempo, você finge não fazer ideia de quem ele é. E você *sabe* que eu estava atrás dele como um louco.

— Leia o conteúdo do dossiê — recomendou Grainger, demonstrando cansaço. — Você vai entender.

— Por que você o estava protegendo?

Grainger não gostava de ser pressionado. Podia aguentar a pressão vinda de superiores, mas não de subordinados. Inclinou-se sobre a mesa, aproximando-se de Milo:

— Veja a página três do dossiê. O funcionário que supervisionou o primeiro caso dele, que o admitiu na Companhia, fez a triagem e o levou para o Turismo.

— Você?

— Ora! — exclamou Grainger com um aceno de mão. — Eu sou um pouco mais esperto que isso!

Milo finalmente entendeu.

— Fitzhugh.

— Exatamente. — Grainger viu a expressão no rosto de Milo. — Não se trata apenas de proteger a carreira daquele filho da mãe, é claro. No clima atual, como você acha que a CNN contaria essa história?

— Nós treinamos os mujahedin — concluiu Milo. — Isso não é novidade.

— Turistas não se chocam com coisa alguma.

Fizeram um momento de silêncio, observando as famílias sob o sol cálido. Grainger estava encharcado de suor, e sua camisa azul, de mangas curtas, exibia círculos escuros embaixo das axilas.

— E isso aqui? — disse Milo, erguendo o dossiê escondido dentro do jornal.

— Como assim?

— Por que você descumpriu as normas de segurança e fez essa cópia? Eu poderia ter acesso ao dossiê na Companhia.

Grainger enxugou a testa.

— Você acha que eu quero que haja algum registro de que você consultou esse dossiê? *Você* quer algum registro dessa natureza?

— Fitzhugh faria esse tipo de verificação?

— Com toda certeza.

Um filhote de labrador muito agitado começou a cheirar o pé de Grainger, retesando uma longa guia conduzida por um dos homens de um casal gay inter-racial. O rapaz negro repreendeu o cachorro:

— Ginger! Pare com isso!

— Desculpe — disse o parceiro asiático, sorrindo. — Eu já disse que ele precisa ser adestrado.

— Ele não precisa de nada disso! — retrucou o primeiro.

— Tudo bem — garantiu Grainger, soando como um velhote confuso.

De repente, Milo achou que seria melhor se estivessem tendo aquela conversa no local de trabalho, e não ali, no meio daquelas famílias.

— Escute — começou Grainger, observando o casal que se afastava. — Sobre as suas férias...

— Não comece.

— Esse é o pior momento para você sair correndo para a Flórida.

Milo balançou a cabeça.

— Como disse Fitzhugh, esse caso já está arquivado. Vinterberg não vai voltar à Union Bank of Switzerland, porque o Tigre já não existe mais. Angela não vai mais passar informações para os chineses, porque ela está morta, e os franceses podem investigar a morte dela sozinhos. Eles podem nos dizer o que está acontecendo. Eu dou uma olhada nisso quando voltar.

— E Janet Simmons? — perguntou Grainger.

— Como assim? Se ela acha que eu matei o Tigre, que apresente provas.

Grainger raspou os pés sobre a calçada de concreto, olhando para os mocassins.

— Ela marcou uma reunião com Fitzhugh amanhã. E disse que o assunto é você.

— Escute aqui, Tom. Simmons não pode ter prova alguma. Ela só está irritada porque não conseguiu fazer seu interrogatório. Ela vai superar isso.

Grainger deu de ombros, como se tudo o que Milo tinha dito fosse, por definição, questionável.

— Eu só peço que você guarde esse dossiê em algum lugar seguro.

23

Naquela noite, depois que Stephanie foi dormir, Milo retirou o dossiê secreto de dentro da gaveta de meias, local onde o escondera assim que entrara em casa. Antes, Tina dissera:

— Quantos jornais você lê?

Agora, despindo-se, ela perguntou:

— Você não vai ficar acordado até muito tarde, vai?

— Só vou ler um pouco.

— Mas não leia até tarde. A gente precisa estar dentro do carro às seis em ponto. Você sabe o quanto demora passar pelo esquema de segurança do aeroporto.

— Certo.

— Não venha com essa história de "certo", mocinho — repreendeu ela, enfiando-se tranquilamente embaixo das cobertas, nua. — Eu quero um beijo.

Ele a beijou.

— Agora venha para a cama.

Meia hora depois, enquanto ela pegava no sono, ele vestiu a cueca e levou o dossiê até a sala, bocejando. Serviu-se de uma dose de vodca, tentou parar de pensar em cigarro e começou a ler a ficha de Benjamin Harris, ex-agente da Companhia, ex-Turista, ex-Tigre. Ex-ser humano.

Benjamin Michael Harris nasceu no dia 6 de fevereiro de 1965, filho de Adele e David Harris, em Somerville, no estado de Massachusetts. Embora os dados referentes aos pais indicassem filiação à Igreja de Cristo, Cientista, a religião de Benjamin constava como "nenhuma". Isso não era surpresa. Se ele, de fato, quis se tornar um agente de campo, precisou excluir qualquer informação que pudesse mantê-lo atrás de uma escrivaninha.

A abordagem foi feita em janeiro de 1990 por Terence A. Fitzhugh, um especialista em Ásia que tinha acabado de assumir um novo cargo na Diretoria de Operações (que, em 2005, foi absorvida pelo Serviço Secreto Nacional). Harris concluíra o curso de jornalismo no ano anterior na Universidade de Boston e tinha uma especialização em línguas asiáticas, mas a abordagem ocorreu em Nova York, onde Harris trabalhava como freelancer para o *New York Post*. O primeiro relatório apresentado por Fitzhugh sobre a atuação de Harris registrava: "Capacidade surpreendente de conquistar confiança, o que, na opinião do presente relator, deve constituir a marca de todo agente de campo. No passado, dependemos excessivamente de capacidade técnica, e o resultado é que as operações têm causado severos danos psicológicos aos agentes. Isso pode ser remediado por pessoal de campo capaz de trabalhar com a mente tanto quanto com o corpo. Cooperação, não coerção."

Independente de seus sentimentos sobre Fitzhugh, Milo concordou. Dissera a Grainger certa vez que uma das falhas do Turismo era o fato de os Turistas serem treinados como se fossem martelos, em vez de penas. Grainger tinha considerado a metáfora fraca; portanto Milo fizera uma nova investida, afirmando que Turistas deveriam ser máquinas ambulantes de propaganda. Propaganda pessoal e política. Sem muita convicção, Grainger dissera que tomaria nota da ideia.

Após um longo período de treinamento, Harris foi enviado a Pequim na condição de aprendiz do então famoso Jack Quinn, que, segundo as lendas da Companhia, carregara nos ombros grande parte da Guerra Fria asiática, atuando na circulação de pessoas e informações no Vietnã, no Camboja, em Hong Kong e na Malásia. O único país onde tropeçou foi o Japão, ao ser considerado *persona non grata* de 1985 até 1999, quando morreu de câncer.

Os primeiros relatórios de Quinn foram positivos, ressaltando, além da capacidade demonstrada pelo jovem recruta de absorver informação rapidamente, sua fluência no mandarim e uma elevada aptidão para espionagem. Em quatro meses, isto é, de agosto a novembro de 1991, Harris tinha conseguido criar uma rede de 12 agentes junto ao funcionalismo público chinês, cujo volume de informação, em retrospectiva, tinha gerado uma média de três relatórios mensais acerca das tensões e dos esquemas existentes no cerne do Comitê Central Chinês.

Já em 1992, entretanto, a discórdia se instalara na sucursal de Pequim. Ao comparar memorandos expedidos por Quinn e Harris, o problema se tornou evidente. Harris, a estrela em ascensão, pretendia assumir o controle da sucursal, enquanto Quinn, àquela altura em decadência, fazia de tudo para manter sua posição. Na opinião do pessoal de Langley, a julgar pelos outros memorandos do dossiê, a posição de Quinn deveria ser inviolável, e foram aprovadas medidas disciplinares contra Harris. Seguiu-se uma licença forçada de três meses, período em que ele permaneceu com a família, em Boston.

Então Fitzhugh ressurgiu, visitando Boston e apresentando relatórios de acompanhamento do seu jovem pupilo. Embora registrasse a indignação de Harris diante da maneira infame com que tinha sido tratado, Fitzhugh apontava que seu protegido "havia amadurecido sensivelmente não apenas suas atitudes, mas em todas as áreas da espionagem. Ele deve continuar a fazer parte do quadro efetivo." O relatório redigido por Fitzhugh parava abruptamente nesse ponto, pois o restante do texto fora encoberto com tinta preta.

Quando Harris voltou a Pequim, em fevereiro de 1993, observou-se uma lua de mel de um mês, até que os problemas reapareceram. Quinn queixou-se de novos ataques à sua posição, e Langley prontamente sugeriu uma ação disciplinar, mas insistiu que Harris não fosse mandado de volta em hipótese alguma. Harris foi demovido, e suas redes foram assumidas por Quinn. Segundo alguns memorandos redigidos às pressas, Quinn se mostrava preocupado com a possibilidade de terem exagerado na punição. Harris tinha começado a beber, passara a chegar tarde à embaixada e a transar com uma série de atendentes que trabalhavam em lojas situadas em vários pontos da capital. Em duas ocasiões, a polícia de Pequim o flagrou praticando atos indecorosos em público, e um funcionário que trabalhava no Ministério das Relações Exteriores da China sugeriu a Quinn que o jovem encrenqueiro fosse transferido para um país "onde tais atividades são consideradas normais".

A sugestão datava de 12 de julho de 1993, sendo seguida, cinco dias mais tarde, pela cópia de um boletim de ocorrência, com a devida tradução, de um acidente de carro na província de Guizhou, na rodovia Guiyang-Bije. O carro, com placa do serviço diplomático e sob a responsabilidade de Harris, despencara de uma altura de 305 metros, na ponte Liuguanghe. Ao tomar conhecimento do fato, Quinn exigiu que uma equipe norte-americana fosse enviada para examinar os destroços do veículo. O governo chinês aquiesceu generosamente. A equipe fez a limpeza do local, e os restos mortais de Harris foram transferidos para o jazigo da família dele em Somerville.

A ficha não registrava o renascimento de Harris na condição de Turista, tampouco a lista dos trabalhos por ele realizados e os Guias Turísticos resultantes de suas viagens. Nem mesmo Grainger poderia ter cometido tamanha violação das normas de segurança. Porém o dossiê continha um relato do desaparecimento de Harris em 1996, embora nesse relato constasse o nome por ele adotado no Turismo: Ingersoll.

Último local registrado: Berlim, um apartamento na Frobenstrasse. Depois de uma semana tentando contatá-lo acerca de uma nova operação, Grainger (que à época comandava o Departamento de Turismo havia apenas dois anos) enviou Lacey a fim de localizá-lo. O apartamento estava absolutamente "limpo". Grainger encaminhou um memorando a Fitzhugh, perguntando se ele havia tido alguma notícia... negativo. Lacey, então, foi encarregado de localizar Ingersoll/Harris.

Somente depois de quase uma semana de reuniões com os contatos de Harris, Lacey conseguiu descobrir um Trabant roubado pelo Turista e abandonado em Praga. Grainger requisitou boletins de ocorrência à polícia tcheca e descobriu que outro veículo, um Mercedes, tinha sido roubado a duas ruas de distância do local onde o Trabant fora deixado. A descoberta os levou até a Áustria, onde Decker se juntou a Lacey, e os dois encontraram o Mercedes, descartado em Salzburgo. Em ambos os casos, os veículos tinham sido totalmente "limpos", sem qualquer vestígio de impressões digitais. Isso por si só já constituía uma identificação: aquele nível de "limpeza" era provavelmente um indício da ação de algum Turista.

A trilha desapareceu em Milão, onde a frequência de veículos roubados impossibilitou a investigação de pistas.

Por pura sorte, a caçada foi retomada três meses depois, na Tunísia, onde Decker acabara de concluir um serviço e tirava férias no hotel Bastia, em L'Ariana, no Golfo de Túnis. Enquanto trabalhava com Lacey, Decker examinara uma fotografia de Ingersoll/Harris, e avistou aquele mesmo rosto no restaurante do hotel. O sujeito tomava sopa e contemplava o mar. Decker levantou-se, foi até o quarto e pegou a pistola. Quando voltou ao restaurante, no entanto, o Turista havia desaparecido. Quatro minutos depois, ele invadiu o quarto de Harris, que estava desocupado.

Decker telefonou para Túnis, instruindo a embaixada a vigiar as estações de trem, os portos e o aeroporto. Um rapaz recentemente promovido do setor financeiro para o de segurança ligou para dizer que havia localizado Harris no Aeroporto de Cartago. Ao chegar, Decker se deparou com uma aglomeração de policiais diante de um banheiro masculino, examinando o corpo do jovem. Tinha sido estrangulado.

Decker averiguou uma série de destinos possíveis, incluindo Lisboa, Marselha, Bilbao, Roma e Trípoli, dirigindo especial atenção a conexões aéreas, modo pelo qual Harris preferia se locomover. Grainger entrou em contato com Turistas em cada um desses locais, com ordens para que interrompessem o que estivessem fazendo e se posicionassem nos aeroportos. Somente no dia seguinte, com a descoberta do corpo de Bramble no Aeroporto Portela, ficou constatado que Harris tinha voado para Lisboa.

Era quase uma hora da madrugada, quando Milo concluiu a leitura. Era decepcionante saber que estaria em péssimo estado pela manhã e que de nada adiantara ter ficado acordado até aquela hora.

Espreguiçou-se, encheu um copo com vodca e enfiou um isqueiro no bolso. Calçou sandálias, levou o dossiê e a vodca até a escada e subiu até a portinhola de acesso ao telhado. Do lado de fora, contemplando os telhados de Park Slope, que se estendiam languidamente até Park Prospect, bebeu um pouco, apenas um gole. Depositou o dossiê sobre a laje de concreto e o embebeu com a vodca. Abriu-o para molhar o interior também.

Acendeu a pira funerária. Ficou observando o fogo e as cinzas que, empurradas pela brisa, voavam para longe, e pensou nos locais onde estivera enquanto Harris migrava para o mercado freelancer: Viena, com Frank Dawdle, então chefe da sucursal de Viena, planejando a execução de um tenente-general reformado chamado Brano Sev, ex-integrante das fileiras do Bloco Oriental. Milo lembrou-se que Dawdle, então um idoso que, durante os anos 1970, servira como agente de campo mas que nos anos 1980 e 1990 ficara sentado atrás de uma escrivaninha, demonstrara bastante nervosismo, embora se sentisse empolgado por estar novamente em ação, ainda que apenas para oferecer apoio. O trabalho de Dawdle tinha sido vigiar a casa e dar o sinal quando a esposa de Sev saísse para fazer compras na cidade, como costumava fazer aos sábados, acompanhada da filha do casal. Sev sempre ficava em casa aos sábados. Segundo os informantes, ele estava escrevendo suas memórias. Mais tarde, Grainger disse que o serviço tinha sido um favor prestado a alguns amigos do Leste Europeu, que achavam melhor que as memórias do velho morressem com ele. O governo dos Estados Unidos, Grainger comentou, também tinha muito a perder com as histórias daquele homem.

A coisa transcorreu sem problemas. Dawdle deu o sinal, e Milo entrou na casa por uma janela do térreo. Subiu a escada junto à parede para evitar que os degraus rangessem e, ao encontrar o velho combatente da Guerra Fria de caneta em punho, surpreendeu-se diante da estatura reduzida e da fragilidade do homem. Milo sacou a pistola, e o velho, ao ouvir o barulho, virou-se. Havia surpresa em seu semblante, mas foi chocante vê-la desaparecer logo. Os olhos de Brano Sev, ampliados pelas lentes espessas, relaxaram, e ele balançou a cabeça. Em alemão, disse:

— Você demorou muito.

Foram essas suas últimas palavras.

Milo juntou as brasas, derramou o restante da vodca e ateou fogo aos últimos pedaços. Depois de algum tempo, tudo virou cinza.

24

Tina fizera reservas num prédio comprido, horrendo e de telhado vermelho chamado Disney's Caribbean Beach Resort, onde até no saguão havia cordões de isolamento para formar filas, como se os hóspedes estivessem diante de mais um brinquedo. Restaurantes que serviam uma comida de origem irreconhecível se espalhavam por todo o complexo, e depois de um longo dia correndo atrás de Stephanie, de brinquedo em brinquedo, Milo e Tina desmoronavam nesses locais, pedindo *nachos* ou espaguete, e caminhavam até a "praia" lotada, situada na margem de um lago artificial.

Apesar de um surto inicial de sarcasmo, no segundo dia Tina se mostrou bem menos constrangida com a realidade da Disney. Havia algo inebriante na previsibilidade confortável e na segurança que os cercava em todos os momentos. Exceto pelos rompantes das crianças, não havia ali caos algum, tampouco qualquer variável imprevisível. Nada havia que se assemelhasse minimamente às histórias terríveis do lado obscuro do mundo, aquele universo paralelo no qual seu marido trabalhava.

Na noite de terça-feira, após uma demorada ligação de Grainger interromper o jantar da família, Milo chegou a dizer que talvez houvesse chegado a hora de sair da Companhia.

— Eu não quero mais isso.

Pareceu surpreso quando ela não se levantou e começou a aplaudi-lo.

— O que mais você poderia fazer?

— Qualquer coisa.

— Mas você teve um treinamento específico, Milo. Você sabe disso. E que currículo você teria?

Depois de considerar a questão, ele disse:

— Consultoria. Consultoria de segurança para grandes empresas.

— Ah! Do setor militar para o empresarial. Muito complexo.

Ele riu, o que a agradou; depois, fizeram amor, o que a agradou ainda mais.

Foi um momento e tanto, um daqueles instantes raros que só quando se tem idade suficiente é que se sabe apreciar, porque a verdade é que talvez ele jamais se repita. Felicidade. Apesar das conspirações do mundo de Milo, ali, na terra fictícia da Disney, eles tinham um pequeno oásis.

Porém, conforme sempre ocorre com tudo que é muito bom, o momento foi efêmero, ruindo no terceiro dia.

— Space *Mountain*! — gritou Stephanie, superando a algazarra que os cercava.

Ela seguia na frente, agarrada à mão de Milo. Ele olhou para baixo com uma expressão confusa.

— É... Lá está ela. — Ele apontou. — Space Fountain.

— *Fountain*, não. Mountain!

Com os olhos arregalados, ele se virou para Tina.

— Você está entendendo alguma coisa do que essa menina está dizendo?

Com uma precisão impressionante, Stephanie acertou um chute na perna de Milo. Ele agarrou a canela e saiu pulando numa perna só.

— Ah! *Mountain*!

Tina correu até eles.

Eles se registraram para o brinquedo usando o tíquete que dava acesso a uma fila especial, o que os permitiu perambular pelo parque durante a maior parte dos 45 minutos de espera previstos para a fila normal, ouvir a conversa unilateral de Stephanie com a Minnie e passar vinte minutos em outra fila para comprar um lanche.

Stephanie não se entusiasmou com as laranjas compradas por Milo, e ele então explicou que vitaminas seriam necessárias durante o voo espacial que estavam prestes a realizar.

— Os astronautas precisam comer muitas frutas antes de embarcar no ônibus espacial.

Ela acreditou naquelas palavras durante cerca de cinco segundos, e então olhou para ele com um meio sorriso, destruindo sua lógica.

— Isso não faz o menor sentido, papai.

— Não faz?

Um suspiro exasperado.

— Eles tomam vitaminas em pílulas. Não em laranjas.

— Quando foi mesmo que a Pequena Senhorita esteve no espaço?

— Vamos *logo*.

Quando chegaram ao cordão de isolamento que determinava o local da extensa fila para quem quisesse andar na Space Mountain e Stephanie verificou mais uma vez se tinha a estatura mínima de 1,15m, o telefone de Milo tocou. Ele atendeu e virou-se de costas, para que Tina não escutasse a conversa. O diálogo durou cerca de um minuto. Ele desligou, voltou-se para elas com um sorriso, e disse:

— Vocês sentam juntas, ok?

— E você? — perguntou Tina. — Você não vai?

— É claro que vai — disse Stephanie.

— Eu vou sentar mais para trás. Vocês sentam na frente. Acabei de ver uma velha amiga. Vou sentar com ela.

— Quem é essa velha amiga?

— É uma dançarina libanesa — respondeu Milo e, ao ver a expressão estampada no rosto de Tina, abriu um sorriso. — Estou *brincando*. Um velho amigo. Parece que ele tem uma coisa para me dar.

Tina não gostou daquilo, mas antes da viagem Milo a prevenira de que, considerando o que estava acontecendo no trabalho, eles talvez fossem obrigados a fazer algumas concessões. Mesmo assim, um encontro secreto na Space Mountain?

— Você vai nos apresentar a ele lá na chegada?

O lábio inferior de Milo estremeceu levemente.

— Sim, claro. Se ele tiver tempo.

Stephanie ergueu as mãos.

— *Quem* não tem tempo na Disney?

É isso aí, Pequena Senhorita.

Chegaram ao início da fila, onde dois vagões vazios aguardavam na plataforma. Cada um consistia em dois carrinhos estreitos, cada qual com três assentos, um atrás do outro. Milo beijou a mulher e a filha e disse que estaria no trem seguinte, logo atrás do delas. Um adolescente uniformizado as conduziu; Milo sussurrou algo para o rapaz, exibiu o crachá da Companhia e ocupou o assento do meio no segundo carrinho. Tina sentou-se atrás de Stephanie e virou-se com a intenção de olhar para Milo, mas não pôde vê-lo por causa dos outros passageiros. Quando ela se inclinou para fora do carrinho a fim de olhar para trás, uma adolescente uniformizada disse:

— Senhora, por favor, fique dentro do carro. É para sua segurança.

Tina agradeceu o alerta.

— Você acha mesmo? — indagou Stephanie.

— O que foi, querida? Eu não consegui ouvir.

— Eu *disse*: você acha mesmo que a gente vai para o espaço?

— Talvez — respondeu Tina, voltando-se novamente para ver Milo.

O vagão sacolejou e avançou lentamente em direção ao túnel escuro.

Por um instante, ela esqueceu o mistério do visitante secreto que acompanhava seu marido. A música piegas que sugeria um ambiente espacial, os asteroides e as naves com design ultrapassado e o show de luzes no interior da imensa cúpula prenderam sua atenção. Ao menos uma vez, Stephanie se absteve de comentários sarcásticos e deu gritinhos de felicidade, enquanto elas subiam e desciam enlouquecidamente.

Quando o vagão sacolejou e parou, Stephanie já havia recuperado a voz.

— Vamos de novo!

— Primeiro eu preciso recuperar o fôlego.

Esperaram por Milo ao lado de uma cerca de aço.

— Por que ele não veio no nosso vagão? — disse Stephanie.

— Talvez o amigo tenha se atrasado.

Ela pressionou o queixo contra a cerca, refletindo sobre o que a mãe tinha dito, e então levantou a cabeça.

— Olha ele lá!

Uma família usando camisetas alaranjadas ocupara os primeiros quatro assentos; no quinto assento, vinha Milo, impávido, à frente de um velho provavelmente septuagenário. Tina observou-os com atenção enquanto saíam do carrinho, notando o rosto largo e enrugado do idoso. Ele tinha olhos profundos, marcantes, parecidos com os de Milo, e seu cabelo branco e ralo havia sido raspado num estilo semelhante ao que o pai dela usara nos anos 1970.

Apesar da aparência frágil, ele não precisou de ajuda para sair do vagão, e quando ficou de pé, via-se que era alto e forte. Os dois sorriram quando se aproximaram, e o velho passou a mão pelo rosto como se espantasse uma mosca. Antes que Milo pudesse abrir a boca, ele estendeu a mesma mão e falou, a voz marcada por um forte sotaque russo.

— É uma satisfação conhecê-la, Sra. Weaver.

Ele pegou a mão ressecada de Tina e beijou-a na altura dos nós dos dedos.

— Yevgeny Primakov — disse Milo. — Yevgeny, esta é a Tina, e esta aqui — prosseguiu, pegando Stephanie no colo — é a melhor *chansonnière* desde Edith Piaf. Esta é Stephanie.

O sorriso de Primakov era largo quando ele beijou a mão estendida pela menina, e ele riu quando Stephanie limpou a mão na calça logo em seguida.

— Você deve mesmo limpar a mão — comentou o russo. — Muito esperta.

— O senhor é amigo de Milo há muito tempo? — perguntou Tina.

— Pode-se dizer que sim. — Um sorriso. — Faz alguns anos que eu quero que ele trabalhe para mim, mas o homem é teimoso. É patriota, eu acho.

— Vamos tomar alguma coisa? — interrompeu Milo. — Estou com sede.

Yevgeny Primakov balançou a cabeça.

— Eu bem que gostaria, mas preciso encontrar minha família. Podem ir. Talvez nos vejamos mais tarde. — Virou-se para Tina: — Tudo o que Milo disse sobre sua beleza foi pouco.

— Obrigada.

— Cuide-se, Yevgeny — recomendou Milo e conduziu a família pela rampa de saída.

Foi um incidente curioso e, ao ser indagado, o máximo que Milo admitiu foi que Yevgeny era um velho agente aposentado, um dos melhores de seu tempo, e que aprendera alguns truques com ele.

— Um agente *russo* te ensinou algumas coisas?

— A espionagem desconhece fronteiras, Tina. Além disso, ele não é mais agente da Rússia. Ele agora trabalha para as Nações Unidas.

— O que faz um espião na ONU?

— Ele sempre descobre um meio de se fazer útil.

Nas pausas entre as palavras do marido, ela pôde perceber que o encontro o deixara perturbado. Qualquer que tenha sido o conteúdo da conversa entre os dois, a alegria dele havia se dissipado.

— Vocês conversaram sobre Angela?

— Principalmente. — Ele fez uma pausa. — Ele a conhecia e queria saber o que está acontecendo.

— Você tinha muita coisa para falar?

— Não muita — respondeu ele, e então se voltou para Stephanie e disse: — Tem alguém com fome?

Jantaram num daqueles restaurantes sem graça do Caribbean Beach Resort, e Milo conseguiu manter uma conversa leve e animada enquanto Stephanie discorria sobre os duvidosos méritos do Space Mountain. Voltaram ao quarto por volta das nove e meia da noite. Estavam exaustos; portanto, lavaram as mãos e o rosto, colocaram Stephanie na cama e foram dormir. Fazer sexo teria exigido energia demais, então ficaram deitados lado a lado, olhando o reflexo da lua no lago artificial através das portas de vidro da varanda.

— Você está gostando? — perguntou Milo.

Ela fez que sim, com a cabeça encostada no peito dele.

— É bom dar um tempo da biblioteca.

— No ano que vem vamos à Suíça. Você nunca esteve lá.

— Se tivermos dinheiro.

— Eu roubo um banco.

Ela deu uma risadinha educada, com os lábios fechados.

— Milo?

— Sim?

Tina se sentou na cama para que ele soubesse que o assunto era importante.

— Eu não quero que você fique zangado.

Ele também se sentou, e o lençol escorreu-lhe do peito.

— Então não me faça ficar zangado.

Não era essa a resposta que ela queria.

— Estou tendo uma sensação estranha.

— Você não está se sentindo bem?

Ela balançou a cabeça.

— Tem alguma coisa errada aqui. Disso eu tenho certeza. De repente, aparece um velho russo... eu não estou acreditando em nada do que você me disse sobre ele.

— Você não confia em mim — falou ele. Era uma afirmação, não uma pergunta.

— Não é isso.

— É isso, sim — cortou Milo, mas não se levantou nem fez menção de sair do quarto, como fazia às vezes, quando discutiam. Em vez disso, olhou por cima dela em direção às portas de vidro.

— Por exemplo. Como foi que você aprendeu russo?

— O quê?

— Você é fluente. Tom diz que você fala russo como um nativo.

— Eu estudei. Você sabe disso. Eu tenho facilidade com idiomas. Mais do que para qualquer outra coisa.

Na resposta de Tina veio um punhado de palavras involuntárias e desconexas. Nada do que ela poderia dizer faria sentido. Como ela conseguiria expressar algo que não passava de uma ansiedade que corroía seus ossos?

Ambos tiveram um sobressalto quando o telefone de Milo acendeu e fez vibrar o tampo da mesinha de cabeceira. Os olhos dele, agora arregalados, fixaram-se em Tina no momento em que atendia à chamada.

— Sim? — Ainda olhando para ela, o semblante dele se contraiu. — E Adão. — Depois, prosseguiu: — *Agora?* Mas eu estou com... — Ela viu a fisionomia dele se dissolver numa expressão indefinível. — Ok.

Milo desligou o telefone, mas continuou a olhar na direção dela. Foi então que Tina percebeu que ele não estava exatamente olhando para ela. Estava olhando *através* dela, para alguma outra coisa. Em seguida, levantou-se, nu, e foi até as portas da varanda. Espiou o lado de fora do quarto, virou-se para a cômoda e começou a se vestir como se o prédio estivesse em chamas.

— Milo?

Ele vestiu a camisa.

— Eu não posso explicar o que está acontecendo. Não agora. Não tenho tempo. Se eu tivesse tempo, explicaria tudo. Tudo mesmo. — Foi até o armário, escancarou a porta e agarrou a mala. Agachando-se ao lado dela, virou-se para Tina: — Você tem razão. Eu tenho sido reticente demais. Peço desculpas. Sinceramente. Mas agora preciso ir embora.

Ela saiu da cama, tão nua quanto ele estivera antes.

— Eu vou também.

— *Não.*

Milo raramente falava com tanta ênfase. Foi o suficiente para empurrá-la de volta à cama. Ela puxou o lençol, cobrindo o próprio corpo.

Ele veio até a beira da cama.

— Por favor. Você precisa ficar. Daqui a pouco alguém virá à minha procura. Você pode responder a todas as perguntas. Não esconda nada. Eles vão saber.

— Saber *o quê*? — perguntou Tina. — O que você fez?

Ele assumiu uma expressão impassível novamente. Em seguida, surgiu um sorriso vago.

— A verdade é que eu não fiz nada... nada muito errado, ao menos. Mas, escute. Está prestando atenção? Quero que você vá para Austin. Passe alguns dias com seus pais. Até mesmo uma semana.

— Por quê?

— Porque você quer descansar. Pronto. Ok?

Aturdida, ela assentiu.

— Bom.

Ele voltou até a mala, retirou uma mochila pequena e encheu-a com itens que ele sempre levava quando viajavam. Acrescentou o iPod e um cabide de arame que estava no armário. Ela se perguntou o porquê daquilo. A arrumação não demorou mais do que um minuto e meio; em seguida, ele fechou o zíper da mochila, pegou o celular, calçou o tênis e se sentou ao lado dela na cama. Quando Milo ergueu uma das mãos, ela se esquivou involuntariamente. O desalento no olhar dele a deixou bastante constrangida.

— Venha cá — disse ela e o beijou na boca.

— Eu não quero fazer isso — sussurrou ele em seu ouvido. — Mas é preciso.

— Estou completamente confusa.

— Eu sei.

— Você vai fazer aquilo de novo?

— Acho que não tenho alternativa.

Ele a beijou mais uma vez, foi até a porta e olhou para trás.

— Dê um beijo na Stef por mim. Diga a ela que é trabalho. — Ele resmungou: — Ela já está acostumada.

Depois disso ele se foi.

Ela não soube dizer quanto tempo — embora não pudesse ter sido mais do que sete ou oito minutos — ficou olhando para a porta do quarto, entorpecida diante do quanto ignorava. Ouviu ruídos do lado de fora, leves passadas sobre o gramado absurdamente verde da Disney, e depois... silêncio. Vestiu o robe. Então ouviu o barulho firme de um punho batendo à porta. Correu para abrir antes que Stephanie acordasse. Uma mulher meio que a encarou, pois seu olhar parecia focado em outro ponto; ela exibiu um distintivo sem abri-lo.

— Onde ele está? — perguntou a mulher.

Com uma coragem notável, Tina pegou a identificação exibida pela mulher e leu DEPARTAMENTO DE SEGURANÇA NACIONAL e o nome SIMMONS, JANET ao lado da foto. Tina começou a dizer algo sobre a necessidade de um mandado de busca, mas foi tarde demais. Janet Simmons e um brutamontes que não exibira qualquer tipo de credencial já estavam dentro do quarto, abrindo todas as portas.

Foi então que ela ouviu a voz de Stephanie, absolutamente fria:

— Parem com isso! Eu quero dormir!

25

Ele beijou a esposa, foi até a porta e olhou para trás. Ela parecia pequena naquela cama imensa de hotel da Disney. "Dê um beijo na Stef por mim. Diga a ela que é trabalho." Deu-se conta da frequência com que dizia aquele tipo de coisa. "Ela já está acostumada."

Ele disparou pelas escadas externas em direção ao estacionamento. Em meio ao som dos grilos, ele pôde ouvi-los na noite fresca: dois motores se aproximando.

Ao chegar ao solo, manteve-se abaixado e seguiu pelo gramado macio até o local onde os carros estavam estacionados. Faróis refletiram pelo resort. Já passava das dez da noite, e os visitantes se encontravam em clubes nos arredores ou estavam dormindo, recuperando-se do cansaço por terem passado o dia todo em filas sob o sol quente. Nada os despertaria.

Espremendo-se entre um Subaru com placa do Texas e um Mazda com placa da Flórida, ele ouviu os carros estacionarem, as portas se abrirem e as vozes. Uma era de mulher... conhecida. Através da janela do lado do motorista do Subaru, Milo viu quando eles cruzaram o gramado. A agente Janet Simmons, usando um de seus terninhos azuis típicos do Departamento de Segurança, liderava a investida, seguida por três homens empunhando SIG-Sauers de uso do departamento. Simmons subiu os degraus e logo atrás vinha George Orbach, enquanto os outros dois sujeitos permaneceram embaixo, separando-se para verificar possíveis rotas de fuga.

Correrrio, depois de Eva.

E Adão.

Saia, Milo.

Agora? *Mas, eu estou com...*

Simmons vai te pegar. Está quase aí. Saia.

Milo olhou para o hotel e avistou a varanda do quarto deles, onde Tina deixara a luz acesa. Enquanto olhava, pegou o celular, retirou a bateria, o cartão SIM e enfiou tudo no bolso, pensando nos próximos passos.

A janela à direita da varanda do quarto deles se iluminou. Ali ficava a sala. Simmons tinha resolvido bater à porta, e Milo lhe agradecia por isso. No gramado diante dele, um dos agentes recuava, a fim de ver melhor a varanda e se certificar de que ninguém escapava pelo lado de fora. Pela janela, Milo via silhuetas: Tina, Janet Simmons e George Orbach. Esperou, na expectativa de obter algum sinal de que sua filha tivesse acordado. Mas só ouvia grilos e o murmúrio indefinido de vozes de adultos. Em seguida, as silhuetas percorreram o apartamento.

Ainda abaixado, afastou-se, esgueirando-se em meio aos carros até alcançar os limites do estacionamento. Abriu a mochila e retirou o cabide de arame enquanto as silhuetas no gramado se deslocavam, finalmente convencidas de que ele não estava no apartamento. Depois de desmontar o cabide de forma que o gancho ficasse numa das extremidades, ele procurou um carro de modelo antigo. Foi difícil; aquele hotel era de classe média alta, frequentado por famílias que trocavam de carro a cada quatro anos. Por fim, localizou um veículo destoante: um Toyota Tercel enferrujado, que remontava ao final dos anos 1980. Ele introduziu o cabide no espaço entre a janela e a porta.

Cerca de 15 minutos mais tarde, ele avançava no sentido sudoeste pela rodovia I-4. Se Janet Simmons fosse esperta, teria enviado agentes para o Aeroporto Internacional de Orlando para localizá-lo; portanto, ele partiria de Tampa. Ainda não sabia para onde iria, mas precisava sair da Flórida. Aquele estado não lhe daria respostas.

Ele parou no acostamento, perto de uma churrascaria fechada, e remontou o celular. Cartão SIM, bateria, e pressionou a tecla "ligar". O aparelho emitiu as boas-vindas da Nokia e começou a tocar, indicando NÚMERO RESTRITO. Sabia quem era. Pressionou a tecla que ignorava a ligação; depois, antes que Simmons pudesse telefonar novamente, digitou 411. Pediu à telefonista o número do balcão da American Airlines no Aeroporto Internacional de Orlando. Enquanto ela completava a ligação, o celular deu sinal de que havia outra chamada. Ele ignorou o sinal, e perguntou à funcionária que o atendeu o horário do próximo voo para Dallas.

— O voo parte às seis horas, senhor.

— Eu gostaria de fazer uma reserva.

— O senhor tem um cartão de crédito?

Ele pegou a carteira.

— O nome é Milo Weaver, e eu vou pagar com o meu MasterCard.

Cinco minutos mais tarde, a conversa chegara ao fim, e Simmons fizera outras três tentativas de contatá-lo. Ele voltou a desmontar o celular e prosseguiu no sentido sudoeste, afastando-se de Orlando.

Na periferia de Polk City, ele avistou um centro comercial com alguns carros estacionados. Em dois minutos, arrombou um estranho Ford Tempo, e em dois minutos limpou suas digitais do Tercel usando uma camisa retirada da mochila.

Fez nova parada logo depois de Lakeland, sacou trezentos dólares de uma máquina utilizando o cartão em nome de Dolan e então usou o dinheiro para encher o tanque do carro num posto que ficava aberto 24 horas. Na loja de conveniência, comprou cigarro, um envelope forrado com plástico bolha, selos postais, um caderno de espiral e uma caneta preta. De volta ao carro, escreveu no caderno:

Miguel e Hanna,
Por favor, queimem este bilhete
e guardem o conteúdo deste envelope para T&S em local seguro.
<u>Muito importante.</u>
<u>Ninguém</u> pode saber.
Obrigado pela confiança, M.

Dobrou a folha do caderno, colocou-a no envelope e retirou da mochila três passaportes. Enfiou no envelope os passaportes de Laura Dolan e Kelley Dolan e pôs no bolso o de Lionel Dolan. Fechou o envelope e o endereçou aos pais de Tina em Austin, no Texas, colando mais selos do que o necessário.

Quase duas horas tinham se passado quando Milo chegou ao Aeroporto Internacional de Tampa. Era pouco mais de meia-noite quando ele deixou o carro no estacionamento rotativo, depois de limpar o volante e pegar a mochila; em seguida, dirigiu-se à entrada norte.

Depois de passar pelas portas automáticas de vidro, pegou um mapa gratuito do aeroporto e sentou-se num banco. Havia uma caixa de correio no andar de cima. De onde estava sentado, podia ver um monitor que listava destinos e horários. A palavra "internacional" no nome do aeroporto era um tanto enganosa, pois, na melhor das hipóteses, havia um único voo diário para Londres e alguns outros destinos canadenses. Não que aquilo importasse; ele não planejava deixar o país, ainda não.

Pronto: a Delta poderia levá-lo para o Aeroporto JFK, às sete e trinta e um, uma hora e meia depois que Simmons constatasse que ele não estava no voo que partira de Orlando. Ele esperava ter tempo suficiente.

No balcão da companhia aérea havia três pessoas para serem atendidas antes dele: pai, mãe e um filho adolescente, que também seguiriam para Nova York.

Foi então que ele caiu em si e se sentiu um pouco tonto ao pensar em Janet Simmons naquele quarto de hotel interrogando sua família. Deveria ter ficado. Passara seis anos protegendo Tina de seu trabalho e, numa questão de dias, todo aquele esforço tinha ido por água abaixo. Ele lhe revelara detalhes demais sobre o assassinato de Angela, e agora ela estava no meio de uma situação que não tinha condições de compreender, visto que o próprio Milo tampouco compreendia. Por que fugira?

Fugira porque o velho código de fuga tinha sido utilizado, e mesmo depois de seis anos aquele código ainda estava diretamente conectado aos seus pés. Grainger só usaria o código se não houvesse outra saída.

— Senhor? — chamou a funcionária da Delta. — Qual é o seu destino?

O 747 tocou a pista do JFK pouco depois das dez da manhã, e o piloto pediu desculpas pelo atraso de nove minutos. A mulher corpulenta que espremia Milo contra a janela tinha medo de voar e disse a ele, com um forte sotaque sulista, que não se importava com atrasos, desde que pudesse andar novamente sobre a terra firme. Ele concordou. O nome dela era Sharon; Milo se apresentou como Lionel. Ela perguntou se ele era de Nova York, e, fiel aos detalhes do verdadeiro Dolan, ele respondeu que era de Newark e que a esposa e a filha ainda estavam na Flórida; ele tinha precisado voltar antes da data prevista por motivo de trabalho. Ela pareceu decepcionada com a resposta.

Ele verificou seus pertences. Resolvera descartar o cabide na Flórida, a fim de evitar perguntas embaraçosas por parte do pessoal responsável pela segurança no Aeroporto de Tampa, mas conhecia outros sete métodos de arrombar um carro, se preciso. Tinha consigo o passaporte e os cartões de crédito de Dolan, mas só pretendia utilizar os cartões quando fossem extremamente necessários. Era melhor usar dinheiro, e ele ainda tinha 260 dólares na carteira, valor que, em Nova York, não o ajudaria muito.

Gastou 25 dólares com um translado até a cidade e chegou à Grand Central Station por volta de uma da tarde. Saiu do carro à sombra do MetLife Building, foi até o Grand Hyatt, pegou um mapa turístico e sentou-se no imenso saguão de espelhos, ao lado de uma fonte de mármore.

Em cinco minutos, já sabia aonde ir. A Avenue of the Americas estava fora de cogitação. Mesmo se telefonasse com o propósito de marcar um encontro com Grainger em outro local, àquela altura ele não fazia ideia de qual seria seu status na Companhia. Grainger dissera apenas "Saia". Depois do risco que Grainger havia corrido ao dar aquele telefonema na noite anterior, Milo não queria envolvê-lo em maiores complicações.

Desceu até o metrô e gastou sete dólares num passe válido por 24 horas; então, pegou um trem que seguia para o norte e desceu na rua 53, que dava acesso ao Museu de Arte Moderna. Passou pela multidão que aguardava para entrar nas galerias e foi diretamente à loja do museu. Um mês antes, ele visitara aquele lugar em companhia de Tina e Stephanie, ocasião em que viram uma exposição de Van Gogh. Tinham vindo por causa de Stephanie, mas, exceto por alguns comentários quanto à escolha das cores, ela não viu muita graça no holandês de uma orelha só. Porém na loja do museu ela se animou. Milo também tinha gostado dali e havia examinado por algum tempo uma joia que ele esperava ainda estar disponível. Foi até o balcão de vidro e encontrou o que procurava: a coleção de pulseiras magnéticas, desenhadas por Terrence Kelleman.

— Em que posso ajudá-lo? — perguntou um adolescente do outro lado do balcão, usando uma camisa do MoMA.

— Esta aqui, por favor.

A peça era notável em sua simplicidade: cerca de uma centena de pequenos pinos niquelados, unidos exclusivamente por atração magnética. Abriu a pulseira para verificar a pressão e voltou a fechá-la. Em seguida, repetiu o movimento em outro ponto; sim, a coisa parecia funcionar.

— Vou levar esta mesmo.

— É para presente?

— Acho que vou usar agora.

Com menos 45 dólares na carteira, Milo levou mais vinte minutos para voltar ao sul, à loja Lord & Taylor, situada na esquina da Quinta Avenida com a 38 Oeste. Deteve-se um momento à entrada, perto do grande setor de cosméticos, examinando o esquema de segurança. Era um detector simples, composto de duas barras paralelas conectadas por fios a um sistema de alarme fixado às paredes. Não fazia diferença, mas era bom saber.

Subiu pela escada até o terceiro piso, onde ficava uma parte do setor de roupa masculina. Durante meia hora experimentou ternos, decidindo-se finalmente por um modelo de preço médio, com paletó de três botões, assinado por Kenneth Cole. A não ser pela manga um pouco longa, que encobria a pulseira nova, o terno caía com perfeição e não era nem pretensioso nem barato. Teria de servir, ou seja, teria de atender a uma das várias regras importantes do Turismo: sempre se vestir como um executivo.

Ainda no provador, ele abriu a pulseira e esfregou uma das pontas sobre cada uma das tiras magnetizadas que deflagrariam o alarme. Sabia que, teoricamente, o procedimento funcionava, mas só se convenceu quando, depois de esfregar durante um minuto, ouviu o dispositivo antifurto estalar e abrir. Ele o removeu cuidadosamente. Após liberar a camisa, a calça e os sapatos, ele transferiu a carteira e as chaves para o terno novo.

Quando saiu do provador, um dos jovens vendedores estava olhando. Milo olhou em torno de si histrionicamente, ficando na ponta do pé para olhar por cima das araras de roupas.

— Janet? — chamou, e então se dirigiu ao vendedor. — Oi, você viu uma mulher baixinha, com um piercing no nariz?

Prestativo, o vendedor olhou em volta.

— Talvez ela esteja no andar de baixo, no setor de roupa feminina.

— Ela não para quieta. — Milo apontou para a escada. — Eu posso ir lá embaixo e mostrar esse terno para ela?

O vendedor deu de ombros.

— Claro.

— Valeu. Obrigado.

Milo foi até o provador e pegou a mochila.

— O senhor pode deixar a mochila aí — informou o vendedor.

— Você acha que eu não assisto a essas séries policiais? Prefiro levar a mochila comigo. Posso?

— Claro. É só o senhor trazer o terno de volta.

— Como eu disse, sempre vejo essas séries policiais. Acha que eu quero acabar dentro de um camburão?

O vendedor riu; Milo deu uma piscadela.

Às três da tarde, trajando um terno Kenneth Cole, ele estava em uma cabine telefônica na Nona Avenida, esquina com a Penn Station, em frente a um pub irlandês chamado Blarney Stone. Enfiou uma moeda e discou o número do celular particular de Grainger. Depois de três toques, ouviu a voz do velho:

— Sim?

Milo imitou o forte sotaque sulista de Sharon.

— É o Sr. Thomas Grainger?

— Sim.

— Meu nome é Gerry Ellis, e eu trabalho na lavanderia Ellis. Ontem o senhor deixou algumas camisas aqui. Alguém perdeu o recibo, mas o serviço é para entrega em domicílio, não é?

Grainger fez uma pausa, e naquele momento Milo chegou a recear que ele não percebesse a situação. Mas ele percebeu.

— Sim, é isso mesmo.

— Então... nós temos o endereço do senhor, mas não sabemos o horário da entrega. A que horas mesmo é a entrega hoje?

Pausa.

— Pode ser às seis. É possível?

— Sem problema, Sr. Grainger. A entrega será feita.

Milo entrou no Blarney Stone. Era um local escuro, deprimente, com fotografias de irlandeses famosos ligados à literatura, ao cinema e à música. Sentou-se junto ao balcão, em frente a um pôster do Bono Vox e a duas banquetas de um sujeito magricela e com a barba por fazer que aparentemente era um frequentador assíduo. A garçonete, uma ruiva meio passada, tinha mais sotaque de Nova Jersey do que de Dublin.

— O que o senhor deseja?

— Vodca. Smirnoff.

— Nós temos Absolut.

Enquanto ela servia uma dose, ele se virou para poder ver o telefone público do outro lado da rua claramente através da janela. Então pegou um Davidoff. A garçonete entregou-lhe a vodca.

— O senhor sabe que não pode, certo?

— O quê?

— Isso.

Ela apontou para o cigarro preso entre os lábios dele.

— Certo. Desculpe.

Durante meia hora, Milo montou guarda no bar. Foi o tempo suficiente para constatar que o telefonema não tinha sido rastreado e que ninguém tinha vindo colher provas. Também foi tempo suficiente para a garçonete puxar conversa, para ele se recusar a conversar e para o frequentador assíduo repreendê-lo pela falta de cordialidade. Milo considerou a hipótese de descontar toda a sua frustração no bêbado, mas receava que a cena acabasse em homicídio; portanto pagou a conta e saiu em silêncio.

Pegou o metrô no sentido norte até a 86 Oeste, onde encontrou um discreto café francês, que servia pão fresco e café espresso nos arredores dos prédios residenciais da velha Nova York. Sentou-se a uma mesa do lado de fora para poder fumar.

Não havia nada nos jornais. Se Simmons tivesse provas irrefutáveis, talvez conseguisse que o Departamento de Segurança estampasse a foto dele nas principais publicações diárias, atribuindo-lhe um vago perfil terrorista. Pensando melhor, talvez ela não fizesse isso. O departamento raramente veiculava fotos de terroristas, pois não queria que eles fugissem e continuassem suas ações.

Sem mais informações, sem saber o que exatamente deflagrara aquela caçada, era impossível prever o que Simmons faria em seguida.

Ele precisava de uma teoria geral, mas as peças não se encaixavam. O Tigre, por exemplo. Que o Tigre tivesse atraído Milo numa perseguição a fim de se vingar de um cliente que o havia sentenciado à morte... nisso ele podia acreditar. Mas como, ele se perguntava, teria o tal cliente conseguido acesso ao dossiê de Milo? O Tigre dissera apenas que tinha visto um "dossiê". Seria da Companhia ou de alguma agência estrangeira?

E Angela? Ela não estava vendendo informações aos chineses, mas alguém estava... como poderiam ter obtido aquele memorando se esse não fosse o caso? Voltou aos chineses. Será que o Serviço Secreto da República Popular, o Guoanbu, sabia que ela estava sendo investigada? Ou será que sabiam que ela estava investigando uma preciosa fonte de petróleo para os chineses, o Sudão? Será que ela teria chegado perto demais de alguma coisa sem saber?

A cabeça dele girava. *Qualquer pessoa* poderia ter trocado as pílulas que ela tomava para dormir. Os franceses? Certamente logo teriam percebido, dada a vigília realizada por Einner no furgão de entrega de flores, que Angela estava sob investigação. Mas... por quê? Ela tinha uma boa relação com o serviço de inteligência francês.

A resposta, se é que ele encontraria uma, viria por intermédio de Herbert Williams, ou seja, Jan Klausner, o cliente do Tigre. Um homem que tinha um rosto, mas não uma identidade, e que servia aos interesses de "X".

Muitas variáveis; muitas informações desconhecidas. Segurou firme o cigarro e tragou profundamente. Então pegou o iPod e pediu a France Gall que amenizasse sua ansiedade... mas ela não conseguiu realizar tal proeza.

26

O apartamento gigantesco de Tom Grainger no número 424 da West End Avenue, na altura da rua 81, tinha sido adquirido pela esposa dele, Terri, dois anos antes de sucumbir a um câncer de mama. O edifício West River era um local um tanto magnífico para um funcionário da Companhia e, ocasionalmente, as pessoas expressavam suspeitas quanto ao fato de Grainger morar tão bem. No entanto o patrimônio dele se resumia àquela cobertura e a uma casinha à beira de um lago em Nova Jersey, pois a maior parte dos recursos financeiros de que ele dispunha tinha sido gasta durante o longo e vão tratamento da esposa.

Durante vinte minutos, enquanto o sol se deslocava por trás dos prédios, Milo permaneceu à espera, à sombra da escola Calhoun, com seu edifício todo envidraçado. Outros residentes voltavam do trabalho; o animado porteiro conversou com cada um deles e logo chegaram alguns serviços de entrega, da FedEx, do restaurante de comida chinesa Hu Sung e do Pizza Hut. Então Milo caminhou até o estacionamento subterrâneo, localizado à rua 81, e seguiu um Jaguar ladeira abaixo. Desceu por uma das laterais do terreno, evitando as câmeras de segurança.

Aquele caminho já havia sido trilhado antes, em outras ocasiões em que ele queria se encontrar com Grainger sozinho e falar de assuntos sobre os quais supostamente nenhum dos dois teria conhecimento. A única dificuldade era o acesso à escada, vigiado por uma câmera presa ao teto. Não havia o que fazer senão atravessar o campo de visão da câmera com o rosto voltado na direção oposta, de maneira que a única imagem captada fosse a de um homem de estatura mediana entrando no prédio.

Ele subiu até o 18º andar e parou para descansar na escada, esperando em silêncio até que o relógio marcasse seis da tarde. Chegada a hora, ele empurrou a porta e espiou o corredor à meia-luz; então recuou. Sentado no final do corredor, um entregador do FedEx mexia em seu iPod com uma caixa apoiada no braço da cadeira.

Milo agachou-se ao lado da porta entreaberta e fechou os olhos, esperando ouvir a entrega sendo feita ou o *plim* agradável do elevador, que levaria o rapaz de volta ao saguão, mas, passados outros cinco minutos, nada ouviu. Foi então que ele se deu conta. Milo voltou a espiar, e dessa vez o "entregador" estava de olhos fechados, com o iPod conectado a um dos ouvidos. No outro, Milo notou um fio cor da pele conectado à gola da camisa do rapaz.

Cuidadosamente, ele fechou a porta. Tinha sido o telefonema. A Companhia rastreara a chamada feita por Grainger na noite anterior, ou então... agora ele percebia o erro que havia cometido: eles haviam constatado que a chamada da suposta lavanderia Gerry Ellis tinha sido feita de um telefone público.

Não havia o que fazer. Milo desceu pela escada até o térreo, tirou o paletó, enrolou-o e o segurou na altura do estômago e entrou no estacionamento, andando de costas. Aos olhos da câmera, parecia que ele estava carregando uma caixa. Assim, deixou o prédio.

Tom Grainger não era bobo. Tinha passado metade da Guerra Fria como agente de campo e certamente sabia o que estava acontecendo. Portanto, Milo voltou para a sombra da escola Calhoun, sentou-se numa mureta e esperou. Depois de uma hora, um hippie pediu-lhe um cigarro e, em resposta à pergunta do sujeito, Milo disse que estava esperando pela namorada.

— As mulheres de hoje, hein? — disse o hippie.

— Pois é.

A paciência de Milo foi compensada. Pouco depois das sete da noite, com a cidade já artificialmente iluminada, o porteiro escoltou Grainger para fora do edifício. Milo viu quando ele dobrou a esquina da rua 81, seguindo em direção ao Central Park. Grainger não olhou em volta. Um minuto depois, o porteiro abriu a porta para outro homem, de terno, não de uniforme da FedEx, que avançou pela calçada falando ao celular e descendo também a rua 81.

Milo reconheceu o segundo homem, Reynolds, um ex-agente de campo de 45 anos que acabava de deixar um cargo na embaixada. Milo o seguiu, mantendo meio quarteirão de distância entre os dois.

Os três atravessaram a Broadway e dobraram na Amsterdam, onde Grainger entrou no restaurante Land Thai, situado no número 450. O sujeito que o seguia posicionou-se do outro lado da rua, num restaurante mexicano, Burritoville; Milo aguardou na esquina sul do quarteirão, enquanto grupos de jovens passavam por ele à procura de locais onde pudessem jantar.

Grainger permaneceu dentro do restaurante menos de dez minutos e saiu portando uma sacola plástica cheia de caixas utilizadas em entregas. Milo escondeu-se nas sombras. Grainger surgiu na esquina, erguendo a sacola a fim de examinar o conteúdo. Ao chegar ao lado de uma lixeira, parou.

Milo podia ver Reynolds logo atrás, observando Grainger enquanto este retirava uma caixa da sacola, cheirava-a e voltava a guardá-la. Em seguida, ele retirou uma caixa bem menor, cheirou-a, fez uma careta e abriu-a. Balançou a cabeça em sinal de nojo, atirou a caixa na lixeira e subiu pela rua 81, voltando para casa. Reynolds o seguiu, mas Milo ficou onde estava.

Durante toda a caminhada, Milo prestara atenção para ver se não haveria uma segunda ou terceira pessoa seguindo Grainger. Equipes de três eram comuns no caso de vigilância intensa, e Milo se surpreendera com o fato de Fitzhugh — porque tinha que ser Fitzhugh por trás daquilo tudo — ter designado Reynolds para o trabalho; justo Reynolds, que já estava fora do serviço ativo. Fitzhugh queria manter a coisa em sigilo e resolvera se valer de apenas uma dupla: Reynolds e o entregador da FedEx, que Milo não conhecia.

Depois que eles saíram de vista, Milo correu até a lixeira, pegou a caixa leve, quase vazia, subiu pela Amsterdam e virou à direita na rua 82, até chegar ao Central Park. Ao longo do caminho, abriu a caixa, retirou um papel de dentro dela e atirou-a em outra lixeira.

Parou perto de um poste de luz, ao lado de um grupo de turistas japoneses que conversavam sobre os detalhes de um mapa. Abriu o pequeno bilhete e amaldiçoou a concisão de Grainger, que não lhe dera respostas, apenas as ferramentas para descobri-las. Talvez o velho estivesse tão perplexo quanto ele.

Embaixo de um número de celular internacional, ele leu:

E em Frankfurt:
O último camelo / Tombou ao meio-dia

e uma única palavra:

Sorte

27

Enquanto aguardava o voo da Singapore Airlines com partida prevista para as dez da noite do novo terminal 1 do Aeroporto JFK e resistia ao desejo de pegar um avião e ir à Flórida buscar a família, Milo verificou novamente seus pertences e acrescentou alguns itens adquiridos nas lojas do aeroporto: mais uma camiseta, cuecas, um relógio de pulso digital e um rolo de fita adesiva.

Então, depois de sair dos Estados Unidos e entrar no limbo apátrida e *duty-free* do terminal de voos internacionais, juntou-se a outros viajantes no Brooklyn Beer Garden, sentando-se ao lado de um executivo holandês que mantinha o celular em cima da mesa. O holandês, ele ficou sabendo, dirigia-se a Istambul e negociava produtos farmacêuticos. Milo ofereceu ao sujeito uma cerveja e disse-lhe que trabalhava como vendedor de comerciais para a NBC. O holandês ficou tão interessado na mentira de Milo que se levantou e pagou mais duas cervejas. Enquanto ele foi ao bar, Milo pegou o celular do holandês, abriu-o embaixo da mesa, trocou o cartão SIM que estava em seu aparelho pelo dele e recolocou o telefone no mesmo lugar.

Antes de embarcar, ligou o celular e usou o novo cartão SIM para telefonar para Tina.

— Alô — respondeu ela cautelosamente, apenas depois do terceiro toque.

— Sou eu, querida.

— Ah. Oi.

O silêncio foi desconcertante; portanto ele se apressou em rompê-lo.

— Escute, eu sinto muito pelo que...

— O que você está *pensando*? — interrompeu ela, irritada. — Isso não é o tipo de coisa da qual se pode redimir com um simples "sinto muito". A coisa não funciona assim, Milo. Eu preciso de *mais*.

Uma voz suave, infantil, disse ao fundo:

— Papai?

O sangue subiu à cabeça de Milo, misturando-se à cerveja e à falta de comida.

— Eu não sei muito. Só sei que aqueles agentes estão atrás de mim por algo que eu não fiz.

— Pelo assassinato da Angela — disse ela.

— Eu quero falar com o papai!

Agora ele sabia: Simmons achava que ele havia executado Angela.

— Eu preciso descobrir o que está acontecendo.

Mais uma vez, silêncio, pontuado apenas pelo pedido de Stephanie:

— Eu quero falar com o papai!

Explique, ela dissera, e ele tentou explicar.

— Escute, Tina. O que quer que o pessoal do Departamento de Segurança tenha dito... não é verdade. Eu não matei Angela. Eu não matei ninguém. Mas eu não tenho mais informações... e só posso dizer isso.

— Entendo. — A voz dela soava monocórdia. — A agente Janet Simmons acha que as suspeitas dela têm pleno fundamento.

— Eu sei que ela acha isso. Mas o que Simmons está chamando de provas... eu nem sei do que se trata. Ela te falou alguma coisa?

— Não.

Ele bem que gostaria de saber.

— Eu só posso pensar que alguém está armando isso tudo para me pegar.

— Mas *por quê*? — insistiu ela. — Por que diabos...

— *Eu não sei* — repetiu ele. — Se soubesse, saberia quem é o responsável por tudo isso. Se soubesse quem é o responsável, poderia deduzir o porquê. Entende? Enquanto isso, o Departamento de Segurança Nacional acha que eu sou um matador ou, sei lá, um traidor.

Mais uma vez, silêncio.

Ele fez uma nova tentativa.

— Eu não sei o que aquela mulher disse a você, mas eu não tenho do que me envergonhar.

— E como você pretende provar isso?

Ele quis perguntar se deveria provar isso para eles ou para ela.

— Vocês vão para Austin?

— Amanhã, provavelmente. Mas onde você está?

— Bom. Eu entro em contato com vocês. Eu amo...

— Papai?

Ele teve um sobressalto; ela passara o telefone sem avisá-lo.

— Ei! Pequena Senhorita! Como você está?

— Estou cansada. Seus amigos me acordaram.

— Peço desculpas por eles. São uns chatos, não são?

— Quando você vai voltar?

— Assim que acabar meu trabalho.

— Ok — disse ela com um jeito tão semelhante ao da mãe que fez o estômago de Milo se contrair. Quando acabaram de falar, Stephanie disse que não sabia onde a mãe estava; portanto desligaram.

Correndo o olhar pelas fileiras de poltronas, Milo contemplou diversas famílias, algumas empolgadas e outras entediadas com as viagens que fariam. Sentiu mais uma contração no estômago. Levantou-se, encolhido, e saiu às pressas pelo terminal atapetado, passando pelas esteiras rolantes até o banheiro. Trancou-se num dos cubículos e vomitou, livrando-se da cerveja não absorvida pelo corpo.

Lavou a boca, gargarejou com água e voltou ao corredor. Depois de vomitar, percebeu que o bloqueio mental do qual sequer se dera conta e que o impedia de enxergar a próxima ação havia desaparecido. Não queria usar o cartão do holandês após o embarque, pois a ligação para Tina comprometera o cartão; sendo assim, decidiu utilizá-lo imediatamente e digitou +33 1 12. Uma telefonista informou que ele estava conectado ao serviço de auxílio à lista da Telecom Francesa. Milo pediu o número do telefone de Diane Morel em Paris. Constava apenas um número, e ele pediu à telefonista que completasse a ligação. Eram cinco horas da manhã em Paris e, por isso, a senhora que atendeu parecia estar um tanto assustada. Sim, ela era Diane Morel, mas, pela voz, deveria ter, no mínimo, uns 70 anos. Ele desligou.

O contato foi um fracasso, mas pelo menos ele sabia que não poderia simplesmente telefonar para Diane Morel e iniciar um bate-papo agradável sobre Angela Yates e o coronel Yi Lien. Se telefonasse para a DGSE e pedisse para ser transferido para o ramal ou para a casa dela, a origem da ligação seria identificada em questão de minutos e transmitida para a Companhia; nesse caso, a conversa precisaria ser muito breve. Milo, porém, precisava ter uma longa conversa com Madame Morel. Retirou a bateria do celular e jogou o cartão SIM numa lixeira.

Oito horas depois, à uma da tarde de sexta-feira, um alemão grisalho e impassível atrás de uma divisória de vidro comparava a fotografia do passaporte com o executivo bem-vestido, embora exausto, de pé diante dele.

— Sr. Lionel Dolan?

— Sim? — disse Milo, exibindo um largo sorriso.

— O senhor veio a este país a negócios?

— Felizmente, não. Turismo.

O simples ato de enunciar tal palavra trouxe a Milo lembranças indesejáveis. Lembrou-se dos tantos aeroportos, oficiais de imigração e funcionários de alfândega, de tantas bagagens de mão. Lembrou-se de policiais à paisana e de agentes lendo jornais, bem como das vezes em que ele próprio se valera dos tais jornais, esperando horas a fio por contatos que, às vezes, nem apareciam. O Aeroporto de Frankfurt, um dos maiores e mais feiosos centros aéreos da Europa, muitas vezes o recebera.

O oficial da imigração lhe estendera o passaporte; Milo o pegou.

— Aproveite as férias — recomendou o homem.

Com firmeza, mas sem pressa. Passou com a mochila pelos agentes da alfândega, os quais, a exemplo da maioria dos funcionários que trabalham nas alfândegas europeias, não incomodam um homem engravatado. Prosseguiu pela multidão reunida no setor de recolhimento de bagagem, dirigindo-se diretamente à área externa, barulhenta e entupida de carros, onde fumou um Davidoff. Depois do longo voo, o gosto do cigarro não foi tão bom quanto esperava, mas fumou-o até o fim, caminhando até um telefone público localizado próximo a um ponto de táxi. Digitou o número que havia memorizado em algum ponto enquanto sobrevoava o Atlântico.

O aparelho do outro lado da linha tocou três vezes.

— *Ja?*

— O último camelo — disse Milo.

Uma pausa, e então:

— Tombou ao meio-dia?

— Sou eu, James.

— Milo?

— A gente pode se encontrar?

Einner não parecia radiante com o telefonema.

— Bem, eu estou superocupado...

— Agora?

— Hmm, sim — afirmou, e Milo sentiu um aperto na garganta ao ouvir uma voz abafada ao fundo, tentando gritar. Ele conhecia aquele som. Era o som produzido por uma pessoa amordaçada.

— Quando você vai se desocupar?

— Eu preciso de... sei lá... Quarenta minutos?

— Onde?

— Eu estou no Deutsche Bank agora, então...

— Nas torres gêmeas?

— É.

Milo o imaginou numa das salas de um dos andares mais altos das famosas torres espelhadas do Deutsche Bank, no centro do distrito financeiro, com algum executivo infeliz, amarrado e amordaçado embaixo da mesa, enquanto Einner, com toda tranquilidade, marcava um encontro pelo telefone. Tinha esquecido o quanto o Turismo podia ser implacável.

— Olha, você sabe onde fica a Ópera de Frankfurt? Vamos nos encontrar lá às duas horas. Isso vai me dar mais uma chance para provar que não somos uns ignorantes sem cultura.

— Você deveria estar dizendo tudo isso em voz alta, James?

Einner resmungou.

— Esse cara aqui? Em dez minutos ele não vai mais poder abrir a boca.

Os uivos abafados do sujeito aumentaram de volume.

28

Ele pegou um trem limpo e funcional até a Frankfurt Hauptbahnhof, e, com a mochila no ombro, seguiu em direção à Friedensbrücke, a pé, evitando o congestionamento da tarde. Em vez de atravessar a ponte, virou à esquerda e subiu pelas docas à margem do rio Main. Os executivos bem-vestidos, os adolescentes e os aposentados fizeram-no lembrar de Paris. Não mais do que uma semana antes.

Comprou um sanduíche de *schnitzel* de um vendedor ambulante e voltou para o centro da cidade, em direção à Willy-Brandt-Platz, onde se sentou num banco e se pôs a observar a fachada envidraçada da Ópera de Frankfurt. Apesar da confiança expressa por Einner ao falar abertamente diante de uma vítima, Milo ficou atento aos transeuntes. Nos últimos seis anos, havia perdido tal hábito, mas precisava reinstituí-lo se desejasse continuar a ser um homem livre.

Todo Turista está ciente da importância de se manter alerta. Quando um Turista entra em qualquer recinto ou mesmo num parque, localiza imediatamente as saídas. É preciso avaliar a presença de armas em potencial: uma cadeira, uma caneta esferográfica, uma espátula ou até o galho mais baixo numa árvore atrás de um banco. Ao mesmo tempo, é preciso avaliar fisionomias. Alguém demonstrou estar ciente da presença do Turista? Ou fingiu forçadamente ignorá-lo, sinal que constitui a marca registrada de outro Turista? Isso ocorre porque Turistas raramente são proativos; os melhores atraem a presa até eles.

Ali, naquele parque ensolarado, ele percebeu uma mulher que não conseguia dar a partida num carro estacionado no meio-fio. Aquele era o esquema típico. Simular uma situação de crise até que o alvo decidisse, espontaneamente, aproximar-se e ajudar. Bastava isso.

Duas crianças com mais ou menos 12 anos brincavam na base de um imenso símbolo do euro que, iluminado, se destacava no parque. Outra armadilha em potencial, pois Turistas não se furtam a utilizar crianças para atingir seus objetivos. Uma criança cai e finge ter se machucado; o alvo se aproxima para prestar assistência; um dos "pais" o aborda. Simples.

No extremo leste do parque, um universitário batia fotos verticais do arranha-céu do Banco Central Europeu, que se destacava no horizonte. Numa cidade como aquela, havia fotógrafos amadores por toda parte, e eles podiam fotografar uma pessoa de qualquer ângulo.

— Mãos ao alto, cowboy!

Milo quase caiu do banco, pois deu um salto e voltou-se para trás, mas era apenas Einner apontando para ele com o dedo em formato de pistola e rindo loucamente.

— Meu Deus! — exclamou Milo.

— Meio enferrujado — disse Einner, enfiando serenamente a mão no bolso. — Se continuar assim, meu velho, você vai estar morto antes do sol se pôr.

Milo recuperou a respiração e ignorou o perigoso som das batidas de seu coração. Cumprimentaram-se.

— Conte o que você sabe.

Einner fez um meneio de cabeça em direção à ópera.

— Vamos dar uma caminhada.

Avançaram juntos, sem pressa.

— Não é o que você está pensando — começou Einner. — Eles não convocaram Turistas... você ainda não é tão importante. Tom me disse que você viria.

Se isso fosse verdade, Milo estava aliviado. Começava a crer que ter Einner em seu encalço seria um problema sério.

— Tom disse a você por que eu viria?

— Essa informação eu peguei em outro lugar. Tomei café da manhã com uma amiga do consulado. Ela não... — No momento em que alcançaram a rua, ele fez uma pausa, procurando as melhores palavras. — Ela não oferece risco à segurança, mas também não é santa. Ela me falou de um telegrama recebido por todas as embaixadas e consulados solicitando a localização de Milo Weaver.

— Telegrama da Companhia?

— Do Departamento de Estado.

— Eles estão procurando?

— Bem, não é sempre que esses avisos a todas as embaixadas e consulados são expedidos. Eles estão procurando. A última coisa que eu ouvi foi que uma pista localizada em Istambul não se confirmou.

No momento em que atravessaram a rua, Milo sentiu uma pontada de arrependimento pelo holandês cujo telefone tinha alertado todos os agentes da Companhia em serviço na Turquia. No entanto, tal sentimento logo passou, pois ele se deu conta de que, quando localizassem o holandês e o cartão SIM que pertencia a ele, ficariam sabendo que Milo embarcara no JFK e, em poucas horas, quando o embarque havia ocorrido.

— E Frankfurt?

— Você já acabou o serviço aqui?

O Turista verificou o relógio.

— Faz 18 minutos que estou livre. Sou todo seu.

Milo abriu a porta para ele.

— E você está de carro?

— Eu sempre posso conseguir um carro.

— Bom.

Entraram no saguão espaçoso e moderno, e, quando Einner se dirigiu ao café da ópera, Milo cutucou seu braço e o conduziu por um corredor lateral que dava acesso aos banheiros.

— Você sabe de algum lugar melhor para tomar um café?

— Eu sei de uma saída melhor. Venha comigo.

— Meu Deus, Milo! Você está mesmo paranoico.

Enquanto Milo só conseguia arrombar portas de carros antigos, Einner dispunha de uma ferramenta mais avançada: um pequeno controle remoto que destravava qualquer porta. Ele apontou o dispositivo para um Mercedes Classe C, pressionou um pequeno botão vermelho e aguardou enquanto o mecanismo examinava as possíveis combinações de códigos. Passados quarenta segundos, ouviram o alarme do carro sendo desativado e as portas se destravando, produzindo um leve estalido. Em pouco mais de um minuto, Einner fez o motor do carro funcionar. Em seguida, já seguia para a periferia da cidade.

— Aonde vamos? — perguntou.

— Paris.

O destino não o abalou.

— Vamos ter que ficar de olho durante algumas horas, até chegarmos à França... caso o proprietário notifique o desaparecimento do carro.

— Então acelere.

Einner obedeceu, zunindo para longe da cidade e tomando a rodovia A3, que os levou a Wiesbaden; de lá, seguiram por outra estrada e, depois de uma hora, optaram pela ampla e excelente A6, que os conduziria à França.

— Você vai me dizer o porquê? — indagou Einner.

Milo contemplou a paisagem através da janela; parecia até que estava no norte do estado de Nova York.

— Eu quero falar com Diane Morel, também conhecida como Renée Bernier.

— A romancista comuna?

— Ela mesma.

— E o que você espera obter dela?

— Um pouco de clareza. O coronel chinês foi o motivo que nos levou a investigar Angela.

Einner permitiu que essas palavras permanecessem no ar durante alguns instantes antes de perguntar:

— E daí?

— E daí o quê?

— Por que você precisa da minha ajuda? Ora, Milo! Você espera que as pessoas aceitem tudo por uma questão de confiança. — Milo não respondeu, então Einner prosseguiu: — Sabe por que sou bom no meu trabalho?

— Porque você é bonitinho?

— Porque penso o mínimo possível. Não finjo entender coisa alguma. Tom telefona para mim... e isso me basta. Tom é Deus quando está ao telefone. Mas você, meu amigo, você não é Tom.

Ele tinha razão, por isso Milo contou-lhe uma versão resumida dos eventos ocorridos, inclusive a abrupta interrupção das férias e a mensagem secreta deixada por Tom para que ele o contatasse.

— Aqui na Europa tudo começou com esse tal coronel e essa Renée Bernier. Eu preciso esclarecer os fatos antes de ir em frente.

— Ok — assentiu Einner. — E o que vai acontecer depois que Diane Morel prestar esclarecimentos?

— Eu decido o próximo passo.

Embora Grainger houvesse dito a Einner que ajudasse Milo, todo Turista sabe que uma ordem tem validade apenas até o advento da ordem subsequente. Na manhã seguinte, Einner poderia perfeitamente receber uma ordem para executá-lo, mas, por enquanto, ele parecia estar satisfeito diante das certezas temporárias.

Milo percebeu que o dono do Mercedes tinha instalado um adaptador para iPod. Revirou a mochila, pegou seu iPod e o ligou. Em breve, a voz de France Gall ecoou no carro.

— O que é isso? — perguntou Einner, irritado.

— A melhor música do mundo.

Já passavam das quatro e meia quando cruzaram a fronteira com a França após terem visto três viaturas policiais, sem, no entanto, serem perturbados por elas. O sol, às vezes, ocultado por um borrão cinzento de nuvens na direção de Paris, refletia na parte inferior do para-brisa.

— Vamos ficar com esse carro até amanhã — disse Einner. — Quero encontrar um Renault. Estou experimentando todas as marcas europeias antes de comprar um carro.

— Tom não deixaria você fazer isso, deixaria? Não seria necessário registrar o veículo?

Einner demonstrou indiferença; aquele tipo de preocupação se aplicava a Turistas menos ilustres.

— Eu criei outra identidade pensando no futuro. É bom fazer aquisições no nome de outra pessoa.

Milo pensou na identidade "Dolan", à qual dedicara anos.

— Apartamento?

— Pequeno. No sul.

Ele supunha que todo Turista fizesse a mesma coisa. Pelo menos os inteligentes.

— Então qual foi o problema lá em Frankfurt? Você estava ensinando boas maneiras a algum banqueiro?

Einner mordeu o lábio inferior, que estava ressecado, e perguntou-se o quanto deveria revelar.

— É um negócio sujo, o setor financeiro. Mas o serviço foi bastante simples. Arrancar algumas respostas e depois se livrar das provas.

— Você teve sucesso?

— Eu sempre tenho sucesso — retrucou Einner.

— É claro.

— Você não acredita em mim!

Passado um instante, Milo retomou a conversa:

— Para um Turista, sucesso e fracasso são oferecidos em doses iguais. Para um Turista, sucesso e fracasso implicam a mesma coisa... trabalhos concluídos.

— Meu Deus! Você não está citando o Livro novamente, está?

— Você deveria ler o Livro, Einner. Isso tornaria a vida bem mais fácil.

A expressão tensa no rosto de Einner propiciou a Milo certo grau de satisfação. Recordou seus dias de Turismo, aquele biorritmo irregular que, num dia, fazia dele um suicida em potencial e, no outro, provocava-lhe uma sensação de invencibilidade. Percebia muito dessa sensação em Einner, o que poderia levá-lo a uma morte repentina. Se o único meio de fazer com que ele o escutasse fosse mentir sobre a fonte das lições, tudo bem.

— Onde você encontrou o Livro? — perguntou Einner finalmente, com os olhos fixos na estrada escura.

— Bolonha. — Milo emitiu um resmungo para soar mais crível. — Numa livraria... você acredita?

— Você está brincando.

— Uma livraria velha e empoeirada, com prateleiras até o teto.

— E como você foi parar lá?

— Eu segui as pistas. Vou poupá-lo dos detalhes, mas a última pista estava numa mesquita espanhola. Enfiada em um volume do Corão de um imame. Você acredita?

— Nossa! — exclamou Einner. — Qual foi a última pista?

— O endereço da livraria e a localização do Livro na prateleira. No alto, é claro, para que ninguém o achasse por acaso.

— Grande?

Milo balançou a cabeça.

— Não era maior do que um folheto.

— E quanto tempo levou?

— Para eu encontrar o Livro?

— Desde o começo... desde o primeiro momento em que você começou a procurá-lo.

Milo queria deixar claro que a busca não tinha sido fácil, mas também queria dar-lhe alguma esperança.

— Seis, sete meses. Depois que a gente pega a pista, a busca fica mais acelerada. O homem que fixou as pistas sabia o que estava fazendo.

— O homem? Por que não a mulher?

— Encontre o Livro — disse Milo. — E descubra a resposta você mesmo.

29

Meia hora antes de eles chegarem a Paris, o sol de verão desapareceu atrás das nuvens cinzentas e começou a chover. Einner ligou o limpador de para-brisa, praguejando contra a tempestade.

— Então, aonde vamos?

Milo verificou o relógio: sete horas. Queria localizar Diane Morel, mas duvidava de que ela estivesse no trabalho àquela hora, numa sexta-feira.

— Para o apartamento de Angela. Vou pernoitar lá.

— E eu?

— Achei que você quisesse visitar uma amiga.

Einner balançou a cabeça.

— Não sei se ela está disponível.

Milo se perguntou se a tal amiga, de fato, existia.

Einner conduziu o carro pela rua de Angela à procura de agentes da DGSE. Não avistaram agentes nem furgões estacionados; então Milo desceu do carro a dois quarteirões de distância e, debaixo de chuva, correu até a porta do prédio. Quando chegou, enxugou a água do rosto e procurou entre as campainhas. No ponto mais baixo da segunda coluna, o nome M. GAGNE estava assinalado com uma estrela desenhada à mão. Ele pressionou o botão.

Passados dois minutos, M. Gagne, uma mulher, respondeu ao chamado do interfone.

— *Oui?*

— Ah, desculpe — disse ele em inglês, falando alto demais. — Eu vim ver as coisas de Angela Yates. Ela é minha irmã.

A mulher emitiu um suspiro audível, e a porta da frente estalou e abriu. Milo empurrou-a.

Madame Gagne era uma viúva de 60 e tantos anos. O marido, ex-síndico do prédio, tinha falecido em 2000 e, inevitavelmente, a função passara a ela. Madame disse isso a Milo em sua claustrofóbica sala de visita, depois de decidir que ele era, de fato, irmão de Angela Yates, embora Angela jamais tenha mencionado irmãos.

— Mas ela era a irmã reservada, não era? — perguntou a mulher, falando um inglês gracioso.

Milo concordou que Angela era, de fato, a irmã reservada. Disse que pretendia recolher alguns pertences de valor sentimental antes que o L'Armée du Salut, filial parisiense do Exército de Salvação, levasse os pertences na semana seguinte. Pediu desculpas por não falar francês. Apresentou-se como Lionel, caso ela pedisse para ver um documento de identidade, mas não pediu. Quando ela lhe ofereceu uma taça de vinho, ficou claro que madame Gagne era uma pessoa solitária.

— O senhor sabe como eu aprendi inglês?

— Como?

— No fim da Guerra, o senhor sabe, eu era criança. Um bebê, na verdade. Meu pai foi morto pelos alemães, e minha mãe, que se chamava Marie, ficou sozinha, comigo e com meu irmão, Jean. Ele já morreu. Ela encontrou um soldado americano... um negro, o senhor entende? Um negro enorme, nascido no Alabama. Ele ficou... gostava muito da minha mãe, e era bom para Jean e para mim. Não durou muito tempo... essas coisas, coisas boas, não duram muito... mas ele viveu conosco até eu completar 10 anos, e me ensinou inglês e jazz. — Ela riu ao se recordar. — Ele nos ajudava quando tinha dinheiro. Sabia que eu vi Billie Holiday se apresentar?

— É mesmo? — perguntou Milo, sorrindo.

Ela acenou com uma das mãos para conter o entusiasmo dele.

— Obviamente eu não passava de uma criança, e não entendia nada. Ela era triste demais para o meu gosto. Meus favoritos eram Charlie Parker e Dizzy Gillespie. Sim — prosseguiu, fazendo um sinal com a cabeça. — Aquela música mexia comigo. Embora eu fosse criança. *Salt peanuts, salt peanuts* — entoou. — O senhor conhece essa música?

— É maravilhosa.

Quando a conversa chegou à marca de quarenta minutos, ele tentou não se mostrar ansioso. Receava ter deixado de perceber a presença de algum agente, ou que talvez houvesse ali câmeras de vigilância, e ficou na expectativa de que Diane Morel e o belo parceiro arrombassem a porta e o algemassem. Mas tal sensação, conforme diria Einner, era pura paranoia. Angela estava morta havia uma semana, e a DGSE não tinha orçamento para pagar uma pessoa para ficar sentada dentro de um carro durante tanto tempo.

Além disso, ele gostou das histórias contadas por madame Gagne. Faziam-no sentir saudade de um tempo em que a Europa se reconstruía e recomeçava. A efêmera lua de mel franco-americana. Os franceses adoravam os cantores americanos que tocavam jazz, os filmes que importavam de Hollywood e o pop inglês que eles imitavam com garotas que cantavam iê-iê-iê, as mesmas músicas que enchiam o iPod de Milo. Mencionou France Gall e, para sua surpresa, madame Gagne imediatamente começou a entoar "Poupée de cire, poupée de son". Os olhos dele faiscaram, as faces se enrubesceram.

Madame Gagne aproximou-se e apertou a mão de Milo com seus dedos flácidos.

— O senhor está pensando na sua irmã? Esse tipo de coisa... suicídio, sabe. O senhor deve saber que não há o que se possa fazer. A vida segue em frente. *Precisa* seguir em frente.

Ela disse tais palavras com a convicção de quem sabia do que falava, e ele se perguntou como o marido dela teria morrido.

— Escute. Eu ainda não reservei hotel. A senhora acha que eu poderia...

— Por favor — interrompeu ela, apertando a mão dele. — O mês inteiro já está pago. O senhor pode ficar o tempo que quiser.

Ela abriu a porta com uma chave comprida, entregou-lhe a chave e expressou surpresa diante da desarrumação do apartamento.

— Foi a polícia — esclareceu ela com um tom de voz amargo. — *Porcos.* Diga se roubaram alguma coisa. Eu registro a queixa.

— Tenho certeza de que isso não será necessário — garantiu ele e agradeceu a ajuda. Quase como uma reflexão tardia, ele perguntou: — Antes de morrer... minha irmã recebeu alguma visita inesperada? Algum amigo que a senhora nunca tenha visto ou algum prestador de serviços, tipo um faz-tudo?

O olhar de madame Gagne baixou e ela passou a mão pelo braço dele.

— Vejo que o senhor alimenta essa esperança. Não quer acreditar no que ela fez.

— Não é isso... — Ele começou a dizer, mas ela ergueu uma das mãos.

— Os porcos... fizeram a mesma pergunta. Mas durante o dia eu trabalho com a minha irmã. Na floricultura dela. Não vi ninguém.

Depois que ela saiu, ele pegou na geladeira uma garrafa de Chardonnay, encheu uma taça, bebeu e voltou a enchê-la. Sentou-se no sofá para pensar no próximo passo.

Não durma. Não sonhe com Tina e Stef.

Só havia um quarto, mas ao contrário da maioria dos apartamentos franceses, os cômodos eram espaçosos. A equipe de Diane Morel passara por ali, uma busca agressiva que causou o tipo de caos que nenhuma polícia do mundo se vê no dever de arrumar, e ele sabia que deveria dedicar mais atenção ao que eles talvez tivessem ignorado.

A busca pelo Tigre tinha sido, para Angela, seu projeto pessoal. Ela não requisitara fundos, tampouco apresentara relatórios à embaixada. Portanto, provavelmente não teria guardado na embaixada as anotações sobre o caso. Estariam ali, a menos que, evidentemente, houvesse memorizado tudo. Ele tinha a esperança de que ela não fosse tão brilhante.

Milo começou pela cozinha. Cozinhas oferecem o maior número de opções de esconderijo. Havia canos de água e gás, utensílios, armários cheios de recipientes. Para abafar o ruído dos movimentos, ele ligou o som, sintonizando uma célebre estação especializada em rock que tocava desde baladas dos anos 1960 até o rock progressivo dos anos 1970. Retirou toda a louça dos armários e descolou o papel que os forrava. Verificou os canos, à procura de conexões frouxas. Tateou a parte inferior das gavetas e da mesa, e examinou tudo o que estava na geladeira, enfiando os dedos em geleia, requeijão e numa carne moída estragada. Verificou as laterais da geladeira e afastou-a da parede, para checar a grade posterior. Depois de encontrar uma chave de fenda na gaveta, desmontou o micro-ondas, o telefone e um processador de alimentos. Depois de duas horas, enquanto o rádio tocava "Heroin", do Velvet Underground, ele admitiu a derrota e começou a colocar tudo de volta em seu devido lugar.

Não precisava fazer a arrumação, mas lembrou-se de como o apartamento dela estava limpo na semana anterior. Apesar de estar exausto e suado, não teve coragem de deixar o recinto um caos. Então, sem pressa — afinal, ele tinha a noite toda —, limpou a cozinha.

Einner tocou a campainha enquanto ele vasculhava o banheiro, e quando Milo abriu a porta, o jovem Turista entregou-lhe um saco engordurado contendo um *gyro* e batata frita. Einner havia comido diante de um balcão naquela mesma rua, mais adiante, à espreita de algum agente.

— Ninguém. A gente vai poder trabalhar em paz, ao menos até de manhã.

Milo não queria permanecer muito tempo no local onde Angela tinha morrido, então pediu a Einner que revistasse o quarto. Duvidava de ter condições de continuar a busca durante muito tempo, pois estava exausto, mas prosseguiu, e, ao lado do vaso sanitário, sacudiu os canos do aquecedor de água, passando a mão por toda a extensão deles. Ali! Seu dedo tocou o canto de uma pequena caixa de alumínio, do tamanho de dois polegares, um ao lado do outro, presa ao cano por um ímã.

Do lado de fora da caixinha havia uma reprodução de um daqueles velhos anúncios franceses de bebida alcoólica que os nova-iorquinos entusiastas da cultura europeia compram, em tamanho de pôster, para decorar suas salas de visita. Uma morena, de cabelo curto e vestido vermelho em estilo vitoriano, batia palmas de entusiasmo, olhando para uma bandeja com taças e uma garrafa de Marie Brizard. Uma legenda dizia: PLAISIR D'ÉTÉ, PRAZER DE VERÃO.

Era um chaveiro imantado, e continha uma chave. Uma chave de porta, cuja base tinha o formato de um trevo-de-três-folhas. Não havia qualquer tipo de identificação. Milo pôs a chave no bolso e recolocou o chaveiro atrás do cano.

Não disse nada a Einner sobre a chave. Não havia motivo para fazê-lo, não enquanto não encontrassem a próxima peça do quebra-cabeça. No entanto, nada mais apareceu. No final da busca, depararam-se com um apartamento arrumado.

30

Einner dormiu no leito de morte, e Milo ocupou o sofá. O sono veio rapidamente, e ele acordou tarde na manhã seguinte, com o lençol enrolado no corpo suado e a chave espetando seu punho fechado. Não se lembrava de tê-la retirado do bolso.

Só foram embora depois do meio-dia. Madame Gagne apareceu ao pé da escada para cumprimentá-los. Milo apresentou o amigo, Richard, e a senhora dirigiu um sorriso triste a Einner, como se ele também houvesse perdido uma irmã.

Tinha voltado a chover. Enquanto corriam até o carro, Einner afirmou que conhecia o melhor lugar em Paris para um autêntico café da manhã. Milo, no entanto, não queria parar.

— Vigésimo distrito.

Einner olhou o para-brisa molhado por um momento.

— Você está brincando. A sede da DGSE?

— Ela trabalha lá, você sabe.

— É. E se nosso governo está te acusando do assassinato de Angela, a DGSE vai te entregar com todo prazer.

— É por isso que preciso da sua ajuda. Você tem uma arma?

Einner enfiou a mão embaixo do banco e pegou uma pequena pistola Makarova. Milo ficou desconcertado por não ter percebido que Einner tinha guardado a arma ali.

— É a minha reserva. A que eu usei ontem está no fundo do rio Main.

Seguiram por um caminho longo em direção ao Boulevard Adolphe Pinard, que circunda a cidade. Tomaram o sentido sul e saíram pela via de acesso ao Boulevard Périphérique. Depois de atravessarem uma rotatória, seguiram até o Boulevard Mortier. Passaram pelo número 141, o discreto prédio da DGSE riscado pela chuva, e avançaram mais dois quarteirões. Em uma esquina, Milo avistou uma cabine telefônica de vidro.

— Estacione aqui, deixe o carro virado na direção de onde viemos.

A chuva voltou a encharcá-lo antes que ele pudesse alcançar a cabine. O catálogo telefônico havia sido roubado; então ele discou o número 12, de auxílio à lista, e pediu o número do escritório central da DGSE.

Primeiro ele teve de se submeter a uma gravação que apresentava infindáveis opções. Levou cinco minutos até que um funcionário surgisse na linha.

— *Pourrais-je parler à Diane Morel?* — disse Milo.

— *Ne quittez pas* — solicitou o funcionário e, após um curto interlúdio, ele voltou e respondeu: — *La ligne est occupée.*

Ela estava na sede, mas em outra linha.

— *Je la rappellerai.* — E Milo desligou. Em seguida, ergueu o dedo, pedindo paciência a Einner, esperou um minuto e voltou a telefonar. O mesmo funcionário atendeu.

Com um tom de voz mais grave, Milo alertou:

— *Il y a une bombe dans vos bureaux. Elle explosera dans dix minutes.* — Há uma bomba nos seus escritórios. Ela explodirá em dez minutos.

Desligou e correu até o carro.

— Vamos!

Voltaram pelos dois quarteirões e pararam na esquina, em frente à sede da DGSE.

— Mantenha o motor ligado — recomendou Milo, e, junto ao barulho da chuva, ouviram um alarme. — Você vai seguir em frente ou dar ré. Eu aviso.

— Que diabo você fez? — questionou Einner enquanto as pessoas começavam a evacuar o prédio. Não estavam correndo, mas também não andavam tranquilamente.

— Shhh!

Alguns tinham trazido os guarda-chuvas, que agora eram abertos, mas a maioria saíra com pressa demais para se lembrar de pegá-los. Sendo um fim de semana, não havia mais de vinte funcionários no prédio. Eles atravessaram a rua juntos e se abrigaram embaixo do toldo de um café.

— Em frente! — ordenou Milo.

— O quê?

— Agora!

Einner avançou em primeira marcha em direção ao toldo, espalhando água empoçada. Morel e seu parceiro não estavam sozinhos; outros tinham acabado de acender cigarros e se abraçavam. Todos viram o Mercedes. Milo baixou a janela e captou a atenção de Morel.

— Entre!

Ela e o parceiro deram um passo à frente. Milo ergueu o dedo.

— Só a moça.

— Eu não vou a lugar algum sem ele — decretou ela.

Milo olhou de relance para Einner, que deu de ombros.

— Ok — assentiu Milo. — Depressa.

Eles entraram no banco de trás, cada um por uma porta, o homem primeiro. Antes que a porta do lado de Morel se fechasse, Einner já havia arrancado com o carro.

— Foi você? — perguntou ela. — A bomba? — Estava ofegante.

— Desculpe. Eu só preciso bater um papinho.

O homem ao lado dela balançou a cabeça.

— Você tem um jeito engraçado de puxar conversa.

Milo sorriu e estendeu a mão.

— Mas primeiro, por favor, eu quero os telefones de vocês.

— Não — negou-se Morel.

Milo, então, sacou a pistola que pertencia a Einner.

— Por favor.

31

Depois de várias manobras arriscadas, inclusive um giro de 180 graus dentro de um túnel, eles deixaram o perímetro urbano de Paris e pararam num bar quase vazio, em Les Lilas, um subúrbio. Após alguma negociação, Milo e Morel dirigiram-se a uma mesa no fundo do bar, enquanto Einner e Adrien Lambert, o parceiro dela, ficaram se encarando no balcão. O barman, um homem corpulento de avental sujo, trouxe cafés espressos no momento em que Morel disse:

— É um prazer tê-lo novamente em nosso país, Sr. Weaver. — Milo agradeceu ao barman e esperou que ele se afastasse. — Queria falar comigo?

— Eu tenho algumas perguntas.

— Que sorte! — exclamou ela, dando um tapinha na mesa. — Eu também tenho perguntas. Por exemplo, nossos amigos americanos nos informaram que o senhor está sendo procurado, mas nós não temos registro de sua entrada na Europa. Por favor, com que nome o senhor está viajando?

— Sinto muito. Esta é uma pergunta à qual não posso responder.

— Então talvez você possa me dizer por que matou Angela Yates.

— Eu não sei quem a matou. É o que estou tentando descobrir.

Diane Morel cruzou os baços, observando-o do outro lado da mesa.

— Então talvez possa me dizer por que se importa com uma reles funcionária pública, como eu.

— Um amigo seu tem uma casa na Bretanha — respondeu Milo. — Quando ele trabalhava em Londres, você o visitava nos finais de semana e, ao mesmo tempo, escrevia um romance com temática socialista, que, segundo ouvi dizer, é excelente. Esse tal amigo é chinês, e suponho que cruzasse o canal apenas para vê-la. Estou certo?

Diane Morel abriu a boca e logo voltou a fechá-la. Empertigou-se na cadeira.

— Interessante. Quem lhe contou isso?

— Um amigo.

— A CIA sabe de muita coisa, Sr. Weaver. — Ela sorriu. — Sinceramente, muitas vezes sentimos inveja. Nosso pessoal é fraco, e todos os anos os socialistas cortam o nosso orçamento. Nos anos 1970, quase acabaram com a gente. — Ela balançou a cabeça. — Não, não sou o tipo de mulher que se dispõe a escrever um novo Manifesto Comunista.

— Então fui mal-informado.

— Não inteiramente.

— Não?

Diane Morel percebeu o interesse dele.

— Eu vou lhe contar tudo, Sr. Weaver. Seja paciente.

Milo tentou ser um exemplo de paciência.

Ela passou um dedo pela região entre as sobrancelhas.

— Na semana passada, sexta-feira, você foi visto almoçando em companhia da Sra. Angela Yates. Naquela mesma noite, você e o Sr. Einner vigiaram o apartamento dela. Você foi embora cedo, é verdade, mas voltou para fazer uma nova visita à Sra. Yates. Algumas horas mais tarde, ela morreu em consequência de envenenamento. Barbitúrico, segundo fui informada pelos médicos, que disseram também que todas as pílulas que ela tomava para dormir foram substituídas pela droga.

— Sim.

— O Sr. Einner e um parceiro entraram no prédio às cinco e dezesseis da manhã de sábado. Em seguida, o Sr. Einner foi até o seu hotel. Pouco tempo depois, vocês fugiram pela porta dos fundos. — Ela pigarreou, soando como uma fumante inveterada. — Nós encontramos vocês no aeroporto, fugindo. Lembra?

— Einner não estava fugindo — corrigiu Milo. — E nós saímos pela porta dos fundos do hotel porque eu estava com pressa.

— Para chegar em casa.

Ele assentiu.

— Na realidade, o Sr. Einner fugiu, mas não de avião. Ele entrou no carro e saiu do aeroporto. Infelizmente, nós o perdemos de vista. Ele desapareceu.

— Suponho que ele precisasse ir a algum lugar.

— Se eu soubesse, no aeroporto, que Angela Yates estava morta, você não teria saído do país. Lamentavelmente, só fiquei sabendo naquela tarde. — Ela comprimiu os lábios, examinando o semblante de Milo. —Percebe onde estou querendo chegar, não? A coisa toda me parece bastante premeditada.

— Parece mesmo? — Diane Morel o encarou. Ao contrário de Janet Simmons, a fisionomia dela não demonstrava o menor sinal de leveza. Tinha os olhos inchados; parecia que sua vida era pautada por sofrimento. — E mais, você diz que nada sabe acerca do assassinato de Angela Yates, mas a história que eu acabo de descrever sugere algo diferente. Sugere que você veio a Paris e que contou com a colaboração do Sr. Einner até concluir o trabalho. Assim que Angela morreu, você foi embora. — Ela fez uma pausa. — Se estou deixando de apontar algo, por favor, me diga.

— Angela era minha amiga — retrucou ele, passados alguns instantes. — Eu não a matei; nem Einner. Se eu acreditasse que ele a matou, eu o entregaria imediatamente a vocês.

— Uma pergunta — devolveu ela, erguendo um dedo. — Quem é o Sr. James Einner, na verdade? Supostamente, ele atua junto ao pessoal da embaixada, mas não há registro público de que ele trabalhe lá. Na realidade, ele chegou a Paris faz apenas três meses. Antes disso, esteve na Alemanha durante três semanas; antes, na Itália, durante dois meses... antes da Itália, esteve novamente na França, e em Portugal e na Espanha. E, antes da Espanha... ele chegou à Espanha um ano e meio atrás... não há qualquer registro dele na Europa. Quem *é* o Sr. Einner?

Aquela era a única pergunta que Milo não queria que ela formulasse. Diane Morel tinha feito o dever de casa.

— Eu não sei — respondeu. — Essa é a verdade. Mas vou dizer algo que espero que possa ficar entre nós.

— Prossiga.

— Angela Yates estava sob suspeita de traição. Venda de informações secretas.

— Para quem?

— Para a China.

Morel piscou rapidamente. Aquilo era o tipo de informação que a Companhia jamais confirmaria, e ele esperava que a revelação retirasse de pauta a questão sobre James Einner.

— Isso é curioso — disse ela finalmente.

— É?

— Agora peço o mesmo a você. Discrição.

Milo fez que sim.

— Até mais ou menos um ano atrás, a Sra. Yates e eu éramos amigas íntimas... motivo pelo qual, eu suponho, não dei um tiro em você e entreguei seu corpo aos americanos. Também quero descobrir a verdade.

— Isso me deixa contente.

— O que estou querendo dizer é que eu propus a ela a mesma coisa. Venda de informações secretas. — Ela balançou a cabeça, mordendo o lábio. — Eu ficaria muito surpresa se Angela estivesse vendendo informações aos chineses. Na verdade, tenho certeza de que ela não faria isso.

— Eu concordo — afirmou ele, e então parou. Um ano atrás... — Ah.

Morel empertigou-se.

— O que foi?

Aquela era a mulher com quem Angela tivera um caso, e que lhe partira o coração. Morel havia magoado Angela quando esta percebeu que o romance era apenas um expediente para cooptá-la.

— Nada. Continue.

Morel deixou de lado a questão.

— Angela se recusava a vender informações a nós, mas estava trabalhando com alguém. Foi vista tendo encontros com um homem.

— De barba ruiva — sugeriu Milo.

Morel franziu o cenho e balançou a cabeça.

— Não. Por que disse isso?

— Puro palpite. Continue.

— O homem com quem ela se encontrava estava sempre bem-barbeado. Era idoso. Acontece que a nossa amiga Angela *era* mesmo uma espécie de agente dupla.

Agora foi Milo que a encarou.

— Trabalhando para quem?

— Para as Nações Unidas.

Ele sentiu vontade de rir, mas a hipótese era tão absurda que sequer comportava riso.

— Você quer dizer... para a Interpol. Isso faria sentido.

— Não. Estou dizendo que ela trabalhava para as Nações Unidas.

— Por favor! — exclamou ele finalmente, exibindo um sorriso nervoso. — As Nações Unidas não têm um serviço de inteligência. Talvez ela estivesse obtendo informações das Nações Unidas.

Morel fez um gesto negativo com a cabeça.

— Foi nisso que pensamos a princípio. Ela encontrou um indivíduo da representação da UNESCO aqui em Paris. O nome dele é Yevgeny Primakov.

— Primakov? — repetiu Milo, fingindo ignorância.

— O senhor o conhece?

Ele meneou a cabeça a fim de disfarçar a súbita sensação de pânico. Yevgeny não...

— Continue.

— Nós fizemos uma investigação. Primakov trabalhava para a KGB. Ele chegou à patente de coronel e permaneceu no mesmo posto quando a KGB se transformou no Serviço Federal de Segurança, o FSB. Então, em 2000, ele pediu demissão e foi trabalhar no escritório da ONU em Genebra. A ficha dele é curta, mas em 2002 ele trabalhou com uma equipe alemã na tentativa de criação de um órgão independente de inteligência. O argumento deles era que o Conselho de Segurança só poderia tomar decisões fundamentadas se contasse com informações fornecidas por uma agência independente. É claro que a proposta sequer chegou a ser votada. A China, a Rússia e o seu país deixaram claro que a vetariam.

— Pois então — insistiu Milo. — Não existe serviço de inteligência na ONU para o qual Angela pudesse trabalhar.

Morel assentiu; talvez Milo finalmente houvesse diluído suas suspeitas. Ela logo prosseguiu:

— No começo de 2003, o Sr. Primakov desapareceu durante cerca de seis meses. Em julho daquele mesmo ano, ele ressurgiu como membro da Comissão Militar do Conselho de Segurança, ligado à área financeira. Ele se manteve no cargo, apesar da troca de todos os demais integrantes da comissão. Acho tudo isso muito suspeito.

— Você está me dizendo que esse homem, Yevgeny Primakov, está gerindo um serviço secreto dentro das Nações Unidas? Impossível.

— Por que é impossível?

— Se houvesse uma agência dentro da ONU, nós saberíamos.

— O que quer dizer é que *você* saberia.

— Escute. — Milo sentiu as faces corarem. — Nos últimos seis anos, tenho trabalhado exclusivamente com a Europa. Se houvesse um novo serviço de inteligência operando no mesmo circuito, eu logo descobriria. É impossível esconder esse tipo de coisa. Eventos inexplicáveis começam a se acumular, pequenos buracos negros que precisam ser preenchidos. Depois de um ano ou dois, a dedução fica fácil, e sabe-se, então, que surgiu uma nova agência.

— Não tenha tanta certeza — recomendou Morel, sorrindo. — Nos anos 1970, esse mesmo Primakov realizou operações bem-sucedidas para os soviéticos na Alemanha, ajudando uma rede de terroristas do Baader-Meinhof. Ele sabe manter a coisa na surdina.

— Ok — disse Milo ainda descrente, mas por razões que não podia revelar a Diane Morel. As mesmas razões que jamais revelara à Companhia, tampouco à própria esposa. — Por favor, fale-me do coronel Yi Lien.

— Parece que você já sabe tudo, Sr. Weaver. Por que você não fala?

Milo o fez.

— Você o encontrava nos fins de semana, no chalé dele. Mas seu objetivo era arrancar informações dele, não era? É possível que você tenha ido para a cama com ele, suponho que isso tenha sido inevitável... mas ele sempre trazia o laptop, de modo que você podia pegar os dados que quisesse. Estou certo até aqui? — Diane Morel não respondeu. Apenas aguardou. — Nós sabemos disso porque o MI6 estava vigiando o coronel. Foram eles que prestaram assistência quando ele sofreu o infarto; e também foram eles que copiaram os dados do laptop. Foi assim que ficamos sabendo que ele tinha documentos da nossa embaixada, que os recebeu no chalé pelas mãos de um sujeito chamado Herbert Williams, ou Jan Klausner. Suspeitamos que Williams conseguisse os documentos por intermédio de Angela, e foi por isso que ela estava sendo investigada.

— Foi por isso que o Sr. Einner a matou?

Ele balançou a cabeça.

— Você não está entendendo. Einner não a matou. Ele não tinha por que matá-la. Nós precisávamos descobrir a quem ela estava passando informações.

As faces de Morel assumiram um tom vermelho-escuro enquanto Milo falava. Parecia estar furiosa, mas não alterou o tom de voz. Falando baixo, ela disse:

— Você tem um cigarro? Eu deixei os meus no escritório.

Milo retirou do maço dois Davidoffs e acendeu o dela. Morel deu um longo trago, expirou fumaça e olhou para o cigarro.

— Não é dos melhores.

— Desculpe. — Por trás da fumaça de seu cigarro, Milo retomou a conversa: — Você falou com os vizinhos de Angela? Ela tomava soníferos regularmente; provavelmente as pílulas foram trocadas na sexta-feira, durante o dia. Talvez algum vizinho tenha visto o assassino entrar no prédio.

— Ela tomava soníferos *toda* noite?

— Talvez. Eu não sei.

— Isso não é nada esperto — comentou ela, e então fitou a superfície da mesa, talvez olhando para o cinzeiro. — Angela estava deprimida?

— Não parecia.

Morel levou o cigarro à boca mais uma vez.

— Nós falamos com os vizinhos. Conseguimos algumas descrições, mas numa cidade como Paris não faltam faz-tudo e entregadores.

— Algum suspeito?

Ela balançou a cabeça.

— Dizem que ela não recebia muitas visitas.

— Você chegou a falar com ela? No último ano...

— Algumas vezes. Afinal, nós trabalhávamos no mesmo ramo. E tínhamos mantido a amizade, até certo ponto.

— Ela lhe pedia informações?

— Às vezes eu também pedia.

— Ela chegou a perguntar sobre Rolf Vinterberg?

— Uma vez, sim. Queria saber se nós tínhamos informações sobre ele.

— Vocês tinham?

— Não.

— E Rahman Garang?

Os olhos de Morel faiscaram... a confiança que ela demonstrara estava se evaporando rapidamente.

— Aquilo foi um equívoco. Às vezes, nós erramos; assim como a CIA.

Ele fez um gesto de compreensão.

— Isso não me interessa. Mas Angela estava trabalhando com ele, tentando descobrir quem matou o mulá Salih Ahmad. Vocês tiveram alguma participação naquilo?

Novamente, ela negou.

— A última vez que nos falamos foi há duas semanas. Uma semana antes de... — Ela se contorceu na cadeira. — Ela ficou aborrecida com a morte daquele terroristazinho. Queria saber se ele tinha sido morto por nós.

— O que você disse a ela?

— A verdade. Nós não sabíamos nada sobre o caso.

Milo não duvidava disso. Duas semanas atrás, ao saber do assassinato de Garang, as suspeitas de Angela provavelmente apontavam em várias direções e, a exemplo de qualquer investigador competente, ela recorrera a toda e qualquer pista viável que se apresentasse.

Morel olhou para a xícara de espresso, agora vazia.

— Você se referiu há pouco a Yi Lien.

— Sim.

— E ao laptop dele.

— Certo.

Morel coçou a nuca.

— Sr. Weaver, Lien nunca levou o laptop ao chalé. Ele sequer retirava o laptop da embaixada, em Londres. Isso implicaria riscos imperdoáveis quanto à segurança.

— Talvez você não o tenha visto.

— Eu via tudo o que ele trazia.

— Mas isso é... — Ele fez uma pausa. Estava prestes a dizer "impossível", mas, na realidade, não era tão impossível assim. Isso queria dizer que alguém entre a balsa na qual Lien sofrera o infarto e o escritório de Grainger, em Nova York, estava mentindo.

Morel observou as alterações no semblante dele. Inclinou-se para a frente, a fim de examiná-lo melhor.

— Isso é novidade para você, não é?

Não havia por que mentir; portanto, ele não mentiu.

— Acho que você deveria averiguar por que está recebendo informações erradas.

— Acho que você tem razão — assentiu ele e, quando ela não respondeu, acrescentou, com um sorriso: — Ouvi dizer que o romance é muito bom.

— O quê?

— O romance que, segundo consta, você está escrevendo.

— Ah... o romance — repetiu ela, voltando a se recostar. — Alguns anos atrás, uma programadora do Ministério das Relações Exteriores cometeu suicídio. Nada havia de suspeito no caso, mas, durante muito tempo, ela passou informações a um namorado cubano. Um marxista devoto, conforme ficou constatado... você sabe, Marx não está morto na França. Quando revistamos seus pertences, encontramos um romance inédito escrito por ela. Suponho que ela achasse que o material seria descoberto e publicado postumamente. — Ela fez uma pausa. — Em vez disso, eu usei o romance para convencer o coronel de que eu não era apenas linda, mas também um gênio literário. Às vezes, tenho pena daquela jovem.

Morel esboçou um olhar distante, melancólico.

— Ela a amava, sabe — disse Milo.

— O quê? — As palavras pareciam aterrorizá-la.

— Angela. No café, ela me disse que tinha sido descartada por uma aristocrata francesa. Era você.

Morel deu um leve puxão na barra da toalha de mesa manchada.

— Aristocrata?

— Considere isso um elogio.

Ela assentiu.

Com delicadeza, Milo perguntou:

— Onde vocês duas se encontravam?

— Como assim?

— Angela era uma pessoa reservada, que manteria segredo sobre qualquer relacionamento que tivesse. Sobretudo se a namorada fosse agente da DGSE.

Diane Morel ergueu os ombros, encarando-o, mas não respondeu.

— Vocês não se encontrariam no apartamento dela, pois as pessoas ficariam sabendo. Não se encontrariam na sua casa, pelo mesmo motivo. Teria de ser em algum outro local.

— É claro. Sempre existe a questão da segurança.

— Onde vocês se encontravam? Angela tinha outro apartamento?

Morel sorriu.

— Então você esteve no apartamento dela e fez uma busca. E espera que haja outro local onde ela tenha escondido provas que possam inocentá-lo. Certo?

— Resumindo, é isso.

— Bem, você está sem sorte. Era no apartamento de uma amiga, no 19º *arrondissement*. O senhor não vai encontrar nada lá. Nós fomos lá duas ou três vezes. Depois, passamos a ir a hotéis.

— O endereço. Por favor.

— Rue David d'Angers, número 37, apartamento 7. Perto da estação Danube do metrô. — Ele memorizou o endereço, repetindo-o. — Fale do homem de barba ruiva.

Ele piscou um olho, e ela sorriu.

— Não vamos ficar brincando. Fale logo.

— É o homem com o qual Angela foi vista durante o período em que foi vigiada. Herbert Williams. O sujeito que pensamos que fosse o contato dela junto aos chineses.

Morel assentiu.

— Por quê?

— Porque uma vizinha disse que, naquela sexta-feira à tarde, por volta das quatro, ela abriu a porta para um homem de barba ruiva e sotaque estranho. Ele disse que era engenheiro civil e que pretendia verificar as fundações do edifício.

— Ela ficou ao lado dele o tempo inteiro?

— Ela estava de saída.

— Acho que foi esse o assassino de Angela.

— Eu também acho — afirmou Morel, e olhou por cima do balcão do bar, onde Einner e Lambert conversavam animadamente. — A chuva parou. Nossa conversa acabou?

— Acho que sim. O que vai fazer a respeito disso?

— A respeito de quê?

— Disso. Quando voltar ao escritório.

Ela contraiu os lábios, em sinal de reflexão.

— Vou ter que relatar o encontro. Afinal, houve testemunhas.

Milo concordou.

— Mas não preciso fazer isso imediatamente. E depois que eu escrever o relatório, o conteúdo vai demorar um pouco para chegar à sua embaixada. Um ou dois dias.

— Dois dias, por favor?

— Vou tentar.

Ele quase acreditou nela.

— Obrigado. Por ser tão franca.

Morel inclinou-se em direção a ele.

— Quando você finalmente conversar com seus superiores, por favor, diga a eles que se alguém mais morrer em Paris em consequência de informações truncadas, o governo de vocês não mais contará com tanta flexibilidade na República Francesa. Entendido?

— O recado será dado.

Sentiu-se abatido, como se devesse algo em troca da cooperação demonstrada por ela mas nada tivesse a oferecer. Então deu-se conta de que, por menor que fosse, tinha algo a ofertar sim.

— Angela lidou com o fim do relacionamento de vocês entregando-se de corpo e alma ao trabalho. Ela mesma me disse isso. Mas não foi por isso que ela começou a tomar soníferos. Você não tem culpa pela morte dela.

Morel esboçou um meneio de consentimento, mas mudou de ideia, lembrando-se de sua posição e de quem ele era.

— Claro que não foi culpa minha. Foi sua.

Levantou-se, dirigiu-se ao bar e puxou a manga do paletó de Lambert. Milo, ainda sentado, fez um sinal em resposta ao olhar inquisitivo de Einner, que devolveu ao casal os celulares. Em seguida, viram os agentes da inteligência francesa deixarem o recinto, saindo pela tarde fria e úmida. Durante alguns segundos, os dois fitaram a porta.

32

A Rue David D'Angers era uma das seis que brotavam como pétalas de tamanhos variados de um miolo que seria a Place de Rhin et Danube. Ficou decidido, isto é, Milo decidiu, que Einner permaneceria no carro, estacionado na rua, vigiando, enquanto Milo e sua mochila entrariam. Até certo ponto, ele confiava em Diane Morel, embora o parceiro dela, Lambert, fosse capaz de qualquer coisa.

— Vai precisar da arma novamente? — perguntou Einner.

— Se eu precisar, é porque fiz algo errado.

O número 37 ficava logo no começo da rua, de frente para a estação do metrô Danube, situada no meio da praça. A chave que Milo havia obtido no apartamento de Angela não funcionou na porta do prédio; portanto, ele examinou os botões do interfone. Em vez de números de apartamentos, havia apenas nomes. Mas havia também uma empresa: Electricien de Danube. Milo pressionou a campainha.

— *Nous sommes fermés.* — Foi a resposta, dada por uma voz masculina. Nós estamos fechados.

— *S'il vous plaît* — disse Milo. — *C'est une urgence.* — É uma emergência.

— *Oui?*

— *Mon ordinateur.* — Meu computador.

O sujeito não respondeu imediatamente, mas Milo podia ouvi-lo suspirando. A porta deu um estalido enquanto ele dizia: — *Quatrième étage.* — Quarto andar.

— *Merci.*

Milo empurrou a porta e foi até um vão que havia embaixo da escada, onde cinco latas de lixo sujas se perfilavam. Escondeu-se, agachando-se atrás das latas de lixo e sendo obrigado a aguentar o fedor de repolho azedo e carne podre.

Primeiro ouviu o barulho, quatro andares acima, de uma porta se abrindo. Depois, ouviu alguém dizer: "Pronto?" Em seguida, passos pesados enquanto alguém descia a escada resmungando. O velho foi até o térreo, olhou pela porta da rua, resmungou um *merde* e voltou a subir a escada. Depois que a porta do velho bateu, Milo saiu do fedor claustrofóbico e subiu a escada.

Felizmente, o apartamento número sete ficava no terceiro andar; sendo assim, ele não precisou passar pela porta do técnico. O nome ao lado da campainha era de Marie Dupont, um nome comum.

Na remota hipótese de que a tal amiga, Marie Dupont, de fato residisse ali, ele tocou a campainha, mas não obteve resposta. Ouviu o barulho vindo de uma televisão (corrida de Fórmula 1) no apartamento ao lado, o número seis, mas não havia nenhum som no número sete.

A porta era típica da velha Europa, com duas pequenas janelas de vidro opaco que podiam ser abertas pelo lado de dentro, de modo que moradores assustados pudessem conversar sem ter que abrir a porta. E, ele notou, havia duas fechaduras.

Milo se abateu, pois sabia de antemão o que aconteceria. A chave que ele trouxera funcionou na fechadura do meio, destravando, com um estalo, uma tranca dupla, mas não entrou na segunda fechadura, que ficava logo abaixo da maçaneta. Não tinha ideia de onde a segunda chave poderia estar. Não estava sob o capacho.

Maldita Angela e seu exagero com a segurança. Assim como a porta, o caixilho era pesado e velho, reforçado com aço pelo lado de fora. Muito eficiente... tanto quanto Angela Yates.

Em silêncio, Milo voltou ao térreo, foi até o pátio e olhou para cima. Do lado que ele estava, a partir do segundo piso, os apartamentos tinham varandas. Cada uma delas era fechada por portas de correr envidraçadas, e no espaço de um metro e meio entre as varandas havia uma janela estreita e comprida, provavelmente de um banheiro.

Pelo canto, uma calha corria até o topo do prédio, mas, ao dar-lhe um puxão, Milo percebeu que ela não suportaria seu peso. Então voltou ao terceiro andar e tocou a campainha do número 6.

Um minuto depois, a janelinha da porta se abriu alguns centímetros e um jovem o encarou.

— *Qui est là?*

— Humm — começou Milo, tentando soar confuso. — Você fala inglês?

O rapaz deu de ombros.

— Um pouco.

— Ah! Que bom! Por favor, posso usar o seu banheiro? Passei o dia todo esperando pela minha namorada, a Marie. Ela acabou de me telefonar, e parece que ainda vai demorar meia hora. Você se importa?

O jovem ergueu ligeiramente o corpo a fim de ver Milo de corpo inteiro, talvez verificando se ele estava armado.

Milo exibiu-lhe as mãos vazias, assim como a mochila com o zíper aberto.

— Uma muda de roupas — explicou. — Falando sério. Só preciso mesmo usar o vaso sanitário.

Persuadido, o rapaz abriu a porta. Milo continuou interpretando seu papel, apontando e indagando:

— É ali?

— Sim.

— Ótimo.

Uma vez dentro do banheiro, ele trancou a porta, ligou a ventilação interna e ficou escutando, até se certificar de que o rapaz tinha voltado para perto da TV. A janela ficava à altura da cabeça, acima da banheira. A moldura estava encardida em consequência de umidade e poeira, mas bastou um giro na trava para que a janela se abrisse. Milo retirou a fita adesiva e enfiou o paletó, a gravata e a camisa social dentro da mochila. Colocou-a no chão, ao lado do vaso sanitário. Só de calça e camiseta, segurou o rolo de fita adesiva entre os dentes, subiu na borda da banheira e esticou-se para poder olhar pela janela. A cerca de 80 centímetros à direita, mais abaixo, ficava o parapeito da varanda do apartamento de Marie Dupont. Lá embaixo, o duro piso do pátio...

A janela era estreita, mas virando-se de lado, ele conseguiu passar os ombros. Foi difícil manter o corpo no ar, e suas pernas balançaram dentro do banheiro até se apoiarem no suporte que sustentava a cortina do boxe.

Arfando e suando, com os dentes cerrados ainda segurando o rolo de fita, ele finalmente conseguiu se projetar para fora até a cintura e, por um momento, na visão de um transeunte, parecia que um torso humano havia brotado do prédio, com um braço apoiado na parede para manter o corpo em posição perpendicular. Milo perdera o centro de gravidade e, se largasse o apoio da parede, despencaria para a morte. Com a mão que estava livre, retirou da boca o rolo de fita e o lançou na varanda do apartamento de Marie Dupont.

Fazia muito tempo que Milo não se submetia àquele tipo de situação, e ele chegou a pensar que já não fosse capaz de tais proezas. Conforme Tina assinalara algumas vezes, ele havia engordado. E, conforme Einner gostava de destacar, ele havia envelhecido. Por que ficar pendurado de uma janela três andares acima do solo de Paris?

Pare com isso!

Milo fez mais força, até que os quadris passaram pela moldura da janela, e ele conseguiu se esticar para a frente, buscando apoiar os joelhos na parede interna. Estendeu as mãos, perdendo por um segundo o ponto de apoio junto à parede, e agarrou o parapeito da varanda do apartamento de Marie Dupont. Agarrou-se com mais força do que precisava, com medo de que, no momento em que soltasse as pernas doídas que ainda o prendiam à janela, despencasse lá de cima. Mas não despencou. Em vez disso, agarrado ao parapeito, estendeu as pernas e, quando estas saíram pela janela, bateu com o estômago na borda da laje de concreto da varanda. O impacto provocou ânsia de vômito. Contudo as mãos aguentaram firmes, assim como o parapeito. Ele respirou através dos lábios contraídos, concentrando-se para recuperar as forças, e então, lentamente, conseguiu puxar o corpo para cima.

Seus braços queimavam e quase falharam, mas ele se apoiou em uma das pernas, e isso o ajudou. Todos os seus membros agora trabalhavam pelo mesmo objetivo, e logo ele se viu encolhido na beirada externa da varanda, com dores no corpo inteiro, perplexo por ainda estar vivo. Pulou o parapeito e agachou-se, olhando para as mãos vermelhas, dormentes, trêmulas.

Não podia perder tempo olhando para as mãos. Pegou a fita adesiva, rasgou dez tiras de 60 centímetros e grudou-as na porta de vidro até formarem um quadrado. Em seguida, com o cotovelo, desferiu um golpe bem no meio dele. O vidro quebrou, mas não fez barulho, e ficou preso à fita. Retirou-a, expondo um buraco irregular na superfície de vidro, enfiou o braço e destrancou a porta pelo lado de dentro.

Sem se dar ao trabalho de examinar o apartamento, foi direto à porta da frente e, utilizando uma chave que estava pendurada num gancho fixo na parede, abriu-a. Voltou ao número seis e tocou a campainha. O volume da Fórmula 1 ficou mais baixo, e a janelinha foi aberta. O rapaz ficou boquiaberto.

— Desculpe-me por incomodá-lo novamente — disse Milo —, mas eu deixei a minha mochila no seu banheiro.

O jovem, atônito, começou a responder, mas mudou de ideia e desapareceu. Trinta segundos depois, abriu a porta e entregou-lhe a mochila.

— Como o senhor conseguiu sair?

— Eu ia agradecer, mas não quis interromper o programa que você estava assistindo na TV. E espero que seu banheiro não esteja cheirando mal... eu abri a janela, para ventilar um pouco.

O rapaz fez uma careta ao ver a camiseta e a calça de Milo, que estavam sujas.

— O que aconteceu?

Milo olhou para o próprio corpo e apontou com o polegar para a porta aberta do número sete.

— Marie voltou e... cara, nem queira saber....

33

Ele mal havia começado a revistar a sala de visita com a porta da varanda quebrada — Milo apenas esvaziara uma pequena escrivaninha e examinara uma extensa coleção de DVDs bem ao gosto de Angela, com, por exemplo, *Os desajustados*, *Intriga internacional*, *Chinatown* e *Quanto mais quente, melhor* — quando a campainha tocou. Milo retirou os sapatos e foi até o hall, lamentando-se por não ter levado a pistola, mas era apenas Einner. O parceiro segurava o telefone.

— É para você.

Milo levou o telefone até a sala, e a primeira coisa que Grainger disse foi:

— Você está sozinho?

Einner tinha ido até a cozinha; Milo ouviu quando a porta da geladeira foi aberta.

— Estou.

— Fui demitido, Milo.

— O quê?

— Fitzhugh está dizendo que são férias, mas não é nada disso. Ele está furioso por eu ter lhe passado informações sobre o Departamento de Segurança Nacional e por eu ter mostrado a você o dossiê de Benjamin Harris.

— Como ele ficou sabendo?

— Acho que algum funcionário contou para ele, mas isso não importa. Vou passar uma semana em Nova Jersey. Estou farto dessa cidade.

A culpa começou a correr pelas veias de Milo; a Companhia era a última coisa que restava na vida de Grainger, e, por causa dele, ela já não existia mais na vida do velho viúvo.

— O que você conseguiu? — perguntou Grainger. — Einner disse que você falou com a DGSE.

— Escute aqui, Tom. Eu nem sei se deveria estar fugindo. É melhor eu me entregar.

— Fique longe daqui — aconselhou Grainger. — Eu já disse que Simmons vai se encontrar com Fitzhugh. Ela soube que você estava em Paris e exigiu o relatório sobre Angela. Eu não mostrei o relatório para ela, mas acho que Fitzhugh ficou com medo; na terça-feira ele entregou os pontos. — Grainger fez uma pausa. — Tudo tem a ver com aquele trecho em branco na gravação, Milo. Você não deveria ter pedido a Einner para desligar as câmeras.

— Foi você quem autorizou.

— E essa decisão vai seguir comigo para sempre. Agora me diga o que você conseguiu.

Milo explicou os fatos mais importantes. Primeiro, que toda a investigação sobre Angela Yates tinha sido um embuste.

— Yi Lien nunca saía da embaixada com o laptop. Diane Morel pode atestar isso. O que quer dizer que alguém estava mentindo para você. Talvez seu contato no MI6. Sugiro que você fale com ele.

— Impossível. Fitzhugh já informou o Seis sobre a minha demissão. Eles já sabem que não podem me passar qualquer tipo de informação.

— Ok. Estou num apartamento seguro, que era mantido pela Angela. Tenho esperança de que ela tenha guardado algum tipo de informação aqui.

— O que você descobrir não vai valer nada se não for uma evidência física. Lembre-se disso. E o que vai acontecer se você não descobrir nada no apartamento?

— Não sei ao certo.

— Se estiver num beco sem saída, telefone para mim em Nova Jersey. Talvez eu consiga alguma coisa. Você tem o número?

— Qual é mesmo?

Milo pegou caneta e papel que estavam sobre a escrivaninha e anotou o número de prefixo 973, da casa de Grainger perto do lago.

— Mais uma coisa — disse ele. — Com a minha saída, Fitzhugh é quem vai oficialmente dirigir o Turismo. Ele não tem ideia de onde você está, mas se descobrir que está com Einner, você já sabe o que vai acontecer.

Einner apareceu, comendo uma barra de Snickers que encontrara na cozinha e contemplando os nus desenhados em bico de pena com os quais Angela havia decorado o apartamento.

— Acho que sei.

Grainger não queria depender da capacidade de previsão de Milo.

— Ele vai telefonar para Einner e vai dar uma ordem para que ele intercepte você. Captura ou morte. Então eu sugiro que você se afaste do Sr. Einner o mais cedo possível.

— Entendido — confirmou ele no momento em que Einner desviou o olhar das estampas nuas e sorriu. — E... Tom?

— Sim?

— Se Tina entrar em contato, arrume um jeito de dizer a ela que eu estou bem? E que estarei de volta assim que puder?

— Claro. Mas você conhece sua mulher. Ela nunca acredita numa única palavra que eu falo.

Milo desligou, devolveu o telefone a Einner e pediu-lhe que revistasse o quarto.

— Eu pensei que você quisesse que eu vigiasse a rua.

— Isso aqui é mais importante — afirmou, embora na verdade quisesse Einner por perto, para ouvir o chamado de Fitzhugh caso ocorresse.

No final das contas, precisaram de apenas vinte minutos. Considerando o apartamento da Rue David d'Angers um local seguro, Angela apenas enfiara o dossiê sobre o Tigre embaixo do sofá da Ikea que ficava diante da televisão pequena. Uma pilha com cerca de duzentos documentos, fotografias e anotações feitas à mão, arrancadas de cadernos. Angela separara a documentação com clipes, de modo que todos os dados que ela descobrira sobre, por exemplo, Rahman Garang, constassem de uma seção encabeçada pela respectiva foto e por dados pessoais. Milo ficou impressionado com o nível de detalhamento ao qual ela chegara, incluindo registros de chamadas telefônicas e fotografias tiradas por ela própria.

Levou a pilha de papéis ao quarto, onde encontrou Einner em frente ao guarda-roupa aberto, quebrando os saltos dos sapatos de Angela à procura de espaços ocos.

— Vamos — disse Milo. — Vamos embora daqui.

Levaram os documentos até um pequeno restaurante em Montmartre e, dividindo um prato de costeleta de carneiro grelhada, passaram a examiná-los.

— Você está me dizendo que ela fez tudo isso sozinha? — perguntou Einner.

— É isso mesmo que eu estou dizendo.

— Ela era melhor do que eu pensava.

— Melhor do que qualquer um de nós pensava.

A partir das informações que ela havia passado a Milo, Angela se concentrara nos registros bancários de Rolf Vinterberg em Zurique. Recorrendo aos seus contatos, ela acessara dados de outros três bancos na cidade, dois dos quais apontavam contas abertas por Rolf Vinterberg e, na sequência, fechadas por Samuel Roth. Em uma das folhas, ela havia anotado:

RV — Residente em Zurique.
Sozinho?
Não.
Qual Companhia?

Atrás daquela nota escrita para ela própria havia uma lista de vinte páginas digitada em espaçamento simples. Nela constavam nomes de empresas sediadas em Zurique e classificadas por atividade principal. Milo não fazia ideia de qual seria o interesse de Angela naquelas empresas, tampouco qual critério ela utilizara para selecioná-las. Na quarta página da lista, ela havia feito um círculo em torno da Ugritech S.A. com um marcador de texto. Não havia ali qualquer esclarecimento sobre o motivo que a levara a destacar aquela firma em meio a tantas outras, mas Milo acreditava que ela tinha suas razões, as quais poderiam estar escondidas nas páginas que eram examinadas por Einner.

O nome era familiar, mas ele só conseguiu identificá-lo na página seguinte, impressa diretamente do site da Ugritech na internet: a empresa atuava no ramo de tecnologia em toda a África. Em seguida, ele viu primeiramente a foto: um homem atraente, com cabelo ondulado e sorriso sedutor: "DIRETOR: Roman Ugrimov."

Milo suspirou tão alto que Einner parou de ler.

— Descobriu alguma coisa?

— Você viu algo sobre Ugritech aí? É uma empresa.

Einner balançou a cabeça e voltou a ler enquanto Milo fechava os olhos, lembrando-se do dia 11 de setembro de 2001, às dez e vinte e sete da manhã, o instante em que Ingrid Kohl, de 13 anos, despencou sobre a calçada em Veneza. As palavras de Roman Ugrimov: *E eu a amo, seu filho da mãe!*

Milo não odiava muita gente. O ódio não dura muito tempo na Companhia, pois, devido à quantidade de informações às quais se tem acesso, torna-se fácil perceber as intenções daqueles que cometem atos deploráveis. No entanto, mesmo tendo bastante conhecimento do que ocorrera, Milo jamais havia encontrado um meio satisfatório de explicar o assassinato de Ingrid Kohl.

No dia 13 de setembro, depois de se certificar de que a grávida, Tina Crowe, estava fora de perigo, ele escapuliu do hospital e entrou no *palazzo* de Ugrimov. A visita foi um ato inútil — ele sequer pôde agredir Roman Ugrimov por causa dos buracos abertos em seu peito —, mas foi suficiente para fazer Milo desprezá-lo. O russo demonstrava excesso de confiança em sua própria invencibilidade; independente do número de crimes que cometesse, bastava-lhe assinar alguns cheques. Na Itália, as autoridades policiais o interrogaram uma única vez acerca da morte da jovem pela qual ele era responsável, e pouco tempo depois os registros refletiram a versão na qual a polícia escolhera — ou fora paga para — acreditar: a pobre jovem tinha se suicidado.

— Aqui está — anunciou Einner.

Milo piscou os olhos e contemplou a folha de papel que Einner segurava para ele ler.

— O quê?

— Ugritech. Aqui.

Era uma fotocópia de um artigo publicado pelo jornal *Le Temps*, em francês, com data de quatro de novembro de 2006, que falava da visita diplomática do ministro sudanês de Minas e Energia, Awad al-Jazz, à Europa e listava os países incluídos na agenda dele. O ministro buscava investidores para a construção de uma nova infraestrutura elétrica, em substituição à que havia sido dizimada pela guerra civil. Na segunda coluna, com uma esferográfica azul, Angela havia feito um círculo em torno da referência a um encontro entre o diretor da Ugritech, Roman Ugrimov, e o ministro de Minas e Energia na casa de Ugrimov, em Genebra. Estavam presentes no encontro "vários investidores norte-americanos". Não constava menção ao endereço.

Aquela era a ligação descoberta por Angela. Ela era fenomenal.

Assim como Angela, Milo suspeitava de que o dinheiro utilizado para pagar os serviços do Tigre fluíra através da Ugritech. Ele se deu conta de que a sorte influenciara as deduções de Angela: não fosse aquele dia terrível em 2001, ela não teria prestado a menor atenção à Ugritech.

Por que, ele se perguntava, ela não lhe dissera nada a respeito disso? Será que não confiava nele?

— Então, aonde isso nos leva agora? — indagou Einner.

— Aonde isso *me* leva — corrigiu Milo. — Já tomei muito do seu tempo.

— Mas agora você despertou meu interesse. Nós temos assassinatos sudaneses, empresas de tecnologia pagando por execuções, laptops chineses desaparecendo... O que mais um Turista pode querer?

Milo contemporizou de modo que Einner não suspeitasse de que ele estava fazendo isso para sua própria sobrevivência, mas nada conseguiu demovê-lo. Einner tinha começado, em suas palavras, "um serviço", e haveria de terminá-lo.

— Então, aonde?

Milo se perguntou mais uma vez se aquilo tudo não seria um equívoco. Não apenas a ideia de recrutar Einner, mas toda aquela busca. Ocorreu-lhe que, se houvesse se rendido na Disney, talvez tudo já estivesse resolvido àquela altura. O telefonema de Grainger não lhe dera tempo para pensar. Talvez ele estivesse agora sentado em sua sala, comendo macarrão instantâneo e ouvindo as opiniões de Stephanie sobre o mundo. Mas um Turista logo aprende que o "se" é um luxo que não lhe pertence. O Turismo não reserva tempo para arrependimentos; com efeito, o arrependimento é uma praga para um Turista. Então Milo o pôs de lado:

— Nós vamos para Genebra. O carro está com o tanque cheio?

Einner balançou a cabeça.

— Espere aqui. Acho que está na hora de trocarmos de carro.

34

Às vezes, Tina achava que não dava o devido valor às coisas. Recordava-se do tempo em que estava em Veneza, sim, nada menos do que Veneza, odiando o calor, a sujeira, a multidão de turistas e, sim, o bebê cujo peso lhe comprimia a barriga. Como se essas coisas fossem o que o mundo podia oferecer de pior. Então ela conheceu Frank Dawdle e descobriu que tudo podia ficar muito pior.

Ela permitira que aqueles primeiros dias em Veneza passassem praticamente despercebidos. Era perita em não ver o que estava diante de seus olhos e se perguntava se, de certo modo, não estaria repetindo a prática naquela tarde de sábado, ali, em Austin.

Havia alguns paralelos. Seu companheiro havia desaparecido como uma nuvem de fumaça, e lá estava ela, transpirando na varanda dos fundos da casa dos pais. O calor de Austin não diferia do de Veneza, sendo ambos úmidos, capazes de exaurir as forças de qualquer pessoa assim que ela sai de um ambiente climatizado. E, conforme ocorrera em Veneza, ela estava sozinha, tendo apenas a filha ao seu lado.

— Limonada? — perguntou a mãe, esticando a cabeça pela porta de correr envidraçada e fazendo com que ela se lembrasse de que, na verdade, não estava só. Não exatamente.

— Claro, mãe. Obrigada.

— Eu volto já.

Hanna Crowe fechou a porta para preservar o frio artificial dentro da casa, e Tina contemplou o gramado marrom e duas mudas de álamos recém-plantadas perto da cerca. Aquilo nada tinha a ver com Veneza.

Naqueles subúrbios ao norte de Austin, água era um item precioso, e a terra se estendia ampla e vazia. As pessoas viviam separadas por cercas. Aquele era um mundo totalmente diferente.

Hanna trouxe um enorme copo de plástico cheio de limonada gelada e sentou-se ao lado da filha numa espreguiçadeira. Durante algum tempo, ficaram apenas olhando para a grama morta. Hanna não aparentava seus 56 anos, com sua pele sempre bronzeada pelo sol do Texas. Costumava dizer que gostaria de ter nascido com a pele do marido, Miguel, egresso do outro lado da fronteira, mas também costumava elogiar a compleição azeitonada da filha, por reunir o melhor dos dois mundos. Finalmente, Hanna indagou:

— Você não teve notícia dele, teve?

— Ele não vai telefonar de novo.

— Claro que vai.

Tina se aborrecia com o fato de sua mãe não poder ou não querer entender a situação.

— Ele não pode telefonar, mãe. A Companhia acha que ele fez algo errado, e ele precisa provar que é inocente antes de entrar em contato.

— Mas um único telefonema...

— Não, mãe. Basta um único telefonema, e eles conseguem saber onde ele está na mesma hora — explicou ela e estalou os dedos. — Ele não pode arriscar ainda.

A mãe exibiu um sorriso triste.

— Você sabe o que isso está parecendo, não sabe?

— Sim, sei. Paranoia. — Hanna assentiu. — Mas não é. Você já viu o carro estacionado em frente à casa dos Sheffields, certo? Eu mostrei o carro a você.

— Deve ser de amigos dos Sheffields... tenho certeza.

— Então por que eles não saem do carro, mãe?

Desde que tinha chegado, duas noites antes, Tina não conseguia impressionar a mãe com detalhes como esses. O pai havia entendido; por que ela não entendia também?

— De qualquer forma — disse Hanna —, é bom ter vocês aqui. Fazia meses que não víamos Stephanie.

Tina fechou os olhos. Como poderia esperar que a mãe entendesse? Os pais dela sabiam que Milo trabalhava para a CIA, mas achavam que ele fosse uma espécie de analista que lidava com informações confidenciais que o impediam de falar sobre o trabalho durante jantares em família. Jamais ficaram sabendo da verdadeira história por trás do primeiro encontro dos dois, e jamais ficaram sabendo que, na condição de funcionário da Companhia, ele portava arma e tinha até licença para usá-la.

Os homens que se revezavam dentro do carro estacionado em frente à casa dos Sheffields trabalhavam para a mulher que bruscamente interrompera as férias da família. A agente Janet Simmons. Embora, de início, achasse que Simmons fosse a pior megera que conhecera na vida, agora, transcorridos alguns dias, Tina se lembrava de que ela tentara se mostrar uma pessoa razoável.

— Sim, acho que ele matou Angela Yates e outra pessoa — disse a agente Simmons naquela ocasião. — É por isso que quero detê-lo. Mas por que ele fugiria, Tina? Você saberia me dizer?

— Não, não sei.

— Exatamente. Se ele é inocente, quero ouvir a versão que ele tem dos fatos. Mas preciso falar com ele pessoalmente. — Ela balançou a cabeça, e seu olhar vigilante se fixou na parede ao fundo. — Essa fuga súbita não me cheira bem. Talvez você saiba de alguma coisa que não quer me contar? Talvez você saiba aonde ele foi?

Tina, com toda sinceridade, admitiu nada saber, e nos últimos dias se deu conta do pouco que sabia sobre Milo. Até o medíocre Patrick alimentava suspeitas. Isso decorreria do fato de ele ser um homem infeliz, que sentia pena de si mesmo, ou do fato de ele poder enxergar algo que ela era incapaz de ver?

A mãe de Tina estava dizendo algo que acabava com as seguintes palavras:

— ...tortilhas fresquinhas, que acabaram de sair da grelha.

— Como?

Hanna Crowe sorriu e passou a mão pelo antebraço da filha.

— Aquele novo restaurante, que fica próximo a uma saída da I-35. Eu pensei em jantarmos lá hoje à noite. O que você acha?

— Claro, mãe. Parece ótimo.

Miguel Crowe já era considerado um homenzarrão quando completou 19 anos e ganhou uma bolsa de estudos para cursar engenharia na Universidade do Texas. Quando chegou a Austin, vindo de Guadalajara, começou a planejar o futuro, estabelecendo contato com representantes de empresas petrolíferas que visitavam o campus duas vezes por ano. Quando se formou, já havia garantido um cargo na Exxon Mobil, nos campos do Alaska, levando consigo a jovem esposa, Hanna, que abandonou os estudos de literatura comparada para acompanhar o marido em sua viagem para o norte. Tina nasceu em Nome, mas, quando tinha 6 anos, eles se mudaram para Irving, um subúrbio de Dallas, onde se situava a sede administrativa da empresa. Quando se aposentou precocemente, em 2000, em meio a uma onda de ódio a conglomerados petrolíferos, Miguel era o único mexicano na história do conselho diretor da companhia.

Ao se aposentar, ele adquiriu uma loja de bicicletas que estava em dificuldades financeiras em Austin. Expandiu o negócio, criou uma nova marca e colocou anúncios no *Chronicle*, o que tornou o estabelecimento conhecido na região como "o Wal-Mart das bicicletas". Havia certa ironia em sua empreitada comercial, e Tina às vezes perguntava quantas lojinhas locais ele não teria levado à falência.

— Meu Deus! Tina, eu achei que você ficaria feliz por eu estar ajudando o meio ambiente.

A despeito da ética comercial praticada pelo pai, Tina o adorava. Beirando os 60 anos, ele era forte, moreno e, de certos ângulos, fazia lembrar um lutador mexicano. Quando estava com Stephanie, no entanto, ele esquecia o lado comercial e queria apenas ficar no chão, à altura dela, conversando sobre o que ela quisesse.

Naquela manhã, ele insistira em levar a neta para conhecer a loja, mas na volta, às duas da tarde, eles passaram numa filial do Chuck E. Cheese's e tomaram sorvete. O resultado foi uma mancha escura na jardineira verde-limão de Stephanie. Hanna ocupou-se de tirar a mancha da jardineira, e a menina foi procurar nova muda de roupa. Miguel também desapareceu por alguns instantes, levando a correspondência do dia para o escritório, e depois, com um dos envelopes enfiado no bolso, voltou à sala de visita. Inconscientemente, ligou a televisão de tela plana. A CNN informava a cotação das ações.

— Como ela se comportou, pai?

— É capaz de encantar qualquer um, essa menina. Eu deveria usá-la nas minhas negociações.

— Você não deu sorvete demais para ela, deu?

O pai ignorou a pergunta e sentou-se no sofá, olhando para o vão da porta. Retirou do bolso um envelope e depositou-o no espaço entre os dois.

— Dê uma olhada nisto.

Ela pegou o envelope e leu o endereço dos pais. Conhecia aquela letra. Sem endereço do remetente. No interior havia dois passaportes novinhos e uma folha de papel com uma mensagem que pedia aos pais dela que guardassem os passaportes para T e S, Tina e Stephanie.

— Meu Deus — murmurou ela e olhou para a própria foto ao lado do nome Laura Dolan. E ali estava Stephanie, agora chamada Kelly.

Quando a mãe dela entrou, Tina enfiou os passaportes de volta no envelope, como se aquilo fosse um segredo entre ela e o pai, o que talvez fosse mesmo, mas a mãe estava apenas se dirigindo ao banheiro para buscar mais sabão.

— O que você acha disso? — perguntou Miguel depois que a esposa se foi.

— Não sei bem o que pensar.

— Um plano de fuga, talvez?

— Talvez.

Miguel trocou de canal, sintonizando o noticiário financeiro da MSNBC, e Hanna voltou a passar pela sala:

— Espero que você não tenha estragado o apetite dela, Mig.

— Ela só tomou sorvete, querida. Nós também brincamos um pouco lá.

Ela respondeu com um murmúrio de dúvida e saiu novamente.

Ele suspirou.

— Eu não sei o que está acontecendo, Tina, mas se ele pretende despachar você e minha neta para algum país estranho, ele vai se ver comigo. Eu não vou aceitar.

— Ele não faria isso.

— Então por que os passaportes, Tina? — Quando ela não soube responder, ele se pôs a trocar os canais e a resmungar: — Ele vai se ver comigo, sim senhora.

35

Devido à sua histórica altivez, a Suíça jamais se juntou à União Europeia, mas, num plebiscito realizado em junho de 2005, os cidadãos suíços optaram por adotar as convenções do Acordo de Schengen, abrindo as fronteiras do país para a zona europeia de livre circulação de pessoas. Isso facilitou muito a viagem no Renault Clio hatch que Einner "pegou" ao sul de Paris, e eles chegaram à Suíça em quatro horas e meia. Milo assumiu o volante após três horas de jornada na escuridão.

Enquanto ainda estava no banco do carona, utilizando uma caneta-lanterna de Einner, Milo continuou a examinar os papéis de Angela. Grande parte da documentação era secundária: faturas do cartão de crédito de Rahman Garang, artigos sobre a instalação de sistemas realizada pela Ugritech na República Democrática do Congo, no Quênia e no Sudão, e, por nenhuma razão aparente, um resumo diário do site das Nações Unidas:

DESTAQUES DA REUNIÃO DO MEIO-DIA
Sede da ONU, Nova York
Quarta-feira, 20 de junho de 2007

Missão da ONU no Sudão discute meios de aumentar a assistência, visando a implementação do Acordo de Paz

- A Missão da ONU no Sudão, na reunião de hoje, registrou que, no último fim de semana, o representante especial para o Sudão, Taye Brook Zerihoun, encontrou-se com o ministro-chefe, Idris Abdel Gadir.

- A discussão girou em torno de uma proposta de interação em alto nível entre a Missão da ONU no Sudão e o Governo de Unidade Nacional, com o propósito de tornar mais objetiva e eficaz a assistência prestada pela Missão à implementação de um Acordo de Paz.
- Nesse ínterim, a Missão relatou que ontem um veículo alugado por uma ONG internacional que trafegava na região sul de Dafur foi alvo de disparos feitos por um desconhecido.
- No mesmo dia, na região oeste de Dafur, um comboio de dois veículos de uma ONG internacional que transportava cinco funcionários foi parado por dois desconhecidos armados, e os funcionários tiveram pertences e equipamentos de comunicação roubados.

Na sequência desse resumo, havia um artigo que, por incrível que possa parecer, tinha sido publicado pelo jornal chinês *People's Daily*, com data de 25 de setembro de 2004: GOVERNO SUDANÊS IMPEDE PLANOS DE GOLPE.

> O Sudão impediu a ação de um grupo islamita que planejava derrubar o governo na tarde de sexta-feira, segundo declarações do ministro do Interior.
>
> Integrantes do Congresso Popular (CP) comandados pelo líder islamita Hassan al-Turabi, que está preso, planejavam iniciar o golpe em Cartum, às duas da tarde (11:00 GMT), logo após as orações da sexta-feira, segundo declarações...

Isso ocorrera três anos antes; agora, com o assassinato do mulá Salih Ahmad, a rebelião estava nas ruas.

Era difícil manter a concentração. A trepidação do motor provocava-lhe dores na região lombar. Milo ainda estava dolorido em consequência das acrobacias na varanda e mal tinha dormido. Queria telefonar para Tina, ouvir a voz dela e de Stephanie. Queria saber onde exatamente elas estavam.

Mais tarde, enquanto dirigia, Milo passou as mãos pelo rosto, fitando a escuridão da rodovia à meia-noite. Sua mente começou a vagar. Pensou no fato de que, em filmes ou seriados de TV sobre espionagem, sempre havia um objetivo claro. Uma gravação que comprovava algum fato relevante. Um indivíduo que tinha as respostas para uma pergunta específica. Tais histórias entretinham por sua simplicidade. A verdade era que o trabalho de inteligência raramente, ou nunca, transcorria em linha reta. Os fatos se acumulavam; muitos eram inúteis, alguns tinham nexo, outros, não. Era preciso um olhar paciente e treinado para saber que fato destacar e que fato deixar de lado. Angela possuía esse tipo de olhar. Ele não sabia se tinha esse dom.

— Epa! — exclamou Einner assim que acordou.

Milo piscou os olhos e deu uma guinada no carro, voltando para a estrada.

— Tentando suicídio ou coisa assim?

— Desculpe.

— Deixa que eu dirijo. — Einner ajeitou-se no banco, passando a língua pelos dentes. — Onde a gente está?

— Acabamos de cruzar a fronteira. Veja. — Adiante havia uma placa:

SAÍDA 1
GENEBRA-CENTRO
LA PRAILLE
CAROUGE
PERLY

Discordaram sobre o hotel onde se hospedariam. Milo queria um lugar pequeno e discreto; por exemplo, o De Genève.

— Aquele pulgueiro? — protestou Einner. — Meu Deus! Milo, você quer nos matar antes mesmo de termos uma chance de sair na porrada?

O De Genève não era um pulgueiro, mas, na condição de Turista, desfrutando do fato de não ter limites para as despesas, Einner havia se acostumado a se hospedar nos melhores hotéis. Em Genebra, o ideal seria o Beau-Rivage, com vista para o porto do Lago de Genebra, cheio de iates.

— Se este carro for rastreado, vai ser o primeiro local onde vão nos procurar.

— Mas o carro não vai ser rastreado. Você se preocupa demais.

— É porque estou fugindo.

— Ora! Confie em mim.

Descendo a Rue de la Servette, que dava acesso à beira do lago, Milo quase riu dessa observação. Em parte, a vontade de rir resultava do cansaço, mas também da consciência de uma verdade básica: no Turismo, não se confia em ninguém. Contudo, se for preciso confiar em alguém, melhor que não seja em outro Turista.

Deixaram o carro atrás do hotel. Já era quase uma hora da madrugada, mas o porto estava radiante, com música e gente. Aquilo pareceu animar Einner, que começou a estalar os dedos ao ritmo de um samba que vinha de uma festa em um barco no meio do lago.

Einner resolveu pagar os quartos com um dos cinco cartões de crédito que costumava levar na carteira, em nome de Jack Messerstein. Depois que pegaram as chaves dos aposentos contíguos no quarto piso, Einner sussurrou:

— Pode subir. Vou me livrar do carro.

— A essa hora?

— Eu conheço um cara que conhece um cara. E ele nunca dorme.

— Posso usar seu telefone?

Einner hesitou.

— Não se preocupe — disse Milo. — Não vou telefonar para casa.

Era verdade. Estava apenas se certificando de que Einner não receberia novas ordens por enquanto.

Antes de subir, ele verificou a lista telefônica que havia no saguão; não constava qualquer registro relativo a Ugrimov. Com um dos cartões de Dolan, sacou francos suíços de um caixa eletrônico e perguntou a um dos funcionários da recepção se conhecia Roman Ugrimov, um velho amigo que residia na vizinhança. Sim, ele conhecia Ugrimov, um homem com riqueza tão evidente não passava despercebido. O rapaz saberia dizer onde Roman morava? O funcionário, olhando para o dinheiro, balançou a cabeça, mas, em troca de algumas notas, fez com que Milo desviasse sua atenção para uma prostituta deslumbrante que bebericava vinho branco no bar do hotel. Pensando que Milo fosse um cliente em potencial, ela tocou no braço dele diversas vezes. Assim que ele disse o que desejava saber, ela recuou:

— Você é policial?

— Velho amigo.

— Meus clientes pagam pela minha discrição, Sr. Velho Amigo.

— Então me deixe pagar pela sua discrição também.

Roman Ugrimov, conforme ficou claro, não era cliente dela, mas, em Genebra, o círculo de prostitutas de sua categoria era pequeno, e ela conhecia uma garota "bem jovem", segundo suas palavras, acrescentando que Ugrimov gostava de garotinhas. A tal prostituta tinha estado na casa dele algumas vezes. Por 250 francos, cerca de 200 dólares, ela telefonou para a conhecida e rabiscou o endereço de Ugrimov num porta-copo de papelão com a estampa da Löwenbräu.

O quarto era classificado como "luxo" e, com efeito, não apresentava a menor semelhança com centenas de quartos de preço baixo ou mediano nos quais ele se hospedara em sua vida de Turista. A imensa cama tinha uma cabeceira forrada com um drapejado romântico; havia uma sala com sofás de dois lugares. O quarto inteiro tinha uma atmosfera antiga e elegante. Na banheira de mármore cabiam duas pessoas. Da janela avistavam-se o lago, barcos de passeio e as luzes da cidade. Que desperdício, ele pensou, estar num lugar daqueles sem a família.

36

Decidiram não tomar o café da manhã e, quando já estavam na estrada, Einner explicou que havia entregado o Renault roubado a um amigo que comandava um negócio de desmanche de veículos na periferia de Genebra. Em troca, o amigo lhe dera um Daewoo roubado na Espanha, pintado e registrado em nome de um novo dono, um cidadão suíço. Para um carro barato, o Daewoo andava bem, inclusive no montanhoso litoral norte do Lago de Genebra.

— Você está com um aspecto melhor hoje — comentou Einner enquanto dirigia. — Alguma nova perspectiva?

— Dormir faz bem, só isso — respondeu Milo, porque era verdade. No entanto, era mais do que o simples descanso. Era aquela situação, aquela volta súbita à velha vida. Naquela manhã, ele acordara com dores no corpo, mas sentiu-se como um Turista, e seu cérebro havia resgatado os velhos métodos de conter a ansiedade. Era uma medida temporária, ele sabia, mas necessária. Em dado momento, a ansiedade haveria de explodir e derrotá-lo, conforme o fizera seis anos antes, quase acabando com ele. — E talvez eu esteja começando a me sentir esperançoso.

— Aposto que o Livro tem algo a dizer sobre esperança — disse Einner, desviando o olhar para Milo, a fim de ver se ele compartilharia o conhecimento do Livro Negro a esse respeito. Milo o fez com satisfação.

— O Livro diz que não se deve depender dela.

Chegaram à propriedade de Ugrimov por volta das onze e meia, tendo passado por pequenas estradas tortuosas e íngremes que os conduziram ao longo de mansões sombrias até um portão eletrificado, cheio de câmeras e com um interfone. Milo saiu do carro, caminhando sobre um cascalho rangente, e pressionou o botão do interfone. Uma voz grave, com sotaque russo, disse:

— *Oui?*

— Por favor, diga a Roman que Charles Alexander está aqui e quer vê-lo — respondeu Milo em russo.

Seguiu-se um silêncio e ele olhou para trás, em direção a Einner, que ficara no carro e o fitava, cheio de expectativa. O interfone emitiu um estalido, e Roman Ugrimov falou:

— Sr. Alexander-Weaver? Há quanto tempo!

Milo olhou para uma das câmeras, sorriu e acenou com uma das mãos.

— Meia hora, no máximo, Roman. Só quero conversar.

— E o seu amigo?

— Ele não precisa entrar.

— Então ele pode esperar aí.

Milo foi até o carro e disse a Einner que esperasse ali. Passados alguns minutos, um Mercedes preto surgiu do outro lado do portão, aproximando-se lentamente em meio às árvores. Dois homens saíram do carro; Milo reconheceu um deles do último encontro, seis anos antes.

— Nikolai — cumprimentou ele.

Nikolai fingiu não se lembrar dele. O outro homem abriu uma fresta do portão; depois que Milo entrou, eles o revistaram e voltaram a trancá-lo. Acompanharam-no até o carro, fizeram-no sentar no banco traseiro e, dando marcha a ré, desapareceram.

Milo imaginara que a casa de Ugrimov, no final da longa e serpenteante via de acesso, seria uma mansão, mas enganou-se. O russo, para sua surpresa, tinha um gosto modesto. O Mercedes parou diante de uma casa de pedra, baixa e larga, em formato de U, cujo interior escondia um pátio de pedra e uma piscina. Ali, Ugrimov esperava por Milo sentado numa espreguiçadeira de alumínio, bebendo algo rosado e espumoso. Ele se levantou, emitindo um ruído rouco, colocou a bebida sobre uma mesa de vidro e foi apertar a mão de Milo. Os últimos seis anos haviam embranquecido sua vasta cabeleira, antes grisalha.

— Há quanto tempo! — exclamou Ugrimov, em russo.

Milo concordou e, ao ser convidado a se sentar, escolheu uma espreguiçadeira idêntica à de Roman Ugrimov.

— Quer beber alguma coisa? Nikolai sabe fazer um delicioso daiquiri de grapefruit.

— Não, obrigado.

— Como quiser — respondeu, recostando-se na espreguiçadeira.

Era difícil olhar para as pedras reluzentes ao sol do meio-dia.

— Estou precisando de algumas informações, Roman.

— Informações... isso é comigo mesmo. Informações são o meu negócio. Mas você não vai me ameaçar de novo, vai? — perguntou Ugrimov com um sorriso. — Eu achei suas últimas ameaças bastante desagradáveis.

— Você matou aquela menina. Eu vi.

— Você não estava sequer olhando para a varanda, Sr. Weaver. Ninguém estava. Não no momento em que ela pulou. — Ele balançou a cabeça, dissimulando pesar. Todas as emoções daquele homem, Milo pensou, eram dissimuladas. — Aquele dia foi triste o bastante sem que o senhor precisasse apontar o dedo para ninguém.

— Não estou aqui por causa dela. Estou aqui para falar da sua empresa, a Ugritech.

— Ah, bom. Quero mesmo atrair novos investidores.

— Quem é Rolf Vinterberg?

Ugrimov contraiu os lábios, e fez um gesto negativo com a cabeça.

— Não faço ideia.

— E os trezentos mil dólares depositados por Rolf Vinterberg no Union Bank of Switzerland, numa conta que mais tarde foi esvaziada por Samuel Roth? E o encontro ocorrido aqui no final do ano passado, com o ministro de Minas e Energia do Sudão?

O russo o examinou, olhando por cima da taça enquanto sorvia o último gole do daiquiri de forma ruidosa. Em seguida, depositou a taça sobre a mesa de vidro.

— Você tem alguma ideia do que nós fazemos na Ugritech, Milo?

— Isso não me interessa.

— Mas deveria interessar — retrucou ele com um dedo em riste. — Nós fazemos coisas boas. Nós levamos o século XXI às massas negras. Outros veem o futuro na China, mas eu... eu sou um otimista. Vejo nosso futuro no nosso passado, no continente escuro do qual todos saímos. A África tem potencial. Recursos naturais... minerais, petróleo, muita terra.

A África deveria estar ditando regras. Mas não está. Por que você acha que isso não acontece?

Milo não tinha certeza se Ugrimov falava sério.

— Governos corruptos?

— Isso é bem verdade. Mas isso não é uma causa; é um efeito. Na raiz dos problemas da África existe uma única palavra: ignorância.

Milo esfregou o nariz e aprumou-se na espreguiçadeira.

— Roman, eu não estou interessado na sua visão racista.

O russo deu uma gargalhada, mas logo se conteve.

— Não me venha com essa conversa politicamente correta. É claro que eles não são idiotas. Ignorância é a falta de conhecimento objetivo, o que é uma verdadeira maldição na África. Por que os aldeões acreditam que camisinhas não evitam o contágio da AIDS?

— Porque padres católicos dizem isso a eles.

— Muito bem. Nesse caso, a Igreja Católica incentiva a ignorância na África. E por que há africanos que acreditam que fazer sexo com uma virgem mata o vírus HIV?

— Já entendi, Roman.

— Estou vendo que sim. A Ugritech... e, por favor, eu sei que o nome parece coisa de egomaníaco... a Ugritech é um esforço para acabar com a paralisia causada pela ignorância africana. Nós começamos com computadores conectados à internet. No ano passado, instalamos *dois mil* computadores em escolas e centros comunitários de Nairóbi.

— Quantos em Cartum?

— Mais ou menos o mesmo número. Não me lembro.

— Foi por isso que o ministro de Minas e Energia o visitou aqui?

Ugrimov olhou para a taça vazia de daiquiri.

— Nikolai! —chamou, e o homem calvo apareceu. — Por gentileza.

Nikolai pegou a taça e voltou ao interior da casa.

— Então? — pressionou Milo.

Roman Ugrimov juntou as mãos espalmadas diante dos lábios.

— Você, Milo Weaver... dizem por aí que você está fugindo. É verdade?

Uma pausa.

— É.

— Um homem que está fugindo da sua própria gente aparece sem mais nem menos à minha porta. É estranho, não é?

— Você vai responder às minhas perguntas ou não vai?

— Por favor. Você está com muita pressa. Por que não experimenta um daiquiri?

— Não, obrigado.

— Você matou alguém?

— Não.

— Mas é claro que eu não devo acreditar em você, devo? Você nunca acreditou que eu não matei minha querida Ingrid, mesmo depois que eu lhe disse que ela acabou com a própria vida.

— Justo.

Subitamente, um sorriso iluminou o rosto de Ugrimov.

— Você se lembra da última vez que nos falamos? Você estava transtornado, é claro. Tinha levado um tiro, não tinha? Qualquer um ficaria transtornado.

— Eu estava transtornado porque você não respondia às minhas perguntas — corrigiu Milo. — Você se recusava a dizer por que Frank Dawdle o tinha visitado. Quem sabe você me diz agora?

— Você está pedindo muito.

Milo deu de ombros.

— Muito simples, Sr. Weaver — prosseguiu Ugrimov. — Franklin Dawdle queria uma nova identidade. Sul-africana. Ele sabia que eu tinha contatos que poderiam conseguir o que ele queria sem demora.

— Foi por isso que ele veio aqui, para pedir uma nova identidade?

— Ele tinha feito o pedido vários dias antes. No dia que vocês o mataram, ele viria pegá-la. Suponho que o passaporte tenha sido encontrado com o corpo, não?

À época, Milo estava afastado do caso, e ninguém lhe dissera coisa alguma.

— Como foi que Ingrid entrou nessa história?

A expressão de Ugrimov se alterou.

— Ingrid Khol. Era uma menina linda... você não chegou a conhecê-la, mas... viu as fotos?

— Eu a vi na varanda, na noite anterior.

O russo engoliu em seco.

— O tal Frank Dawdle era um cretino. Isso era de se esperar, em se tratando de um homem da CIA, mas não no nível dele. Apareceu aqui com uma transação simples... sim, ele pagaria pelo passaporte. Mas tinha que sujar a coisa toda fazendo uma ameaça. Ele tinha provas de que eu era mais do que um mero guardião da minha querida Ingrid. Provas fotográficas, supostamente.

— Ela era muito jovem, Roman.

— Tinha 13 anos — admitiu Ugrimov, e então mordeu o lábio inferior, olhando além de Milo por um instante, em direção às portas de vidro. Talvez contemplasse o próprio reflexo. — Ela estava grávida. O meu... o nosso... — Ele fechou os olhos, pigarreou e, finalmente, olhou nos olhos de Milo: — Essa notícia afetaria meus negócios. Ninguém se importa com as circunstâncias ou com a natureza do amor. As pessoas só enxergam números.

Milo, pensando em Stephanie, quis assinalar que meninas de 13 anos de idade podem ser levadas a acreditar em qualquer coisa, até no amor. No entanto, apressou-se em anular qualquer paralelo.

— Você a matou para mostrar que ele já não exercia qualquer controle sobre você.

— Ela pulou.

Milo se perguntou se, ao longo dos anos, Ugrimov teria se convencido dessa mentira.

— Em todo caso, aquilo foi uma tragédia. Uma tragédia aumentada, talvez, pela morte de Dawdle segundos depois... e então ofuscada pelo que ocorreu em seguida, em Nova York. — De repente, um sorriso. — E que felicidade! Você conheceu sua esposa no meio da tragédia, não foi?

Milo ficou perturbado ao constatar o quanto aquele homem sabia, mas nada demonstrou. Precisava de Roman Ugrimov.

— Sim, e ainda estamos juntos.

— Foi o que ouvi dizer.

— Quem disse?

Outro sorriso.

— Você lembra de Angela Yates? — perguntou Milo. — Ela estava comigo, em Veneza.

— Claro que sim... a beldade que cuidava do cretino do Dawdle. Li que ela cometeu suicídio recentemente. Depois ouvi dizer que você estava sendo procurado como suspeito do assassinato. Qual é a verdade?

— Ela foi morta, mas não por mim.

— Não?

— Não.

O russo contraiu os lábios.

— Essas perguntas que você está fazendo sobre minha empresa na África... têm a ver com o assassinato?

— Sim.

— Entendo. — Ele estalou os lábios. — Milo. No dia que a bela Angela Yates matou aquele cretino, o mundo que nós dois conhecemos mudou, não foi? Gente que antes sequer sabia soletrar a palavra "Corão" agora já leu todo o livro sagrado do islã. Ou — emendou, sorrindo — afirmam, ao menos, conhecer a mensagem que ele contém.

— E você acompanhou essa mudança?

— Posso dizer que sim. Minhas prioridades evoluíram. Tenho agora vários tipos de amigos.

— Você está fornecendo computadores a terroristas?

— Não, não. Isso não. Isso nunca.

— E a China?

Uma careta de perplexidade; um menear de cabeça.

Milo estava ficando cansado de rodeios, um procedimento necessário quando se trata de uma conversa com russos.

— Diga logo.

— O que você me oferece em troca?

Milo não sabia se teria algo que pudesse interessar a um homem com os contatos e a influência de que dispunha Ugrimov.

— Que tal informação?

— Sobre o quê?

— Sobre o que você quiser, Roman. Se eu souber a resposta, eu respondo.

Nikolai retornou, trazendo mais um daiquiri de grapefruit, e colocou a taça ao lado de Ugrimov. O russo sorriu.

— Eu gosto do seu estilo, Milo Weaver.

Seguiu-se um silêncio enquanto esperavam que Nikolai se afastasse.

37

— Você quer saber duas coisas. Sobre um tal de Rolf Vinterberg, que deposita dinheiro num banco, e sobre a minha relação com o governo do Sudão, certo?

— Certo.

— Acontece que essas duas coisas estão, de certo modo, relacionadas. Na realidade, acho que estão intimamente relacionadas. Você sabe muito bem que eu sou um homem poderoso. Mas, a exemplo de tantos homens poderosos, estou sentado numa bolha. A qualquer momento, ela pode estourar. Veja, por exemplo, seu amigo Franklin Dawdle, o cretino. Naquele caso, foi meu gosto pessoal que ameaçou estourar a bolha. Hoje minha posição está tão consolidada que aquilo não me atingiria. Mas, há seis anos, eu ainda negociava contratos publicamente. Estava apenas começando a me inserir na economia europeia. — Ele deu de ombros. — Eu era vulnerável.

— E por isso você matou Ingrid. Não quis mais ficar vulnerável.

Ugrimov descartou o comentário com um aceno de mão.

— Não vamos mexer em velhas feridas. Quero falar do que aconteceu depois daquele dia triste. Três meses depois, para ser exato. Dezembro de 2001. Por intermédio de alguns amigos americanos, fui procurado por um jovem com uma proposta semelhante. Sim, ele também queria me chantagear! Eu pensei: *o que eu fiz para Deus continuar a me amaldiçoar?* Quem sabe? Dessa vez não tinha a ver com meninas... não, dessa vez era algo mais sinistro.

— O que era?

Ele balançou a cabeça com vigor.

— Se eu te contar, não haverá segredo, não é? Basta dizer que era de natureza financeira. O tal jovem guardaria sigilo total sobre a transação. Ele seria meu protetor, por assim dizer.

— Qual era o nome dele?

— Ele se apresentou como Stephen Lewis, e é assim que eu o tenho chamado.

— Americano?

— Duvidei do nome dele, mas nunca do fato de ser americano. Insistente, você sabe. Como se fosse o dono do mundo.

— O que ele queria que você fizesse?

Ugrimov deu mais um gole no daiquiri, levantou-se e fechou as portas da varanda. Enquanto voltava, manteve o olhar fixo no fundo do pátio, que dava acesso a um bosque. Sentou-se e baixou o tom de voz.

— Você já sabe o que ele me pediu. Que eu recebesse dinheiro, cada vez um montante diferente, e o levasse a diferentes bancos em Zurique, abrindo contas em meu nome e em nome de Samuel Roth. O que eu podia fazer? Entende? O que me restava fazer? Eu fiz o que ele pediu, é claro. Não foram muitas vezes... duas ou três por ano. E o que há de ilegal nisso? Nada. Mandei um dos meus empregados ao banco, com documentos falsos, para abrir as contas, e nos últimos dois anos usamos documentos de um tal Rolf Vinterberg.

Então era isso. Milo sentiu uma empolgação súbita. Era simples o esquema de lavagem de dinheiro utilizado para pagar os trabalhos realizados pelo Tigre; Angela havia chegado muitíssimo perto. Então fez a pergunta em voz alta, sem esperança:

— Ele tinha barba?

— O quê?

— Stephen Lewis. Ele tem barba?

Ugrimov se iluminou.

— Você conhece o cara! Cabelo ruivo e barba ruiva. Você conhece ele!

Mais uma vez, ligações. Ele balançou a cabeça.

— Ainda não, mas espero conhecê-lo em breve. Continue, por favor.

— Bem, não há muito mais o que dizer. Tudo transcorreu conforme ele tinha prometido. Meus segredos fiscais foram mantidos em sigilo e, de vez em quando, eu era procurado pelo Sr. Lewis. Ele me entregava o dinheiro em euros e os dados bancários, e eu mandava meu Sr. Vinterberg seguir as instruções. Na realidade, com o passar dos anos, o acordo me beneficiou cada vez mais. Surgiram alguns problemas, e alguns burocratas na Alemanha começaram a exigir que a Suíça me entregasse a eles. Fiquei com medo, de verdade. Falei com Lewis, e ele mexeu uns pauzinhos para que a Suíça me deixasse em paz. Não me pergunte como. — Ugrimov meneou a cabeça, em sinal de reverência. — E foi isso que eles fizeram. Até recentemente, pelo menos.

— O que aconteceu?

— Na última segunda-feira, recebi um comunicado do Ministério das Relações Exteriores da Suíça. Adivinhe... a nova administração decidiu que eu já não sou um cidadão exemplar, por causa dos alemães zangados lá em Berlim.

— Então você falou com Lewis.

— Como eu poderia falar? Ele nunca me deixou um número de telefone... a gente nunca se falou por telefone. Mas, coincidência das coincidências... Quatro dias atrás, recebi minha última visita do Sr. Stephen Lewis. Achei que a visita seria oportuna, pois eu poderia pedir ajuda a ele. Mas ele não veio com um maço de euros e dados bancários. Veio de mãos vazias. E me disse que nosso acordo tinha chegado ao fim. Agradeceu minha colaboração e me garantiu que seu pessoal jamais revelaria nosso segredinho, desde que eu também não o revelasse. Quanto ao problema dos alemães que me incomodavam, ele admitiu que nada mais poderia fazer. Os tempos eram outros.

A sorte parecia incrível. O comunicado expedido pelo Ministério das Relações Exteriores da Suíça foi um verdadeiro presente para Milo, transformando em sede de vingança a indignação de Roman Ugrimov. Não fosse isso, eles teriam ficado ali, em silêncio, sem que Ugrimov falasse a respeito do antigo acordo firmado com Stephen Lewis, também conhecido como Jan Klauser, ou Herbert Williams. Quantos nomes aquele filho da mãe teria?

Ugrimov pigarreou e deu um gole no daiquiri.

— Não sei qual é o seu jogo, Milo Weaver. Espero que não esteja jogando contra mim.

— Não creio que esteja — admitiu Milo, sinceramente. — Fale sobre o Sudão.

— Ah! Bem, você vai vibrar com isso. A ligação entre os eventos que acabo de relatar e o Sudão é, evidentemente, o misterioso Sr. Lewis.

— Prossiga — pediu Milo, com as mãos apoiadas nos joelhos.

— Bem, tudo aconteceu no final de outubro, quando ainda éramos amigos. Lewis me procurou aqui em casa e pediu um favor: seria possível convidar o ministro de Minas e Energia, o Sr. Al-Jazz, para vir até minha casa? Alguns amigos de Lewis queriam investir no setor de energia elétrica. Eu conhecia o ministro, é claro. Não gosto muito dele... tenho a impressão desagradável de que ele desmonta nossos computadores assim que nós os instalamos. Em todo caso, Lewis deixou claro que a continuidade da nossa colaboração dependia daquilo; então concordei. Fiz o convite, o ministro aceitou e, no dia quatro de novembro, eu o recebi aqui em casa. Lewis veio, é claro, acompanhado de quatro executivos americanos que se mantiveram calados. E, antes que você pergunte — falou, erguendo uma das mãos —, não. Eles não se apresentaram. Na realidade, foram um tanto grosseiros. A pedido de Lewis, fui para uma antessala e fiquei ali até escutar o ministro gritar e se dirigir às pressas à porta da frente, seguido pelos seguranças. Eu saí para desejar a ele um bom retorno. Para minha satisfação, ele estava indignado. Sabe o que ele me disse?

Milo fez um gesto negativo.

— Ele disse: "Nós vendemos a quem bem quisermos, porra!" Sim, foi isso que ele disse. E mais: "Se vocês ameaçarem meu presidente, eu enterro o de vocês!" — Ugrimov meneou a cabeça de maneira enfática. — Foi uma noite animada.

— Você não faz ideia do que eles discutiram?

Ugrimov balançou a cabeça.

— Alguns empregados de Lewis revistaram a casa em busca de grampos. Depois, todos foram embora sem dizer uma só palavra, e eu bebi até cair no sono. Foi um daqueles momentos em que a gente não se sente no comando da própria casa. Você entende?

— Sim, entendo.

Isso foi tudo que Milo conseguiu dizer, pois, enquanto olhava para o russo, estabelecia relações entre os fatos. Herbert Williams representava um grupo de empresários americanos. Eles usaram o Tigre para executar um extremista muçulmano, depois que uma conversa com o ministro de Minas e Energia do Sudão havia fracassado, fato absolutamente crucial. *Se vocês ameaçarem meu presidente...* A suspeita do Tigre tinha fundamento. O objetivo do assassinato era enfurecer a população, tornando o governo, já instável, ainda pior. Não a partir da ação de terroristas, mas de empresários. Por quê? *Nós vendemos a quem bem quisermos, porra!*

Vendiam o quê?

A única mercadoria sudanesa que tinha valor para os Estados Unidos era o petróleo. A quem o Sudão vendia petróleo? Aos chineses; empresas americanas não compravam petróleo sudanês, pois havia o embargo.

O sol estava quente demais. Milo levantou-se e foi até as portas de vidro, onde o telhado estendido o protegia. Controlou a respiração.

— Tudo bem com você, Milo Weaver?

— Tudo bem. É só isso?

Ugrimov espreguiçou-se na cadeira e levou aos lábios o daiquiri já meio aguado.

— É só isso. E agora chegou o momento da contrapartida. Posso perguntar o que quiser?

— Se eu souber a resposta, digo.

— Está certo — disse o russo, com o semblante sombrio e sério. — Para onde você sugere que eu vá?

— O quê?

— Eu vou ter que deixar a Suíça em breve. Para onde devo ir? Algum local com clima ameno, é claro, mas onde eu não seja caçado por banqueiros alemães. Pensei no seu país, mas, nos dias de hoje, tenho minhas dúvidas em relação aos americanos.

— Que tal o Sudão?

— Ah! — Ugrimov parecia ter achado a sugestão engraçada, e Milo se deu conta de que aquele sujeito não precisava dele para coisa alguma. Ele contara a história por puro capricho, nada mais.

— E Lewis? — indagou Milo. — Suponho que você tenha tentado descobrir quem ele era, não?

— Claro que sim. Há alguns anos.

— E?

— E o quê? Esse tipo de pessoa sempre encobre o próprio rastro. Descobrimos alguns nomes. Herbert Williams, por exemplo, em Paris.

— O outro nome teria sido Jan Klausner?

Ugrimov franziu o cenho, e então balançou a cabeça.

— Não. Era Kevin Tripplehorn.

— Tripplehorn?

O russo assentiu.

— É impossível saber quantos pseudônimos esse cara tem.

Tripplehorn, Milo pensou, e ficou repetindo o nome mentalmente. Foi então que se deu conta. Não de tudo, ainda nao, mas do suficiente. Kevin Tripplehorn, o Turista. Tripplehorn, que também era Jan Klausner, Herbert Williams, Stephen Lewis. Tripplehorn, que tinha sido fotografado ao lado do coronel Yi Lien e seguira Angela Yates, a fim de espioná-la ou incriminá-la. Tripplehorn.

Voltou a si sem saber que havia perdido os sentidos. Ugrimov, inclinado sobre ele, desferia-lhe tapas no rosto e tentava fazer com que ele tomasse um gole de daiquiri. A nuca de Milo latejava.

— Você precisa se cuidar, Milo. Não confie que terceiros façam isso por você. Meu conselho? Confie apenas na sua família, em mais ninguém. — Ugrimov levantou-se e chamou: — Nikolai!

Enquanto levava Milo de carro de volta ao portão, Nikolai o observava com desconfiança. Ainda em estado de choque, Milo não parava de pensar nas últimas palavras de Ugrimov: *Confie apenas na sua família, em mais ninguém*. Era uma afirmação curiosa.

Einner, no portão, fumava um dos Davidoffs de Milo, e jogou o cigarro no chão ao ver o Mercedes se aproximar. Quando Milo saiu do carro, agora sentindo as pernas mais fortes, Nikolai também saiu e apontou para Einner.

— Você! — exclamou, num inglês áspero e zangado. — Não suje o chão!

38

No carro, enquanto voltavam para a cidade, Einner disse que Genebra era uma de suas cidades prediletas.

— Você já percebeu? As garotas daqui... eu fico em estado permanente de excitação.

— É — respondeu Milo para as árvores que passavam.

— Eu vou te mostrar. A menos que você esteja pretendendo arrombar algum apartamento. Você não quer isso, quer? — perguntou Einner. Milo fez que não. — Ótimo. A gente vai ver um pouco da vida noturna então.

As árvores cederam seu lugar às casas à medida que eles se aproximavam do lago.

— Sabe, você pode me contar o que aconteceu lá dentro — prosseguiu Einner. — Afinal, estamos trabalhando juntos.

Mas Milo não falou. Sua experiência como Turista o ensinara até que ponto deveria expor os fatos e que o Turismo estava na base de tudo. Então ele mentiu, porque mentir também fazia parte do Turismo.

— Ugrimov foi um beco sem saída. Sempre aparecem alguns.

— E a Ugritech?

— Se alguém está usando a empresa dele para lavar dinheiro, ele ignora o fato.

Einner fez uma careta, pensando no fracasso do encontro.

— Mas pelo menos estamos em Genebra, não é verdade? E você não poderia ter um guia melhor. Vamos sair hoje à noite?

— Claro — disse Milo. — Mas eu vou precisar tirar um cochilo antes.

— Bem, você não é mais um garoto.

Chegaram ao Beau-Rivage por volta das quatro da tarde. Einner disse que, enquanto Milo tirava sua soneca, ele "descansaria" num prostíbulo que jamais deixava de frequentar quando estava na cidade.

— Lugar de classe. Limpo. Sabem tratar os clientes. Tem certeza de que não quer ir?

Milo desejou-lhe felicidades, pegou um exemplar de cortesia do *Herald Tribune* e dirigiu-se ao elevador. Enquanto subia até o quarto, notou, na parte inferior da primeira página, a foto de um senhor de aspecto amável, com cabelos brancos penteados de lado e um sorriso terno. Com uma legenda que remetia à cidade de Frankfurt, a matéria falava de *Herr* Eduard Stillmann, membro do conselho diretor do Deutsche Bank na última década, encontrado morto a pauladas em seu escritório, no 28º andar. A polícia ainda não tinha qualquer pista. Milo colocou o jornal sobre a cama e começou a se despir; sabia que a polícia jamais encontraria pistas naquele caso.

No tempo em que trabalhava como Turista, o sono às vezes o dominava. Ele descobrira uma montanha de informações, o que o deixara exausto, física e mentalmente. Nem mesmo Turistas podem estabelecer tantas relações com um estalar de dedos. São necessários tempo e reflexão, como na arte. Milo não era melhor do que qualquer outro Turista e, naquela noite, mesmo depois que ele acordou, tomou banho e se vestiu, sua mente ainda estava transtornada em consequência de tanta informação.

Ele sequer suspeitou quando Einner disse:

— Preciso ir embora de manhã.

— É?

— Recebi um telefonema. Novas paragens para este que vos fala. Você acha que pode se virar sozinho?

— Vou dar meu melhor.

Milo tolerou apenas uma hora no Platinum Glam Club, um badalado clube noturno no Quai du Seujet, de frente para o Ródano, no ponto em que o rio se originava do Lago de Genebra. Passados 15 minutos, já estava surdo, resultado da música eletrônica e da algazarra produzida pelos jovens suíços abastados que se aglomeravam em torno dele e que precisavam gritar para serem ouvidos. Luzes espocavam, lasers rabiscavam as paredes, e ele logo perdeu Einner de vista em meio à multidão próxima à pista de dança. O valor pago na entrada dava direito a uma bebida de cortesia, mas era trabalhoso demais tentar chegar ao bar, onde rapazes musculosos, com cabelos descoloridos e espetados, bebiam nos gargalos das garrafas ao ritmo agonizante da música, a cargo de um certo DJ Jazzy Schwartz. Ele recuou, chocando-se contra garotas lindas que seguravam drinques multicoloridos, usavam saias curtas, fingiam não vê-lo e tentavam chegar aos sofás alinhados ao longo das paredes. Quando Milo finalmente chegou aos sofás, todos já estavam ocupados. Ele não fazia ideia do porquê da sua presença naquele lugar; portanto, decidiu voltar à entrada.

Quando ele já avistava a porta, uma garota de franja lisa e preta, usando um vestido de lamê prateado, bloqueou seu caminho segurando um copo de mojito na altura dos seios. Ela exibiu um grande sorriso e gritou algo que ele não conseguiu entender. Ele levou uma das mãos ao ouvido, querendo dizer que não estava escutando; ela, então, agarrou-lhe o pescoço com a mão que estava livre e aproximou os lábios.

— *Quer dançar?*

Milo tocou o ombro desnudo e molhado da jovem, sugerindo que não queria dançar e que não era nada pessoal.

— Seu amigo disse que você quer! — vociferou ela, como se o tivesse pegado numa mentira.

Em resposta à expressão estampada no rosto de Milo, ela apontou para alguém nas costas dele. Por cima de uma área coberta por cabeças bem penteadas, ele viu Einner acompanhado de outra jovem, uma loura da altura dele, pulando na pista de dança e fazendo um sinal positivo com o polegar em direção a Milo.

— Ele já pagou! — gritou a garota.

Milo demorou um instante para entender; afinal, sua mente estava meio lenta. Ele se inclinou, deu um beijo no rosto da jovem e disse:

— Uma outra noite.

Ela pegou-o pelo braço no momento em que ele se afastava.

— E o dinheiro?

— Pode ficar para você.

Conseguiu se desvencilhar, lutou contra um bando de rapazes que usavam ternos cinza e gravatas e que entravam no clube naquele momento, subiu as escadas e saiu finalmente pela rua arejada que seguia ao longo do Ródano. A aglomeração ali fora era quase tão densa quanto a que havia lá dentro, uma turba de farristas cuja entrada no clube os quatro porteiros troncudos haviam barrado. Alguns, no entanto, mostravam-se satisfeitos em ficar do lado de fora e tomavam vinho e fumavam no meio-fio. Uma jovem alcoolizada rodopiava no meio da rua, enquanto as amigas, segurando latas de Red Bull, davam gargalhadas. Um Mercedes buzinou para a jovem, até que ela, sorrindo, deu um pulo e liberou a via. Milo começou a caminhar de volta ao hotel.

Ele havia se esquecido do quanto aquele tipo de coisa lhe causava uma sensação de vazio. Einner ainda era jovem. Para ele, as cidades europeias eram uma terra de fantasia, com música, violência e sexo livre. Também tinha sido assim para Milo... até que deixara de ser. Até ele perceber que as cidades europeias eram como uma única cidade, uma cidade com grande potencial, mas sem variedade. Ele jamais permanecia tempo suficiente para descobrir as nuances que singularizavam um local. Para ele, todas as cidades faziam parte das luzes de uma "cidade" platônica; o *onde* não fazia a menor diferença.

Esfregou os olhos e, agora próximo ao lago, atravessou a rua em direção à margem; a água estava negra e quase invisível. Estava tudo esclarecido, agora, o fato que ele resistia em aceitar. Tripplehorn era um dos Turistas da equipe de Grainger. E Grainger estivera no controle de tudo, desde o início.

Milo comprou uma garrafa de Absolut numa loja de conveniência, pegou a chave na recepção e tomou o elevador, cujo elegante interior, todo espelhado, começava a lhe causar náusea. Chegando ao quarto, despiu-se. Pensou em utilizar um computador do hotel para enviar uma mensagem a Tina. Só uma palavra, para dizer que ele estava bem. Mas àquela altura ele sabia que a Companhia, ou ao menos Janet Simmons, estava de olho nas duas contas de e-mail dela. Então, em vez disso, serviu-se de uma dose de vodca e bebeu-a de um gole só.

Um leve e constante latejamento na base da nuca fazia com que ele se lembrasse de que sua emoção mais básica era o desespero. Qualquer homem em fuga, privado da companhia da família, traído por uma pessoa na qual confiava, começa a desmoronar. Qualquer homem ou mulher, conforme fora o caso de Angela, em 2001. A traição faz com que Milo busque desesperadamente algo estável, com que só pense na esposa e na filha que ele não pode ver, que não pode tocar, com quem não pode falar. E sem a família é como se estivesse novamente em 2001, à beira de um canal de Veneza, contemplando o suicídio. Sem a família, não havia motivos para não pular.

Apesar desses pensamentos lúgubres, Milo só bebeu aquela primeira dose. Lembrou-se da mudança nas ordens de Einner e sabia o que precisava fazer em seguida.

James Einner só voltou ao hotel às três da madrugada. Àquela altura, Milo já havia aberto a porta que ligava o quarto dos dois, arrumado e guardado a mochila no armário e verificado, por meio do telefone do hotel, os horários dos voos. Agora estava deitado na cama, embora não conseguisse dormir. Ouviu o Turista entrar no quarto adjacente, esbarrar em algo, dizer um palavrão e, em seguida, dirigir-se ao banheiro. Milo entrou no quarto, segurando atrás das costas o rolo de fita adesiva.

— Transou? — perguntou.

— O quê? — Ouviu-se a voz de Einner, expressando surpresa, através da porta entreaberta do banheiro. — Ah! Não. Pensei que você já estivesse dormindo.

— Não — disse Milo, sentando-se tranquilamente no pé da cama de Einner. Ele poderia fazer a coisa agora, enquanto o sujeito estava no vaso sanitário, mas gostava de Einner e não queria humilhá-lo.

— Ei! — exclamou o Turista.

— O que foi?

— Como você entrou no meu quarto?

Merda.

Milo correu até a porta do banheiro, abriu-a e deu um pontapé na mão de Einner, que lhe apontava a pistola Makarova. A arma disparou, produzindo um forte estampido no recinto pequeno, e a bala penetrou um dos azulejos acima da banheira. No momento em que Einner começou a se levantar, com as calças ainda baixadas em volta dos tornozelos, Milo desferiu-lhe um golpe violento com o cotovelo, na altura do ombro. O impacto fez com que ele voltasse a se sentar no vaso. Milo bateu com as costas da outra mão no queixo de Einner, cuja cabeça se chocou contra a parede. A Makarova rolou pelo chão.

Milo bateu a cabeça de Einner contra a parede uma segunda vez, e os olhos congestionados do jovem agente se arregalaram, enquanto ele abria a boca, tentando falar. Milo usou o cotovelo novamente, agora atingindo a traqueia. Einner nada pôde dizer. Milo pegou a pistola.

Sabia que havia machucado o Turista, mas precisava deixá-lo aturdido durante alguns minutos. Arrancou a cortina do boxe, mandando os ganchos pelos ares, e a esticou no chão do quarto.

Quando ele voltou, Einner estava tentando se pôr de pé, ofegante, como se fosse vomitar.

— Não — ordenou Milo, e exibiu a arma. Einner pareceu ter se acalmado, sabendo que já estaria morto se fosse essa a intenção de Milo, mas voltou a expressar pânico quando Milo agarrou-lhe as calças, ainda enroladas em seus pés, e o puxou do vaso com um solavanco, arrastando-o para fora do banheiro. Einner balançou os braços e gemeu, com a camisa enrolada à altura do peito; uma trilha pútrida e marrom marcou seu trajeto.

Aquela era a parte mais humilhante, pensou Milo com pesar. Com um pedaço de fita adesiva, ele atou os punhos de Einner, juntos, em frente ao abdômen; em seguida, atou os pés.

Então arrastou-o até a cortina do boxe.

— O quê... — Einner conseguiu dizer.

— Não se preocupe — recomendou Milo com calma. Dobrou um lado da cortina por cima do corpo de Einner, cobrindo o rosto dele.

— *O quê?*

Milo suspendeu a cortina, descobrindo o rosto novamente. Einner estava agora todo vermelho. Era uma reação natural à ideia de ser sufocado com o plástico.

— Nada de ruim vai acontecer com você — garantiu Milo, tentando animá-lo enquanto cobria o corpo dele com o outro lado da cortina, embrulhando-o totalmente. Rasgou com os dentes um pedaço de fita. — Escute bem, James. Eu preciso ir embora. Mas preciso ter certeza de que você não vai estar atrás de mim. Você é um bom Turista, e eu acho que não seria capaz de escapar de você. Então preciso deixá-lo incapacitado por algum tempo para poder fugir. Entendeu?

Einner, recuperando a respiração, falou com a laringe machucada:

— Entendi.

— Ótimo. Eu não queria fazer isso... acredite se quiser... mas não posso correr o risco de ter você no meu encalço.

— O que Ugrimov falou?

Milo quase contou, mas percebeu que não deveria.

— Não, James. Não quero que você passe informações a Fitzhugh. Pelo menos não ainda.

Einner piscou, com os olhos úmidos.

Milo colocou um pedaço de fita sobre a boca dele. Levantou-se e utilizou o restante do rolo para prender a cortina, desde os ombros até os pés, de maneira que o jovem agente nada pudesse tocar com os dedos. Enquanto fazia isso, teve de rolar o corpo de Einner algumas vezes, levantando-lhe os pés e os ombros. Tentou não ser ofensivo, mas sabia que isso era impossível quando se trabalha com plástico e fita adesiva. Assim como era ofensivo deixar o Turista com as calças arriadas, com vestígios de merda sujando suas coxas e a parte interna da cortina. Einner não queria outra coisa se não matá-lo.

Quando terminou, Milo rolou o corpo de Einner até a lateral da cama. Os olhos do Turista já não estavam congestionados e, acima da fita cinzenta, fitavam-no, arregalados. Milo mostrou-lhe a Makarova e colocou-a numa das gavetas da cômoda; em seguida, retirou o colchão da cama e apoiou-o contra a parede, deixando o Turista numa escuridão que abafaria qualquer som que ele tentasse fazer enquanto esperava a chegada da arrumadeira.

Na carteira de Einner, encontrou francos suíços no valor de seiscentos dólares, os quais enfiou no bolso; pensou em levar as chaves do carro, mas mudou de ideia. Fechou a porta sem dizer mais nada, pegou a mochila e saiu.

No Aeroporto Internacional de Genebra, depois de duas corridas de táxi durante as quais ficara atento, mas constatara que não estava sendo seguido, Milo examinou o monitor que listava as partidas. Mal havia tempo para pegar o voo das sete e meia da Air France, voo 1243, com uma passagem comprada com o cartão de crédito em nome de Dolan, uma tarifa de quase três mil dólares. Correu até o portão de embarque. Durante a espera de uma hora no Charles de Gaulle, voltou a sentir pânico, procurando um par de olhos inchados. Mas Diane Morel não estava esperando por ele.

Quando já estava dentro do avião que faria o trecho seguinte, lembrou-se de uma das máximas de Einner:

— Tom telefona para mim... e isso me basta. Tom é Deus quando está ao telefone.

Turistas jamais questionam o *porquê* de suas ordens. Deus disse a Tripplehorn que seguisse Angela Yates em Paris, enquanto Einner, inocentemente, a fotografava. Deus disse a Tripplehorn que procurasse o coronel Yi Lien; talvez ele tenha abordado o coronel pedindo-lhe um cigarro, Milo pensou. Deus disse a Tripplehorn que fechasse um negócio com um empresário russo insidioso e lhe entregasse dinheiro destinado a diversas contas bancárias; Deus disse a ele que recrutasse um famoso matador de aluguel e o direcionasse a várias pessoas de seu interesse. Deus ordenou que ele trocasse por barbitúricos as pílulas que Angela usava para dormir. Deus chegara a ponto de mandá-lo esconder uma agulha na cadeira de um café, em Milão, para que o Tigre, confortado por sua fé na Ciência Cristã, perecesse lentamente em vez de revelar a identidade do Turista.

Tripplehorn não era culpado desses atos. Simplesmente atuava como Jó, enquanto Grainger atuava como Deus, e Deus era a origem de todas as coisas.

39

Ele aterrissou no Aeroporto JFK na tarde de segunda-feira de olhos bem abertos. Mas, depois de esperar na fila interminável para a apresentação de passaporte, fila esta que o fez se lembrar da Disney, Lionel Dolan entrou nos Estados Unidos sem o menor problema. No balcão da Hertz, interagindo com um jovem meticuloso e cheio de espinhas, alugou um Chevrolet; chegando ao meio-fio, girou a chave do carro em um dos dedos e observou viajantes com malas enormes, discutindo tarifas com motoristas de ônibus estressados pelo trânsito de Nova York. Táxis chegavam e partiam. Policiais portando rádios e outros equipamentos espreitavam pelos cantos. Mas ninguém, até onde ele podia ver, reparava no homem nervoso, de 30 e tantos anos, que esfregava o maxilar e olhava ao redor. Lá foi ele à procura do Chevrolet.

Milo queria recolher os pertences que estavam no guarda-móveis Stinger Storage. Naquela "garagem" havia dinheiro, cartões de crédito, velhas cédulas de identidade e uma variedade de armas úteis, esperando por ele. Mas, em vez disso, tomou o sentido norte, em direção à rodovia I-95, saindo de Long Island rumo a New Rochelle. Então seguiu para o oeste, como se fosse para Paterson. Embora a garagem fosse bastante promissora, foi obrigado a supor que ela estivesse sendo vigiada. Sabia agora que era um tolo e, provavelmente, cometera uma série de erros ao longo dos anos. Àquela altura, sem dúvida, alguns brutamontes a serviço da Companhia estariam lá, um atrás do balcão de atendimento, outros sentados no interior de veículos utilitários, com os aparelhos de ar-condicionado ligados na potência máxima.

Seguia em alta velocidade, mas não como se estivesse em pânico. Ele sabia que, quando retomasse o sentido sul, dirigindo paralelamente à ilha de

Manhattan mas pelo lado de Nova Jersey, só lhe restaria uma hora até alcançar o lago Hopatcong. Será que Tom tinha conhecimento de que ele estava a caminho? Provavelmente suspeitava. Teria pedido reforço à Companhia? Naquele ponto, Milo era obrigado a admitir total ignorância. Restava-lhe apenas dirigir de forma que os patrulheiros de Nova Jersey, empunhando seus radares, não o interceptassem.

Logo avistou montanhas diante da rodovia. Quando ele, Tina e Stephanie passavam o fim de semana com os Graingers, sempre era uma sensação estranha constatar o quanto a natureza se aproximava de Manhattan. Na cidade, parecia que o mundo inteiro era feito de concreto, aço e vidro. A visão dos bosques reservava uma eterna surpresa. Conforme ocorrera seis anos antes, enquanto seguia de carro até Portorož, no primeiro trecho de uma viagem que culminou em Tina e Stephanie, Milo pensou que talvez aquele fosse o único local onde era possível conhecer o equilíbrio: nas montanhas.

Não, estava velho demais para acreditar na promessa de novos territórios. Ele, na condição de Turista, não tinha como saber que as pessoas fazem parte da geografia. Somente elas conferem caráter à natureza. Onde quer que sua família estivesse, ali seria o lugar dele.

Ele, Tina e Stephanie costumavam pegar aquela estrada para visitar Tom e Terri, quando ela ainda vivia. Terri Grainger fora uma anfitriã esquizofrênica, às vezes querendo receber o mundo inteiro para festas, bebidas e boa companhia, e outras querendo nada além da solidão, até no que dizia respeito ao marido. Mas quando estava bem, era uma grande anfitriã, fazendo com que Tina sentisse que, na casa dos Graingers, à beira do lago, podia encontrar um substituto para sua família, que morava no Texas e da qual tanto sentia falta.

Tantos tt: Tom, Terri, Tina e Texas. Ele sorriu, recordando-se de algo que Tina dissera, certa vez, sobre Patrick e Paula em Paris.

Durante muito tempo, Tina acompanhou Terri às sessões de quimioterapia. Tornou-se uma confidente da velha senhora. Então, quando o câncer piorou e até os mais otimistas perceberam que a batalha seria perdida, Terri mudou o rumo. Isolou-se, desligava chamadas telefônicas no meio de frases. Não queria que Tina sofresse com ela até o fim.

Milo estacionou embaixo dos pinheiros na Brady Drive, a pouca distância do lago, mas a cerca de 800 metros da casa dos Graingers, e colocou a mochila no ombro, seguindo a pé. Picapes e Fords passavam por ele e, de vez em quando, um motorista dava um toque na buzina e acenava. Milo sorria e acenava também. Quando já estava perto da casa, saiu da estrada e avançou, pelo meio do mato, em direção ao lago.

Grainger adquirira a propriedade nos anos 1970. A casa datava da década de 1930, construída em estilo chalé, inspirada em Teddy Roosevelt. Segundo Grainger, durante a Depressão, o industrial que então era dono da casa se mudara de Manhattan para lá, a fim de economizar dinheiro.

Os Graingers tinham deixado a casa dos empregados acumular aranhas, pois os dois andares e os três quartos da residência principal já davam trabalho suficiente.

Milo passou quarenta minutos no bosque, circundando a casa, a fim de vê-la de diversos ângulos e verificar se havia câmeras de segurança instaladas nas árvores. Quando se convenceu de que o bosque estava "limpo", aproximou-se da casa. Olhando para o lado oposto, onde as janelas da sala de visita se voltavam para o Mercedes de Tom, ali estacionado, e para um pequeno cais, Milo notou que o bote a remo dos Graingers não estava lá.

A casa não estava trancada, e Milo pôde entrar e examiná-la por dentro. Subiu a escada que ficava ao lado da porta, passou pelo quarto e foi até o escritório de Grainger. Era um cômodo pequeno, com uma grande janela voltada para o lago Hopatcong.

Estava naquela hora definida pelos fotógrafos como "mágica", quando a luz do sol poente se refrata de um modo especial e as fisionomias parecem brilhar como, segundo dizem, brilham os semblantes das mulheres grávidas. O lago brilhava, assim como a pequena forma no meio das águas: Tom Grainger, pescando.

Milo examinou as gavetas de uma escrivaninha até chegar à última, que estava trancada e teve de ser arrombada com uma chave de fenda que ele encontrou em uma das outras. Naqueles fins de semana do passado, ele tinha visto o conteúdo daquela gaveta: uma Luger alemã, a qual Grainger afirmava ter sido pilhada de um soldado alemão durante a ofensiva final, e uma caixa de munição de 9 milímetros. Verificou a culatra e carregou o pente.

Se ficou surpreso ao vê-lo, Grainger disfarçou bem. Estava amarrando o bote à estaca quando Milo saiu de trás de uma árvore, com a pistola presa na altura do quadril.

— Pegou alguma coisa? — perguntou Milo.

Grainger, ofegante, não se deu ao trabalho de erguer os olhos.

— Nunca pego. Não nos últimos anos, pelo menos. Desconfio de que algum babaca jogou alguma coisa no lago e matou todos os peixes. — Ergueu-se e finalmente olhou para Milo. — Mas a verdade é que, desde que Terri morreu, eu não pego nada. Talvez o problema seja eu mesmo. — Notou a Luger e franziu o cenho. — Você não arrombou minha escrivaninha para pegar isso aí, arrombou?

— Acho que sim.

Grainger balançou a cabeça.

— A chave estava na primeira gaveta.

— Desculpe.

— Tudo bem. — Ele começou a retirar do bote a vara de pescar e as iscas, e então olhou para o céu claro. — Vou deixar isso para depois. Não vai chover.

— Boa ideia. — Milo acenou com a arma. — Vamos.

Indignação... era o que estava faltando ali. Grainger não se mostrava indignado, a não ser com a destruição da escrivaninha. Ele sabia que Milo viria. Na realidade, Milo desconfiava de que o velho estivesse à sua espera, dia após dia, pescando para passar o tempo.

Instalaram-se na sala de visita. Primeiro, Grainger foi até o armário onde guardava bebidas, estocado com uma dúzia de garrafas, e pegou um scotch de dez anos. Serviu-o num copo alto, voltou a guardar a garrafa, e serviu uma dose de vodca Finlandia. Entregou a vodca a Milo e sentou-se numa poltrona estreita, estofada de couro, enquanto o outro preferiu se acomodar no sofá. Entre os dois havia uma mesinha de centro e, encostado à parede, via-se um velho rádio, do tempo em que a casa tinha sido construída.

— Vejo que você voltou são e salvo — começou Grainger.

— Voltei.

— E veio me ver. Eu sou sua primeira visita?

— É.

— Bom. — Grainger deu um gole no uísque. — Diga. Que provas você conseguiu reunir?

Milo respirou fundo. Ele sabia que as respostas estavam com aquele homem, mas, durante todo o trajeto até chegar ali, não conseguira decidir como extraí-las. Não podia contar com um método qualquer, pois os que aprendera não se aplicavam a padrinhos, velhos amigos e colegas de Companhia que conhecessem todos de cor.

— Descobri que não preciso reunir qualquer prova em minha defesa, Tom. Você me enganou e me fez fugir.

— Eu só tentei ajudar você.

Milo sentiu vontade de gritar — nada específico, apenas qualquer besteira que saísse dos lábios quando ele abrisse a boca. Não era só pelo fato de Grainger ser seu amigo, quase um membro da família; era também por causa das poltronas confortáveis, a sala repleta de bugigangas antigas, e os dois bebericando em copos de cristal.

Milo depositou a vodca sobre a mesa de centro e foi até a cozinha.

— As provas — disse Grainger.

Em vez de responder, Milo voltou com um rolo de fita adesiva.

O sorriso de Grainger murchou.

— Pelo amor de Deus, Milo. Nós não podemos conversar?

Milo puxou um pedaço de fita, provocando um som alto e rangente.

— Não, Tom. Não podemos.

Grainger sabia que não adiantava lutar enquanto Milo colava a ponta da fita às costas da poltrona e envolvia seu corpo cinco vezes, amarrando-o dos ombros aos cotovelos. Rasgou a fita com os dentes e grudou a ponta às costas da poltrona. Em seguida, deu um passo atrás, avaliando o trabalho, e voltou ao sofá.

— Você vai ter que me dar o uísque na boca — alertou Grainger.

— Eu sei.

— Vai ser o método da punição e recompensa?

— Eu diria encorajamento.

Milo mal podia enxergar o rosto de Grainger. Era o sol. Enquanto ele não estava olhando, o sol desaparecia atrás das montanhas.

— Então, diga — começou Grainger, enquanto Milo acendia uma luminária de pé —, que provas você reuniu? Não estou falando de suposições, por favor. Nem de boatos. Provas.

Milo voltou ao sofá.

— Você me enganou, Tom. Você me fez fugir da Disney quando não havia motivo para eu fugir. Eu estava apenas sob suspeita. Certo?

Grainger, tentando em vão se mover sob as tiras de fita adesiva, assentiu.

— Você esteve por trás de tudo o tempo inteiro. Foi você que passou dinheiro para Roman Ugrimov, que passou o dinheiro para o Tigre. Foi por isso que você escondeu de mim durante tanto tempo o dossiê que continha informações sobre as atividades do Tigre no Turismo. Aquilo não tinha nada a ver com o fato de Fitzhugh tê-lo recrutado.

— Sim — admitiu Grainger, passados alguns instantes. — Eu escondi o dossiê de você por isso, mas depois eu o mostrei *porque* o Tigre foi recrutado por Terence Fitzhugh.

— Vamos manter o foco. Você comandava o Tigre. Angela, assim como eu, estava no encalço dele. Então você ordenou a morte dela. Foi mais um serviço de Tripplehorn.

— Sim.

— O coronel Yi Lien nada teve a ver com a coisa. Você apenas posicionou Tripplehorn em alguns pontos estratégicos e deixou que as câmeras atuassem.

Um tanto relutante, Grainger confessou:

— O MI6... bem... eu inventei aquilo, não foi?

— Então é possível deduzir que você ordenou a execução do mulá Salih Ahmad no Sudão.

— Sim. — Como Milo não quis, naquele momento, seguir com o interrogatório naquela direção, Grainger repetiu a palavra que já havia utilizado anteriormente. — Provas? Você *tem* alguma prova por trás de tudo isso, não tem?

Milo não tinha certeza se deveria responder. Se admitisse não ter provas concretas, Grainger talvez se fechasse. Mas ele era experiente o bastante para perceber a mentira, e insistiria em saber exatamente de que tipo de prova ele dispunha.

Mas o silêncio bastou. Grainger balançou a cabeça, devagar.

— Que merda, Milo! Você não tem provas, não é?

— Não.

— O que você andou fazendo nos últimos dias? Enchendo a cara?

Milo levantou-se, como se quisesse lembrar-lhe quem estava no comando do interrogatório, e então agarrou o copo de uísque e levou-o aos lábios de Grainger. Depois que este sorveu um bom gole, Milo depôs o copo e disse:

— Por favor, Tom. Apenas me diga o que diabos está acontecendo.

Grainger pensou um pouco.

— Se você não consegue descobrir sozinho, tudo bem. O motivo é o mais velho que consta no manual. É o motivo que faz com que a gente se meta em tudo.

— Petróleo.

Grainger tentou dar de ombros, mas a fita adesiva limitava seus movimentos.

— Mais ou menos. Aparentemente. Mas a resposta nota dez é "império". E você ganha pontos extras se mencionar a China.

40

Depois que começou a falar, Grainger não parou mais. A fita adesiva mantinha-lhe o corpo imóvel, mas a cabeça se inclinava e se mexia livremente enquanto ele explicava os detalhes de uma história que (segundo parecia a Milo) fazia tempo que ele queria contar.

— Escute aqui, Milo... e não seja infantil. Imagine um continente encharcado de petróleo e um dos governos mais corruptos que o mundo já viu. Você acha que o Sudão é uma terra de paz e amor? Eles já estavam se degolando antes que nós decidíssemos fazer nossa pequena intervenção. E a gente tentou fazer a coisa de um jeito pacífico. Você sabe disso. O nosso pessoal se encontrou com o ministro de Minas e Energia na casa de Ugrimov. Nossa mensagem foi a seguinte: parem de vender petróleo bruto aos chineses e comecem a vender para nós. A gente suspende o embargo. Que diabo! A gente chegou a se dispor a pagar um preço mais elevado. Você ouviu o que eu disse? O presidente vai ter mais dinheiro para construir seus palácios e estátuas. Mas o homem é orgulhoso. Políticos que matam a sua própria gente costumam ser orgulhosos. O ministro telefonou para ele, e ele recusou a proposta categoricamente. Então a gente recorreu à adulação e a ameaças. Finalmente dissemos que, se ele não aceitasse a proposta, poderíamos tornar a vida dele, e do país, um inferno ainda pior do que já era.

— Então a questão toda foi o petróleo. É isso que você está dizendo?

— Milo, você está parecendo um daqueles manifestantes que ainda se referem ao desastre do *Exxon Valdez* 18 anos depois do ocorrido. É preciso levar em conta o cenário como um todo. Sempre é preciso considerar o cenário como um todo. A gente não se importa de perder um pouco de petróleo aqui e ali. Um determinado país não quer vender para a gente? Tudo bem, não vamos perder a linha. A questão não é o petróleo; é o século que está começando. É a China. O Sudão provê sete por cento do petróleo bruto utilizado pela China. A cada ano, a China usa mais petróleo... a economia chinesa *precisa* de mais petróleo para crescer. A perda de sete por cento não vai implicar a derrocada da China, não agora, mas e no ano que vem? E daqui a dez anos? A China precisa garantir o fornecimento ao máximo. Um terço do petróleo importado pela China vem da África. Eles não podem se dar ao luxo de perder isso.

— Mas você bate sempre na mesma tecla, Tom. Petróleo.

Por baixo das tiras da fita adesiva, Tom mexeu uma das mãos, apoiada no braço da poltrona, e levantou um dedo.

— Espere. Isso é apenas o começo. O que a China pode fazer para garantir a provisão de petróleo? A China precisa de uma África estável, não? A China recorre às Nações Unidas. E solicita uma intervenção no Sudão. Mas, enquanto puderem, os Estados Unidos vão vetar essas resoluções. Eis a vantagem de ser membro permanente do Conselho de Segurança. Pode-se vetar o que quiser. Pode-se seguir vetando, até que a China fique encurralada. Até, e essa é a parte importante, *que a China seja forçada a intervir por conta própria.* A enviar milhares de soldados do seu próprio Exército Popular. Nós já temos o Iraque, que está nos drenando aos poucos. Se não conseguirmos sair de lá, podemos ao menos atrapalhar a vida de alguns dos nossos velhos inimigos. Está na hora de dar de presente à China alguns Iraques. E ver como ela se sai com isso.

Milo manteve as mãos cruzadas sobre o colo enquanto fitava o velho, que se mostrava cheio de vida, como se a revelação desses segredos lhe propiciasse uma transfusão de sangue.

— Você concorda com essa tática?

Grainger tentou dar de ombros, embora a fita adesiva o impedisse.

— É um tanto pérfido, devo admitir. Mas a coisa tem certa lógica. Pequenos ataques, um único assassinato, e é possível derrubar um país inteiro. Os governos têm sempre um jeito de espalhar a crença de que são imutáveis. Isso raramente é verdade.

— Você não respondeu minha pergunta.

— Eu acreditei nisso durante muito tempo, Milo. Durante anos. Mas a situação foi ficando meio caótica, não? Se a gente executa um simpatizante do terrorismo, como o mulá, alguém vai reclamar? Estamos prestando um serviço ao mundo. Quando o caos se instalar, a gente diz que foi uma surpresa. Bem, nunca é tão simples assim. Havia testemunhas que precisavam ser eliminadas. Rahman, aquele amigo da Angela, por exemplo.

— E a própria Angela.

— Pois é — admitiu Grainger. — Nós tentamos nos livrar dela por meio de difamação. Você sabe disso. Quando ela me telefonou procurando fotos do Tigre, eu logo vi que ela havia chegado perto. Então a gente inventou a acusação de traição. O objetivo era obrigá-la a se aposentar ou, na pior das hipóteses, mantê-la sob custódia durante algum tempo... não muito, apenas o suficiente para que as pistas esfriassem. Mas, àquela altura, as falhas já estavam visíveis até para um idiota como eu. Era muita testemunha morta. Então, quando chegou a hora de fechar o cerco contra Angela, resolvi escalar você. Afinal, você tinha chegado mais perto do que qualquer outra pessoa... você tinha se encontrado com o Tigre. Por isso pensei que seria a pessoa indicada. Era um velho amigo dela. A exemplo dos assassinatos, eu poderia fazer um pequeno gesto, deixar que o caos se instalasse e fingir, para os meus superiores, que não sabia que a coisa acabaria daquele jeito.

— Você queria que eu resolvesse tudo.

— Sim. Então, você me telefonou. Lembra? Depois que almoçou com Angela. — Grainger suspirou. — Você assinou a sentença de morte dela com aquele telefonema.

Milo tentou se lembrar do que dissera, mas a conversa, depois de tudo o que ocorrera nas últimas duas semanas, não passava de um borrão.

— Você me disse que Angela tinha chegado até Rolf Vinterberg — explicou Grainger. — Mais um passo, e ela chegaria a Ugrimov; mais dois, e ela chegaria a nós. Quem você acha que estava na minha sala quando você telefonou?

— Fitzhugh.

— Exatamente. Ele mandou que eu telefonasse para Tripplehorn imediatamente, ali mesmo, diante dele, e ordenasse a execução de Angela o quanto antes.

— Mas... — Milo começou a dizer, mas as palavras lhe faltaram. Seria ele, de fato, o responsável pela morte de Angela? — Você poderia ter dado uma contraordem depois que ele saiu da sala.

— Talvez. — Mais uma vez, Grainger tentou demonstrar indiferença. — Talvez, àquela altura, eu já estivesse apavorado.

Milo foi até o armário de bebidas e serviu-se de mais uma dose de vodca.

— Você quer mais?

— Sim, obrigado.

Ele serviu a Grainger uma dose de vodca e encostou o copo em seus lábios. O gole fez o velho tossir.

— Cadê meu uísque?

Milo não respondeu. Deixou de lado o copo de Grainger e deu um gole em sua própria bebida.

— Essa história está mal contada. Acho que você está querendo livrar seu pescoço.

Grainger passou a língua pelos lábios pálidos.

— Eu entendo. Espionagem, e especialmente o Turismo, se resume basicamente à capacidade de contar histórias. Depois de algum tempo, são camadas e camadas de histórias. Fica difícil discernir entre o que é mito e o que é verdade. Mas o que eu estou lhe dizendo agora é a pura verdade. Pode me perguntar o que quiser.

— Por que você me telefonou dizendo para eu sair correndo da Disney?

— Você sabe a resposta. Dois motivos. Para que você não fosse preso e pudesse continuar a investigação. E também para fazê-lo fugir... Dar uma prensa em você. Você tinha me decepcionado quando resolveu tirar férias, e eu precisava que voltasse ao trabalho. Era o único jeito de convencê-lo.

— Foi a mesma coisa com o dossiê do Tigre — acrescentou Milo. — Você me entregou o dossiê para que eu não confiasse em Fitzhugh se ele assumisse o caso e me telefonasse.

Grainger fez que sim.

— Ligando o Tigre a Fitzhugh, eu estava apenas te empurrando na direção certa. Você não teria feito a ligação sozinho. Não me leve a mal... o fato de ele ter recrutado o Tigre não significa nada. Ele não quer que as pessoas saibam disso, mas não é algo tão condenatório assim. Eu queria que você seguisse uma trilha que levasse à condenação. Que reunisse provas verdadeiras, concretas. — Ele balançou a cabeça. — Acho que eu te superestimei, Milo. Você não conseguiu prova alguma.

— Eu tenho uma pista que leva diretamente a você.

— Sim, uma pista. Mas onde está sua caixa de mágica? Eu achei que, quando você chegasse aqui, teria em mão vídeos, impressões digitais e registros bancários. Você sequer pode provar minha participação, a menos que esteja gravando nossa conversa. Mas você não está gravando, está? — Milo balançou a cabeça. — Medíocre. E nesse caso uma confissão não valeria grande coisa num tribunal. — Ele fez uma pausa. — Se você não é capaz sequer de provar minha culpa, como vai conseguir provar que Fitzhugh é o mentor intelectual disso tudo? Você acha que ele é um amador? O envolvimento dele foi sempre verbal, e ele nunca chegou nem perto da ação. Nunca viu Roman Ugrimov; não se reconheceriam nem se estivessem na mesma sala. Como você vai reunir provas contra um homem como ele?

Era um momento notável, Milo pensou. Grainger tinha sido forçado a se aposentar, estava amarrado a uma de suas próprias poltronas e encarando o cano de sua própria pistola; no entanto, ainda falava como se estivesse em sua sala, na Avenue of the Americas, comandando o mundo dos Turistas.

— Você não dá mais as ordens, Tom.

Talvez o próprio Tom reconhecesse o ridículo de sua posição, pois suspirou e disse:

— É melhor mesmo que eu não esteja no comando. Já viu a confusão que eu arrumei?

Milo não respondeu.

— Você sabe quando tudo começou, não sabe? — continuou ele. — Essa coisa do Tigre. Foi logo depois que você saiu do Turismo. Você tinha acabado de proteger, do próprio Tigre, aquela fascista que representava os interesses do Tweede Kamer. Você conseguiu detê-lo, é verdade, mas todos nós ficamos sabendo que o cara era bom de serviço; portanto, essa informação foi anotada para uso futuro. Então, quando menos esperávamos, *no dia seguinte*, você já estava em Veneza, e nós fomos atacados por terroristas em Nova York. Convocamos o exército e nos preparamos para atacar o Afeganistão, mas Fitzhugh e alguns outros caras... eles sabiam onde a coisa ficaria feia. Avaliaram as opções. Fitzhugh me visitou, aqui mesmo, nesta casa. Nosso escritório estava sendo reconstruído, e aqui era o local mais seguro para nos reunirmos. Ele me perguntou se poderíamos usar Turistas em nossa tática. Introduzi-los no Oriente Médio e eliminar um saudita, aqui, um iraniano, ali. Eu disse a ele que não treinávamos Turistas para esse tipo de execução e que seria melhor contratar alguém como o Tigre. — Grainger meneou a cabeça. — Sim. Eu fui o primeiro a mencionar o nome. Fitzhugh voltou, uma semana depois, com uma contraproposta: usar um Turista para localizar o Tigre e abordá-lo como cliente.

— Tripplehorn.

— Claro.

Milo pensou nos seis anos de ataques com precisão cirúrgica e nas mortes investigadas a fundo, em busca de aspectos em comum. Um muçulmano moderado na Alemanha; um ministro das Relações Exteriores na França; um executivo na Grã-Bretanha. Qual seria, ele sempre se perguntava, a ligação entre esses assassinatos? Ficara aturdido, e fora obrigado a abraçar a teoria de que os assassinatos nada tinham em comum; teriam sido apenas serviços prestados a diversos clientes. Às vezes, talvez, fossem isso mesmo, mas quando Tripplehorn, também conhecido como Herbert Williams ou Jan Klausner ou Stephen Lewis, solicitava um trabalho ao Tigre, o que estava sob ameaça era sempre a política externa norte-americana.

Ele não pensou apenas nos seis anos de assassinatos, mas também nos seis anos de trabalho, diante do computador, em sua sala, nos esforços de todos os seus Agentes de Viagens e nos anos em que o homem que estava agora diante dele supostamente o ajudara. Seis anos no encalço de um assassino que, no fim das contas, ninguém queria pegar.

— Mas ele me procurou — afirmou Milo, subitamente. — O Tigre me procurou porque estava com meu dossiê. Isso foi coisa sua também?

— Eu entreguei o dossiê a Tripplehorn... e ele o entregou ao Tigre. As ordens de contaminá-lo com o HIV tinham vindo de cima. Não havia como evitar aquela situação. A única coisa que eu podia fazer era acrescentar uma informação ao que o Tigre já sabia. Fitzhugh achava que ele não saberia onde havia sido contaminado. Eu sabia que ele estava subestimando o cara. Sabia, ou pelo menos desconfiava, que um sujeito casto e religioso como ele completaria o quebra-cabeça. Eu tinha esperança de que ele procurasse você, mesmo porque seu dossiê foi a última informação que o Tigre recebeu dos indivíduos responsáveis pela morte dele.

— Tudo aconteceu conforme planejado — concluiu Milo, admirado da maneira como o cérebro do velho funcionava.

— Nem tudo, Milo. Você. Você fugiu e deveria ter voltado com provas. Eu até disponibilizei Einner para te ajudar. Onde ele está agora?

Milo pigarreou.

— Eu precisei imobilizá-lo.

— Tanto melhor. Mas você percebe o ponto em que estou querendo chegar, certo? Eu dei a você tudo o que podia dar, mas acho que exagerei na confiança...

— Você deveria ter aberto o jogo com Angela... e comigo. Você não deu, nem de longe, tudo o que poderia ter dado.

Grainger comprimiu os lábios, a fim de sufocar um bocejo.

— Talvez você tenha razão. Mas se eu contasse tudo desde o começo, o que teria feito? Eu conheço você: não é mais tão paciente quanto era antes. Você teria ido diretamente a Fitzhugh; teria pressionado ele. Não tentaria encontrar provas. Teria agido como um Turista, pressionando Fitzhugh e o bando dele. Não teria a paciência de recolher as provas necessárias para pôr um ponto final na operação. Em suma, você teria agido como o brutamontes que é.

— Mas está tudo acabado. "Seu" assassino está morto.

— Você acha que eles não vão encontrar outro? Apesar de tudo, o fato é que, na maioria das vezes, a técnica funciona bem. Tem um rapaz cambojano, baseado no Sri Lanka. Ele ainda não tem um nome idiota, o que é bom. Jackson está lá agora, tentando localizá-lo.

Milo bebeu a vodca e então pegou a garrafa, a fim de servir uma nova dose a cada um.

— Então o que você quer que eu faça?

— Ora, Milo! Você é um cara esperto. Sem provas, do que você dispõe? Somente da minha palavra. E, se souberem onde você está agora, eles vão cuidar para que eu não abra o bico.

— Eles não sabem onde estou.

— É bom você ter certeza disso. Porque, depois que se livrarem de mim, vão fazer tudo para que não conte a ninguém o que eu te contei.

Um nervo da face de Milo estremeceu em um espasmo, e ele passou a mão no rosto. Era ansiedade, a constatação de que Grainger estava certo.

Logo em seguida, outro pensamento lhe ocorreu: Grainger estava mentindo. O velho estava num beco sem saída. Sabia que Milo o levaria de volta à Avenue of the Americas. Talvez houvesse até planejado tal eventualidade. Conforme ele dissera, o jogo da inteligência sempre tem a ver com a capacidade de contar histórias e mitos. Grainger tampouco apresentara provas, apenas histórias para preencher as lacunas entre um evento e outro.

Milo percebeu que se abstivera de respirar. Então, inspirou. Era uma história e tanto, do tipo que somente um veterano como Grainger poderia inventar. Em parte, ele até acreditava nela, de tão boa que era. Despejou um pouco de vodca nos lábios ávidos de Grainger e sentou-se diante dele.

Antes que pudesse falar, o telefone na mesa do canto começou a tocar. Milo encarou Grainger.

— Esperando alguém?

— Que horas são?

— Umas onze horas.

— Faz tempo que não recebo os vizinhos. Talvez seja Fitzhugh.

Milo levantou-se, e o álcool subiu-lhe à cabeça sem, no entanto, debilitá-lo. Apagou a luminária. No escuro, o telefone continuou a tocar; soou o sétimo toque e Milo permaneceu de pé, ao lado da cortina pesada, espiando a escuridão da noite, com o olhar direcionado para o lago. Viu árvores e a estrada de cascalho, sob a luz da lua, e então uma nuvem avançou e escureceu a cena. No nono toque, o telefone se calou. Ele não sabia em que acreditar.

— Nós já vamos.

— Por favor — suplicou Grainger. — Estou exausto. Passar o dia todo pescando acaba com minha energia.

Milo deu meia-volta e viu a silhueta escura de Grainger esmorecer, com o queixo apoiado sobre a tira de fita adesiva que lhe envolvia o peito. Sua respiração era audível.

— Tudo bem com você?

Ele ergueu a cabeça.

— Só estou cansado. Mas falando sério, se houver alguém por aí, será da Companhia. Prefiro ser executado na cama, aqui mesmo, a ser interrogado durante meses em Manhattan e depois eliminado em algum casebre sujo.

Milo voltou à janela. Lago, luar e silêncio. Se ele não tinha sido localizado ali, na verdade, não havia motivo para ter pressa. Somente a vontade desesperada de ver aquilo tudo chegar ao fim. Fechou a cortina.

— A gente vai amanhã de manhã. Cedo. Mas vamos dividir a cama.

— Você sempre foi um doce comigo.

— E você bebeu demais.

— Eu apenas comecei — disse Grainger. — Você pode tirar essa fita adesiva para eu poder pegar meu uísque? Essa vodca está acabando com meu estômago.

41

Dormiram no quarto do andar de cima, amarrados pelos punhos com um pedaço de corda que Milo encontrara numa gaveta da cozinha. De modo geral, o sono foi tranquilo, interrompido apenas uma vez, quando Grainger se sentou e começou a falar:

— No começo, eu não gostei da ideia. Quero que você saiba disso. Foi por isso que menti e disse que nossos Turistas não se sairiam bem como matadores.

— Tudo bem. Agora durma.

— Se eu soubesse como a coisa acabaria, teria cortado o mal pela raiz. De verdade. Talvez, se eu tivesse deixado nossos Turistas levarem a cabo as execuções, nós pudéssemos manter o controle da situação.

— Agora durma — repetiu Milo, e Grainger recostou a cabeça no travesseiro e começou a ressonar, como se as palavras que ele tinha acabado de pronunciar fizessem parte de um sonho.

Acordaram, fizeram a barba e tomaram banho, sem se afastarem muito um do outro, e Milo preparou ovos mexidos e torradas. Grainger se manteve em silêncio durante a metade do tempo do café da manhã, e então recomeçou. Parecia desesperado para que Milo acreditasse nele.

— Falando sério, pensei que você fosse conseguir as respostas. Pode ter sido uma bobagem, mas, à época, isso fazia sentido. — Fez uma pausa, observando Milo, que mastigava. — Você não está acreditando em mim, não é?

Milo engoliu a garfada de ovos.

— Não — confirmou ele, também para calar a boca de Grainger. — Não acredito em você. Mas, mesmo se acreditasse, ainda assim eu te levaria de volta comigo. Não posso viver desse jeito, e você é a única pessoa capaz de resolver as coisas para mim. E para Tina.

— Ah! — exclamou Grainger, sorrindo meio sem graça. — Sua família está no centro de tudo, é claro. — Ele engoliu. — Você deve estar certo. É jovem demais para arruinar a carreira por causa disso. Eles vão arrumar um meio de provar que eu estava por trás de tudo... sozinho. Eles podem me despedir e começar tudo de novo com esse rapaz cambojano.

Milo não tinha qualquer remorso pelo homem mais velho, pois se importava apenas com seu próprio futuro imediato. Levaria Grainger de volta a Manhattan, auxiliaria na supervisão do interrogatório inicial e depois iria ao Texas buscar a família. Simples.

Quando Grainger acabou de tomar o café da manhã, Milo lavou a louça.

— Está na hora.

Como se pudesse ler a mente de Milo, Grainger disse:

— Hora de retomar sua vida?

Milo colocou o paletó e pegou um blazer para Grainger, examinando os bolsos antes de entregá-lo.

— Sabe — começou Grainger —, até certo ponto, eu ainda acredito. Até certo ponto eu ainda acredito que, falando com você, estou traindo o império. Não é engraçado? Nós temos demarcado o território como um cão imperial desde o final da última grande guerra. E, desde o 11 de Setembro, não precisamos mais agir com sutileza. Podemos bombardear, mutilar e torturar ao nosso bel-prazer, porque somente os terroristas estão dispostos a nos enfrentar, e a opinião deles não importa. Você sabe qual é o verdadeiro problema?

— Vista o blazer.

— O problema é gente como eu. Um império precisa de homens com estômagos de ferro; eu ainda preciso encontrar desculpas para espalhar a democracia. Os caras mais jovens, porém, inclusive Fitzhugh, são do tipo que precisamos se quisermos continuar indo em frente. Eles são duros na queda, de um jeito que minha geração nunca foi.

— O blazer — insistiu Milo, e Grainger dirigiu-lhe um olhar ressentido antes de enfiar um dos braços no paletó.

Saíram na manhã fria, à sombra das árvores. Milo trancou a porta da frente, enquanto Grainger, apoiando as mãos nos quadris, contemplava a casa.

— Vou sentir falta disso aqui.

— Não seja ridículo.

— Só estou sendo sincero, Milo. Saiba que fui sempre sincero com você. Nesta casa, pelo menos.

Milo pegou-o pelo cotovelo e o conduziu escada abaixo até a calçada coberta de folhas.

— Vamos andar até o meu carro. Não quero ir no seu.

— Eu acho que consigo fazer isso — afirmou Grainger e sorriu.

Algo zumbiu ao lado da orelha de Milo, como um mosquito, e então Grainger estremeceu. Milo sentiu o tremor no cotovelo dele, e, embora o sorriso ainda figurasse no semblante do velho, a cabeça tombou para trás, e a fronte assumiu uma aparência estranha. A pequena sombra de um orifício era visível em sua testa. Milo ouviu um segundo zumbido, e o ombro direito de Grainger foi projetado para trás, vertendo sangue. Milo soltou-o. O velho caiu ao lado, e, na nuca dele, Milo viu um orifício grande, coberto de sangue, vazando fragmentos de cérebro no solo.

Durante um período que lhe pareceu bastante longo, Milo fitou o corpo. Na realidade, não foi mais do que uma fração de segundo, mas o tempo é algo relativo. Enquanto olhava para Grainger, os minutos se estenderam o suficiente para que Milo percebesse, sob um impacto tão grande quanto o de uma bala disparada por um franco-atirador, que estava errado. Grainger dissera a verdade. O velho sabia que, depois que falasse com Milo, seria um homem morto. E o mesmo se aplicava a ele.

No momento em que outra bala zumbiu, Milo rolou por trás dos três degraus de concreto que davam acesso à porta da frente. Pegou a Luger e respirou ruidosamente pela boca, pensando: "Três balas. Supressor de ruído. Supressores diminuem a pontaria na linha de tiro; portanto, o atirador não está longe."

Pergunta: o atirador avançaria em direção a ele ou aguardaria?

Resposta: era terça-feira, ou seja, dia de entrega do correio. Sua memória lhe dizia que as entregas eram matinais, por volta das nove e meia. O atirador saberia disso. Agora eram nove horas.

Ele não podia sair de onde estava, pois o atirador estaria apontando para aqueles três malditos degraus, esperando. Em algum momento, ao longo da próxima meia hora, no entanto, ele teria que se aproximar. Milo fechou os olhos e se pôs a escutar.

Tentou conter os pensamentos que agora zumbiam em sua mente, mas isso foi impossível. Grainger dissera a verdade. A verdade. Era a única explicação. Precisavam se livrar do velho antes que ele pudesse dar com a língua nos dentes, num daqueles cubículos cheios de câmeras, no 19º andar do edifício na Avenue of the Americas. Precisavam se livrar de Milo antes que ele pudesse enviar qualquer mensagem. Fitzhugh resolvera que tudo acabaria ali, nas margens daquele lago tranquilo.

E quanto a Tina e Stephanie? Estariam em Austin, sob vigilância. Disso ele sabia. Mas por parte de quem? Da Companhia ou do Departamento de Segurança Nacional? Surpreendeu-se ao querer que fosse Janet Simmons a responsável pela vigilância.

Se saísse dali com vida...

Não, *quando* saísse dali com vida. Essa era mais uma regra do Turismo: jamais duvide de sua capacidade de sobreviver. A dúvida provoca erros.

Quando saísse dali com vida, ele...

Pare. Uma coisa de cada vez. Escute. Nada existe a não ser ruído. Enquanto um homem caminha, não consegue mirar.

Pronto: um passo, *outro passo.*

Milo se levantou e, segurando a Luger com o braço esticado e o cotovelo ligeiramente dobrado, deu meia-volta, andando de costas. A cerca de 180 metros, fora do alcance de tiro, uma figura vestida com um traje camuflado, tipicamente usado por caçadores, parou e ergueu o rifle. Milo desapareceu por trás da casa.

Ele precisava se aproximar; portanto, correu pela lateral da casa que era voltada para o lago até encontrar a janela da sala de jantar. Quebrou-a com o cotovelo, e o barulho de vidro estilhaçado ecoou pelo lago. Enquanto entrava pela janela, ouviu passos apressados pela terra seca.

Rolou sobre o tapete, perdeu momentaneamente a pistola e a encontrou embaixo de uma cadeira. Foi até as janelas da sala de visita, que ficavam na parte da frente da casa. Mantendo certa distância, olhou pela janela e, de relance, avistou o atirador, com o rifle comprido pendurado às costas e empunhando uma SIG Sauer com a mão enluvada. O sujeito circundava a casa. Antes que ele desaparecesse, Milo pôde ver que se tratava de um homem alto, com um nariz largo e torto em consequência de velhas fraturas; a parte inferior do rosto, embaixo de um boné de caçador, exibia uma barba espessa e ruiva.

Milo voltou à porta da sala de jantar e apontou a arma para a janela quebrada. Ficou à espreita, aguardando, até que, do outro lado da casa (seria o quarto de hóspedes, se a planta que ele tinha em mente estivesse certa), outra janela foi quebrada. Correu até a porta fechada, abriu-a e fez pontaria. Mas a janela quebrada estava vazia.

Pronto: outra janela quebrada, na sala de visita. Correu até lá novamente, sem encontrar nada.

Tripplehorn simulou três entradas diferentes, em três cômodos diferentes. Milo subiu a escada e esperou no patamar, agachando-se para se tornar um alvo menor. Naquela posição, pôde ouvir o Turista entrar na casa, mas não sabia por qual das janelas. Isso não importava. Independente de como entrasse na casa, ele teria que subir a escada para chegar até Milo.

Durante três minutos, ouviu apenas passos e o ruído de portas se escancarando. Ninguém apareceu ao pé da escada. Tripplehorn estava verificando o térreo antes de subir ao primeiro andar. Finalmente, Milo ouviu uma voz alta, com um sotaque indefinível:

— É melhor você descer logo.

— Por que, Tripplehorn?

Uma pausa.

— Que nome engraçado... Queria saber de quem é.

— Sou eu. Milo Weaver. Sou responsável pelo escritório europeu.

— Não sei de quem você está falando.

— Eu era conhecido como Charles Alexander.

Outra pausa, e então um sussurro que talvez tivesse soado como um *merda*. Um Turista não tinha o menor escrúpulo caso precisasse matar outro; sempre havia essa possibilidade. Mas Einner havia feito a gentileza de ressaltar que o nome Charles Alexander gozava de prestígio.

— Quem mandou você aqui? — indagou Milo, agora suando na mão que empunhava a pistola.

— Você sabe quem me dá ordens.

— Costumava ser aquele sujeito que está lá no jardim.

— Grainger? — questionou o Turista. — Ele deu poucas ordens nos últimos tempos.

Os olhos de Milo estavam turvos; portanto, no momento em que Tripplehorn cruzou o pé da escada e disparou para cima, sua reação foi lenta. O Turista disparou às cegas, as balas penetrando os degraus do topo, e Milo revidou duas vezes, mas não acertou. Tripplehorn havia desaparecido do outro lado da escada.

— Você está numa posição frágil — gritou Milo. — Vá embora daqui.

— Eu sou paciente.

Milo respirou fundo e levantou-se vagarosamente.

— Você só tem dez minutos até a chegada do carteiro. Não pode se dar ao luxo de ser paciente. — Enquanto falava, desceu dois degraus, apoiando os pés junto à parede para evitar que a escada rangesse.

— Eu mato o carteiro também.

Milo havia descido cinco degraus; ainda faltavam dez.

— Como Fitzhugh explicaria isso? Duvido que você tenha ordens para matar civis.

Outra pausa.

— Se eu sair da casa, saiba que vou estar esperando lá fora — disse Tripplehorn.

Milo não poderia continuar a avançar e falar ao mesmo tempo; Tripplehorn perceberia que a voz se aproximava.

— E o que você faria? Daria um tiro em mim enquanto a polícia estivesse aqui, examinando o corpo? Ora, Tripplehorn! Já era. Você sabe disso.

— Se você for quem diz que é, deve saber do que sou capaz. — Enquanto ele pronunciava essas palavras, Milo desceu mais dois degraus. E não respondeu. — Se você for Alexander, já sabe que o fracasso não é uma opção.

Mais dois degraus. Agora faltavam apenas seis. Já bastava.

— Alexander? Você está me ouvindo?

Se ele estendesse o braço, a pistola ficaria a três passos de entrar no campo de visão de Tripplehorn. Do outro lado, o Turista insistiu:

— Ok. Talvez você tenha razão. Talvez eu deva ir embora tendo concluído apenas metade do trabalho.

Então ele apareceu ao pé da escada, com a arma apontada para cima, de forma a não errar novamente. Quando fez o disparo a esmo, Milo já havia alojado uma bala em seu peito, derrubando-o. Ele caiu e escorregou, encostado à porta da frente, que ficou manchada de sangue. O braço ainda estava estendido, a mão agarrada à pistola, e ele piscava, olhando para Milo.

— Merda — sussurrou ele, engasgando-se. — Você me pegou.

— Você deveria estar usando um colete.

A jaqueta de Tripplehorn estava agora encharcada de sangue, tornando mais homogêneo o estampado verde-claro e verde-escuro. Milo deu um pontapé na pistola dele; a arma deslizou até a sala de visita. Agachou-se ao lado do homem e pensou naquele mesmo rosto em Corso Sempione, sentado diante do Tigre, entregando ao assassino um saco de dinheiro e uma injeção de HIV.

— Diga quem está dando ordens a você.

Tripplehorn tossiu, e o sangue jorrou pelo assoalho de madeira. Ele balançou a cabeça.

Milo não teve coragem de arrancar a resposta do homem. Ele sabia, ou achava que sabia, que Terence Fitzhugh estava no comando. Nada mais havia para ser dito. Deu um tiro no meio da testa de Tripplehorn. Revistou o corpo, levando consigo o celular e a pequena chave automática do carro que tanto admirara nas mãos de Einner, na Europa.

Saiu pela porta da frente, passando pelo corpo de Grainger, e entrou no bosque. Uma vez no bosque, vomitou. Agachado sobre as folhas, deu-se conta de que não era uma náusea comum, aquela que derruba uma pessoa diante da visão da morte. Era um enjoo decorrente do excesso de adrenalina e da falta de comida. Algo o perturbava ainda mais do que as mortes: o fato de não estar mais reagindo como um ser humano.

Fitou o próprio vômito sobre a relva. Agora pensava e se sentia como um Turista. Desequilibrado. Quase em desespero, seu lado Turista calculou o próximo passo. Sequer hesitou. Limpou a boca com as costas da mão e voltou à casa.

Cinco minutos mais tarde, junto à janela quebrada, na sala de visita, ele segurava as chaves do carro de Grainger e observava o pequeno utilitário dos correios sacolejando nos sulcos da via de acesso à casa, até alcançar um ponto de onde era possível avistar o corpo de Grainger. O veículo parou, e um homem gordo, trajando uniforme branco, desceu. O sujeito se aproximou do corpo, deu meia-volta e correu. Entrou no utilitário, manobrou, produzindo uma nuvem de poeira, e partiu, fazendo o motor roncar.

Dez minutos, no máximo.

Milo abriu a porta da frente e arrastou o corpo de Tripplehorn, agora embrulhado em sacos de lixo, pelos degraus da frente, passando por Grainger e chegando até a Mercedes que pertencia a ele. Colocou Tripplehorn no porta-malas e se sentou ao volante. Seguiu rapidamente até a estrada principal e dobrou à direita, em direção às montanhas, enquanto o gemido das sirenes da polícia aumentava de intensidade em algum ponto atrás dele.

Acabara de encontrar um local propício para deixar o corpo, nos confins da rota 23, quando o telefone de Tripplehorn vibrou silenciosamente sobre o banco do carona. NÚMERO RESTRITO. No quarto toque, ele atendeu sem dizer nada.

— O americano passou a Leamas... — falou Fitzhugh.

Milo fez uma pausa, um tanto inseguro. Com uma voz desprovida de sotaque, murmurou:

— Outra xícara de café.

— Foi feito?

— Sim.

— Ambos?

— Sim.

— Algum problema?

— Nenhum.

Um suspiro.

— Bom. Pode tirar uns dias de folga. Entro em contato com você.

Milo desligou, lembrando-se da origem da senha. *O espião que saiu do frio*:

"O americano deu a Leamas outra xícara de café e disse: — Por que não vai dormir?"

"Se eu conseguisse...", pensou ele.

42

Eles eram três. Trabalhavam em turnos. O pesadão, que ficava no turno da madrugada, usava bigode, como se não soubesse que os anos 1970 haviam passado; este ela chamou de George. Jake vigiava a casa das seis da manhã às duas da tarde; era um sujeito desengonçado e calvo, que sempre tinha em mão um romance de muitas páginas apoiado ao volante. O que estava lá agora se chamava Will, ou pelo menos esse era o nome dele até a tarde de segunda-feira, quando ela foi até o sedã vermelho levando um enorme copo de limonada e ficou sabendo qual era o nome verdadeiro dele.

Ele a viu através dos óculos escuros impenetráveis, de aviador, e se empertigou ao perceber para onde a mulher se dirigia. Retirou dos ouvidos um par de fones, fazendo com que ela se lembrasse de Milo e seu iPod, e baixou a janela no momento em que ela se acercava.

— Boa tarde — cumprimentou ela. — Imaginei que o senhor estivesse com sede.

Ela o deixara desconcertado.

— Eu... eu estou bem.

— Não seja tão durão — disse ela, dando uma piscadela. — E tire esses óculos, para que eu possa ver os seus olhos. Não se pode confiar em alguém sem olhos.

Ele assim o fez, piscando diante da claridade.

— Sinceramente, acho que não devo...

— Por favor. — Ela enfiou o copo pela janela, de modo que as opções dele fossem pegar o copo ou deixar que o conteúdo caísse em seu colo.

Ele olhou em volta de si, como se receasse a presença de testemunhas.

— Obrigado.

Ela se aprumou.

— O senhor tem nome?

— Rodger.

— Rodger — repetiu ela. — É claro que o senhor já sabe meu nome.

Encabulado, ele assentiu.

— É só trazer o copo depois que acabar de beber.

— Pode deixar.

Quando ela voltou para dentro de casa, Miguel, estirado no sofá e assistindo ao History Channel, perguntou por que ela estava tão radiante.

Tinha a ver com algo que Milo dissera certa vez a respeito de inimigos. Embora raramente falasse de sua experiência como agente de campo, de vez em quando ele pronunciava uma máxima. Estavam assistindo a um filme antigo na TV, no qual dois agentes inimigos que haviam passado a primeira metade do filme trocando tiros sentavam-se em um café e conversavam calmamente sobre os acontecimentos.

— Eu não entendo — dissera ela na ocasião. — Por que ele não dá logo um tiro no outro?

— Porque isso agora não faria o menor sentido — respondera ele. — Matar o outro agora seria um despropósito. Quando não estão em combate, espiões conversam, se tiverem a oportunidade. É possível aprender coisas que podem ser úteis no futuro.

Menos de uma hora depois, Rodger bateu à porta. Hanna atendeu, piscou os olhos no momento em que ele retirou os óculos e perguntou:

— É o meu copo?

Ele respondeu que sim e entregou-lhe o copo. Ao mesmo tempo, Tina apareceu, dizendo:

— É melhor você entrar, Rodger.

— Acho que isso não é uma boa...

— Sua função é impedir que eu fuja, certo?

Ele pigarreou.

— Não, não é bem assim. Nós só estamos cuidando da sua segurança.

Hanna se surpreendeu:

— O quê?

— Que ótimo! — exclamou Tina com ironia e sorriu. — Só estou brincando com você, Rodger. Por favor. Está quente lá fora.

E foi assim que começaram a conversar. Tina serviu-lhe mais uma limonada, e sentaram-se à mesa da cozinha, a sós. Não foi um interrogatório, absolutamente. Ela apenas afirmou que não sabia nada sobre o que estava acontecendo e que merecia saber algo. Contudo, Rodger não estava em condições de revelar coisa alguma e se manteve reticente, mesmo quando aceitou o terceiro copo de limonada.

— Eu sei o que ela está pensando — afirmou Tina. — Sua chefe, Janet Simmons. Ela disse que meu marido é um assassino. Isso faz algum sentido? Por que ele mataria uma de suas melhores amigas? — Ela balançou a cabeça. — Não faz sentido, você não concorda?

Ele deu de ombros, como se a situação fosse demasiado complicada para um homem simples como ele.

— Escute — falou ele finalmente. — Isso não precisa tomar a proporção de um conflito gigantesco. A agente Simmons é competente; tem anos de experiência. Segundo ela, as provas são contundentes. E ele ainda fugiu. — Ele ergueu as mãos espalmadas. — Isso é tudo o que eu sei, ok?

Isso era, de fato, tudo o que ele sabia, conforme ela pôde constatar ao avaliar sua fisionomia ingênua. Ela teve a sensação de estar numa filial do Starbucks, irritada com o caixa, mas querendo gritar com um gerente ausente. Na realidade, o que ela poderia fazer? Ter esperanças de que Milo telefonasse novamente? Ela fora injusta no último telefonema e passara a semana inteira arrependida. Onde ele estaria? Será que estava vivo? Cristo! Ela não sabia de nada.

Então, na noite de terça-feira, aconteceu. A mensagem. Enviada para o e-mail dela na Universidade de Columbia. Um e-mail endereçado a outros vinte e tantos nomes, para esconder o fato de que ela era a única destinatária. Ela se deu conta disso porque os demais endereços tinham erros sutis. O endereço do remetente era janestuk@yahoo.com. Eis o texto:

FW: Churrasco no Texas!

Caros amigos,

A fim de celebrar os 19 anos do Drew, vocês estão convidados para um AUTÊNTICO churrasco texano, no quintal da Loretta, às 18 horas, nesta quinta-feira, 19 de julho. Vai ser demais!

Jane & Stu Kowalski

Ela e Milo conheciam os Kowalskis através da escola de Stephanie, mas o filho do casal, Drew, tinha apenas 7 anos. Ela clicou na função RESPOSTA e disse que lamentava não poder comparecer, pois estava passando alguns dias em Austin. E acrescentou que, quando retornasse, levaria de presente para eles um vidro de "*autêntico* molho de churrasco texano".

Agora eram cinco da tarde de quinta-feira. Hora de partir. Stephanie estava com Hanna, brincando com um joguinho de tabuleiro, enquanto Miguel assistia às notícias do mercado financeiro na TV. Ela pegou a chave do carro e a balançou.

— Posso sair com o Lincoln? Quero comprar sorvete.

Ele desviou os olhos da televisão e franziu o cenho.

— Quer companhia?

Ela fez um gesto negativo com a cabeça, deu um beijo no rosto do pai, e disse a Stephanie que se comportasse; ela voltaria logo, logo. Stephanie estava vencendo o jogo e não queria interrompê-lo. Ao sair, Tina deixou o celular sobre a mesa, ao lado da porta da rua; aprendera em diversos seriados de TV que, se levasse o celular, satélites poderiam localizá-la em questão de segundos. Em seguida, pegou duas jaquetas que estavam penduradas num gancho preso à parede, embolando-as como se fossem roupa suja.

Sentiu o impacto do calor quando pisou do lado de fora da casa, e ela se deteve, agarrada às jaquetas. Dirigiu-se à entrada da garagem, onde estava estacionado o Lincoln que seu pai trocava por outro, zero quilômetro, todos os anos. Enquanto abria o carro, notou a presença do sedã vermelho em frente aos Sheffields. Rodger fingiu não estar olhando, mas ela percebeu que ele se inclinava para a frente, a fim de dar partida no carro.

Droga.

Manteve-se calma. Colocou as jaquetas no banco do carona e dirigiu devagar. Dobrou na primeira à direita e seguiu pela via de acesso à cidade, com o sedã vermelho sempre presente no retrovisor.

Entrou num shopping aberto às margens da estrada e estacionou diante de uma lavanderia cujas máquinas eram operadas por moedas. O sedã estacionou duas fileiras atrás. Entrou no estabelecimento, onde o calor das máquinas brigava com o débil sistema de ar-condicionado, e pôs as jaquetas dentro de uma lavadora, sem, no entanto, inserir moedas. Naquela tarde de quinta-feira, os outros clientes não pareciam notá-la. Sentou-se perto da vitrine e ficou observando o estacionamento.

Demorou um pouco, mas ela sabia que ele teria que fazer algo. Ele não conseguia enxergar o interior da lavanderia e, com aquele calor, com certeza estaria com sede. Ou talvez precisasse ir ao banheiro. Demorou quarenta minutos. Ele saiu do carro, com seus óculos escuros, e deu uma corridinha até uma loja de conveniência que ficava logo ali ao lado.

Agora!

Ela correu, deixando as jaquetas para trás e ignorando o calor escaldante, mergulhou no Lincoln e saiu do estacionamento cantando pneu e quase atropelando um ciclista. Em vez de seguir em direção à rodovia, dobrou à direita, entrou numa estrada de terra e estacionou atrás do shopping. Então, com a pulsação acelerada, saiu do carro, correu ao lado de um muro alto, rabiscado de grafite, e ficou na esquina, observando a área.

A lavanderia e a loja de conveniência situavam-se no outro extremo do shopping, mas ela conseguiu ver Rodger, com seus óculos escuros e um Big Gulp vermelho e branco nas mãos, saindo da lojinha. Ele parou, olhou em volta (ela se escondeu novamente) e correu até o carro. Não saiu de imediato, e ela achou que ele estivesse reportando o passo em falso e pedindo instruções. Aquela gente era assim. Sempre pedindo instruções.

Em seguida, o sedã seguiu a mesma rota que Tina havia seguido, mas dobrou à esquerda, em direção à rodovia, voltando para a casa dos pais dela.

Ela ficou eufórica. Tina Weaver havia se esquivado do Departamento de Segurança Nacional. Pouca gente poderia dizer o mesmo.

Deu partida no carro, mas esperou até que suas mãos parassem de tremer. A euforia não desapareceu, mas misturou-se a uma recaída de medo. E se eles resolvessem fazer algo com os pais dela? Ou com Stephanie? Isso era absurdo, evidentemente, porque ela fugiria da vista de Rodgers durante pouco tempo. Mas talvez houvessem decifrado aquele e-mail; talvez soubessem exatamente o que ela pretendia e sequestrariam sua família para manipulá-la.

Eles fariam esse tipo de coisa? Nesse ponto, os seriados de TV não ajudaram em nada. Ela seguiu por estradas de terra, passando por casebres tão miseráveis que sequer tinham gramados secos. Quase não tinha chovido no verão, e alguns daqueles quintais, um do lado do outro, pareciam miniaturas de tempestades de poeira. Então tomou uma via asfaltada e seguiu para o norte, na rodovia 183, em direção a Briggs.

Numa curva da estrada, no meio de uma clareira de chão batido, via-se uma construção larga no meio de um terreno cercado e uma placa com os dizeres: COZINHA DE LORETTA. Os pais de Tina costumavam levá-la ainda criança àquele local e, depois que se casou, ela levou Milo até lá. "Autêntico churrasco texano", ela dissera a ele. Às vezes, os dois escapuliam até ali, para comer bife, broa de trigo com molho de carne e conversar sobre seus planos. Ali haviam construído muitas fantasias, ali pensavam na universidade que Stephanie frequentaria, o lugar onde se aposentariam quando ganhassem na loteria, e, antes de receberem de um médico a má notícia de que Milo era estéril, o nome e o temperamento do próximo filho, um menino.

A clientela de Loretta se definia pela presença de picapes e carretas. Ela estacionou entre duas carretas, esperou até as seis, cruzou o terreno empoeirado e quente e entrou no restaurante.

Ele não estava entre os operários de obra e caminhoneiros que se lambuzavam às mesas de piquenique; então, ela foi até o balcão e pediu um prato de bife, broas de trigo, molho de carne e costelas, dirigindo-se a uma jovem de faces rosadas que, depois de receber o pagamento, entregou-lhe um número. Ela localizou uma mesa vazia em meio à conversa e às risadas dos homens suados e queimados de sol, ignorando seus olhares intensos, ainda que amáveis.

Através das telas de proteção contra insetos, Tina observou a rodovia e o estacionamento poeirento, mas não o viu. Então Milo surgiu por trás dela, dizendo:

— Sou eu. — E tocou-lhe o ombro.

De repente, o rosto dele estava ao lado do dela. Tina agarrou o rosto de Milo e o beijou. Também as lágrimas surgiram inesperadamente e, durante alguns instantes, eles apenas se abraçaram; em seguida, para vê-lo melhor, ela o afastou. Ele parecia cansado, com os olhos inchados, pálido.

— Tive medo de que você estivesse morto, Milo.

Ele deu-lhe mais um beijo.

— Ainda não. — Ele olhou para o estacionamento. — Não vi ninguém seguindo você. Como escapou?

Ela riu e acariciou o rosto áspero do marido.

— Eu tenho alguns coelhos na cartola.

— Número 27! — chamou a moça detrás do balcão.

— É o nosso pedido — disse Tina.

— Fique aqui.

Ele foi até o balcão e voltou com uma bandeja transbordando comida.

— Por onde você andou? — perguntou ela, quando ele se sentou ao seu lado.

— Por muitos lugares. Tom está morto.

— O quê? — Com uma das mãos, ele apertou seu braço. — Tom?

Milo fez que sim, baixando o tom da voz:

— Foi executado.

— Por... quem?

— Isso não importa.

— *É claro* que importa! Você prendeu o sujeito? — indagou ela e, em seguida, perguntou-se se aquela questão não seria um pouco idiota. Apesar dos anos de convivência com um empregado da Companhia, ela nada sabia acerca do trabalho dele.

— Não importa, não. O cara que puxou o gatilho... eu tive que matá-lo.

Ela fechou os olhos enquanto o cheiro avinagrado de molho de churrasco quase a entorpeceu. Ela pensou que fosse vomitar.

— Ele tentou te matar? Esse tal sujeito?

— Sim.

Tina arregalou os olhos e encarou o marido. Em seguida, num momento de comoção, ela o abraçou com força. Ele estava ali, finalmente, e ela sentiu aquele tipo de amor intenso que desperta a vontade de devorar o amado, um sentimento que ela não tinha desde o tempo em que namoravam. Os dentes dela roçaram-lhe o rosto barbudo e molhado de lágrimas cujo sabor ela sentia. Seriam dele? Não... ele não estava chorando.

— A questão é a seguinte: todo mundo vai pensar que eu matei Grainger — explicou ele. — Eu estou fugindo, mas depois que eles chegarem às próprias conclusões, não vai haver lugar seguro para mim neste país.

Ela se conteve e afastou-se, com as mãos ainda tocando o corpo dele; as mãos dele também tocavam o corpo dela.

— Então... e agora?

— Passei dias pensando nisso — respondeu ele com uma objetividade inusitada. — Para cada lado que vou, eu me deparo com um beco sem saída. A Companhia quer me ver morto.

— O quê? Morto? Por quê?

— Não importa — decretou ele, mas antes que ela pudesse protestar, prosseguiu: — Eu só sei que, se aparecer de novo, estarei morto.

Ela assentiu, tentando imitar o comedimento por ele demonstrado.

— Mas você estava reunindo provas. Conseguiu alguma coisa?

— Não, não.

Mais uma vez ela assentiu, como se tais questões fizessem parte do seu mundo, como se fossem questões que ela pudesse compreender.

— Então qual é a saída, Milo?

Ele respirou fundo e olhou para a comida intocada. Dirigindo-se à comida, ele explicou:

— Desaparecer. Eu, você e Stephanie. — Ele levantou uma das mãos. — Antes que você responda... a coisa não é tão difícil quanto possa parecer. Eu tenho dinheiro guardado. Nós temos novas identidades... você está com os passaportes, certo?

— Sim.

— Nós podemos ir para a Europa. Eu conheço gente em Berlim, e também na Suíça. Posso construir uma vida boa para nós. Confie em mim. É claro que vai ser meio complicado. Os seus pais, por exemplo... vai ser difícil visitá-los. Eles é que vão ter que nos visitar. Mas isso pode ser feito.

Apesar de ele ter falado devagar, Tina não sabia se o havia escutado com clareza. Uma hora atrás, a pior notícia imaginável era que Milo estivesse ferido. Ela quase desfalecera ao pensar nessa possibilidade. Mas agora ele dizia que os três, uma família, deveriam desaparecer da face da Terra. Será que ela tinha ouvido bem? Sim, era aquilo mesmo... Tina percebia isso na expressão do rosto dele. A resposta saiu antes que o cérebro pudesse processá-la:

— Não, Milo.

43

Ele estava chorando desde que tinha passado por Sweetwater, há meia hora. Durante as primeiras horas do percurso não houve lágrimas, apenas olhos vermelhos, ardendo. Ele não sabia o que as provocara. Talvez o outdoor com o anúncio de um seguro de vida, com uma família típica do Meio-Oeste sorrindo para ele... felizes, confiantes. Talvez fosse aquilo. Não importava.

O que na realidade o abalara, enquanto o sol despontava flamejante no horizonte, naquela paisagem plana e árida do oeste do Texas, tinha sido o fato de não estar preparado para o que aconteceu. Os Turistas sobrevivem devido à capacidade de preverem eventualidades e se prepararem para elas. Talvez a falta de visão significasse que ele jamais tinha sido um grande Turista, pois nunca sequer aventara a possibilidade de a esposa se recusar a fugir com ele.

Ele reviu as desculpas que Tina havia apresentado. De início, nada tinham a ver com ela própria; todas diziam respeito a Stephanie. *Não se pode dizer a uma menina de 6 anos que o nome dela é outro e que ela vai perder todos os amigos, Milo!* Embora não houvesse formulado a pergunta, ele deveria ter questionado se isso seria pior ou melhor do que o desaparecimento do pai. Não indagou porque temia a resposta: bem, ela ainda tem o Patrick, não tem?

Finalmente, Tina admitiu que tampouco queria ir. *O que eu vou fazer na Europa? Eu nem sei falar espanhol direito!*

Ela o amava, sim. Ao perceber que a recusa o estava destruindo, ela agarrou o rosto dele diversas vezes e beijou suas faces avermelhadas, repetindo o quanto o amava. Isso, ela insistiu, não era o problema, não era sequer a questão. Ela amava Milo perdidamente, mas isso não queria dizer que estava disposta a arruinar a vida da filha, seguindo-o pelo mundo afora, passando anos com medo de um suposto matador. *Que tipo de vida seria esse, Milo? Pense nisso do nosso ponto de vista.*

Bem, ele tinha pensado, não tinha? Imaginara os dois com Stephanie na Euro Disney, dando seguimento às férias previamente interrompidas, em meio a risadas e doces, sem que o celular os incomodasse. A única diferença seriam os novos nomes: Lionel, Laura e Kelley.

Agora sabia o porquê das lágrimas: era a constatação de que ela estava certa. A morte de Grainger o deixara perturbado, transformando-o num sonhador desesperado e imaginando que o mundo tranquilo da Disney pudesse pertencer a eles. Milo se apaixonara tanto por suas fantasias que não percebera o quanto eram infantis.

E agora, onde ele estava? No deserto vazio, que se estendia em todas as direções, plano, quase monocromático. Sua família se fora e seu único aliado na Companhia estava morto em consequência de sua própria estupidez. Restava-lhe apenas um aliado no mundo, um indivíduo que ele jamais desejara contatar, e cujos telefonemas ele sempre temia.

Em Hobbs, logo após cruzar a fronteira do Novo México, ele parou num posto de gasolina qualquer, onde também funcionava uma loja de conveniência sem ar-condicionado e com as paredes brancas descascando. Atrás do balcão, uma mulher gorda e suada trocou algumas moedas para ele e apontou para um telefone público, no fundo da loja, próximo às sopas enlatadas. Ele discou o número, memorizado naquela ocasião, na Disney, e inseriu as moedas.

— *Da?* — disse aquela velha voz conhecida.

— Sou eu.

— Mikhail?

— Eu preciso da sua ajuda, Yevgeny.

Segunda Parte

TURISMO É SABER CONTAR UMA HISTÓRIA

DE QUARTA-FEIRA, 25 DE JULHO,
A SEGUNDA-FEIRA, 30 DE JULHO DE 2007

1

Terence Albert Fitzhugh instalou-se na sala que outrora pertencera a Tom Grainger, no 22º andar. Através das janelas, posicionadas atrás da mesa e estendendo-se até o teto, era possível avistar os arranha-céus, a abóbada da selva urbana. Do outro lado da persiana, na parede oposta, enfileiravam-se os cubículos onde os Agentes de Viagem, jovens e pálidos, procuravam encontrar algum sentido no palavrório do Turismo, preparando concisos Guias que, em algum momento, seriam enviados a Langley. Lá, outros analistas elaborariam seus próprios relatórios, que seriam encaminhados aos políticos.

Ele bem sabia que cada um daqueles Agentes de Viagem o odiava.

O ódio não era dirigido a ele pessoalmente, mas a Terence Albert Fitzhugh enquanto conceito. Ele havia constatado isso em escritórios da Companhia mundo afora. Uma relação de afeto se desenvolve entre chefes de departamentos e seus subordinados. Quando o chefe de um departamento é afastado ou morto, as emoções no setor em questão ficam à flor da pele. Quando o departamento, a exemplo do Turismo, é invisível ao mundo exterior, os subordinados dependem do chefe ainda mais.

Ele lidaria com o ódio coletivo mais tarde. Fechou as persianas e dirigiu-se ao computador de Grainger. Mesmo já tendo passado uma semana da morte, a sala ainda estava uma bagunça, porque Tom Grainger era bagunceiro, um daqueles velhos combatentes que, para manter tudo em ordem, dependia do trabalho de secretárias bonitinhas. Quando se viam diante de seus computadores, esses senhores acabavam produzindo as mesas mais caóticas do planeta. E a sala, como um todo, estava igualmente caótica.

De início, evidentemente, Fitzhugh achou que tivesse arrumado a desordem deixada por Grainger. Tripplehorn recebera as ordens, e quando Fitzhugh telefonou para ele, o Turista confirmou, com uma voz estranha e monocórdia, que o trabalho tinha sido feito. Ótimo.

Então, no local da morte, Fitzhugh percebeu a presença de sangue no interior da casa. Por que Tripplehorn havia removido o corpo de Weaver? Isso não era necessário. No dia seguinte, o resultado da perícia quase lhe provocou um enfarto: o sangue não era de Weaver. Eles não sabiam de quem era, mas ele sabia.

Quem atendera àquela chamada não fora o seu Turista, e sim Weaver.

Então, depois de uma semana vasculhando o país, aconteceu um milagre.

Fitzhugh acessou o servidor da rede, digitou a senha e assistiu ao vídeo gravado naquela manhã. Um técnico em segurança havia feito uma edição de imagens, a partir de diversas câmeras. A gravação começava do lado de fora do prédio, em meio à multidão de transeuntes que, entediados, se acotovelavam a caminho do trabalho. A indicação da hora piscava na parte inferior da tela: 9:38. No meio da aglomeração, aparecia uma cabeça marcada pelo técnico com uma seta. A cabeça surgia do outro lado da Avenue of the Americas, parava, e atravessava a rua, correndo entre um engarrafamento provocado por táxis amarelos.

Corte: uma segunda câmera, na calçada. Àquela altura, ele já havia sido identificado, e, no saguão, os seguranças já assumiam suas posições. No entanto, ainda na rua, Weaver pareceu hesitar. Parou, deixando-se esbarrar pelos transeuntes, como se, de repente, se sentisse desorientado. Então seguiu até a porta principal do prédio.

Uma câmera instalada no alto do saguão focalizava a entrada. Daquele ângulo, ele podia ver o posicionamento adotado pelos seguranças. O negro grandalhão, Lawrence, estava ao lado da porta, enquanto outro segurança aguardava ao lado de uma palmeira. Outros dois esconderam-se no corredor de acesso ao elevador, mantendo-se fora do campo de visão.

Lawrence esperou que ele entrasse, e então o abordou. Por um instante, tudo parecia estar bem. A conversa transcorreu em tom baixo, enquanto os outros três seguranças se aproximavam. Mas, ao ver a aproximação destes, Weaver entrou em pânico. Foi a única explicação que Fitzhugh encontrou, pois Milo Weaver deu meia-volta rapidamente. Contudo, Lawrence estava alerta e já havia segurado Weaver pelo ombro. Weaver desferiu um soco no rosto de Lawrence, mas os outros três seguranças chegaram e o imobilizaram.

A cena foi surpreendentemente discreta, apenas um breve tumulto e um ar espantado por parte da bela recepcionista, Gloria Martinez. Quando se puseram novamente de pé, Weaver estava com as mãos algemadas às costas, e os três seguranças conduziram-no ao elevador.

Estranhamente, Weaver sorriu ao passar pela recepção e até deu uma piscadela para Gloria. Disse algo que a câmera não pôde captar. Os seguranças e Gloria tinham ouvido a frase: "Acho que me perdi do meu grupo de visita guiada." Que figura!

O que ele perdeu foi o bom humor, assim que chegou ao seu setor, no 19º andar.

— Por que você o matou? — Foi a primeira jogada de Fitzhugh. Cada resposta de Weaver indicaria a ele o próximo passo.

Milo piscou os olhos, com as mãos algemadas às costas.

— Quem?

— Tom, pelo amor de Deus! Tom Grainger!

Uma pausa, e naquele momento de silêncio, Fitzhugh não sabia o que Milo diria. Finalmente, ele deu de ombros:

— Tom tinha ordenado a morte de Angela Yates. Foi por isso. Ele armou um esquema para que ela passasse por traidora e depois deu a ordem de execução. Porque ele mentiu para você e para mim. Mentiu para a Companhia. — E então, foi ainda mais longe: — Porque eu gostava dele, e ele me usou.

Teria Milo assassinado Tripplehorn e, por seus próprios motivos, eliminado Tom Grainger? Se sim, o fato seria um sopro de ar puro e fresco na vida opressiva de Fitzhugh.

— Pouco me importam os seus sentimentos por ele — disse. — Tom era um veterano da CIA, além de ser seu superior imediato. Você *matou* Tom, Weaver. O que você acha que está passando pela minha mente? Agora eu sou o seu superior... será que, se você se deparar com algo que o desagrade, eu serei a próxima vítima?

No entanto, ainda não era hora de fazer perguntas e, por isso, Fitzhugh apenas se limitou a demonstrar sua frustração e a se referir a reuniões das quais precisava participar:

— Reorganização. Reestruturação. Arrumar a bagunça que você fez.

Ao sair da sala, ele sussurrou ao ouvido de Lawrence:

— Deixe-o como ele veio ao mundo e leve-o para o buraco negro.

Lawrence, com um olho roxo, deixou transparecer sua satisfação.

— Positivo, senhor.

O buraco negro era algo simples. O sujeito era despido e, após ser-lhe concedido algum tempo para se habituar à própria nudez, as luzes eram apagadas.

A escuridão desorientava, mas, por si só, não produzia um grande impacto. Era apenas escuridão. O "buraco" vinha depois de algumas horas ou minutos: de dois em dois, homens usando óculos infravermelhos surgiam para espancar o sujeito. Sem luz, somente socos fantasmas. Basta remover a noção de tempo, a luz e a integridade física de um homem para que ele prontamente queira se sentar numa sala iluminada e revelar tudo o que sabe. Weaver permaneceria no buraco até a manhã seguinte, e àquela altura ele acolheria até a presença de Fitzhugh.

Ao voltar à sua sala, Fitzhugh leu o relatório preparado e encaminhado por Einner após a viagem dos dois a Paris e Genebra. Apesar de ter sido atacado por Milo, Einner afirmava que ele não poderia ser o responsável pela morte de Angela: "Ele teve a chance de trocar as pílulas que ela usava para dormir, mas não tinha motivos para fazê-lo. Ficou evidente que, mais do que eu, ele queria encontrar o assassino." Em fonte azul, Fitzhugh acrescentou a sua própria avaliação — "Especulação extrema" — ao relatório, e então digitou suas iniciais e a data.

Pouco depois das quatro da tarde, alguém bateu à porta.

— Sim? Pode entrar.

A agente Janet Simmons abriu a porta.

Ele tentou disfarçar a irritação. Procurou remeter-se ao pensamento que lhe ocorrera na ocasião do primeiro encontro dos dois: que ela seria uma jovem atraente se não se esforçasse tanto para parecer o contrário. O cabelo castanho puxado para trás, o ar severo, um blazer azul-marinho, as calças excessivamente largas. Calças de lésbica, conforme dizia Fitzhugh aos seus amigos mais próximos.

— Pensei que você ainda estivesse em Washington.

— Você pegou Weaver — respondeu ela, juntando as mãos atrás das costas.

Fitzhugh recostou-se na cadeira Aeron, perguntando-se como ela tomara conhecimento do fato.

— Ele veio até nós. Entrou tranquilamente pela porta da rua.

— Onde ele está agora?

— Num dos andares abaixo. Estamos dando um gelo nele. Mas já admitiu ter matado Tom.

— Qual o motivo?

— Ataque de raiva. Achou que tinha sido usado por Grainger. Traído.

Ela puxou uma cadeira, mas não se sentou.

— Eu vou querer falar com ele, você sabe.

— Claro.

— Em breve.

Fitzhugh balançou a cabeça a fim de demonstrar que era um homem de visão múltipla — não esquizofrênico, mas complexo.

— Assim que for possível. Tenha certeza disso. Mas não hoje. Hoje ele será privado de qualquer tipo de conversa. E amanhã eu pretendo passar o dia inteiro sozinho com ele. Questão de segurança, você sabe.

Simmons finalmente se sentou. Seu olho estrábico contemplava Manhattan, enquanto o olho saudável fitava Fitzhugh.

— Se for preciso, eu recorro ao benefício da jurisdição. Você está ciente disso, certo? Ele matou Tom Grainger em solo americano.

— Grainger era funcionário nosso. Não de vocês.

— Isso não vem ao caso.

Fitzhugh voltou a se recostar na cadeira.

— Você está agindo como se Weaver fosse um inimigo pessoal, Janet. Ele é apenas um funcionário corrupto da Companhia.

— Três assassinatos no período de um mês: o Tigre, Angela e Grainger. Isso é um pouco demais, até para um funcionário corrupto da Companhia.

— Não é possível que você ache que ele matou os três.

— Vou ter uma ideia melhor depois que falar com ele.

Fitzhugh passou a língua pelos dentes.

— Vamos fazer o seguinte, Janet: deixe que ele fique conosco mais um dia; depois de amanhã, na sexta-feira, eu permito que você ouça a nossa conversa. — Ele ergueu três dedos esticados. — Palavra de escoteiro.

Simmons refletiu sobre a oferta, como se tivesse opção.

— Depois de amanhã, então. Mas tem uma coisa que eu quero agora.

— O quê?

— O dossiê do Milo. Não o que está disponível no arquivo... aquele é inútil. Eu quero o seu dossiê dele.

— Vou precisar de algum...

— *Agora*, Terence. Não vou dar tempo para você dizer que não conseguiu encontrá-lo, ou para retirar os detalhes picantes. Se vou precisar esperar para falar com ele, é melhor eu ter algo interessante para ler.

Fitzhugh comprimiu os lábios.

— Você não tem motivos para ser tão agressiva. Nós dois queremos a mesma coisa. Se alguém mata um subordinado meu, eu quero ver o cara pastando o resto da vida.

— Que bom que a gente está de acordo — comentou ela, embora não demonstrasse a menor satisfação. — Mas vou querer o dossiê.

— Você pode, ao menos, esperar dez minutos?

— Tudo bem.

— Espere na recepção. Eu encaminho o dossiê para lá.

— E a esposa dele? — perguntou ela enquanto se levantava. — Tina. Você já a interrogou?

— Rapidamente, em Austin, depois que Weaver entrou em contato com ela. Mas ela não sabe de nada. A gente resolveu não incomodá-la mais; ela já foi submetida a contratempos suficientes.

— Entendo. — Sem cumprimentá-lo, ela se retirou da sala, e Fitzhugh observou-a se afastar pelo labirinto de cubículos usando aquela calça de lésbica.

Pegou o telefone que estava sobre a mesa e digitou 49; passado um instante, ouviu a frase-padrão:

— Pois não, senhor.

— Nome.

— Steven Norris, senhor.

— Ouça com atenção, Steven Norris. Você está me ouvindo?

— Sim, senhor.

— Se você deixar alguém do Departamento de Segurança Nacional subir sem antes pedir minha autorização, você vai para longe daqui. Você vai ficar na portaria da embaixada dos Estados Unidos em Bagdá, usando uma camiseta com a cara do George Bush em vez de um colete de segurança. Entendeu?

2

Ela se hospedara num quarto no 23º andar do hotel Grand Hyatt, próximo à Grand Central Station. Conforme acontecia com todo e qualquer local onde Janet Simmons trabalhasse, o apartamento logo se transformou num caos. Ela detestava cobertores de hotel, e os removeu imediatamente, empilhando-os ao pé da cama. Por cima dos cobertores, jogou os travesseiros extras (um era mais do que suficiente para ela), cardápios, o guia alfabético dos serviços prestados pelo hotel e toda a miscelânea de papéis que entulhava as mesas de cabeceira. Somente então, finalmente livre de supérfluos, pôde se sentar na cama, abrir o laptop e um novo documento do Word, a fim de registrar seus pensamentos.

Simmons não gostava de Terence Fitzhugh. Nem era por causa do jeito irritante com que o olhar dele avaliava o tamanho dos seus seios. O que ela odiava eram as expressões de solidariedade, como se tudo o que ela dizia fosse, ao mesmo tempo, revelador e decepcionante. Era puro teatro de má qualidade. Quando ela entrou na sala dele, em Washington, depois do assassinato de Angela Yates, ele demonstrara essa mesma reação, e dissera:

— Eu vou acompanhar isso de perto, Janet. Tenha certeza disso.

Ela não esperava qualquer atitude; portanto, foi com surpresa que recebeu um envelope, na tarde seguinte, em seu escritório, localizado no número 245 da Murray Lane. O envelope continha um relatório anônimo, bastante censurado, acerca de Angela Yates. Ali estavam os dados. Às onze e trinta e oito da noite, Milo Weaver entrou no apartamento dela. A vigilância foi suspensa (sem qualquer justificativa; na realidade, não foi dada qualquer explicação para a presença da vigilância). Quando as câmeras foram religadas, Weaver já tinha ido embora. Cerca de meia hora depois, Angela Yates morreu, em consequência de barbitúricos. Milo Weaver não perdera tempo.

Depois disso, na Disney, ela se encontrou com a esposa dele, que se mostrou tão assustada quanto intransigente, e uma menina bonita e sonolenta, ambas aturdidas com a presença de Simmons, Orbach e outros dois homens empunhando pistolas. Mas nada de Milo Weaver. Constatou-se que Grainger o havia alertado.

Então, uma semana atrás, Tom Grainger apareceu morto em Nova Jersey. Foi uma cena estranha. A silhueta do corpo, no jardim em frente à casa, era suficientemente reveladora, mas e as três janelas que haviam sido quebradas por alguém que estava do lado de fora? E o sangue não identificado, ao pé da escada, ao lado da porta da frente? E as sete balas alojadas na escada, 9 milímetros, SIG Sauer? Ninguém oferecia qualquer explicação, embora a presença de uma terceira pessoa na cena fosse inegável. Fitzhugh fingira perplexidade diante de tudo isso.

Em Austin, Tina Weaver desapareceu durante três horas. Quando questionada por Rodger Samson, admitiu que Milo propusera a ela e a Stephanie que deixassem o país em companhia dele. Ela havia recusado. Ele, então, desaparecera novamente. Janet tinha concluído que jamais voltaria a ver Milo Weaver. Então, naquela manhã, recebera um telefonema bastante esclarecedor, de Matthew, funcionário infiltrado pelo Departamento de Segurança no Departamento de Turismo, considerado ultrassecreto pela CIA

Por que Milo havia se entregado?

Ela abriu o envelope de papel pardo que Gloria Martinez lhe entregara e começou a ler.

Nascimento: 21 de junho de 1970, em Raleigh, na Carolina do Norte. Pais: Wilma e Theodore (Theo) Weaver. Em outubro de 1985, um recorte do jornal *Raleigh News & Observer* dizia: "O acidente ocorreu na rodovia I-40, próximo à saída para Morrisville, quando um motorista alcoolizado bateu de frente em outro veículo." O motorista, David Paulson, morreu, assim como os ocupantes do outro carro, Wilma e Theodore Weaver, residentes em Cary. "O casal deixou um filho, Milo."

Ela digitou os fatos relevantes no documento do Word.

Embora não constassem provas documentais, o relatório dizia que Milo Weaver, então com 15 anos, fora encaminhado ao orfanato Saint Christopher, em Oxford, na Carolina do Norte. A falta de documentação foi explicada por outro recorte de jornal, com data de 1989, segundo o qual um incêndio havia destruído o complexo de Saint Christopher, bem como todos os registros ali arquivados, um ano depois que Milo deixou a Carolina do Norte.

Àquela altura, uma bolsa de estudos o levara à Universidade Lock Haven, uma pequena instituição situada num pacato vilarejo localizado nas montanhas da Pensilvânia. Umas poucas páginas delineavam o perfil do estudante medíocre que, embora nunca houvesse sido preso, era considerado pela polícia local suspeito de "envolvimento com usuários de drogas, e era visto frequentemente no velho casarão na esquina da West Church com a Quarta Avenida, onde costumam ser realizadas festas com consumo de maconha". Quando foi admitido na universidade, ele ainda não se decidira em que se especializar, mas já no final do primeiro ano optara por Relações Internacionais.

Apesar de pequena, Lock Haven se gabava de ter o maior programa de intercâmbio estudantil da Costa Leste dos Estados Unidos. Em seu terceiro ano, no outono de 1990, Milo foi para Plymouth, na Inglaterra, a fim de estudar na Universidade Saint Mark e Saint John, a Marjon. De acordo com aqueles primeiros relatórios da CIA, Milo Weaver logo se incluiu num círculo de amigos, a maioria dos quais egressos de Brighton e envolvidos com políticas socialistas. Embora se declarassem simpatizantes do Partido Trabalhista, as verdadeiras convicções do grupo pendiam mais para o "eco-anarquismo", termo que, conforme Simmons registrou, só entraria em uso corrente uma década mais tarde. Uma informante do MI5 junto ao grupo, também colaborando com a CIA, relatou que Weaver era o elemento ideal a ser abordado. "Ele não comunga dos ideais do grupo, mas o desejo de participar de algo grandioso permeia a maioria das iniciativas que ele toma. Fala russo fluentemente e tem ótimas noções de francês."

A abordagem ocorreu durante uma visita de fim de semana a Londres, no final de dezembro, um mês antes do retorno de Weaver à Pensilvânia. A informante do MI5, "Abigail", levou-o ao clube Marquee, em Charing Cross, onde, numa saleta privada, ele foi apresentado ao chefe da sucursal londrina, identificado no relatório como "Stan".

A impressão deve ter sido favorável, pois um segundo encontro foi marcado, três dias depois, em Plymouth. Milo, então, abandonou a universidade e, sem ter um visto de permanência no Reino Unido, viveu na ilegalidade em companhia dos amigos ecoanarquistas.

O recrutamento tinha sido extraordinariamente rápido, fato também anotado por Simmons no documento do Word, mas não havia informações a respeito do primeiro trabalho: os dados remetiam-na ao Dossiê WT-2569-A91. Contudo, ela sabia que Milo só podia ter participado da operação até março, pois naquele mês ele passara a constar da folha de pagamento da CIA. Também fora enviado ao Condado de Perquimans, na Carolina do Norte, onde, na região de Albemarle Sound, recebeu um treinamento de quatro meses em Point, escola mantida pela Companhia, menos conhecida do que a Farm mas igualmente respeitada.

Milo foi destacado para Londres, onde trabalhou (em duas ocasiões, se os dados do dossiê eram confiáveis) com Angela Yates, outra "errante" recrutada pela família CIA. De acordo com um relatório, os dois eram amantes; de acordo com outro, Yates era lésbica.

Milo Weaver começou a se inserir na comunidade de russos expatriados e, embora os dados relativos a esse período não constassem daquele dossiê, Simmons pôde deduzir que ele atuara em infiltração. Milo circulava com expatriados de todos os níveis, desde diplomatas a vigaristas. Eram dois os seus objetivos: entender os mecanismos da máfia russa que florescia no submundo londrino e identificar espiões ocasionais enviados por Moscou enquanto o Império Soviético agonizava. Embora se saísse bem em questões criminais, pois logo no primeiro ano informações fornecidas por ele resultaram em duas detenções importantes, o forte de Milo era a identificação de espiões. Ele contava com três fontes vitais no cerne do aparato russo de inteligência: Denis, Franka e Tadeus. Em dois anos, ele expôs 15 agentes secretos e convenceu nada menos do que 11 a se tornarem agentes duplos.

Então, em janeiro de 1994, os relatórios mudaram de tom, passando a registrar o lento declínio de Milo — que se entregava ao alcoolismo —, seus casos amorosos — pelo jeito, não com Angela Yates — e a suspeita de que o próprio Milo fora aliciado a atuar como agente duplo por uma de suas fontes, Tadeus. Seis meses depois, Milo foi despedido, seu visto, cancelado, e foi-lhe entregue uma passagem de retorno aos Estados Unidos.

Assim terminou a primeira fase da carreira de Milo Weaver. A segunda fase documentada tinha início sete anos mais tarde, em 2001, um mês após a queda das Torres Gêmeas, agora no cargo de "supervisor" do departamento dirigido por Tom Grainger, mas os detalhes desse período eram vagos. Quanto ao hiato, de 1994 até 2001, o relatório nada dizia.

Ela sabia o que isso significava, é claro. A demissão de Weaver, em 1994, tinha sido uma dissimulação, e durante os sete anos seguintes Milo Weaver havia trabalhado em missões militares confidenciais. Desde que passou a integrar o departamento ultrassecreto de Grainger, Weaver tinha atuado como "Turista".

Era um bom resumo de uma carreira bem-sucedida. De agente de campo, passando a agente-fantasma e chegando à administração. Possivelmente, aqueles sete anos perdidos forneceriam as respostas que ela buscava, mas haveriam de permanecer um mistério. Se ela dissesse a Fitzhugh o que sabia sobre o Turismo, Matthew ficaria comprometido.

Foi então que algo lhe ocorreu. Ela voltou algumas páginas do dossiê até chegar à sessão que versava sobre a infância de Milo Weaver. Raleigh, na Carolina do Norte. Orfanato em Oxford. Depois, dois anos frequentando uma pequena universidade antes de chegar à Inglaterra. Ela comparou esses fatos ao relatório preparado por "Abigail": "Fala russo fluentemente e tem ótimas noções de francês."

Simmons usou o celular, e, passados alguns instantes, ouviu a voz de George Orbach, grave e engrolada, dizer:

— O que *foi*?

Percebeu que já eram quase onze da noite.

— Você está em casa?

Um longo bocejo.

— No trabalho. Acho que peguei no sono.

— Tenho uma coisinha para você.

— Além de sono?

— Anote isso. — Ela leu os detalhes da infância de Milo Weaver. — Descubra se algum membro do clã dos Weaver ainda está vivo. Aqui diz que estão mortos, mas se você conseguir descobrir até um primo distante, eu vou querer falar com essa pessoa.

— Eu sei que nós vamos querer ir fundo nessa história, mas isso não é demais?

— Cinco anos depois da morte dos pais, ele se mostra fluente em russo. Diga, George... como um órfão nascido na Carolina do Norte consegue fazer uma coisa dessas?

— Ele faz um curso. E estuda muito.

— Dê uma olhada, está bem? E descubra se ainda sobrou alguém ligado ao orfanato Saint Christopher.

— Tudo bem.

— Obrigada — agradeceu Simmons, e desligou; em seguida, digitou outro número.

Apesar da hora, Tina Weaver parecia estar acordada. Ao fundo, ouvia-se os sons de um seriado cômico na TV.

— Sim?

— Olá, Sra. Weaver. Aqui é Janet Simmons.

Uma pausa.

— A agente, sem dúvida — disse Tina.

— Escute, eu sei que nós não nos entendemos muito bem naquele primeiro encontro.

— É isso que você acha?

— Eu sei que Rodger a interrogou em Austin... ele foi gentil? Eu disse a ele que não a pressionasse demais.

— Rodger foi um doce. — Outra pausa. — Você quer que eu a ajude a localizar o meu marido?

"Ela não sabe", pensou Simmons.

— Eu quero que você me ajude a descobrir a verdade, Tina. Só isso.

— Quais são as perguntas?

— Bem — começou Simmons —, você conhece o passado do Milo, certo?

Um "sim" hesitante.

— Ele tem algum parente vivo?

— Não que ele saiba — respondeu ela, e então emitiu um ruído, como se estivesse engasgada.

— Tina? Tudo bem com você?

— Eu só... — falou ela, ofegante. — Às vezes eu tenho soluços.

— Vá beber um pouco de água. Amanhã a gente se fala. Pode ser de manhã? Lá pelas dez, talvez dez e meia?

— Sim — concordou Tina, e a ligação foi interrompida.

3

De manhã, um motorista da Companhia pegou Fitzhugh no hotel Mansfield, na rua 44 Oeste, e o deixou no edifício da Avenue of the Americas por volta das nove e meia. Já sentado à sua mesa, ele pegou o telefone e digitou um número.

— John?

— Sim, senhor — respondeu uma voz enfadonha.

— Você pode ir à sala cinco e administrar o tratamento até eu chegar? Não mais do que uma hora.

— Rosto?

— Não, não no rosto.

— Sim, senhor.

Ele desligou, verificou o e-mail e se conectou ao Nexcel, entrando com o nome e a senha de Grainger. Uma mensagem de Sal, o oráculo infiltrado no Departamento de Segurança Nacional:

```
J Simmons foi ao QG do DT.
```

— *Muito obrigado* — agradeceu ao computador. A mensagem teria sido útil se tivesse chegado antes que Simmons o emboscasse no "QG do DT" ontem. Ele se perguntou se Sal estaria, de fato, fazendo jus às gratificações natalinas.

Sobre a mesa havia uma pilha de correspondência, e entre os memorandos interdepartamentais ele encontrou um envelope pardo, postado em Denver e endereçado a Grainger. A segurança havia colado no envelope selos que exibiam a palavra LIBERADO, e ele então o abriu. Dentro havia um passaporte cor de tijolo, emitido pela Federação Russa.

Abriu o passaporte com a ponta da unha e se deparou com uma foto recente de Milo Weaver, com aquele olhar grave e acusatório, aquele maxilar comprido, parecendo o sobrevivente de um *gulag*. Mas o nome ao lado da foto era Mikhail Yevgenovich Vlastov.

— Ah, estão de sacanagem comigo — resmungou.

Ele foi até a porta e apontou, por cima dos cubículos, para um dos Agentes de Viagem, chamando-o com um gesto. Depois que a porta se fechou, Fitzhugh estalou os dedos, como se o nome daquele homem diante dele estivesse na ponta da língua, o que não era verdade.

— Harold Lynch — disse o analista. Ele não teria mais do que 25 anos; um tufo de cabelo louro suado formava um cacho em sua testa comprida.

— Certo. Harry, escute aqui. Eu tenho uma pista nova a ser seguida. Milo Weaver na condição de espião russo.

A descrença tomou conta do semblante de Lynch, mas Fitzhugh insistiu.

— Oportunidades. Descubra se ele teve acesso a alguma informação e logo depois, ou ao mesmo tempo, se comunicou com o Serviço Federal de Segurança da Rússia. Cruze os dados com o que sabemos sobre a inteligência russa. Leve isto. — Ele entregou o passaporte e o envelope. — Mande alguém compará-lo a quaisquer dados que tenhamos. Eu quero saber quem enviou o passaporte, quero saber até a altura da pessoa e o prato predileto.

Lynch fitou o passaporte, aturdido diante da guinada que as coisas tinham dado.

— Vá, não perca tempo.

Independente de quem o tivesse expedido, o passaporte foi um presente inesperado. Antes mesmo que o interrogatório começasse, Fitzhugh tinha em mão uma arma poderosa. Assassinato e traição... Weaver talvez conseguisse escapar de uma das acusações, mas será que ele conseguiria escapar das duas?

Fitzhugh decidiu levar a boa notícia a Janet Simmons. A secretária dele, uma mulher corpulenta que trajava cor-de-rosa, localizou o número do telefone de Simmons e completou a ligação. Após o segundo toque, ele ouviu:

— Simmons.

— Você nem imagina o que aconteceu hoje.

— Provavelmente não imagino mesmo.

— Um passaporte russo para Milo Weaver.

Ela fez uma pausa, e ao fundo ele ouvia o ruído de um motor. Ela estava ao volante.

— O que isso significa? Dupla cidadania?

Ele esperava um pouco mais de alegria da parte dela.

— Isso pode significar que ele é um agente duplo, Janet.

— O nome é o dele?

— Não. Mikhail Yevgenovich Vlastov.

Uma pausa.

— Quem mandou o passaporte?

— Remetente anônimo. Estamos investigando isso agora.

— Obrigada por me contar isso, Terence. Dê minhas lembranças a Milo.

Às dez e meia, Fitzhugh utilizou o cartão que abria a porta do elevador no 19º andar, onde, em vez de cubículos, havia corredores formados por divisórias sem janelas, com portas dispostas em pares. Um dos corredores dava acesso a uma cela; outro, à sala de controle de cada cela, equipada com monitores e gravadores. Ele entrou na sala de controle da cela cinco, levando consigo uma pasta cinzenta.

Nate, um ex-agente que tinha problemas com bebida e estômago de bode, comia Ruffles diante de monitores cujas imagens revelavam Milo Weaver no chão, despido, gritando em consequência de choques elétricos aplicados em diversas partes do seu corpo exposto. O som repulsivo ecoava na saleta.

Um homem pequeno e magro, usando um jaleco branco respingado de sangue, trabalhava em silêncio... era John. Outro, usando luvas de borracha, mantinha os ombros de Weaver presos ao chão, enquanto um terceiro, um negro grandalhão, estava de pé ao lado de uma das paredes, limpando a boca e olhando fixamente para a cena.

— O que diabos ele está fazendo? — perguntou Fitzhugh.

Pegando mais uma batata, Nate explicou:

— Acabou de botar para fora o café da manhã. Está bem ali, perto dos pés dele.

— Deus do céu! Tire ele dali de dentro.

— Agora?

— Sim, agora!

Nate colocou fones nos ouvidos, digitou num teclado e chamou:

— Lawrence.

O negro se empertigou e levou um dedo ao ouvido.

— Saia daí. Agora.

Enquanto Weaver gritava, ele caminhou lentamente até a porta. Fitzhugh foi ao seu encontro no corredor e, apesar de ser cerca de 20 centímetros mais baixo, cravou o dedo no peito de Lawrence.

— Se eu vir isso acontecer novamente, você vai ser expulso daqui. Entendeu?

Lawrence fez que sim, com os olhos lacrimejando.

— Volte para o saguão e mande alguém aqui que tenha colhões.

Outro meneio afirmativo, e o grandalhão se afastou, dirigindo-se ao elevador.

Nate avisara a John que se preparasse para a entrada do chefe; portanto, quando Fitzhugh abriu a porta, Milo Weaver se encolhia contra uma das paredes, com sangue escorrendo pelo peito, pelas pernas e pela virilha. John guardava os eletrodos, enquanto o segundo homem estava posicionado junto à parede oposta, em prontidão. Weaver começou a chorar.

— É uma vergonha — disse Fitzhugh, com os braços cruzados à altura do tórax, batendo com a pasta num dos cotovelos. — Uma carreira jogada no lixo por causa de um súbito desejo de vingança. Não faz sentido para mim. Não faz sentido aqui. — Ele tocou a própria têmpora. — Nem aqui. — Apontou para o próprio coração. Ele se agachou para ficar na altura dos olhos vermelhos de Weaver e abriu a pasta. — É isso o que acontece quando Milo Weaver defende a própria dignidade? — Ele abriu a pasta, expondo fotos coloridas, em páginas inteiras, de Grainger tombado em frente à sua própria casa, em Nova Jersey, à beira do lago Hopatcong. Fitzhugh folheou foto por foto para que Milo as inspecionasse. Ângulos panorâmicos, exibindo a posição do cadáver... a 4 metros dos degraus de concreto. Closes: um buraco no ombro, outro na testa. Duas balas explosivas, que se expandiram após penetrarem, arrancando pedaços de carne da carcaça mutilada de Thomas Grainger.

O choro de Milo se intensificou, e ele perdeu o equilíbrio, desabando no chão.

— Temos aqui um chorão — comentou Fitzhugh, levantando-se.

Todos os que estavam naquela saleta branca ficaram aguardando. Milo respirou fundo até conseguir controlar as lágrimas, enxugou os olhos úmidos e o nariz que escorria, e se pôs de pé, embora curvado.

— Você vai me contar tudo — ordenou Fitzhugh.

— Eu sei — respondeu Milo.

4

Na outra margem do rio East, a agente Janet Simmons avançava pelo vagaroso tráfego do Brooklyn, parando abruptamente para pedestres e crianças que atravessavam a Sétima Avenida. Simmons xingou cada um deles. Assim eram as pessoas: seguiam com suas vidinhas infames, como se nada pudesse cruzar o caminho delas. Nada: nem carros nem fogo cruzado nem tarados nem mesmo as maquinações dos serviços secretos espalhados pelo mundo, capazes de se enganar quanto à identidade de uma pessoa e arrastá-la a uma cela ou simplesmente enfiar uma bala perdida na cabeça de alguém.

Instintivamente, ela estacionou na Sétima Avenida, perto da esquina com a Garfield, de modo a não ser vista da janela.

Ela fizera um estardalhaço com Terence Fitzhugh, mas a verdade era que não tinha qualquer autoridade jurisdicional sobre Milo Weaver. Ele matara Tom Grainger em solo americano, mas ambos eram funcionários da CIA, o que situava o caso na esfera da Companhia.

Por que, então, tamanha insistência? Ela também não sabia ao certo. O assassinato de Angela Yates... talvez fosse por isso. Uma mulher bem-sucedida, que tanto avançara naquela profissão predominantemente masculina, tinha sido morta no auge da carreira por um homem que Simmons havia liberado no Tennessee. Isso a tornava responsável pela morte de Yates? Talvez não. Ainda assim, ela se sentia responsável.

Esse senso de responsabilidade um tanto exagerado a perseguira durante grande parte de sua vida, embora a terapeuta do Departamento de Segurança, uma jovem pálida e magricela cujos gestos nervosos e estranhos eram típicos de uma virgem, sempre invertesse a equação. Janet Simmons não era responsável por todas as pessoas que transitavam pela sua vida; Janet Simmons apenas *achava* que era responsável por elas.

— Controle — dissera-lhe a virgem. — Você acha que pode controlar tudo. Isso é um grave erro de percepção.

— Você está insinuando que eu sou controladora? — desafiou Simmons, mas a virgem era mais forte do que parecia.

— Não, Janet. Estou dizendo que você é megalomaníaca. A boa notícia é que escolheu a profissão certa.

Então o impulso de corrigir os erros de Milo Weaver nada tinha a ver com justiça, empatia, filantropia ou direitos iguais para as mulheres. Mas isso não significava que as ações dela não fossem nobres. Até a virgem reconhecia isso.

No entanto, durante semanas, as intenções de Simmons tinham sido frustradas em decorrência da falta de provas concretas. Ela dispunha de provas da presença de Weaver na cena das mortes, mas precisava de mais dados. Precisava de motivações.

O prédio com fachada de tijolos onde os Weavers residiam ficava numa rua onde só havia construções desse tipo, mas o edifício deles era o que se encontrava em pior estado de conservação. A porta da frente estava destrancada, e ela pôde subir as escadas sem precisar usar o interfone. Ao chegar ao terceiro andar, tocou a campainha.

Demorou um pouco, mas finalmente ouviu o barulho suave de pés descalços sobre o piso de madeira; o olho mágico ficou escuro.

— Tina? — Ela apresentou o crachá do Departamento de Segurança. — Sou eu, Janet. Preciso de só alguns minutinhos do seu tempo.

Ruído da corrente sendo removida. A porta se abriu, e Tina Weaver a encarou, descalça, de calça de pijama e camiseta. Sem sutiã. Tinha uma aparência idêntica à do último encontro das duas, na Disney, a não ser pelo ar de cansaço.

— Eu vim numa hora inconveniente?

O corpo de Tina Weaver se encolheu ligeiramente diante de Simmons.

— Não sei se devo falar com você. Você o perseguiu.

— Acho que Milo matou duas pessoas. Talvez três. Você espera que eu deixe isso para lá?

Ela deu de ombros.

— Você sabe que ele voltou?

Tina não perguntou para onde nem quando; apenas piscou os olhos.

— Ele se entregou — prosseguiu Simmons. — Está no escritório de Manhattan.

— Ele está bem?

— Está todo encrencado, mas está bem. Posso entrar?

A esposa de Milo Weaver já não escutava. Caminhou pelo corredor em direção à sala, deixando a porta aberta. Simmons a seguiu até um cômodo de teto rebaixado, com uma televisão grande, de tela plana, e móveis velhos e de aspecto barato. Tina desabou no sofá, levando os joelhos ao queixo e olhando para Simmons, que se sentou.

— Stephanie está na escola?

— Estamos nas férias de verão, agente. Stephanie está com uma pessoa que me ajuda a cuidar dela.

— Não estão sentindo sua falta no trabalho?

— Pois é... sim. — Tina limpou algo que estava em seu braço. — A biblioteca é flexível com sua própria diretora.

— Biblioteca Avery de Arquitetura e Belas-Artes, da Universidade de Columbia. Coisa importante.

A expressão de Tina expressava dúvidas quanto ao fato de alguém considerar aquilo importante.

— Você vai fazer perguntas ou não vai? Eu sou boa em respostas. Tenho praticado muito.

— Recentemente?

— Há dois dias, a Companhia mandou uns imbecis para cá... eu falei com eles aqui mesmo, nesta sala.

— Eu não sabia disso.

— Vocês não se comunicam muito bem, não é?

Simmons balançou a cabeça.

— As agências colaboram entre si como casais que não se entendem. Mas trocamos informações — explicou ela, sorrindo para disfarçar a irritação. Fitzhugh tinha mentido sobre interrogar Tina. — O fato é que estamos investigando seu marido em duas frentes, para tentarmos compreender como os fatos se correlacionam.

Tina piscou novamente.

— Em duas frentes?

— Bem, por assassinato, como eu disse. Duas suspeitas e um assassinato confirmado.

— Confirmado? Confirmado como?

— Milo confessou ter matado Thomas Grainger.

Simmons preparou-se para presenciar uma explosão, mas isso não ocorreu. Olhos cheios d'água, vermelhos e, sim, com lágrimas. Em seguida, um choro silencioso, que fez o corpo de Tina estremecer todo, enquanto os joelhos, ainda junto ao queixo, oscilavam.

— Olhe... desculpe, mas... — começou Simmons.

— *Tom?* — retrucou Tina. — A porra do Tom Grainger? Não... — Ela balançou a cabeça. — Por que ele mataria Tom? Ele é *padrinho* da Stef!

Tina chorou durantes alguns segundos, com o rosto voltado para baixo; em seguida, levantou a cabeça, as faces molhadas.

— O que ele disse?

— Como?

— Milo. Você disse que ele confessou. Qual é a porra da desculpa dele?

Simmons se perguntou o que deveria responder.

— Milo alega que Tom estava usando ele, e que, num ataque de raiva, acabou matando-o.

Tina enxugou os olhos. Com uma calma estranha, ela repetiu:

— Ataque de raiva?

— Isso.

— Não. Milo... ele... ele *não tem* ataques de raiva. Ele não é esse tipo de pessoa.

— É difícil saber, na realidade, como as pessoas são.

Um sorriso se abriu no rosto de Tina, mas não se refletiu em sua voz:

— Não se faça de complacente, Sra. Simmons. Depois de viver durante seis anos ao lado de alguém, dia após dia, com o estresse de criar um filho, a gente passa a conhecer bastante bem essa pessoa.

— Ok — assentiu Simmons. — Eu retiro o que disse. Diga, então, por que Milo matou Tom Grainger?

Não demorou até que Tina chegasse a uma conclusão:

— Só posso pensar em dois motivos. Se ele recebesse uma ordem da Companhia para matá-lo.

— Um motivo. E o outro?

— Se precisasse proteger a família.

— Ele é do tipo protetor?

— Não em excesso... até certo ponto. Se achasse que nós estivéssemos correndo algum risco sério, Milo tomaria qualquer medida necessária para eliminar o perigo.

— Entendo — disse Simmons, como se estivesse memorizando essas palavras. — Na semana passada ele a visitou no Texas. Você estava na casa dos seus pais, certo?

— Ele queria falar comigo.

— Sobre o que, exatamente?

Ela mordeu a parte interna da boca, com um ar reflexivo.

— Você já sabe. Rodger contou a você.

— Eu tento não depender dos relatos. Sobre o que Milo queria falar com você?

— Sobre ir embora.

— Ir embora do Texas?

— De nossas vidas.

— Eu não sei o que isso significa — mentiu Simmons.

— Isso *significa*, agente, que ele estava numa encrenca. *Você*, por exemplo, estava no encalço dele por causa de assassinatos que ele não cometeu. Ele me disse que Tom estava morto, mas que alguém o havia matado e que ele tinha acabado com o sujeito.

— Quem era esse outro homem?

Tina balançou a cabeça.

— Ele não me deu detalhes. Infelizmente, ele é assim... — Ela fez uma pausa. — Ele sempre me poupava de detalhes que pudessem me aborrecer. Milo só disse que o único jeito de ficar vivo era sumir. A Companhia o mataria, porque *pensariam* que ele tinha matado Grainger. Ele queria que nós, Stephanie e eu, sumíssemos com ele. — Tina engoliu em seco, lembrando-se do momento. — Ele tinha até passaportes prontos. Um para cada um de nós, com outros nomes. Dolan. Esse era o sobrenome. Ele queria que nós sumíssemos, talvez para a Europa, e recomeçássemos a vida como a família Dolan. — Ela voltou a morder o interior da boca.

— E o que você disse?

— Nós não estamos na Europa, estamos?

— Você disse não. Algum motivo?

Tina encarou Janet Simmons, como se estivesse chocada diante de tamanha falta de intuição.

— Todos os motivos *do mundo*, agente. Como diabos se pode arrancar uma menina de 6 anos da vida que ela tem e dar um nome novo para ela sem deixar cicatrizes? Como eu vou ganhar a vida na Europa se não sei falar outros idiomas? E que tipo de vida alguém pode ter quando passa o tempo todo achando que está sendo seguido?

Pela maneira como a série de perguntas retóricas transbordou, uma após a outra, como se fossem um discurso praticado por Tina Weaver desde o momento, há uma semana, em que ela recusara o pedido do marido, Simmons percebeu que aqueles motivos eram secundários, motivos dos quais Tina se utilizava para justificar o abandono por parte do marido. Nada tinham a ver com o porquê da negativa expressa por ela.

— Milo não é o pai biológico de Stephanie, certo?

Tina meneou a cabeça, exausta.

— O pai biológico é... — prosseguiu Simmons, fingindo tentar se lembrar, mas tinha a informação na ponta da língua. — Patrick, certo? Patrick Hardemann.

— Sim.

— Ele é presente na infância de Stephanie? Isto é, antes de Milo?

— De forma alguma. A gente se separou quando eu estava grávida.

— E você conheceu Milo...

— No dia em que Stephanie nasceu.

Simmons ergueu as sobrancelhas; sua surpresa era sincera.

— Ora! *Isso* é o que se chama de acaso.

— É... concordo.

— Vocês se conheceram em...

— Isso é mesmo necessário?

— Sim, Tina. Acho que sim.

— Veneza.

— Veneza?

— Foi lá que a gente se conheceu. De férias. Eu estava grávida de nove meses, sozinha, e acabei me envolvendo com o cara errado. Ou com o cara certo. Dependendo do ponto de vista.

— O cara certo — afirmou Simmons, solidária —, pois você acabou conhecendo Milo.

— Sim.

— Você pode me contar como foi? Falando sério... qualquer coisa pode me ajudar.

— Pode ajudá-la a enfiar meu marido na cadeia?

— Eu já disse que quero sua ajuda para chegar à verdade.

Tina pôs os pés no chão e sentou-se, de modo a olhar nos olhos de Simmons.

— Ok. Se você quer mesmo saber...

— Eu quero.

5

Tina mal podia acreditar no calor que estava fazendo. Até mesmo ali, naquele café ao ar livre, ao lado do Grande Canal, perto da arcada monstruosa de pedra da Ponte de Rialto, o calor era insuportável.

Veneza, cercada e cortada por água, deveria ser fresca, mas a água apenas elevava os níveis de umidade, algo semelhante ao efeito do rio em Austin. No entanto, no Texas ela não tinha no ventre um aquecedor de oito meses que deixava seus pés inchados e destruía sua lombar.

Talvez a cidade fosse mais suportável sem a multidão. Todos os turistas suados que existiam no mundo pareciam ter vindo à Itália ao mesmo tempo. A presença deles tornava impossível, para uma grávida, avançar com um mínimo de conforto pelas ruelas estreitas, com calçamento irregular, e se esquivar dos ambulantes de origem africana que vendiam cópias baratas de bolsas Louis Vuitton e seguravam dez em cada braço.

Ela bebericou o suco de laranja e se forçou a olhar e apreciar um *vaporetto* que passava, entupido de turistas com suas câmeras fotográficas. Em seguida, voltou a atenção ao livro de bolso aberto sobre a mesa: *O que esperar quando se está esperando.* Ela estava na página do capítulo 12 em que era abordada a questão da "incontinência por estresse". Que maravilha.

Pare com isso, Tina.

Estava sendo extremamente ingrata. O que Margaret, Jackie e Trevor iam pensar? Eles tinham reunido seus parcos recursos e propiciado a ela aquelas férias de cinco dias e quatro noites em Veneza, aquela despedida antes que o bebê chegasse e enfiasse o último prego no caixão em que seria enterrada a sua vida social.

— E para você lembrar que aquele babaca não é a única espécie de homem que existe por aí — dissera Trevor.

Não, Patrick, aquele mulherengo, não era a única espécie de homem que existia no mundo, mas as espécies que ela havia encontrado não eram das mais animadoras. Italianos com olhares lânguidos assobiavam e murmuravam convites a qualquer mulher que passasse. Mas não no caso dela... isso não. Grávidas os remetiam às suas sagradas mães... mulheres que não haviam batido o suficiente em seus filhos.

A barriga de Tina não apenas a protegia dos homens como também os incentivava a abrir-lhe portas. Ela recebia sorrisos de estranhos e, às vezes, idosos apontavam para fachadas de edifícios e davam-lhe aulas de história que ela não conseguia entender. Chegou a pensar que as coisas estivessem melhorando, pelo menos até a noite anterior. Aquele e-mail.

Patrick estava em Paris com Paula. Todos aqueles pp a deixavam confusa. Ele perguntava se ela poderia dar "uma passada pela cidade" para finalmente conhecer Paula.

"Ela quer muito conhecê-la", ele havia digitado.

Tina atravessara o oceano para se afastar dos problemas, e então...

— Com licença.

Do outro lado da mesa, um americano cinquentão e calvo sorria para ela. Apontou para a cadeira que estava vazia.

— Posso?

Quando o garçom chegou, ele pediu uma vodca com tônica e se pôs a contemplar outro *vaporetto* que passava por ali. Talvez entediado com tanta água, ele passou a observar o rosto de Tina enquanto ela lia. Por fim, o estranho disse:

— Posso oferecer uma bebida?

— Ah, não, obrigada. — Ela sorriu apenas por educação. Em seguida, retirou os óculos escuros.

— Desculpe — gaguejou ele. — É que eu estou sozinho aqui, e parece que você também está. Pelo menos você sairia ganhando uma bebida.

Talvez ele fosse uma boa pessoa.

— Por que não? Obrigada... — Ela ergueu as sobrancelhas.

— Frank.

— Obrigada, Frank. Meu nome é Tina.

Ela estendeu a mão, e eles se cumprimentaram com formalidade.

— Champanha?

— Você não notou. — Ela se apoiou nos braços da cadeira e arrastou-a cerca de 30 centímetros para trás. Em seguida, tocou na barriga grande e arredondada. — Já estou com oito meses.

Frank ficou boquiaberto.

— Nunca viu uma barriga antes?

— Eu... — Ele coçou a cabeça calva. — Isso explica... o brilho nos olhos.

De novo, não, ela quis dizer, mas se conteve. Seria, ao menos, gentil.

Quando o garçom chegou trazendo a vodca com tônica, ele pediu outro suco de laranja, e ela comentou que um simples suco era caríssimo ali.

— E veja só a quantidade que eles servem — disse ela, erguendo o copinho. — Revoltante.

Tina se perguntou se não estaria sendo novamente negativa, mas Frank levou o assunto adiante, queixando-se das cópias de bolsas Vuitton que ela tinha visto. Logo ambos reclamavam, civilizadamente, das idiotices do turismo.

Em resposta às perguntas dele, ela disse que trabalhava na biblioteca de arte e arquitetura do MIT, em Boston, e soltou involuntariamente alguns comentários sarcásticos que deixaram bem claro que o pai do bebê tinha ido embora sob circunstâncias nada favoráveis.

— O senhor agora já sabe da minha vida toda. É jornalista?

— Corretor de imóveis. Meu escritório fica em Viena, mas administramos propriedades por toda parte. Estou fechando um negócio sobre um *palazzo* aqui perto.

— É mesmo?

— Vendi o *palazzo* para um figurão russo. O sujeito tem tanto dinheiro... você nem pode imaginar.

— Não posso mesmo.

— A papelada deve ser assinada nas próximas 24 horas, mas por enquanto estou completamente livre. — Ele mediu as palavras seguintes com todo cuidado. — Posso convidá-la para ir ao teatro?

Tina recolocou os óculos, sem conseguir evitar a lembrança de um conselho enfático oferecido por Margaret, cinco meses antes, quando Patrick a havia abandonado: *Ele é um menino, Tina. Uma criança. Você precisa de um homem mais velho. Alguém que tenha noção de responsabilidade.* Tina não estava considerando qualquer possibilidade nesse sentido, mas havia certa lógica naquele conselho não solicitado.

Frank se mostrou uma surpresa agradável. Deixou-a em paz até as cinco da tarde e então chegou, trajando um terno feito sob medida e trazendo consigo dois ingressos para o teatro Malibran, além de um lírio alaranjado cujo aroma era alucinógeno.

Ela sabia pouco sobre ópera e jamais havia se considerado uma entusiasta. Apesar de se dizer um ignorante, Frank era, na verdade, um conhecedor do assunto. Ele conseguira assentos na plateia, no mesmo nível do palco, de onde obtinham uma visão desobstruída do Príncipe, do Rei de Paus e Truffaldino na ópera *O amor das três laranjas*. Às vezes, ele se inclinava em direção a ela, a fim de sussurrar algum detalhe que ela talvez houvesse perdido; a ópera foi cantada em francês, mas o enredo pouco importava. Era uma ópera absurdista sobre um príncipe maldito que é forçado a perseguir três laranjas, cada uma das quais contendo em seu interior uma princesa. O público riu mais vezes do que Tina, mas ela gostou das piadas que foi capaz de compreender.

Depois da apresentação, Frank convidou-a para jantar numa *trattoria* e contou-lhe histórias sobre os longos anos em que ele viveu na Europa. Ela achou bastante interessante a descrição que ele fez do estilo de vida dos expatriados. Depois, insistiu em tomar o café da manhã com ela, convite que, a princípio, ela considerou uma sugestão extremamente grosseira. Mas ela estava enganada, e ele apenas acompanhou-a de volta ao hotel, beijou-lhe o rosto à moda europeia e desejou boa-noite. Um perfeito cavalheiro, ao contrário daqueles italianos que espreitavam em cada esquina.

Ela acordou cedo na terça-feira e, depois de uma ducha rápida, começou a fazer as malas para o voo que pegaria na manhã seguinte de volta para casa. Era uma pena que, finalmente, quando se recuperara do efeito da mudança de fuso horário e conhecera um homem interessante e culto, já estava na hora de ir embora. Tina pensou que o último dia seria mais bem aproveitado se fosse de barco até Murano para apreciar o trabalho dos sopradores de vidro.

Frank passou para apanhá-la, e Tina mencionou a ideia a ele no momento em que chegavam à gloriosa Praça São Marcos, infestada de pombos.

— Dessa vez o convite é meu — disse ela. — Tem um barco que sai dentro de uma hora.

— Bem que eu gostaria — respondeu ele sinceramente, conduzindo-a a um café ao ar livre. — É a porcaria do meu trabalho. O russo vai me telefonar a qualquer momento e, se eu não estiver disponível, o negócio pode ir por água abaixo.

Durante o café da manhã, Frank se manteve calado, com o olhar distante, tenso.

— O que foi? — Tina seguiu o olhar dele e avistou um homem calvo, de terno preto, o pescoço grosso. O sujeito avançava pela multidão, aproximando-se deles.

— O *palazzo*. — Ele mordeu o lábio inferior. — Espero que eles não queiram conversar agora.

— Tudo bem. A gente se encontra mais tarde.

O sujeito calvo e de aspecto truculento alcançou a mesa deles. Sua cabeça reluzia de suor.

— Você — disse ele com um marcante sotaque russo. — Está pronto.

Frank levou o guardanapo aos lábios.

— Não dá para esperar até nós acabarmos de comer?

— Não.

Frank olhou para Tina, constrangido. Colocou o guardanapo sobre a mesa com as mãos trêmulas. Seria medo? Ou apenas nervosismo diante da excelente comissão? Em seguida, sorriu para ela.

— Você não quer conhecer o *palazzo*? É realmente fabuloso.

Ela olhou para o restante do café da manhã e depois para o russo.

— Talvez eu não deva...

— Bobagem — interrompeu Frank. Em seguida, dirigiu-se ao russo: — É claro que não tem problema, certo?

O homem parecia confuso.

— Perfeito. — Frank ajudou Tina a se levantar. — Devagar — recomendou ao russo. — Ela não é tão forte quanto você.

Assim que cruzaram a porta da frente do *palazzo* e se viram diante da escada íngreme e estreita que dava acesso a um local sombrio, Tina arrependeu-se de ter ido. Ela deveria ter desconfiado. O russo calvo era o típico brutamontes eslavo que costumava aparecer em filmes de ação, e a caminhada desde a Praça São Marcos até o *palazzo* havia machucado seus pés. Agora ela teria que escalar todos aqueles degraus.

— Talvez seja melhor eu esperar aqui embaixo — sugeriu.

A expressão de Frank era quase de horror.

— Eu sei que a subida parece difícil, mas você não vai se arrepender. Confie em mim.

— Mas os meus...

— *Venham* — disse o russo, já na metade do primeiro lance de escada.

Frank estendeu uma das mãos.

— Deixe-me ajudá-la.

Então ela deixou que ele a ajudasse. Afinal, Frank tinha sido até então um perfeito cavalheiro. Ela recorreu às lembranças da noite anterior, da ópera e do jantar, para se esquecer da dor nos calcanhares enquanto ele a ajudava a subir até uma porta de carvalho situada no topo da escada. Ela olhou para trás, mas teve apenas aquela visão lúgubre e indefinida, característica dos prédios antigos. Porém, no momento em que o russo abriu a porta, tudo o que havia de sombrio desapareceu.

Assim que entrou, ela percebeu que Frank estava certo. Tinha valido a pena.

Ele a conduziu por um assoalho de tábua corrida até um sofá moderno. O russo entrou num outro cômodo.

— Você não estava brincando — comentou ela, contemplando a totalidade do ambiente.

— Eu não disse? — Ele fitou a porta que ficara aberta alguns centímetros. — Escute, eu vou cuidar da papelada nesta sala aqui ao lado; depois a gente faz um tour rapidinho.

— É mesmo? — Ela se sentiu como uma criança que ganha uma surpresa, e suas faces coraram. — Vai ser ótimo.

— Não vou demorar. — Ele tocou no ombro de Tina, que estava quente e úmido em decorrência do esforço despendido na subida, e seguiu o russo, entrando na sala ao lado.

No MIT, ela havia lido a respeito de móveis com design ultra-arrojado, em revistas como *Abitare*, *I.D.* e *Wallpaper*, mas nunca tinha visto uma peça daquelas. No canto havia uma poltrona Kilin, feita de couro preto e imbuia, desenhada por Sérgio Rodrigues. Diante da poltrona, havia uma *chaise*

Straessle, fabricada em 1972. E Tina estava sentada num sofá de jacarandá desenhado por Joaquim Tenreiro. Por acaso, ela se perguntou quanto não teria custado a decoração daquela sala.

Ouviu um ruído e, ao erguer os olhos, viu uma linda jovem, ainda adolescente, vindo da varanda. A menina tinha cabelos castanhos e lisos que chegavam à cintura, pele de porcelana e olhos brilhantes. Usava um vestido cor-de-rosa, de verão, que exibia a puberdade de sua silhueta.

— Oi — cumprimentou Tina, sorrindo.

Os olhos da menina se fixaram no ventre de Tina. Ela disse algumas palavras alegres em alemão e sentou-se no sofá. Com hesitação, colocou a mão minúscula em cima da barriga de Tina.

— Posso?

Tina assentiu, e a jovem a acariciou. O toque foi reconfortante, e a menina enrubesceu. Em seguida, tocou o próprio ventre.

— Eu... também.

O sorriso de Tina desapareceu.

— Você está grávida?

A menina franziu o cenho, hesitante, e em seguida assentiu com entusiasmo:

— *Ja*. Eu tenho bebê. Eu *vou ter* bebê.

— Ah! — Tina se perguntou como estariam reagindo os pais dela.

— Ingrid.

Tina apertou a mão pequena e ressecada.

— Meu nome é Tina. Você mora aqui?

Ingrid aparentou não compreender a pergunta, mas, naquele momento, a porta se abriu e um homem alto, mais velho, de cabelo ondulado e terno impecável, entrou na sala, sorrindo. Frank surgiu logo em seguida, parecendo intimidado.

Ingrid bateu palmas junto à barriga de Tina.

— *Schau mal, Roman!*

Roman aproximou-se, e Tina deixou que ele lhe beijasse a mão.

— Nada mais belo do que uma mulher grávida. Prazer em conhecê-la, Srta. ...?

— Crowe. Tina Crowe. O senhor é pai de Ingrid?

— Um tio orgulhoso. Roman Ugrimov.

— Bem, Sr. Ugrimov, seu *palazzo* é lindo. Simplesmente impressionante.

Ugrimov meneou a cabeça em sinal de agradecimento:

— Ingrid, este é o Sr. Frank Dawdle.

A jovem levantou-se e, educadamente, apertou a mão de Frank. Ugrimov, atrás dela, pôs as mãos em seus ombros e, olhando diretamente para Frank, falou:

— Ingrid é tudo para mim, sabe? Ela é o meu mundo.

Ingrid sorriu timidamente. Ugrimov exagerara um pouco.

— Tina, acho que já está na nossa hora — interveio Frank.

Ela ficou decepcionada, pois na realidade gostaria de visitar o restante do *palazzo*; contudo, um tom ligeiramente nervoso na voz de Frank fez com que ela achasse melhor ir embora. Além disso, a gravidez de Ingrid e as atenções do tio deixaram-na desconcertada.

Ela se pôs de pé, um tanto trôpega, mas Ingrid a acudiu; em seguida, ela se apoiou no braço de Frank. Apenas com o movimento dos lábios ele disse "*desculpe*", provavelmente referindo-se ao tour. Não tinha importância.

O brutamontes calvo acompanhou-os até embaixo, sendo a descida bem mais fácil do que a subida; no meio da escada, ouviram a voz de Ingrid e seu riso nasalado, que lembrava o som de uma mula.

No momento em que o sujeito calvo abriu a porta que dava para a praça, ela já havia percebido que algo estava errado; portanto, quando eles pararam à sombra da marquise e o russo fechou a porta, ela questionou:

— Eu não estou entendendo, Frank. Se ele só está assinando a papelada agora, como é que ele já se mudou?

Frank não estava escutando. Com as mãos aos lábios, ele fixava a vista em algo à esquerda, rua acima. Uma mulher mais ou menos da idade de Tina saiu por uma porta e começou a correr na direção deles. Com uma voz surpreendentemente ameaçadora ela chamou:

— *Frank!*

Primeiro pensamento: *seria a esposa dele?*

Pelo lado direito, um homem também vinha apressadamente em direção a eles. O paletó farfalhava de um lado para o outro enquanto ele corria pelo calçamento de pedra, empunhando uma... *arma*. Quem seria *ele*? Mas seus pensamentos foram interrompidos, pois ela ouviu Roman Ugrimov, lá em cima, gritando algo... sim, de repente, *tudo* se encaixava: *Eu a amo, seu filho da mãe!*

Tina deu um passo para a frente e outro para trás, pois o olhar de Frank se desviara para cima. Um grito encheu o ar, seguido de um gemido baixo cuja vibração se tornou cada vez mais intensa, como um trem que passa em alta velocidade.

O efeito Doppler, seu cérebro a lembrou, sem qualquer motivo aparente.

Nesse momento, ela viu o que estava caindo. Algo cor-de-rosa esvoaçava... cabelos castanhos... um corpo, uma menina, *aquela* menina... Ingrid. E então...

Às dez e vinte e sete, Ingrid Kohl caiu a menos de um metro de Tina. Um baque. Osso quebrado e carne rasgada. Sangue. Silêncio.

Ela não conseguia respirar. Seu corpo ficou paralisado. Só conseguiu gritar quando Frank sacou uma pistola, fez três disparos e fugiu. A mulher (esposa? namorada? amiga?) saiu correndo atrás dele. Tina tropeçou e caiu de costas, uma queda feia no calçamento. Agora ela só conseguia fazer uma coisa: gritar.

O outro homem, que empunhava uma pistola, surgiu ao lado dela. Parecia perdido ao encarar a forma cor-de-rosa e vermelha que jazia a menos de um metro dela. Então olhou para Tina que, por um instante, parou de gritar; estava com medo dele e da arma. Mas os gritos voltaram por livre e espontânea vontade.

— *Estou em trabalho de parto! Eu preciso de um médico!*

— Eu... — balbuciou o homem, olhando na direção em que Frank e a tal mulher haviam corrido; ambos tinham desaparecido. Ele se abaixou ao lado dela, exausto.

— Chame a merda de um médico! — gritou ela, e os dois ouviram três breves estampidos, disparos feitos por uma arma.

O homem olhou para Tina outra vez, como se ela fosse um fantasma; em seguida, pegou o celular.

— Tudo vai dar certo — garantiu ele enquanto chamava um número. Falou com alguém em italiano. Ela entendeu a palavra *ambulanza*. Quando o homem finalmente desligou, ela se deu conta de que ele fora atingido por uma bala em algum ponto do tórax. A camisa dele estava quase preta, manchada de um sangue fresco e brilhante.

Naquele momento, contudo, ela foi tomada por um ímpeto de pragmatismo maternal: não importava que aquele homem estivesse ferido; ele já havia chamado uma ambulância. O bebê dela estava tão a salvo quanto possível... naquelas circunstâncias. Tina se acalmou, as contrações diminuíram, e o homem, com os olhos fixos nela, apertava-lhe a mão direita, quase com força excessiva, como se mal pudesse perceber a presença dela. Mais adiante, na rua, a mulher, cujo nome mais tarde ela ficaria sabendo ser Angela Yates, apareceu chorando. Com ar de tristeza, o homem olhou para a parceira.

— Quem é você? — perguntou Tina.

— O quê?

Ela precisou de um momento para normalizar a respiração.

— Você está armado.

Como se a notícia fosse algo chocante, o homem largou a pistola, que rolou pelo chão.

— Quem... — insistiu ela, procurando aliviar a dor da contração ao respirar fundo três vezes através dos lábios retesados. — Quem é você?

— Eu... — Ele apertou a mão de Tina com mais força, quase se engasgando com as palavras. — Eu sou um Turista.

6

Seis anos mais tarde, Janet Simmons notou que a lembrança ainda provocava um nó na garganta de Tina. Ainda boquiaberta, a esposa de Weaver fitava a mesinha de centro para não ter que encarar a mulher que estava fazendo todas aquelas perguntas.

— Aquele, então, era Milo?

Tina assentiu.

— O que você acha que ele quis dizer? — perguntou Simmons, hesitante. — Numa situação daquelas, isso seria a última coisa que uma pessoa diria.

Tina enxugou os olhos com a lateral do dedo polegar e finalmente ergueu o olhar.

— Ele tinha duas balas no pulmão direito e estava tendo uma hemorragia mortal. Nesse tipo de situação, as suposições vão pelos ares.

Simmons concordou com esse ponto, mas a palavra "Turista" esclarecia duas questões. Primeiro: em 2001, Milo estava mesmo em frangalhos, tanto que se dispôs a revelar a uma estranha o nome do seu cargo ultrassecreto. E segundo: Milo havia se recuperado tão prontamente que Tina não chegou a deduzir que aquilo *era* o nome de um cargo.

— O que ele estava fazendo lá? Em Veneza? Ele deve ter contado a você, eu suponho. Ele estava armado, houve um tiroteio e o homem com quem você tinha passado o dia saiu em fuga.

— Foi morto — corrigiu Tina. — Até aquele dia, Milo era agente de campo, e Frank... Frank Dawdle... tinha roubado três milhões de dólares do governo.

— Do nosso governo?

— Do nosso governo. Naquela noite, Milo pediu demissão. Não foi por minha causa, e não foi por causa de Frank. Nem por causa das Torres Gêmeas, sobre as quais ficamos sabendo mais tarde. A vida de Milo tinha simplesmente se tornado insuportável.

— E você estava lá... naquela hora.

— Eu estava lá.

— Vamos voltar um pouquinho. Vocês dois foram levados a um hospital italiano e a Stephanie nasceu. Quando foi que Milo reapareceu?

— Ele nunca foi embora.

— Como assim?

— Depois que foi assistido pelos médicos, Milo foi transferido para um quarto do hospital. Assim que acordou, ele conseguiu entrar no posto de enfermagem e descobrir o número do meu quarto.

— Ele não sabia seu nome.

— Nós entramos ao mesmo tempo. Ele descobriu pelo horário. Eu desmaiei depois do parto e, quando acordei, ele estava cochilando numa poltrona ao lado da cama. Tinha uma TV no quarto, e um telejornal entrou no ar. Não entendi o que eles estavam dizendo, mas eu sabia que se tratava do World Trade Center.

— Entendo.

— Não entende *não* — disse Tina, com a voz exprimindo emoção. — Quando percebi o que estava acontecendo, comecei a chorar e acordei Milo. Mostrei a ele por que eu estava chorando e, quando ele entendeu, começou a chorar também. Nós dois, num quarto de hospital, choramos juntos. A partir daquele momento, não nos separamos mais.

Enquanto Simmons refletia sobre aquela história de amor, Tina olhou para o relógio do aparelho de DVD... já passava do meio-dia.

— Merda! — Ela se levantou. — Preciso pegar a Stephanie. Nós vamos almoçar juntas.

— Mas eu ainda tenho algumas perguntas.

— Mais tarde — decretou Tina. — A menos que você queira me prender. Quer?

— A gente vai poder conversar mais tarde?

— Telefone antes.

Simmons esperou até que Tina se aprontasse. Não demorou mais de cinco minutos. Ela reapareceu usando um vestidinho de verão e perguntou:

— Qual é a outra frente?

— Como?

— Você disse que estava investigando Milo em duas frentes. Nós nos desviamos do assunto. Uma delas é assassinato. Qual é a outra?

Simmons se arrependeu de ter mencionado as tais frentes de investigação. Ela queria obter algumas respostas antes que Tina Weaver tivesse uma noite inteira para criar uma história.

— A gente fala sobre isso amanhã.

— Pode me dar a versão resumida.

Ela contou a Tina sobre o passaporte.

— Ele é cidadão russo, Tina. Isso foi novidade para todo mundo.

As faces de Tina enrubesceram.

— Não, é alguma identidade falsa. Espiões fazem isso o tempo inteiro. É uma identidade falsa criada por causa de algo que ele teve que fazer na Rússia.

— Ele contou isso a você?

Uma negativa rápida com a cabeça.

— Você já o ouviu mencionar o nome Mikhail Vlastov?

Novamente, Tina negou.

— Talvez você tenha razão. Talvez, seja apenas um mal-entendido. — Simmons sorriu, complacente.

Quando já estavam na Garfield, antes de se separarem, Simmons hesitou, mas abordou o assunto que, para ela, era o ponto crucial daquela conversa:

— Escute, Tina. Você me disse lá em cima os motivos que a impediram de fugir com Milo, mas eu devo dizer que não acredito neles. Aqueles motivos têm um caráter prático demais. Você não quis fugir com ele por outro motivo.

O rosto de Tina se contorceu ligeiramente, sugerindo um desdém que logo desapareceu. A fisionomia dela se descontraiu.

— Você sabe o motivo, agente.

— Você não confia mais nele.

Um sorriso estranho, espontâneo, passou pelo semblante de Tina. Ela se dirigiu ao carro.

Enquanto ela virava a esquina da Sétima Avenida, o telefone de Simmons tocou.

— Se estiver de pé, melhor se sentar agora — disse George Orbach.

A recomendação deixou-a momentaneamente confusa.

— Como?

— William T. Perkins.

— Quem? — Ela utilizou a chave eletrônica para abrir o carro.

— Pai de Wilma Weaver, nome de solteira Perkins. Avô de Milo. Mora em Myrtle Beach, Carolina do Sul. O lugar se chama Covenant Towers, é uma casa de repouso. Nascido em 1926. Tem 81 anos.

— Obrigada pelos cálculos — agradeceu Simmons sem esconder o entusiasmo. — Como a gente não ficou sabendo disso antes?

— Nunca perguntamos.

A incompetência, ela supunha, caminhava de mãos dadas com a inteligência. Ninguém havia se incomodado em saber se algum avô de Milo ainda era vivo.

— Você pode me enviar o endereço e avisar à casa de repouso que eu estou a caminho?

— Quando?

Ela pensou a respeito no momento em que entrou no carro quente e abafado.

— Hoje à noite.

— Reservo o voo?

— Sim — respondeu ela; então, olhando para o relógio, tomou a decisão: — Por volta das seis horas... e reserve três lugares.

— Três?

Ela saiu do carro, travou as portas e voltou ao prédio dos Weavers.

— Tina e Stephanie Weaver vão comigo.

7

A verdade, três mentiras e algumas omissões. Isso era tudo que Milo sabia. O restante, segundo a promessa de Primakov, seria providenciado. Durante aquela semana demasiado longa em Albuquerque, o velho pouco revelara. Em vez disso, fizera perguntas, conforme Terence Fitzhugh agora fazia. A história, desde o começo, no Tennessee, até o fim sangrento em Nova Jersey. Ele a relatara tantas vezes no Novo México que a conhecia melhor do que a história de sua própria vida.

— Eu quero os detalhes — insistira Primakov.

Mas ele não questionara apenas sobre a história; fizera perguntas cujas respostas Milo não tinha autorização para fornecer. Questões que implicavam traição.

— Você quer minha ajuda, não quer?

Então: a hierarquia interna do Departamento de Turismo, o número de Turistas, Sal e seu *modus operandi*, a relação entre o Departamento de Segurança e a Companhia, bem como o que a Companhia sabia e não sabia sobre ele próprio, Yevgeny Primakov (e sabia pouco).

Somente depois de cinco dias de interrogatório, o velho finalmente dissera:

— Já entendi. Não se preocupe. Pode contar a verdade para eles. Você vai mentir três vezes e deixar algumas coisas de fora. Eu cuido do resto.

O "resto" era um mistério.

A convicção de Milo fraquejou? Com toda certeza. Chegou a tombar quando ele percebeu que seria submetido ao tratamento do "buraco negro", e quase morreu quando, naquela manhã, John entrou na sala cinco com sua maleta cheia de apetrechos terríveis.

— Oi, John — cumprimentara Milo, mas John não era um amador e não cairia na conversa de quem quer que fosse. Ele colocou a maleta no chão, abriu-a, expondo a bateria, os fios e os eletrodos, e pediu aos dois guardas que fizessem a gentileza de segurar o corpo despido de Milo.

Na verdade, a convicção de Milo desapareceu totalmente quando os choques começaram. As descargas elétricas afetaram seus nervos e seu cérebro a tal ponto que ele não acreditava mais em coisa alguma, a não ser na realidade daquela sala. Ele não podia ouvir mais nada quando seu corpo se contorcia naquele piso gelado. Nas pausas entre as sessões, quis gritar a verdade: não, ele não tinha matado Grainger; aquela era a Mentira Número Um. Mas eles não fizeram pergunta alguma. As pausas serviam apenas para que John verificasse a pressão arterial de Milo e recarregasse a máquina.

O único fator que ameaçou renovar sua convicção não fez o menor sentido para ele. Foi Lawrence, segurando seus tornozelos. Quando as ondas subiam pelo corpo dele, Lawrence soltava seus pés e desviava o olhar; acabou vomitando.

— Você está bem?

— Eu... — começou Lawrence e se pôs de pé, enxugando os olhos umedecidos. Nova ânsia, e ele se encostou à parede, vomitando mais.

John, despreocupado, reaplicou os eletrodos aos mamilos de Weaver. Apesar da dor, ele experimentou uma sensação de alívio, como se a náusea de Lawrence, em breve, pudesse se transformar na náusea de todos ali. Mas estava enganado. Em seguida, Fitzhugh entrou e mostrou-lhe as fotos.

— Você matou Grainger.

— Sim.

— Quem mais você matou?

— Um Turista. Tripplehorn.

— Quando você matou Grainger? Antes de matar o Turista?

— Antes... não, depois.

— E daí?

Milo tossiu.

— Dei uma caminhada pela mata.

— E depois?

— Vomitei. Depois peguei um avião para o Texas.

— Com o nome de Dolan?

Ele fez que sim, agora no solo seguro da terrível verdade.

— Tentei desaparecer... junto com minha esposa e minha filha — respondeu Milo, revelando a Fitzhugh coisas que ele já sabia. — Elas não quiseram... pelo menos Tina se recusou. — Ele se aprumou, com dificuldade, e olhou para Fitzhugh. — Eu não tinha mais família nem emprego, e tanto a Companhia como o Departamento de Segurança estavam atrás de mim.

— Uma semana se passou — falou Fitzhugh. — Você sumiu.

— Albuquerque.

— O que você foi fazer em Albuquerque?

— Eu *bebi*. Muito. Bebi até não poder mais.

— Muita gente passa a vida toda bêbada. Por que você seria diferente?

— Eu não quero viver fugindo. Um dia — começou ele, parou e retomou a palavra. — Eu quero voltar para minha família, um dia. Se elas me aceitarem de volta. E o único jeito de fazer isso acontecer é me entregar. Esperar benevolência por parte do tribunal... esse tipo de coisa.

— Vai ser difícil.

Milo não debateu a questão.

— Naquela semana, em Albuquerque, onde você se hospedou?

— No Red Roof Inn.

— Com quem?

— Eu estava sozinho. — Mentira Número Dois.

— Com quem você falou? Uma semana é bastante tempo.

— Com algumas garçonetes... do Applebee's e do Chili's. Com um barman. Mas não conversamos sobre nenhum assunto importante. — Ele fez uma pausa. — Acho que os deixei assustados.

Os dois se encararam; um, vestido, o outro, nu.

— Vamos precisar rever tudo, Milo — retrucou Fitzhugh finalmente. — Às vezes, vai parecer um teste de memória, mas não é. É um teste da verdade. — Ele estalou os dedos ao lado do rosto de Milo. — Entendeu?

Milo meneou a cabeça afirmativamente, e o movimento causou-lhe dor.

— Duas cadeiras — demandou Fitzhugh sem se dirigir a pessoa alguma. O homem junto à parede deduziu que a ordem fosse para ele e saiu. — John, fique por perto.

John fez que sim em sinal de obediência, pegou a maleta e saiu da sala parecendo um vendedor de enciclopédia todo salpicado de sangue logo após ter feito uma venda.

O outro homem voltou com cadeiras de alumínio e ajudou Weaver a se sentar numa delas. Fitzhugh sentou-se diante dele; quando Milo escorregou e caiu da cadeira, ele pediu que trouxessem uma mesa. Isso ajudou, pois Milo se apoiou sobre a superfície branca e lisa da mesa, manchando-a de sangue.

— Conte como tudo começou — pediu Fitzhugh.

Aquele interrogatório do primeiro dia durou quase cinco horas, cobrindo desde os eventos ocorridos no dia quatro de julho, passando pela malfadada estada em Paris e chegando ao domingo, oito de julho, quando Milo tinha voltado. Teria sido possível concluir o relato em menos tempo, mas Fitzhugh fez diversas interrupções, questionando aspectos da história. Após a referência ao suicídio do Tigre em Blackdale, Fitzhugh bateu na mesa, irritado porque Weaver havia escorregado novamente, apoiando o rosto sobre a fórmica manchada de sangue.

— E isso foi uma surpresa, não foi?

— O quê?

— Sam Roth, al-Abari, seja lá quem for. Que ele tinha sido Turista.

Milo espalmou sobre a mesa a mão suja e apoiou o queixo sobre ela.

— É claro que foi uma surpresa.

— Então, vejamos se eu entendi bem. O Tigre, um profissional com um dos pseudônimos mais idiotas do mundo, vem a este país só para bater um papo com você e se matar.

Milo assentiu, meneando a cabeça junto às articulações dos dedos.

— Minha pergunta, então, é a seguinte: como foi que o seu dossiê, seu dossiê de Turista, que deveria estar arquivado na estratosfera do ultrassecreto... como aquele dossiê foi parar nas mãos dele?

— O Grainger deu o dossiê para ele.

— Opa! — exclamou Fitzhugh, empurrando a cadeira para trás. — Será que eu ouvi direito? Você está insinuando que Tom trabalhava *com* o Tigre? É uma afirmação e tanto.

— É isso mesmo.

— E Samuel Roth... você deixa o cara se matar, diante do seu nariz, sabendo que ele era um arquivo de informações valiosas.

— Eu não tive a chance de salvá-lo. Ele foi rápido demais.

— Talvez você não *quisesse* uma chance de salvá-lo. Talvez você quisesse que ele morresse. Talvez, e isso é interessante... talvez você *soubesse* da cápsula que ele tinha dentro do dente... e tenha enfiado a mão dentro da boca dele e estourado a cápsula você mesmo. Afinal, ele estava debilitado, e no rosto dele foram encontradas as suas impressões digitais. Seria muito fácil, para um sujeito forte como você. Talvez você tenha até agido sob as ordens de Grainger... por que não? Você está culpando o pobre coitado por tudo.

Milo respondeu com silêncio.

Quando Milo começou a falar sobre a reunião convocada por Grainger na manhã anterior à ida dele para Paris, viagem cujo objetivo era testar Angela, Fitzhugh interrompeu-o novamente.

— Então você finalmente *perguntou* a ele sobre o Tigre.

— Mas ele desconversou — disse Milo. — Por que ele não queria me mostrar o dossiê? Era isso que eu não conseguia entender. Não àquela época. Demorei muito para entender. Demorei tempo demais.

— Entender o quê? — Milo não respondeu; portanto, Fitzhugh reclinou-se na cadeira, cruzou as pernas e prosseguiu: — Eu *sei* que ele mostrou o dossiê a você. Quando você voltou de Paris. Então eu só espero que não venha dizer que o fato de eu ter contratado Benjamin Michael Harris signifique que eu estou metido nessa história toda. Falhas na seleção de recrutamento ainda não são crime neste país.

Milo o encarou, perguntando-se se deveria classificar a fase seguinte como mentira ou omissão. Às vezes, as diferenças eram imperceptíveis.

— Não. Eu sabia que seu envolvimento não elucidaria todo o mistério. Tom não estava de conchavo com você.

— Certo. Ele estava de conchavo com o Tigre.

— E foi por isso que eu demorei tanto a entender — explicou Milo. — Grainger me entregou o dossiê só para despistar; ele queria que eu desconfiasse de você.

Fitzhugh pareceu ficar satisfeito com a explicação.

O relato prosseguiu, com frequentes interrupções por parte de Fitzhugh, solicitando esclarecimentos ou dissimulando ignorância. Quando Milo disse que permanecera em Paris por causa de suas suspeitas, ele questionou:

— Mas você tinha visto as provas colhidas por Einner. Você viu as fotos.

— Sim, mas o que as fotos comprovavam? Ela estaria passando informações a Herbert Williams ou Williams estaria passando informações *a ela*? Ou será que, involuntariamente, ela estaria entrando no jogo de alguém? Será que Williams a estaria espionando para se manter a par da investigação que ela conduzia? Ou será que ela, de fato, teria culpa no cartório, e tanto ela quanto o Tigre estariam recebendo ordens do tal sujeito de barba ruiva e vendendo informações aos chineses? Nesse caso, quem o sujeito representava? Aquilo não era uma operação de um homem só. Talvez os chineses estivessem dando ordens a Herbert Williams também.

— É um tremendo quebra-cabeça chinês.

— É mesmo.

Fitzhugh atendeu ao telefone que vibrava. Meneou a cabeça e emitiu alguns resmungos; então desligou.

— Escute. O dia foi longo e você se saiu muito bem. Amanhã vamos mergulhar mais fundo nessa conspiração, certo? — Fitzhugh deu um tapinha no lado da superfície da mesa em que estava, o lado limpo. — Ótimo dia de trabalho.

— Então talvez eu mereça um pouco de comida — sugeriu Milo.

— Claro. E também uma muda de roupa — prometeu Fitzhugh enquanto empurrava a cadeira para trás e se levantava, sorrindo. — Estou realmente satisfeito. E os detalhes trazem uma faceta humana a toda essa história infeliz. Amanhã, eu acho, vamos esclarecer ainda mais as coisas. A questão de Tina, por exemplo. Talvez, possamos discutir o relacionamento de vocês. E como vão as coisas com sua querida enteada.

— Filha — corrigiu Milo.

— Como?

— Filha. Não enteada.

— Certo — Fitzhugh ergueu as mãos em sinal de rendição. — Como você quiser, Milo.

No momento em que o inquisidor deixou a sala, Milo se lembrou das instruções de Primakov. *Três mentiras bobas, Milo. Você passou a vida inteira mentindo, por que mudar agora?*

8

— Não se assuste — dissera Janet Simmons em voz baixa, quando Tina chegou em casa. — Nós localizamos o avô materno de Milo, e eu acho mais do que justo você vir junto.

— Isso é impossível. Os parentes dele estão todos mortos.

— Bem, só temos um jeito de saber.

Agora, num bimotor da Spirit Airlines, voando do Aeroporto de LaGuardia para Myrtle Beach, Tina segurava a mão de Stephanie, que insistira em sentar-se à janela.

Para a filha, a súbita mudança de rotina foi motivo de alegria. Uma viagenzinha à praia, foi isso que disseram a ela. Deus do céu! Ela era mesmo animada. O quanto Stephanie havia sofrido nas últimas duas semanas, desde que fora acordada por um agente do Departamento de Segurança Nacional em seu quarto na Disney, procurando pelo pai dela, desaparecido? Por que submetê-la àquele tipo de situação?

— Tudo bem, querida?

Stephanie bocejou, escondendo a boca com uma das mãos e contemplando as nuvens cinzentas.

— Estou um pouquinho cansada.

— Eu também.

— Essa viagem é mesmo de férias?

— Mais ou menos. Umas férias curtinhas. Preciso falar com uma pessoa. Depois disso, a gente pode pegar uma praia. Gostou da ideia?

Ela deu de ombros, com um ar que deixou Tina preocupada, e indagou:

— Por que ela veio?

— Você não gosta da Sra. Simmons? — perguntou Tina, enquanto, do outro lado do corredor, Simmons digitava algo em seu BlackBerry.

— Eu acho que ela não gosta do papai.

Além de animada, a menina era muito esperta. Mais esperta, talvez, do que a mãe.

Novamente, ela se perguntou por que havia concordado com aquela viagem. Será que podia confiar na agente Janet Simmons? Não, não cegamente, mas a recompensa era irresistível: finalmente conhecer um parente de Milo. A viagem tinha a ver mais com curiosidade do que com confiança. Sinceramente.

Aterrissaram pouco antes das oito da noite; Tina acordou Stephanie no momento em que o avião iniciou a descida. Da janela, viram a escuridão, pontuada por pequenas luzes que desapareciam ao longe, junto à linha costeira. Não havia agentes esperando por elas no Aeroporto de Myrtle Beach, e Simmons providenciou pessoalmente o aluguel de um Taurus. As informações sobre o trajeto foram obtidas por meio do BlackBerry.

Era uma noite de quinta-feira, mas também o auge do verão, e elas passaram por picapes conversíveis, cheias de universitários ávidos por sexo, sem camisa, usando bermudas e bonés de beisebol, acenando com garrafas de Miller e Budweiser. Sorrindo diante da atenção, louras oxigenadas davam aos rapazes plenos motivos para ficarem animados. Era possível ouvir a música de dentro dos clubes noturnos, ainda que fosse apenas um *tum-tum-tum* monótono e pulsante, feito para dançar.

O condomínio Covenant Towers, situado numa área arborizada na zona norte da cidade, não ficava distante da praia e era formado por dois prédios compridos, de cinco andares, separados por um gramado e árvores.

— Bonito — avaliou Stephanie, sentada no interior do carro.

De acordo com Deirdre Shamus, a síndica alegre e de face rosada, que optara por fazer hora extra no intuito de descobrir exatamente qual seria o interesse do Departamento de Segurança Nacional em um dos residentes, o Covenant Towers não era um "lar de idosos", embora o condomínio contasse com instalações médicas.

— Aqui nós incentivamos a independência.

William T. Perkins morava no primeiro piso do bloco dois, e Shamus as acompanhou até a porta, cumprimentando com um entusiasmo exagerado cada residente pelo qual passaram. Finalmente pararam diante do número 14, um conjugado. Shamus bateu à porta:

— Sr. Perkins! Suas visitas chegaram!

— Calma aí, porra! — disse uma voz zangada e ríspida.

Subitamente, Tina ficou preocupada com a filha. O que haveria atrás daquela porta? Talvez o bisavô de Stephanie... Tina ainda não podia acreditar que Milo não soubesse da existência dele; se soubesse, certamente teria contado a ela. Mas que tipo de homem seria ele? Ela puxou a Sra. Shamus de lado.

— Será que Stef pode esperar em algum outro lugar? Não sei se quero que ela entre aí com a gente.

— Ah, o Sr. Perkins é um cachorro que late, mas não...

— Falando sério — insistiu Tina. — Vocês não têm uma sala de TV?

— Tem uma no final do corredor.

— Obrigada. — Dirigindo-se a Simmons: — Eu volto já.

Ela acompanhou Stephanie pelo corredor e, à direita, encontrou uma sala com três sofás, uma poltrona e sete idosos assistindo a uma reprise de *Assassinato por escrito*.

— Querida, você se importa de esperar um minutinho aqui?

Stephanie se aproximou de Tina.

— Aqui está fedendo — sussurrou ela.

— Mas você aguenta um pouquinho? Por mim?

Stephanie fez uma careta, indicando o quanto o recinto cheirava mal, mas assentiu:

— Não demore.

— Se houver algum problema, vamos estar no apartamento número 14. Entendido?

Quando ela voltou, a porta do número 14 estava aberta, e Shamus e Simmons já haviam entrado. Tina teve um momento de paranoia. Era a paranoia com a qual convivia desde que Milo fugira da Disney, desde que o mundo que ela habitava fora povoado por investigadores e agências de segurança.

A paranoia falou em sua mente usando a voz de Milo:

— É assim que acontece, Tina. Escute bem. Eles arrumam um jeito de você se afastar da criança. Quando acabar sua conversinha, ela já desapareceu.

Sumiu. Os idosos estão sob efeito de medicação; não sabem o que está acontecendo. Simmons não vai *dizer* que Stephanie está com ela. Não. Vai ser tudo inferência e insinuação. Mas Simmons terá um documentozinho em mão. E vai pedir que você o leia diante de uma câmera. O documento vai dizer que seu marido é ladrão, traidor e assassino, e que você deveria abandoná-lo de uma vez por todas. E ela dará a entender que, se você fizer isso, eles poderão até encontrar a querida Stephanie.

Mas aquilo era pura paranoia, Tina disse a si mesma. Só isso.

Tina se deteve diante da porta aberta e olhou o interior do apartamento. Shamus era só sorriso, preparando-se para sair, e Simmons estava sentada numa cadeira ao lado de um homem encarquilhado, numa cadeira de rodas, com o rosto fino desfigurado pela idade. Os olhos pareciam ampliados pelos óculos de aro preto. A agente acenou para que ela entrasse, e o velho sorriu, exibindo a dentadura amarelada.

— Este é William Perkins, Tina. William, esta é Tina Weaver, esposa do seu neto.

A mão de Perkins começou a se erguer, a fim de apertar a dela, mas parou. Ele olhou para Simmons.

— Que *diabos* você está me dizendo, mulher?

— Tchauzinho! — disse Shamus, deixando-os a sós.

9

Foi difícil para William T. Perkins aceitar a situação. De início, ele afirmou que não tinha neto algum; depois, que não tinha neto chamado Milo Weaver. Suas reclamações eram intercaladas por xingamentos, e Tina ficou com a impressão de que ele havia sido um mau elemento durante os 81 anos que vivera no planeta. Teve duas filhas, sim, mas ambas o abandonaram quando estavam no final da adolescência, sem "nem mesmo um simples até logo".

— Sua filha Wilma, senhor. Ela e o marido, Theodore, tiveram Milo, filho do casal. Seu neto — insistiu Simmons. Finalmente, como se tais palavras constituíssem prova irrefutável, Perkins cedeu, admitindo que, sim, tinha um neto.

— Milo — falou, e balançou a cabeça. — Parece até nome de cachorro. Sempre achei isso. Mas Ellen... ela pouco se importava com o que eu pensava. Nenhum deles se importava.

— Ellen? — repetiu Tina.

— Foi só encrenca. Vocês sabiam que, em 1967, aos 17 anos, a menina usou LSD? Aos 17 anos! Aos 18, era amante de um comunista cubano. José Não-sei-o-quê. Parou de raspar as pernas... pirou completamente.

— Desculpe, Sr. Perkins — interrompeu Simmons. — Nós não sabemos ao certo quem é Ellen.

Um tanto confuso, Perkins piscou os olhos arregalados.

— Ellen é a porra da minha *filha*, é claro! Vocês querem saber sobre a mãe de Milo, não querem?

Tina inspirou sonoramente.

— Nós pensávamos que a Wilma fosse a mãe do Milo — disse Simmons.

— *Não* — corrigiu ele, exasperado. — Wilma ficou com a criança... acho que ele tinha 4 ou 5 anos. Ela e o Theo não podiam ter filhos, e Ellen... só Deus sabia no que ela estava metida na época. Ela não sossegava o rabo em lugar nenhum. Wilma não falava comigo, mas Jed Finkelstein... Wilma ainda se dignava a falar com aquele *judeu*... disse que a ideia tinha sido da Ellen. Naquela época ela estava andando com um bando de alemães. Era meados dos anos 1970, e a *polícia* estava atrás dela. Acho que Ellen chegou à conclusão de que uma criança ia atrapalhar a vida dela. Então, pediu à Wilma que ficasse com ele. — O corpo todo dele estremeceu, de cima a baixo, e ele deu um tapa no joelho. — Vocês já imaginaram? Deixar a criança para trás... e lavar as mãos!

— Esse Sr. Finkelstein... o senhor sabe onde ele está agora? — perguntou Simmons.

— Sete palmos debaixo da terra, desde 1988.

— E Ellen... o que ela estava fazendo?

— Lendo Karl Marx. Lendo Mao Tse-Tung. Lendo Joseph Goebbels... até onde eu sei. Em alemão.

— Alemão?

Ele fez que sim.

— Ela estava na Alemanha, na Alemanha Ocidental, quando desistiu da maternidade. Aquela menina sempre desistia quando a coisa ficava difícil. Eu bem quis avisar que ter um filho não era um mar de rosas.

— Mas o senhor não falava com ela àquela época.

— Mas isso foi opção *dela*. Isolamento total em relação à família, enquanto andava por aí com os camaradas chucrutes.

— A irmã, Wilma, era uma exceção.

— Como? — Outro momento de confusão.

— Eu disse *que a irmã era uma exceção*. Ela manteve contato com Wilma.

— Sim. — O tom de voz exprimia decepção. Em seguida, alegrou-se, ao ser tomado por uma lembrança. — Sabem o que Finkelstein me disse? Ele era alemão e lia aqueles jornais. Ele disse que Ellen tinha sido presa. Sabem por quê?

As duas mulheres o encararam, na expectativa.

— Assalto *à mão armada*. Foi por isso. Ela e o bandozinho de comunas tinham começado a roubar bancos! Eu pergunto: como isso ajuda a salvar os trabalhadores do mundo?

— Com o nome verdadeiro dela? — indagou Simmons, com astúcia.

— O nome verdadeiro?

— O nome dela saiu nos jornais?

Ele pensou e deu de ombros.

— A foto saiu. Finkelstein não me disse... espere um minuto! Sim. Era um nome alemão, não era? Elza? Sim, Elza. Parecido com Ellen.

— Que ano foi isso?

— Em 1978? Não... 1979. É, 1979.

— E quando ficou sabendo disso, o senhor chegou a contatar alguém? A embaixada? O senhor tentou tirar ela da cadeia?

O silêncio, como um hóspede indesejado, voltou a visitar William T. Perkins. Ele balançou a cabeça.

— Eu não contei nem para Minnie. Ellen não queria que eu contasse. Ela havia rompido conosco completamente. Não *queria* que nós a ajudássemos.

Tina se perguntou quantas vezes, nos últimos 28 anos, aquele senhor repetira para si mesmo aquelas palavras. A única justificativa que ele tinha para ter abandonado a filha era fraca, mas era a única da qual dispunha, a exemplo das justificativas apresentadas por Tina para abandonar o marido.

Simmons se empertigou e olhou para ela com um ar sumamente profissional. O semblante e o tom de voz expressavam firmeza, mas não intransigência. Ela estava ali por uma razão, e ali permaneceria apenas o tempo suficiente para satisfazer suas intenções.

— Deixe-me ver se entendi bem. Ellen sai de casa e começa a andar com más companhias. Usuários de drogas, depois, descontentes políticos. Comunistas, anarquistas, seja lá o que for. Viaja muito. Alemanha. Em 1970, ela tem um filho, Milo. Por volta de 1974, ou 1975, ela entrega Milo à irmã, Wilma, e ao marido dela, Theodore. Eles criam o menino como se fosse filho deles. A última notícia que o senhor tem de Ellen é em 1979, quando ela é presa por assalto a banco na Alemanha. Ela chegou a ser solta?

Diante dos fatos apresentados com tamanha concisão, William Perkins pareceu chocado com a história. Em partes, talvez, aquele relato fizesse sentido, mas a sequência dos fatos era trágica, ou simplesmente inacreditável. A história produzia em Tina um efeito igualmente estonteante.

Quando Perkins falou, foi um sussurro:

— Não sei se ela foi solta. Nunca verifiquei. E ela nunca entrou em contato comigo.

Tina começou a chorar. Era constrangedor, mas ela havia perdido o controle. Tudo estava se transformando em uma grande merda.

Perkins olhou para ela, perplexo, e então, com um ar inquisidor, virou-se para Simmons, que fez um gesto com a cabeça, sugerindo que ele se mantivesse calado. Ela esfregou as costas trêmulas de Tina e murmurou:

— Não tire nenhuma conclusão ainda, Tina. Talvez ele nem saiba disso. Lembre-se: a gente só quer descobrir a verdade.

Tina assentiu, como se tais palavras fizessem sentido, e então se recompôs. Fungou, enxugou os olhos e o nariz, e respirou fundo.

— Desculpe — disse ela a Perkins.

— Não se preocupe, querida — respondeu ele e se inclinou, a fim de tocar levemente no joelho dela, gesto que a incomodou. — Todos precisamos abrir o berreiro de vez em quando. Isso não torna ninguém um covarde.

— Obrigada — falou Tina, embora não soubesse por que agradecia.

— Se for possível — interveio Simmons —, vamos voltar a Milo.

Perkins se ajeitou no assento, querendo se mostrar ainda cheio de energia.

— Vamos lá.

— Ellen desaparece em 1979, e então, seis anos mais tarde, em 1985, Wilma e Theo morrem num acidente de carro. Certo?

— Sim. — Puro fato, sem qualquer reflexão.

— E Milo foi enviado a um orfanato, em Oxford, na Carolina do Norte. Correto?

A princípio, ele não respondeu. Franziu o cenho, recordando-se dos fatos; em seguida, balançou a cabeça.

— Não. O pai ficou com ele.

— O pai?

— Isso mesmo.

Tina conteve a próxima explosão de lágrimas, mas o esforço apenas provocou-lhe náusea. Tudo, *tudo* o que ela sabia da vida de Milo era mentira. Isso tornava grande parte da vida dela própria igualmente mentirosa. Todo e qualquer fato seria agora questionável.

— O pai — repetiu Simmons, como se soubesse de toda a história, e talvez soubesse mesmo. — Então ele apareceu logo após o enterro, eu suponho? Talvez durante o próprio enterro?

— Não sei ao certo.

— Por que não?

— Porque eu não fui ao enterro, fui?

— Certo. E depois, o que aconteceu?

— Eu não queria ir — prosseguiu ele. — Mas Minnie insistiu. Era nossa filha, pelo amor de Deus. Nossa filha... que não falava comigo quando estava viva. Então por que eu deveria falar com ela, agora que estava morta? E Milo? "Ele é nosso neto", ela repetia. "Quem vai cuidar dele agora?" Eu disse: "Minnie, a gente esteve fora da vida dele durante 15 anos; por que você acha que ele vai nos querer agora?" Mas ela não concordava comigo. E pode-se dizer que tinha razão. Talvez. — Ele ergueu as mãos. — Tudo bem, hoje em dia eu admito isso, mas naquela época eu não admitia, não. Naquela época eu era teimoso — falou, com uma piscadela que fez o estômago de Tina revirar. — Então ela foi. Eu fiquei... e ela foi. Cozinhei para mim durante quase uma semana, até que ela voltasse. Mas ela não veio com um menino nos braços nem parecia aborrecida com isso. Eu disse a ela que não estava interessado, mas ela me contou o que aconteceu. Minnie era assim mesmo.

— O que ela contou ao senhor? — perguntou Tina, paralisada pela náusea.

— Já chego lá — disse ele e fungou. — Parece que o pai de Milo soube do acidente pelo telejornal e foi buscar o filho. Foi isso que Minnie me disse. E... imaginem só: o cara não era só um pai ausente, era *russo*. Vocês acreditam?

— Não — murmurou Tina. — Não é possível.

Simmons não duvidava de coisa alguma.

— E qual era o nome desse russo?

William T. Perkins semicerrou os olhos e levou a mão à testa, como se estivesse sofrendo um derrame, mas era apenas um meio de resgatar memórias intocadas havia décadas. Baixou a mão, o rosto corado.

— Yevy? Não. Geny... sim. Yevgeny. Era assim que Minnie o chamava. Yevgeny.

— E o sobrenome?

Perkins expirou, projetando saliva branca nos lábios.

— Disso eu não me lembro.

Tina precisava de ar puro. Levantou-se, mas o ato de se erguer não a ajudou a se livrar da nuvem de mudanças súbitas, brutais. Os dois olharam para ela, enquanto ela voltava a se sentar e pronunciava as seguintes palavras:

— Yevgeny Primakov?

Simmons encarou-a, atônita.

Perkins mordeu o lábio superior.

— Talvez. Mas minha questão é que esse comuna apareceu, sem mais nem menos, e convenceu Minnie a entregar-lhe o menino.

Simmons o interrompeu:

— Milo não foi ouvido?

— E eu lá sei? — Depois de uma pausa, ele reconheceu que talvez soubesse de algo. — Até onde eu sei, o menino não conhecia Minnie. De repente aparece uma velha que quer levá-lo para a casa dela. Por outro lado, um russo *diz* que é pai dele. Vocês sabem como são esses russos. São capazes de convencer qualquer pessoa de que o céu é vermelho. Vai ver que o cara encheu a cabeça dele com um monte de histórias, dizendo que a Rússia era uma maravilha e que ele deveria ir para lá, desfrutar de tudo. Milo só tinha 15 anos... pelo amor de Deus! Eu seguiria meu pai. Não ficaria com uma velha chata e obcecada por assados e limpeza. — Ele fez uma pausa. — Minnie era assim mesmo, se vocês quiserem saber.

— E o pessoal do serviço social? É óbvio que eles não deixariam um estrangeiro levar um menino de 15 anos, deixariam?

Perkins exibiu-lhes as palmas das mãos.

— Eu não sei. Não sei de nada. Nem estava lá. Mas... — Ele franziu o cenho. — Esses caras, eles têm dinheiro, não têm? O dinheiro consegue tudo.

— Nem tudo — discordou Simmons. — O único jeito de o Sr. Primakov conseguir levar o menino era o testamento. Sua filha deve tê-lo incluído no testamento, dando-lhe direitos de pai.

Perkins balançou a cabeça.

— Impossível. Wilma talvez não gostasse de nós. Talvez até me *odiasse*. Mas ela não daria o menino a um *russo*. Eu não criei uma imbecil.

Simmons olhou de relance para Tina e piscou um olho. A agente parecia satisfeita com a conversa, embora Tina não conseguisse entender o que, exatamente, ela obtivera com o diálogo. Nada daquilo ajudava Milo. Simmons dirigiu-se a Perkins:

— Talvez o senhor possa me dizer uma última coisa.

— Se eu puder...

— Por que Wilma e Ellen o detestavam tanto?

Perkins piscou cinco vezes.

— Digo — prosseguiu ela, como se conduzisse uma entrevista de emprego —, o que exatamente o senhor fez contra suas filhas?

Silêncio, seguido por um longo suspiro que parecia indicar que o velho estava prestes a abrir a alma e confessar os pecados àquelas estranhas. Mas não foi assim. De repente, aquela voz se tornou vigorosa e cheia de rispidez, e ele apontou para a porta.

— Saiam da porra da minha casa!

Enquanto saíam, Tina decidiu contar a Simmons tudo o que sabia. Milo era um mentiroso e, naquele momento, ela o odiava.

Somente quando pegaram Stephanie na sala de TV repleta de idosos embevecidos pela menina, ela se deu conta de outra coisa.

— Deus do céu!

— O que foi? — indagou Simmons.

Ela encarou a agente.

— Quando voltamos de Veneza, Milo me acompanhou a Boston, onde registramos o nascimento de Stephanie. Ele insistiu para que ela tivesse um segundo nome. Eu não tinha pensado num segundo nome e concordei, pois aquilo parecia ser algo importante para ele.

— Qual é o segundo nome dela?

— Ellen.

10

Cerca de meia hora antes de eles chegarem, dois homens retiraram as caixas de comida chinesa, deram-lhe uma nova garrafa d'água e limparam o sangue que manchava a mesa, a cadeira e o piso. Foi um alívio, pois, durante a noite, o fedor de comida chinesa azeda e suor quase fez com que ele passasse mal.

Então Fitzhugh entrou, seguido por Simmons. Milo não a via desde aquela noite na Disney e não falava com ela desde o encontro em Blackdale. Parecia cansada, como se também houvesse passado a noite presa com seu próprio mau cheiro.

Lembre-se, dissera Yevgeny, *Simmons é sua salvação, mas não a trate como tal*.

Milo cruzou os braços

— Não vou falar com ela

Simmons sorriu.

— É bom te ver também.

Fitzhugh não queria perder tempo com sorrisos.

— Milo, essa decisão não cabe a mim nem a você.

— Você parece péssimo — comentou Simmons.

O olho esquerdo de Milo estava inchado e roxo, o lábio inferior, rachado, e uma das narinas manchada de sangue. Os piores ferimentos estavam embaixo do macacão laranja.

— É que eu fico batendo a cabeça na parede.

— Estou vendo.

Antes que Fitzhugh pudesse se sentar, Simmons ocupou a cadeira dele. Ele pediu outra. Aguardaram. Durante aquele minuto e meio de silêncio, Simmons encarou Milo e ele retribuiu o olhar, sem piscar.

Quando a cadeira chegou, Fitzhugh sentou-se e falou:

— Lembre-se do que nós falamos, Milo. Sobre assuntos secretos.

Simmons franziu o cenho.

— Pode deixar — respondeu Milo.

— Bom — começou Fitzhugh. — Tem uma coisa que eu quero discutir em primeiro lugar. — Ele enfiou a mão no bolso do paletó, mas Simmons tocou em sua lapela.

— Ainda não, Terence — interveio ela e em seguida retirou a mão. — Eu quero a história primeiro.

— O que é isso? — Milo se aprumou. — O que ele tem no bolso?

Fitzhugh retirou a mão, vazia.

— Não se preocupe, Milo. Primeiro, a história. Ok? Do ponto em que paramos.

Milo olhou para ele.

— Você estava prestes a seguir para a Disney — disse Simmons, demonstrando que tinha sido informada sobre o depoimento do dia anterior. Ela fez um gesto com as mãos, as palmas voltadas para cima, como uma interrogadora bem-treinada. — Devo admitir que sua fuga de lá, no último minuto, foi bastante ágil. Parabéns.

— Ela vai usar esse tom o tempo inteiro? — perguntou Milo a Fitzhugh, que deu de ombros.

— Comece a falar — ordenou Simmons. — Se eu achar que devo, vou recorrer ao sarcasmo.

— Sim — concordou Fitzhugh. — Fale logo. — Dirigindo-se a Simmons: — Tente conter o sarcasmo, está bem?

Milo fez o relato do que ocorrera na Disney conforme os fatos, com uma única omissão: a presença de Yevgeny Primakov na Space Mountain. Embora houvesse mentido para Tina sobre tantas coisas, não mentira sobre o objetivo da visita do velho: ele queria saber o que havia acontecido com Angela Yates.

Foi fácil omitir o encontro, pois nada tinha a ver com as relações de causa e efeito que balizam os interrogatórios pelo mundo afora. Tal facilidade permitira-lhe observar as reações dos dois indivíduos sentados do outro lado da mesa.

Fitzhugh estava tenso, mais altivo do que no dia anterior. Enquanto, um dia antes, parecia dispor de todo o tempo do mundo, agora se mostrava apressado, como se o conteúdo do interrogatório já não importasse. Em determinados momentos, ele dizia:

— Sim, sim. Já sabemos disso.

Mas Simmons sempre o interrompia.

— Talvez eu não saiba, Terence. Você sabe como o departamento é mal-informado. — Então dirigia-se a Milo: — Por favor, continue.

Ela queria saber tudo.

Milo, portanto, atendeu ao pedido. Fez seu relato por meio de um discurso zeloso, resoluto, sem pular qualquer detalhe. Chegou a mencionar a cor do Renault dirigido por Einner, ao que Simmons comentou:

— Era um belo carro, não?

— Aquele agente tem bom gosto.

Mais tarde, naquele mesmo dia, quando Weaver finalmente relatou o encontro com Ugrimov, Simmons interrompeu mais uma vez e perguntou a Fitzhugh:

— Esse Ugrimov... Ele está na nossa lista de detenções?

Fitzhugh deu de ombros.

— Nada sei sobre esse cara. Milo?

— Não — esclareceu Milo. — Ele nunca descumpriu a lei nos Estados Unidos. Ele tem trânsito livre, mas acho que não costuma aparecer por aqui.

Simmons assentiu e espalmou ambas as mãos sobre o tampo da mesa.

— Tudo bem... daqui a pouco a gente fala sobre isso, mas tem uma coisa que está me incomodando. Depois de fazer todas essas deduções, você resolveu matar Tom Grainger, certo?

— Certo.

— Num ataque de raiva?

— Algo assim.

— Eu não acredito.

Milo a encarou.

— Eu tinha passado por muita coisa, Janet. A gente nunca sabe como vai reagir.

— E ao matar seu chefe, você acabou com a única evidência capaz de comprovar um pedacinho que fosse da sua história.

— Eu nunca disse que era um gênio.

O silêncio foi interrompido pelo toque do telefone de Janet Simmons. Ela olhou para o visor e se dirigiu a um canto da sala com um dedo pressionando o ouvido. Os dois homens ficaram olhando enquanto ela falava:

— Sim. Espere um minuto. Mais devagar. Como? Sim... ou melhor, não. Eu não fiz nada disso. Pode acreditar, eu não tenho nada a ver com isso. Não... não faça isso. Não toque em nada até eu chegar. Entendeu? Dentro de... — Ela olhou para eles. — Dentro de meia hora, talvez 45 minutos, eu chego aí. Espere por mim, ok? Até logo.

Ela desligou o telefone.

— Eu preciso ir agora. — Os dois homens pestanejaram. — Podemos continuar amanhã?

Milo não se deu ao trabalho de responder, mas Fitzhugh se pôs de pé, murmurando:

— Acho que sim.

Simmons olhou em torno da sala de interrogatório.

— E eu quero ele fora daqui.

— O quê? — disse Fitzhugh.

— Já providenciei uma solitária no CCM. Quero que ele já esteja lá amanhã de manhã.

O CCM era o Centro Correcional Metropolitano, um centro de detenção onde os acusados permaneciam antes do julgamento, localizado perto da Foley Square, em Lower Manhattan.

— Por quê? — perguntou Milo.

— Sim — concordou Fitzhugh, incomodado. — Por quê?

Ela olhou para Fitzhugh e falou como se fizesse uma ameaça:

— Porque eu quero falar com ele num local que não esteja inteiramente sob seu controle.

O oxigênio pareceu faltar na sala enquanto ela, com uma coragem inacreditável, encarava os dois. Em seguida, saiu.

— Pelo jeito, a Sra. Simmons não confia na CIA — comentou Milo.

— Ora! Ela que se foda! — retrucou Fitzhugh. — Não é ela que me diz quando meu interrogatório chegou ao fim. — Ele ergueu o polegar por cima do ombro, apontando-o para a porta. — Você sabe por que ela está toda irritada, não sabe?

Milo balançou a cabeça.

— Nós temos um passaporte com o seu retrato e um nome: Mikhail Yevgenovich Vlastov.

Milo pareceu surpreso e, de fato, estava. Qualquer que fosse o plano de Yevgeny, expor sua identidade secreta não poderia ser uma alternativa.

— Onde você conseguiu esse passaporte?

— Isso não é da sua conta.

— É falso.

— Acho que não, Milo. Nem mesmo a Companhia seria capaz de forjar tão bem um passaporte.

— Então o que você está querendo dizer?

Fitzhugh voltou a colocar a mão dentro do paletó e retirou algumas folhas de papel dobradas para, em seguida, estirá-las sobre a mesa. Milo não olhou para elas; em vez disso, observou os olhos do velho.

— O que é isso? — indagou, sem rodeios.

— Dados secretos. Dados secretos que foram parar nas mãos dos russos. Dados aos quais você teve acesso imediatamente antes do vazamento.

Lentamente, os olhos de Milo desviaram-se dos de Fitzhugh e voltaram-se para os papéis. O primeiro apresentava o seguinte conteúdo:

> Moscou, Federação Russa
> Caso: S09-2034-2B (Turismo)
>
> Dado 1: (ref. Alexander) Obtenção de fitas da embaixada búlgara (ref. Op. Angelhead) por intermédio de Denistov (agregado). Envio pela embaixada americana. 09/11/99.
>
> Dado 2: (ref. Handel) Resgate de itens de agente do FSB (Sergei Arensky), morto, incluem... cópias das fitas da embaixada búlgara (ref. Op. Angelhead). 13/11/99.

Pelo estilo conciso, ele sabia que os dados tinham sido compilados por Harry Lynch. Ele era, de fato, um excelente Agente de Viagens. Em

1999, viajando com a identidade de Charles Alexander, Milo obtivera fitas secretas junto à embaixada búlgara em Moscou. A aquisição fora denominada Operação Angelhead. Quatro dias depois, outro Turista, Handel, havia se deparado com um agente do FSB morto, talvez pelo próprio Handel, e junto ao seu corpo encontrara cópias das fitas obtidas na Operação Angelhead. Milo não sabia como as cópias tinham ido parar nas mãos do russo.

Ele folheou o restante dos outros papéis, detendo-se no terceiro, onde se lia:

Veneza, Itália
Caso: S09-9283-3A (Turismo)

Dado 1: (ref. Alexander) Localização de Franklin Dawdle, sob suspeita de fraude fiscal no valor de 3 milhões de dólares norte-americanos. 10/09/01.

Dado 2: (ref. Elliot) Fonte junto a FSB (VIKTOR) averigua grau de envolvimento russo no desaparecimento de 3 milhões de dólares norte-americanos por ação de Dawdle, Frank, e o fracasso da operação de resgate em Veneza. 08/10/01.

Fitzhugh leu o papel de cabeça para baixo.

— Pois é... sua última operação chegou até Moscou.

Milo virou as folhas de papel para baixo.

— Você está tão desesperado assim, Terence? Esses documentos podem ser engendrados e atribuídos a qualquer agente. Informações vazam. Você verificou quantos dados secretos foram parar nas mãos dos franceses, dos espanhóis ou dos britânicos? Um número semelhante, aposto.

— Nós não temos um passaporte francês ou espanhol ou britânico com sua foto.

Foi então que Milo percebeu. Fitzhugh já não se importava com sua confissão. Assassinato era peixe pequeno comparado a uma atuação como agente duplo. Era o tipo de descoberta que acrescentaria uma estrela de ouro à ficha de Fitzhugh e levaria Milo à prisão perpétua em uma solitária ou ao túmulo.

— Quem deu isso a você?

Fitzhugh balançou a cabeça.

— Não podemos revelar.

Não... Fitzhugh não fazia ideia de quem havia cedido os papéis. Mas Milo tinha uma boa intuição a respeito, e tal intuição ameaçava pulverizar o pouco de convicção que lhe restava.

11

Naquela manhã, Tina havia acordado em Myrtle Beach e levado Stephanie até a praia; sentia-se mais leve, quase esquecendo as lágrimas da noite maldormida. Agora, sentada numa cadeira de praia alugada e observando a filha que brincava nas águas do Atlântico, percebeu que também se sentia como uma esposa traída que não podia seguir a amante do marido ou atacá-la: não era uma mulher, e sim toda uma história. A situação não diferia muito da que ela vivenciara quando, ainda no segundo grau, começara a ler histórias sobre seu país, descobrindo que Pocahontas tinha sido um joguete da luta pelo poder colonial e que, depois de uma viagem a Londres, em companhia de John Rolfe, falecera de pneumonia, ou tuberculose, no trajeto de volta.

Porém, enquanto a derrubada daqueles mitos nacionais propiciou-lhe sentimentos de correção moral e ardor juvenil, a derrubada dos mitos associados ao marido a deixava humilhada, fazendo com que se sentisse uma idiota. Ela se deu conta de que a única medida inteligente que tomara foi negar a Milo o último pedido, para que ela e Stephanie desaparecessem na companhia dele.

Os sentimentos dela se tornaram mais intensos quando as três aterrissaram em LaGuardia e pegaram o ônibus expresso que fazia a ligação entre o aeroporto e o Brooklyn. As ruas eram claustrofóbicas, e cada vitrine de loja era mais um sinal da vida anterior de Tina. Era assim que ela começava a encarar a vida: a vida anterior e a atual. A vida anterior era maravilhosa devido às informações que ela ignorava; a vida atual era terrível devido a tudo que ela sabia.

As malas pesavam uma tonelada enquanto ela seguia Stephanie, que sacudia as chaves do apartamento e subia correndo a escada no interior do prédio. Ao chegar em casa no momento em que Tina ainda se encontrava no segundo piso, a menina abriu a porta, recuou e aproximou o nariz do corrimão no topo da escadaria.

— Mãe?

— O que foi, querida? — perguntou Tina, erguendo uma das malas no ombro.

— Alguém fez uma grande bagunça. Papai está em casa?

A princípio, quando largou as malas e subiu correndo o último lance da escada, ela foi possuída por uma inexplicável onda de esperança. Apesar das mentiras, Milo teria voltado para casa. Então viu que as gavetas da mesa que ficava perto da entrada tinham sido retiradas e viradas de cabeça para baixo, formando no chão uma pilha com moedas, tíquetes de ônibus, cardápios de restaurantes com serviço de entrega e chaves. O espelho acima da mesa estava virado para a parede, e o papel que revestia a parte posterior estava rasgado.

Ela disse a Stephanie que esperasse no corredor enquanto examinava todos os cômodos. Só havia destruição como se, por engano, um elefante tivesse entrado no apartamento. Ela chegou a pensar: "Ora, Tina! Um elefante não subiria essas escadas!" Percebeu que estava prestes a ter uma crise histérica.

Então telefonou para o número que Simmons deixara com ela e ouviu a voz serena da agente, afirmando que nada tinha a ver com aquilo, que já estava a caminho e pedindo-lhe, por favor, que não tocasse em coisa alguma.

— Não toque em nada — ordenou Tina depois que desligou o telefone, mas Stephanie não estava no corredor. — Pequena Senhorita? Onde você está?

— No *banheiro*. — Veio a resposta irritada.

Por quanto tempo mais Stephanie aguentaria aquela situação? Por quanto tempo mais *ela* aguentaria aquela situação? Não tinha dito nada a Stephanie sobre a súbita expansão da família, sobre o bisavô e o avô que ela conhecera na Disney, mas a menina não era boba. No quarto do hotel, naquela manhã, ela perguntara:

— Com quem você estava falando na casa daqueles velhinhos?

Tina, sem querer continuar a mentir para a filha, dissera apenas:

— Alguém que talvez saiba algo sobre seu pai.

— Algo que possa ajudá-lo?

Embora ninguém lhe dissesse nada a respeito, ela sabia que Milo estava envolvido em alguma encrenca.

— Mais ou menos.

Tina levou-a para tomar uma Coca-Cola no Sergio's, uma pequena pizzaria, e telefonou para Patrick. Ele parecia estar sóbrio e lúcido, e ela lhe pediu que fosse até lá.

Ele chegou antes de Simmons e, juntos, os três voltaram ao apartamento. O cômodo menos destruído era o quarto de Stephanie, e por isso eles deixaram que ela guardasse suas coisas enquanto Tina relatava a Patrick os acontecimentos. Quando Simmons chegou, ele já estava exaltado. Nem no auge de suas crises de ciúme ele sequer suspeitara de algo semelhante. Agora ele tinha que consolar Tina, que não parava de chorar. Quando Simmons cruzou a porta, ele se virou contra ela.

— Não venha dizer que não é responsável por isso, ok? Porque a gente sabe que foi você. Quem mais teria feito uma coisa dessas?

Simmons ignorou o sujeito destemperado e percorreu o apartamento, parando para sorrir e cumprimentar Stephanie; em seguida, fotografou cada cômodo com uma pequena Canon. Posicionou-se nos cantos, a fim de captar ângulos diferentes, e agachou-se ao lado da televisão destruída, dos vasos quebrados (presentes, conforme esclareceu Tina, dos pais dela), das almofadas cortadas, do pequeno cofre que continha apenas algumas joias de família, todas intactas.

— Você está sentindo falta de alguma coisa? — perguntou Simmons.

— De nada.

Isso, por si só, já era bastante deprimente; depois daquela invasão, ninguém tinha achado que valia a pena roubar as joias.

— Ok — assentiu Simmons. — Já documentei tudo. Agora é hora de arrumar essa bagunça.

Elas começaram a trabalhar com uma vassoura, uma pá de lixo e sacos que Simmons havia comprado numa loja de conveniência. Agachada ao lado de um espelho quebrado, catando dezenas de cacos que refletiam sua imagem, a agente chamou Tina com o tom de voz mais amável possível.

Ela estava atrás da televisão, tentando aparafusar o painel posterior.

— Sim?

— Você disse que alguns dias atrás uns sujeitos da Companhia estiveram aqui. Dois dias antes da minha visita. Você se lembra?

— Sim.

Simmons dirigiu-se à televisão, ignorando o olhar acusador de Patrick, que varria cacos de vidro e louça.

— Como você sabe que eram da Companhia?

Tina deixou a chave de fenda cair no chão e enxugou a testa com o pulso.

— Como assim?

— Eles disseram que eram da Companhia ou você deduziu que eles fossem de lá?

— Eles disseram.

— Exibiram algum crachá?

Tina pensou um pouco e assentiu.

— À porta, sim. Um se chamava Jim Pearson, o outro se chamava... Max Não-sei-o-quê. Não me lembro do sobrenome dele. Acho que era polonês.

— O que eles perguntaram?

— Você já sabe o que eles me perguntaram, agente.

— Não, na verdade, não.

Tina saiu de trás da televisão enquanto Patrick se preocupava em adotar a postura mais desafiadora possível. Quando Tina se sentou no sofá, ele decidiu qual seria: posicionou-se atrás dela e apoiou as mãos em seus ombros.

— Você precisa mesmo interrogá-la novamente?

— Talvez — respondeu Simmons. Sentou-se na poltrona em frente ao sofá, na mesma em que se sentara durante a primeira conversa. — Tina, isso pode não levar a coisa alguma, mas eu realmente gostaria de saber que tipo de pergunta eles fizeram.

— Você acha que foram eles que fizeram isso aqui?

— Talvez sim.

Tina refletiu sobre a questão.

— Bem, eles começaram com as perguntas de sempre: onde estava Milo, e o que ele disse quando nos encontramos em Austin.

— Quando ele pediu a vocês que fugissem com ele — falou Simmons a título de incentivo.

Tina fez que sim.

— Eu disse a eles que outros agentes da Companhia já tinham feito aquelas perguntas, e vocês também, mas eles disseram que talvez eu houvesse esquecido algo que lhes fosse útil. Na verdade, foram bastante gentis. Pareciam até orientadores vocacionais em visita a uma escola de ensino médio. Um deles, Jim Pearson, leu uma lista de itens para saber se algum deles me era familiar.

— Uma lista?

— Numa caderneta de espiral. A maioria eram nomes. Nomes de gente que eu não conhecia. Exceto um.

— Qual?

— Ugrimov. Roman Ugrimov. Você sabe, o russo sobre o qual eu falei... o de Veneza. Eu não fazia ideia do motivo daquela referência, mas respondi, com sinceridade, que tinha estado com ele uma única vez, que ele tinha matado uma menina e que eu não gostava dele. Eles perguntaram quando. Eu disse 2001. E eles disseram que não precisavam de detalhes do ocorrido.

— E os outros nomes?

— A maioria era nome estrangeiro. Rolf... Winter, ou algo assim.

— Vinterberg?

— É. E um nome... escocês, acho. Fitzhugh.

— Terence Fitzhugh?

Mais uma vez, Tina assentiu. O olhar de Simmons a incentivava a prosseguir.

— Quando eu disse que não sabia nada sobre ele, que não sabia de quem se tratava, eles não acreditaram em mim. Não sei por quê. Tudo bem que eu não conhecesse o tal de Vinterberg... mas Fitzhugh? — Ela balançou a cabeça. — Nisso eles não acreditavam. E disseram coisas como: "Milo não lhe disse nada sobre o envolvimento de Fitzhugh com o dinheiro?" Eu respondi que não. Eles insistiram. Em determinado momento, Jim Pearson disse: "E sobre Fitzhugh, em Genebra, com o ministro..." Nessa hora Max cutucou o braço dele, e ele não chegou a concluir a pergunta. Finalmente, quando viram que eu estava de fato aborrecida, eles pegaram as tralhas e foram embora.

Enquanto ela falava, Simmons mais uma vez pegou o BlackBerry e digitou, dizendo em voz alta:

— Jim Pearson e Max...

— Sei lá...

— Mas eles tinham crachás da Companhia.

— Sim. Pareceram legítimos.

— E não disseram o porquê da pergunta sobre Fitzhugh?

Tina balançou a cabeça.

— Fiquei com a impressão de que Max achou que eles estavam falando demais. — Ela fez uma pausa. — Você acha mesmo que foram aqueles caras que fizeram essa bagunça aqui? Eles me irritaram, mas eu não esperava que fossem capazes de fazer uma coisa dessas.

— Como eu disse, Tina... não foi ninguém do Departamento de Segurança. Se fosse, eu saberia.

— Teria sido da Companhia então?

— Talvez. Mas, se foi, eu não fiquei sabendo.

Tina sorriu.

— Você ainda está de plantão, certo?

— Exatamente. — Simmons se pôs de pé. — Ok, vamos arrumar isso aqui e, se você encontrar alguma coisa estranha, me avise.

Passaram três horas remontando aparelhos eletrônicos, recolhendo quadros quebrados e estofando almofadas vazias. Era uma tarefa frustrante para todos os envolvidos, e, no meio do trabalho, Patrick abriu uma garrafa de vodca, para proveito geral. Simmons agradeceu e declinou, mas Tina serviu-se de uma dose dupla e bebeu-a de uma só vez. Stephanie observou tudo com distanciamento, devolvendo bonecas aos seus devidos lares. Por volta das sete da noite, quando já estavam concluindo o trabalho, ela saiu do quarto trazendo consigo um isqueiro ofertado como brinde por um bar de Washington, D.C., o Round Robin, situado no número 1401 da Pennsylvania Avenue, N.W.

— Ora! Vejam só! — disse Simmons, colocando as luvas de látex para examinar o objeto.

— O que é isso? — perguntou Tina, tomada por uma leve descarga de adrenalina diante de uma prova concreta.

— É algo estranho. — Simmons ergueu o isqueiro em direção à luz. — Eu conheço esse bar... reduto de políticos importantes. Mas talvez não seja nada importante.

— Isso é coisa de amador — comentou Tina. — Deixar uma pista dessas...

Simmons pôs o isqueiro dentro de um saco plástico e o enfiou no bolso.

— Você nem imagina como a maioria dos agentes é inábil.

— Eu imagino sim — afirmou Patrick, e Tina quase riu, pois o pobre coitado estava se sentindo excluído.

No momento em que Simmons se preparava para ir embora, o telefone dela tocou. Ela foi atender à chamada na cozinha. Tina notou um leve toque de alegria no tom de voz da agente, o que era raro.

— Você está brincando! *Aqui?* Perfeito.

Quando retornou da cozinha, no entanto, mostrava-se novamente contida e profissional; depois de agradecer a Patrick a ajuda, ela levou Tina ao corredor e lhe disse que, na manhã seguinte, devia se encontrar com Yevgeny Primakov. Os pés de Tina gelaram.

— Ele está em Nova York?

— Ele vai estar na sede da ONU. O compromisso dele é às nove horas. Você quer vê-lo?

Tina pensou um pouco e balançou a cabeça.

— Eu preciso ir à biblioteca para cuidar de umas coisas que deixei de lado. — Ela fez uma pausa, sabendo que Simmons havia percebido a mentira. A verdade era que ela estava apavorada. — Mas talvez mais tarde, você possa... não sei...

— Eu te passo o relatório completo. Está bem assim?

— Não exatamente — disse Tina —, mas... não tem outro jeito.

12

Fitzhugh comeu no mesmo restaurante chinês, na rua 33, onde haviam pedido uma refeição para Milo. Escolheu uma mesa isolada, a fim de evitar interrupções e refletir sobre a mensagem que Sal lhe enviara pelo Nexcel.

```
J Simmons encaminhou mensagem às 18:15 ao diretor
interino do Departamento de Segurança Nacional
solicitando autorização para acessar dados ban-
cários e telefônicos de Terence A. Fitzhugh. No
momento, a solicitação está sendo avaliada.
```

Comendo frango à Szechuan, ele ponderou a questão. Aquilo corroborava uma suspeita: Simmons não tinha a menor confiança nele. A desconfiança era evidente no tom que ela utilizava, na maneira como lidava com ele. Rivalidade entre agências era uma coisa, mas aquele nível de tensão... ela o tratava como se ele fosse o inimigo. E agora estava solicitando a um diretor do departamento autorização para acessar dados pessoais a seu respeito.

Portanto, ele cortou o mal pela raiz com um simples telefonema. A solicitação seria negada, segundo ele foi informado. Mesmo assim, ficou na defensiva, e não era disso que precisava agora. No intuito de conter quaisquer danos possíveis, ele deveria estar comandando o ataque, livrando-se de Milo Weaver e pondo um ponto final naquela investigação.

O passaporte. Aquilo seria o trunfo. Ele ainda não sabia quem o enviara. A perícia havia obtido apenas um fio de cabelo branco: caucasiano, sexo masculino, idade entre 50 e 80 anos, dieta com elevado conteúdo proteico, mas tal descrição se aplicava à metade do mundo da espionagem. Ele já não se importava em saber quem era seu benfeitor; sua única preocupação era concluir o caso antes que Simmons conseguisse estragar todo o esmerado trabalho feito por eles.

Os pensamentos foram interrompidos por um estranho, que se aproximou e disse, em francês:

— Há quanto tempo... — E estendeu a mão.

Fitzhugh, absorto no ritmo mental de suas preocupações, foi pego de surpresa. Olhando para o rosto atraente, encimado pelos cabelos brancos ondulados de um homem de 60 e poucos anos, Fitzhugh apertou a mão pesada. De onde conhecia aquele sujeito?

— Desculpe — falou Fitzhugh enquanto se cumprimentavam. O rosto era conhecido, mas ele não tinha certeza. — Eu conheço o senhor?

O sorriso do homem desapareceu, e ele passou a falar inglês, que não era seu idioma nativo. Sua entonação era serena.

— Ah! Bernard, certo?

Fitzhugh meneou a cabeça.

— Não sou quem o senhor está pensando. Sinto muito.

O homem ergueu as mãos com as palmas voltadas para cima.

— Não, engano meu. Desculpe o incômodo.

O homem se afastou e, embora Fitzhugh esperasse que ele retornasse a alguma mesa, ele saiu pela porta da frente. Estava tão convicto de que Fitzhugh era seu amigo Bernard que entrara no restaurante apenas para saudá-lo. Francês? Não... aquele sotaque apresentava resquícios eslavos. Tcheco?

Onze quarteirões acima, no 23º andar do hotel Grand Hyatt, Simmons estava sentada na cama desfeita fazendo buscas no banco de dados do departamento, na tentativa de localizar a ficha de Jim Pearson, agente da Companhia. A busca foi vã. Tentou algumas variações do nome e então enviou uma mensagem a Matthew, seu informante junto ao Turismo, pedindo-lhe que fizesse uma verificação nos computadores de Langley, na eventualidade de a ficha de Jim Pearson não ter sido encaminhada ao Departamento de Segurança.

Enquanto aguardava a resposta, ela buscou toda e qualquer informação sobre Yevgeny Primakov. Na manhã seguinte, ela se encontraria com ele no saguão da sede da Assembleia Geral da ONU, fato que, nas palavras de George, era "absolutamente inacreditável".

Inacreditável mesmo. De acordo com os dados que constavam na página oficial das Nações Unidas na internet, Yevgeny Primakov trabalhava no setor financeiro da Comissão Militar do Conselho de Segurança, sediado em Bruxelas. Seria contador? Disso ela duvidava. Seria a presença dele em Nova York apenas uma feliz coincidência? Ou ele apenas quis estar nos Estados Unidos para o caso de ser chamado a responder perguntas sobre o filho?

Ela acessou um setor restrito da página do Departamento, e a busca resultou num breve histórico de Yevgeny Aleksandrovich Primakov, ex-coronel das forças armadas. Fora recrutado pela KGB em 1959, e em meados dos anos 1960 começou a viajar. Destinos conhecidos: Egito, Jordânia, Alemanha Ocidental, Alemanha Oriental, França e Inglaterra. Quando, após a queda da União Soviética, a KGB se transformou no FSB, Primakov foi mantido no posto, comandando um departamento de contrainteligência militar até 2000, ano em que se aposentou e deu início a uma carreira nas Nações Unidas.

Havia pouco além desses dados, mas em 2002 o representante dos Estados Unidos na ONU solicitara uma investigação dos antecedentes de Primakov. Não constava nenhum motivo para tal solicitação, e o relatório resultante tampouco estava disponível.

Nos últimos anos, o departamento vinha recolhendo dossiês do FBI relacionados a atos de terrorismo cometidos no passado e na atualidade. Foi nesse arquivo que ela encontrou uma única página sobre Ellen Perkins, condenada à revelia por cumplicidade em dois crimes: roubo, em 1968, de uma filial do banco Harris, em Chicago, e, no início de 1969, tentativa de incêndio criminoso da 7ª Delegacia de Polícia, em Milwaukee. Perkins tinha sido vista pela última vez em Oakland, Califórnia, antes de desaparecer.

Levando em conta o que William Perkins tinha contado sobre a filha, isto é, os assaltos a bancos na Alemanha, Simmons ficou surpresa ao constatar que não havia mais qualquer informação sobre Ellen, ou Elza Perkins. Foi preciso uma busca no Google por *Elza Perkins Alemanha assalto à mão armada* para que ela descobrisse uma página dedicada à história de grupos terroristas alemães ativos na década de 1970. Baader-Meinhof, Facção do

Exército Vermelho, Coletivo de Pacientes Socialistas e o Movimento 2 de Junho, que entre seus membros incluía Elza Perkins, norte-americana. De acordo com os dados da página:

> Perkins entrou para o Movimento 2 de Junho em outubro de 1972. Segundo consta, foi aliciada pelo carismático Fritz Teufel. Resistiu durante mais tempo do que a maioria dos integrantes, mas foi presa em 1979 e encaminhada à penitenciária de Stammheim-Stuttgart. Em dezembro daquele mesmo ano, cometeu suicídio dentro da cela.

A porta da sala onde Milo se encontrava foi aberta. Três homens entraram, e ele notou que o inchaço em volta do olho de Lawrence havia diminuído. O próprio Lawrence trouxe as algemas, colocando-as nos pulsos e tornozelos de Milo; em seguida, os três conduziram o prisioneiro cambaleante pelo corredor até os elevadores, onde utilizaram um cartão magnético para ter acesso ao estacionamento situado no terceiro piso subterrâneo.

Levaram Milo até um furgão branco, semelhante às viaturas policiais blindadas vistas em filmes. Nas laterais internas do furgão havia dois bancos de aço, com furos, nos quais Lawrence inseriu as correntes. Quando saíram à rua, seguindo em direção ao sul, Milo pôde ver através da janela traseira que já era noite, e perguntou se era sexta-feira ou sábado. Lawrence, sentado diante dele, verificou o relógio de pulso:

— Ainda é sexta, quase sábado.

— E esse olho? Parece que está melhor.

Lawrence tocou o olho.

— Não vou morrer por causa disso.

Chegando a Lower Manhattan, o furgão dirigiu-se à Foley Square, entrou numa ruela que contornava o Centro Correcional Metropolitano e desceu até o seguro estacionamento subterrâneo. O motorista se identificou e exibiu aos guardas a ordem de transferência do prisioneiro; a cancela foi aberta e eles entraram. Estacionaram ao lado de um elevador e esperaram até que as portas se abrissem para soltar Milo e conduzi-lo para dentro.

— Será que eles têm serviço de quarto aqui? — indagou Milo inocentemente.

Os dois outros homens pareciam confusos, mas Lawrence sorriu.

— Ao menos as celas são individuais.

— Até parece que a minha outra cela não era individual.

— Anda logo, cara.

O programa de e-mail usado por Simmons fez um bipe, e ela leu a resposta enviada por Matthew. O último registro de um agente da Companhia chamado Jim Pearson datava de 1998, quando o referido agente, aos 40 anos, morreu em consequência de um problema cardíaco congênito.

Logo, o tal Jim Pearson não era da Companhia... até aí, nenhuma grande surpresa. Bastava uma identidade falsa. No Departamento de Segurança também não havia nenhum Jim Pearson. Do que, então, ela dispunha como prova? Evidentemente, o isqueiro encontrado por Stephanie em seu quarto. Round Robin. Reduto de políticos de Washington e seus respectivos séquitos.

Ela abriu duas janelas de buscas, uma relativa para a Câmara dos Deputados, outra para o Senado norte-americano. Em cada uma, localizou a listagem de funcionários e digitou *Jim Pearson*. A Câmara dos Deputados não assinalou qualquer registro, mas o Senado apontou um Jim Pearson, que trabalhava como "assessor de agendamento" do republicano Nathan Irwin, senador pelo estado de Minnesota. Não havia foto, apenas o nome. Ela seguiu até a página do próprio senador e examinou a lista de vinte assessores que trabalhavam para ele. Lá estava o nome de Jim Pearson e, algumas linhas acima, Maximilian Grzybowski, "assessor jurídico". Um daqueles estranhos nomes poloneses que poderiam facilmente ser esquecidos por uma mulher nervosa.

Às dez horas, quando o telefone tocou, Fitzhugh já estava de volta ao quarto do hotel Mansfield. Trouxera consigo uma garrafa de uísque, mas se esforçava para não pensar muito na bebida.

— Carlos? — disse o senador. A voz parecia tensa.

Fitzhugh pigarreou.

— Já foi feito?

Pausa.

— Não houve qualquer solicitação.

— Espere um minuto. Repita isso.

— Carlos, você me fez passar por bobo. Eu falei com um grande figurão e, quando ele me telefonou de volta, disse que ninguém fez qualquer solicitação a seu respeito. Nada. Talvez você não entenda dessas coisas, mas só se conseguem poucos favores dessa gente. Eu acabo de desperdiçar um dos meus.

— Se não havia solicitação... — começou Fitzhugh, mas o senador já tinha desligado o telefone.

Fitzhugh sentiu náusea. Não por causa da ira de Nathan Irwin; ele havia trabalhado em Washington tempo suficiente para saber que a raiva que um senador dirigia a alguém acabava assim que essa pessoa fizesse algo de útil para ele. O que o aborrecia era o fato de a mensagem enviada por Sal através dos canais competentes estar equivocada. Ao longo dos últimos seis anos, Sal tinha sido o melhor informante do Turismo junto ao Departamento de Segurança Nacional. As informações prestadas por ele sempre tinham fundamento. Daquela vez, ele cometera um erro.

Ou talvez, Fitzhugh pensou com preocupação enquanto mergulhava cada vez mais fundo no uísque, o Departamento tivesse descoberto a atuação de Sal e agora se utilizasse dele para infiltrar dados no Turismo. Seria possível?

Pôs o copo de lado e pegou o laptop. Demorou um instante até o aparelho inicializar e Fitzhugh acessar a conta do Nexcel; sem perda de tempo, ele escreveu um e-mail para Sal:

```
Informação errada. Foi um equívoco ou os planos
mudaram? Você foi descoberto?
```

Enviou a mensagem com um sonoro clique, só então percebendo o equívoco. Se Sal estivesse comprometido, o Departamento de Segurança estaria vigiando a conta dele. O que eles fariam? Responderiam em nome dele? Provavelmente. Que resposta, então, demonstraria que ele estava sendo vigiado? Ou seja, em que o departamento queria que ele acreditasse?

13

O táxi avançou pelo intenso trânsito matinal, subindo a Primeira Avenida, e deixou-a na Raoul Wallenberg Walk. Ela atravessou correndo o gramado, passando por seguranças à paisana e policiais da força pública de Nova York. Eram quase nove horas. Dirigiu-se ao início de uma longa fila de turistas diante de um detector de metal e exibiu o crachá do Departamento de Segurança Nacional a um guarda vietnamita. Ele a encaminhou a duas mulheres uniformizadas, que a revistaram, vasculhando cada centímetro do corpo com um detector de explosivos.

O edifício da Assembleia Geral das Nações Unidas possui um saguão comprido, no estilo modernoso dos anos 1960, entulhado de retratos de ex-secretários-gerais, sofás baixos estofados de couro e quadros com campanhas e listas de eventos futuros. Simmons posicionou-se embaixo do pêndulo de Foucault, sabendo que Yevgeny Primakov precisaria vir falar com ela, pois ela não tinha uma foto dele. Supostamente, ele tinha uma foto dela, pois, segundo Orbach, aquele ponto de encontro fora ideia do russo.

Enquanto Simmons aguardava, cheia de expectativa, rostos do mundo inteiro passavam, assessores e estagiários provenientes de todos os países da ONU. Ela se recordou que na última visita, pouco tempo após o divórcio, tinha achado que havia algo especial naquele lugar. Por um momento, fora tomada pelo calor da internacionalidade e chegara mesmo a pensar em trabalhar para aquele amálgama de nações. No entanto, nos anos seguintes, a exemplo da maioria dos norte-americanos, ela ouviu mais comentários a respeito dos fracassos do que dos sucessos da ONU, e quando o Departamento de Segurança Nacional apareceu e o responsável pelo recrutamento afirmou que a nova agência não se deixaria paralisar pela burocracia que atormentava tantas outras instituições, ela se rendeu ao seu próprio patriotismo inato.

— Olhe para cima — disse um senhor idoso com sotaque russo, sorrindo.

Ela ergueu os olhos até a esfera dourada que balançava pendurada por um fio.

— É interessante ter isso aqui — continuou Primakov, com as mãos cruzadas às costas e também olhando para cima. — É a prova concreta de que o planeta gira, contrariando a sensação que temos quando estamos parados em qualquer lugar. Isso nos faz lembrar que o que nossos olhos veem e nossos sentidos percebem nem sempre é totalmente verdadeiro.

Ela fitou o mecanismo durante mais alguns instantes, apenas por polidez, e então estendeu a mão.

— Meu nome é Janet Simmons; sou do Departamento de Segurança Nacional.

Em vez de apertar a mão que lhe era oferecida, ele a beijou.

— Yevgeny Aleksandrovich Primakov, das Nações Unidas, às suas ordens.

Depois que ele soltou a mão de Simmons, ela a enfiou no bolso do blazer.

— Eu gostaria de falar com o senhor a respeito do seu filho, Milo Weaver.

— Milo Weaver? — Ele fez uma pausa. — Eu tenho duas filhas maravilhosas... devem ter a sua idade, creio eu. Uma é cirurgiã pediatra em Berlim, e a outra é advogada em Londres. Mas filho? — Ele balançou a cabeça, sorrindo. — Não tenho filho.

— Estou falando do filho que o senhor teve com Ellen Perkins em 1970.

O sorriso largo e confiante não vacilou.

— A senhora não gostaria de comer alguma coisa? Eu não tomei o café da manhã, o que, nos Estados Unidos, é um crime. O café da manhã servido pelas lanchonetes daqui é a contribuição norte-americana à culinária internacional.

Simmons quase riu.

— Claro. Vamos tomar café.

Juntos, atravessaram novamente o gramado, com Primakov saudando algumas pessoas que seguiam no sentido contrário, portando suas pastas executivas. Ele estava em seu hábitat: um homem à vontade com seu status no mundo, mesmo sob a ameaça de uma agente do Departamento de Segurança Nacional que desencavava velhos segredos. Contudo, ele tinha um tique nervoso: de vez em quando ele dava um tapinha no rosto, como se pretendesse espantar uma mosca. Fora isso, com seu terno cinza, gravata azul e dentadura perfeitamente ajustada, exibia a elegância típica do velho mundo.

A lanchonete que ele havia mencionado acabou se revelando um restaurante caro, que servia a nova culinária americana e tinha um cardápio extra, com itens de café da manhã. Quando a garçonete sugeriu uma mesa perto da janela, ele passou a língua pelos lábios, deu outro tapinha no rosto e sugeriu um lugar ao fundo do restaurante.

Ele pediu o prato conhecido no local como "Homem Faminto": ovos mexidos, torradas, linguiça, presunto e batata frita. Simmons quis apenas um café. Em tom de brincadeira, ele a "acusou" de estar tentando perder peso, e acrescentou:

— O que não faz sentido, porque seu corpo é perfeito, Sra. Simmons. Na verdade, poderia até ganhar alguns quilinhos.

Ela se perguntou qual teria sido a última vez que um homem fizera um comentário daquele tipo. Fazia bastante tempo. Chamou a garçonete e pediu um muffin. Antes que a comida chegasse, reviram alguns detalhes da biografia de Primakov. Ele admitia, francamente, ter alcançado a patente de coronel da KGB, permanecendo na agência durante o período de transição para o FSB Em meados dos anos 1990, entretanto, ele já se desiludira.

— Nós matávamos os nossos jornalistas, sabia?

— Ouvi dizer.

Ele balançou a cabeça.

— É uma pena. Mas quando se está dentro do sistema, não há muito o que fazer. Então avaliei minhas opções e, em 2000, no novo milênio, resolvi trabalhar pelo bem do mundo inteiro em vez de apenas pelos interesses pequenos do meu país.

— Parece louvável — comentou ela, lembrando-se de suas próprias ideias sobre o assunto. — Mas o trabalho na ONU deve ser frustrante.

Ele ergueu as sobrancelhas espessas e assentiu.

— São os fracassos que mais aparecem nos jornais. Os sucessos... são histórias chatas, não são?

A garçonete voltou trazendo dois pratos. Depois que o velho começou a comer, Simmons disse:

— Eu gostaria que o senhor me falasse a respeito do que lhe perguntei. Eu não estou interessada em remexer o passado. Só quero saber quem é Milo Weaver, de fato.

Mastigando, Primakov fixou os olhos nela.

— Certo. Esse tal de Milo, ao qual você se referiu.

Ela ofereceu-lhe o sorriso mais amável possível.

— Yevgeny, por favor. Vamos começar com Ellen Perkins.

Primakov olhou para ela, depois para a comida e, dando de ombros de maneira exagerada, depôs os talheres sobre a mesa.

— Ellen Perkins?

— Sim. Fale-me sobre ela.

O velho espanou algo que estava em sua lapela e que parecia ser um fio de cabelo de mulher. Em seguida, passou a mão pelo rosto.

— Como você é tão charmosa e tão linda, não tenho escolha. Os homens russos são assim mesmo. Somos românticos demais.

Mais um sorriso amável.

— Eu lhe agradeço, Yevgeny.

Ele começou.

— Ellen era uma pessoa especial. É preciso que você saiba disso, antes de tudo. A mãe de Milo não era apenas mais um rostinho bonito, como vocês dizem aqui nos Estados Unidos. Na realidade, ela nem era tão bonita fisicamente. Nos anos 1960, os movimentos revolucionários do mundo estavam repletos de anjinhos de cabelos compridos. Hippies que tinham deixado de crer na paz, embora ainda acreditassem no amor. A maioria se metia em questões sobre as quais não fazia a menor ideia. A exemplo de Ellen, eles vinham de famílias desestruturadas. Só queriam encontrar uma nova família. Pouco se importavam com a morte. Estavam dispostos a morrer por uma causa, ao contrário daqueles rapazes infelizes que lutavam no Vietnã. — Apontou para Simmons com o garfo. — Mas, Ellen... não se deixava iludir pelo romantismo da coisa. Era uma intelectual.

— Onde vocês se conheceram?

— Na Jordânia. Num dos campos de treinamento mantidos por Arafat. Ela havia passado por um processo de radicalização nos Estados Unidos e, quando eu a conheci, sua inspiração era a OLP e os Panteras Negras. Ellen estava um pouco à frente do seu tempo, entende? Em 1967, não havia ninguém nos Estados Unidos com quem ela pudesse conversar. Então, junto com alguns amigos igualmente deslocados, ela apareceu na Jordânia. Foi apresentada ao próprio Arafat e a mim. Ela ficou bem mais impressionada com Arafat.

Ele fez uma pausa, e Simmons percebeu que cabia a ela preencher o silêncio.

— O que você estava fazendo lá?

— Propagando a paz mundial, é claro! — Um sorriso irônico. — A KGB queria saber quanto dinheiro deveria ser investido naqueles guerrilheiros e quais deles poderíamos recrutar. Nós não ligávamos muito para os palestinos, mas queríamos dar uma cutucada no grande aliado dos Estados Unidos no Oriente Médio: Israel.

— Ellen Perkins se tornou um trunfo da KGB?

Ele deu um tapinha no rosto.

— O plano era esse, não era? Mas Ellen percebeu minhas intenções. Ela percebeu que eu me importava mais com meu emprego do que com a revolução mundial. Quanto mais nomes eu acrescentasse à minha lista de guerrilheiros simpatizantes, mais seguro se tornava meu salário. Ela notou logo. E me chamou de hipócrita! Não estou brincando. Ela começou a listar as atrocidades perpetradas pela União Soviética. A fome na Ucrânia, a tentativa de embargo à Alemanha Ocidental, a invasão da Hungria em 1956. O que eu podia dizer? Descartei a questão da Ucrânia, tachando-a de "equívoco de um louco", isto é, de Stalin. Quanto a Berlim e à Hungria, eu falei nas contrarrevoluções ocorridas no Ocidente, mas Ellen não quis ouvir minhas desculpas. *Desculpas*... foi assim que ela definiu meus argumentos.

— Então ela se recusou a trabalhar com você — concluiu Simmons, pensando ter entendido aquele ponto.

— Ao contrário! Como eu disse, Ellen era esperta. A Jordânia foi apenas um prelúdio. Você entende? O grupinho maltrapilho com que ela andava aprenderia a manejar armas de fogo e explosivos, mas, depois disso, precisariam de apoio. Àquela época, Moscou era generosa. Ela queria me usar. Eu, por outro lado, já estava faltando com meus deveres profissionais. Sabe, eu acabei me apaixonando. E ela era cruel.

Simmons assentiu, como se tudo fizesse pleno sentido, embora não fosse o caso. Era jovem demais para conhecer as nuances da Guerra Fria, e as histórias que seus pais contavam sobre os "revolucionários anos 1960" faziam com que o período se tornasse uma espécie de "Década do Clichê". Apaixonar-se por um revolucionário era o mesmo que se apaixonar por um terrorista suicida que entoava versos desconexos do Corão. Aquilo ficava alguns passos além da sua capacidade de imaginação.

— O pai dela, William... por acaso Ellen falava dele?

O bom humor desapareceu por completo da fisionomia de Primakov.

— Não, e eu jamais pediria que ela falasse dele. O cara era um grande merda. Você sabe o que ele fez com Ellen? Com ela e com a irmã, Wilma? — Simmons negou. — Ele tirou a virgindade delas. Quando tinham 13 anos. Foi o presente de debutante... — Décadas depois, a raiva ainda o dominava. — Quando penso em quantas pessoas boas já se foram, mortas pelo meu povo e pelo seu ao longo dos últimos sessenta anos, eu acho humilhante que um homem como aquele continue vivo. *Humilhante.*

— Mas ele não está vivendo muito bem.

— O simples fato de estar vivo já é bom demais para ele.

14

Ela não conseguiria chegar ao CCM às dez horas para o interrogatório de Weaver; portanto, desculpou-se, seguiu para perto da caixa registradora e deu um telefonema. Fitzhugh atendeu logo no segundo toque.

— Sim?

— Escute, estou atrasada mais ou menos meia hora.

— O que está acontecendo?

Ela quase contou a ele, mas preferiu não fazê-lo.

— Por favor, espere por mim no saguão do CCM.

Quando Simmons voltou, Primakov já estava na metade do café da manhã. Ela se desculpou pela interrupção e prosseguiu:

— E aí... você se tornou amante de Ellen.

— Sim. — Ele limpou os lábios com um guardanapo. — No outono de 1968, durante cerca de dois meses, nós fomos amantes, para minha grande satisfação. Mas, um belo dia, ela se foi. Ela e os amigos simplesmente sumiram. Fiquei abismado.

— O que aconteceu?

— O próprio Arafat me contou. O grupo tinha tentado fugir. Todos foram pegos, evidentemente, e ficaram detidos numa saleta nas proximidades do campo. Ele foi chamado para avaliar a situação. Ellen explicou que ela e os amigos tinham decidido transferir a luta do Oriente Médio para os Estados Unidos. Atacariam na raiz o apoio norte-americano a Israel.

— Por exemplo, matando judeus?

— Sim — confirmou Primakov. — Arafat acreditou e deixou que eles fossem embora, mas Ellen... — Ele ergueu e acenou as mãos num louvor evangélico. — Que mulher! Conseguiu enganar um dos maiores mentirosos do mundo. Ela não queria matar judeus... Ellen não era antissemita.

Nem mesmo depois de Ellen ter passado um ano num campo de treinamento da OLP, sendo submetida à doutrinação diária? E aqueles mapas de Israel marcados com alvos? Simmons achou difícil acreditar na afirmação de Primakov.

— Como você sabe disso?

— Ela mesma me disse. Seis meses depois, em maio de 1969.

— E você acreditou nela.

— Sim, acreditei — admitiu ele, com tamanha sinceridade que Simmons também quase acreditou. — Àquela altura, eu tinha sido transferido para a Alemanha Ocidental, com a missão de vigiar grupos estudantis que começavam a destruir bancos e lojas de departamentos. Um dia, em Bonn, ouvi dizer que uma americana estava procurando por mim. Meu coração deu um salto... deu mesmo. Eu queria que fosse ela, e era. Ela agora estava sozinha, fugindo. Ela e os amigos tinham assaltado um banco e incendiado uma delegacia de polícia. Ellen fugiu para a Califórnia para buscar ajuda junto aos Panteras Negras, tão queridos por ela. Eles disseram que ela estava louca. Então ela se lembrou de que Andreas Baader e Gudrun Ensslin tinham detonado uma bomba nas lojas Schneider no ano anterior. E achou que encontraria solidariedade na Alemanha. — Primakov suspirou, passando a língua pelos lábios. — E de fato, minha cara, ela encontrou. Poucas semanas após chegar à Alemanha, ouviu falar de um russo gorducho que andava fazendo um monte de perguntas.

— Gorducho?

Ele olhou para a sua própria magreza.

— Naqueles dias eu não me estressava muito...

— E como foi o encontro?

Primakov balançou a cabeça, sorrindo ao se lembrar do encontro.

— De início, só falamos de trabalho. Conforme Ellen dizia, "casos amorosos que obstruem os processos normais da revolução não passam de um sentimentalismo burguês e destrutivo". Talvez ela estivesse certa. Sei lá. Tudo o que eu sei é que eu estava ainda mais apaixonado por ela e, quando ela me pediu um resumo das atividades revolucionárias na Alemanha Ocidental, eu cedi prontamente. Apresentei-a a alguns camaradas, que, de modo geral, acharam que ela estava na pior. Na opinião deles, alguns dos conceitos mais radicais defendidos por ela indicavam sinais de desequilíbrio. Sabe, os guerrilheiros alemães trabalhavam como uma família, mas, àquela altura, Ellen rejeitava até a *noção* de família, coisa que ela considerava burguesa. Em todo caso, voltamos a ser amantes e ela engravidou. Estávamos no final de 1969. Ela tomava pílula, mas acho que às vezes se esquecia. Afinal, estava superocupada, planejando a queda de todas as instituições ocidentais.

Primakov deu outro leve tapinha no rosto, e Simmons esperou.

— Ela queria fazer um aborto. Eu fui contra. Àquela época, eu estava me tornando cada vez mais burguês e achava que um filho nos uniria. Mas, com aquela merda de pai, como ela poderia ver a família como algo positivo? Então eu disse: "Se os revolucionários não tiverem filhos, como é que a revolução vai avançar?" Acho que isso finalmente a convenceu. O nome Milo foi ideia dela. Mais tarde, fiquei sabendo que Milo era o nome de um cachorro que ela adorava quando era pequena. Estranho. Na mesma época, ela mudou o nome para Elza. Em parte, a alteração foi por motivo de segurança, inclusive fui eu quem conseguiu a nova identidade para ela... mas também foi por questões psicológicas. O bebê era a entrada dela num novo mundo revolucionário. Ela achava que deveria renascer na condição de mulher libertada.

— Vocês ficaram juntos?

Mais uma vez, ele balançou a cabeça.

— Eis a ironia, sabe? Eu quis Milo porque achava que ele aproximaria Ellen de mim. Mas, àquela altura, ela estava cem por cento libertada. Eu não passava de um macho pequeno-burguês. Um pênis de vez em quando... era assim que ela me chamava. Ela tinha outros à sua disposição... Eu me tornei um entre vários.

— Isso deve ter doído.

— Doeu, agente Simmons. Doeu de verdade. Na melhor das hipóteses, eu era uma espécie de babá enquanto ela acompanhava seus camaradas em suas célebres incursões destrutivas. Eu tinha ganhado um filho, mas perdido uma mulher. Finalmente, num acesso de frustração, exigi que nos casássemos. Exigi, entende? O que estava se passando na minha cabeça? Eu havia expressado o maior dos comprometimentos burgueses, e ela não queria ver o filho contaminado pelas minhas ideias nefastas. Àquela altura, já era

1972, e a Facção do Exército Vermelho estava a mil. Moscou me pressionava para que eu controlasse aquele pessoal. Quando eu disse que a coisa havia escapado ao nosso controle, eles me chamaram de volta. — Primakov espalmou as mãos, um gesto que reforçava a ideia de que tudo havia fugido ao seu controle. — Fiquei desesperado. Tentei até raptar Milo. — Ele deu uma risadinha discreta. — É verdade, tentei mesmo. Atribuí o serviço a dois dos meus melhores homens, mas, àquela altura, um agente de Moscou já estava na minha cola. Ele notificou a central, e as ordens dadas aos meus homens foram subitamente alteradas. Meus próprios subordinados receberam ordens para me levar, à força, de volta a Moscou. — Primakov inspirou demoradamente e então soltou o ar, fazendo um ruído com a boca e olhando para a outra extremidade do restaurante, agora cheio. — E foi assim, minha cara, que eu saí da Alemanha Ocidental, extremamente infeliz.

— O que você sabe a respeito do que aconteceu depois?

— Muita coisa — admitiu ele. — Eu ainda tinha acesso aos relatórios. Eu acompanhava a carreira de Ellen do mesmo jeito que um fã segue um ídolo pop. Os julgamentos de integrantes da RFA eram manchetes de jornais por toda a Europa. Mas Ellen não foi presa. Ouvi dizer que tinha fugido para a Alemanha Oriental com a criança, e depois que tinha voltado, a fim de se unir ao Movimento 2 de Junho. Então, em 1974, a polícia descobriu o corpo de Ulrich Schmücker em Grunewald, nos arredores de Berlim. Ele tinha sido morto pelos próprios camaradas do Movimento 2 de Junho. — Primakov fez uma pausa, franzindo o cenho. — Será que Ellen estava envolvida nisso? Será que ela participou da execução de Schmücker? Não sei. Mas, três meses depois, ela ressurgiu na Carolina do Norte, na casa da irmã. E pediu a Wilma que cuidasse de Milo. Ellen devia saber que as coisas não acabariam bem para ela, e aquele era o único jeito de proteger a criança. Ela não fez qualquer exigência quanto a uma educação radical; apenas insistiu que ele nunca ficasse sob os cuidados dos avós. E ele nunca ficou.

— E ela foi presa.

Primakov fez que sim.

— Em 1979. Mais tarde, naquele mesmo ano, ela se enforcou com as próprias calças.

Janet Simmons recostou-se na cadeira, tomada pelo sentimento de que acabara de ouvir o relato de toda uma vida. Uma vida misteriosa, cheia de hiatos, mas uma vida e tanto. Sua vontade, naquele momento, era se sentar diante de Ellen Perkins e perguntar o *porquê* de cada decisão tomada por ela. Simmons não conseguia entender o amor de Primakov por uma mulher flagrantemente desequilibrada, mas o fascínio... Descartou tais pensamentos.

— Milo ficou na Carolina do Norte, com a tia e o tio. Ele sabia quem eles eram... quem era a mãe dele?

— Sim, claro. Wilma e Theo eram gente honesta, e Milo tinha 4 anos quando foi morar com eles... ele se lembrava da mãe. Mas era segredo. Ellen achava, talvez com razão, que se as autoridades soubessem a verdadeira identidade de Milo, haveriam de usá-lo para chegar até ela. Por isso Wilma e Theo diziam para todo mundo que tinham pegado o menino numa agência de adoção. Wilma me disse que, às vezes, Ellen chegava, incógnita, para visitar Milo. De modo geral, eles só ficavam sabendo da visita depois. Ela costumava bater na janela dele, ele pulava para fora e os dois saíam caminhando pela noite. Wilma ficava apavorada. Ela se preocupava com a possibilidade de Milo sair com qualquer pessoa que batesse na janela. Mas, é claro, as visitas pararam quando ele tinha 9 anos.

— O casal contou para ele o que aconteceu?

— Depois de algum tempo, sim. Ele já sabia da minha existência. Ocasionalmente, mais ou menos uma vez por ano, eu fazia uma visita. Não tentei ficar com ele. Milo era cidadão americano. Não precisava de outro pai... Theo era um homem bom. Só no funeral dos dois eu fiquei sabendo que havia herdado a guarda. Se eu tinha dúvidas, elas desapareceram quando fui apresentado a Minnie, avó de Milo, que ficou o tempo todo inventando desculpas para justificar a ausência do marido, Bill, no enterro da filha. Eu não podia deixar que Milo ficasse com eles.

— Então ele foi mesmo para a Rússia.

— Foi — confirmou Primakov, e em seguida semicerrou os olhos. — Ele não incluiu essa informação nos formulários da Companhia, não foi? Nem no histórico escolar. A ideia foi minha. Àquela época, a gente ainda pensava que o mundo estivesse dividido em Oriente e Ocidente. Eram um Oriente e um Ocidente diferentes dos de hoje. Eu não queria que aquilo atrapalhasse o futuro dele. Sendo assim, criamos uma pequena ficção. Três anos num orfanato, depois da morte dos tios. Não havia necessidade de declarar que eles não eram os verdadeiros pais de Milo. Na prática, eles *foram* os pais dele.

— É pedir demais a uma criança — afirmou Simmons. — Que ela minta sobre três anos de sua própria vida.

— Para a maioria das crianças, talvez. Mas não para Milo. Lembre-se de que ele recebia visitas de uma mãe que era uma criminosa procurada. Em cada visita, Ellen lembrava a ele que a relação dos dois era um segredo. Ele já tinha criado um espaço na mente para uma vida secreta. Eu apenas acrescentei alguns detalhes.

— Mas a Guerra Fria acabou — insistiu Simmons. — Você poderia ter revelado a verdade.

— Diga isso a ele — retrucou Primakov. — Eu disse. Mas ele me perguntou qual seria a reação dos seus patrões se descobrissem que um rapaz de 20 anos os havia enganado. Milo sabe como as instituições funcionam. Se apontamos qualquer falha nelas, elas nos mordem para agradecer o favor.

Isso era verdade, Simmons era obrigada a admitir.

— Ele detestou a Rússia, sabe? Eu bem que tentava... eu tentava, todos os dias, mostrar a ele a beleza de Moscou e do legado russo, mas ele tinha ficado tempo demais nos Estados Unidos. E só enxergava corrupção e sujeira. Chegou a afirmar, na frente das minhas filhas e falando um russo perfeito, o que foi ainda pior, que eu trabalhava para os opressores do povo. Mas o que me magoou foi quando ele disse que eu sequer tinha consciência dos meus crimes, que eu estava preso dentro de um casulo pequeno-burguês. — Primakov fez uma pausa, erguendo as sobrancelhas. — Você percebe? De repente, parecia que Ellen estava diante de mim, gritando comigo.

Até Janet Simmons riu da ironia.

— Mas você não o deixou em paz, não é? Há duas semanas, você atrapalhou as férias dele. Por quê?

Primakov mordeu a parte interna da boca, como se estivesse ajeitando a dentadura.

— Sra. Simmons, é óbvio que pretende chegar a algum lugar com isso. Estou sendo franco, porque sei que Milo está sob sua custódia e porque não creio que meu relato possa prejudicar meu filho. Como disse, a Guerra Fria acabou. Mas, se quer que eu prossiga, eu preciso saber algumas coisas. Preciso que me diga o que está acontecendo com Milo. Estive com ele na Disney, sim, mas desde aquele dia não o vi nem tive notícias dele.

— Ele está preso devido a uma acusação de assassinato.

— Assassinato? De quem?

— Entre outros, Thomas Grainger, oficial da CIA.

— Tom Grainger? — repetiu ele, e então balançou a cabeça. — Não acredito. Tom foi a figura paterna mais próxima de Milo na idade adulta. Sem dúvida, muito mais próximo do que eu.

— Ele confessou o assassinato.

— Ele disse o motivo?

— Não posso responder a esta pergunta.

O velho assentiu, e passou o dedo pelo rosto.

— Bem que eu ouvi falar da morte de Tom. E não estou dizendo isso porque se trata do meu filho, sabe? Eu sou burguês o bastante para acreditar em punição justa por um crime cometido.

— Disso eu não duvido.

— Mas eu não acho... — Ele fez uma pausa, encarando o olhar frio de Simmons. — Vamos deixar isso para lá. Eu estou velho e falo muita besteira. É sobre a Disney. É sobre a Disney que você quer saber.

— Sim.

— É simples. Eu queria saber o que tinha acontecido com Angela Yates. Ela era uma agente excepcional, um trunfo para sua grande nação.

— Você a conhecia?

— Claro — respondeu ele. — Eu cheguei a oferecer trabalho à Srta. Yates.

— Que tipo de trabalho?

— Inteligência. Ela era uma mulher inteligente.

— Espere um minuto — falou Janet e fez uma pausa. — Você está me dizendo que tentou *recrutar* Angela Yates?

Primakov assentiu com um lento meneio de cabeça, como se avaliasse o quanto podia revelar.

— O Departamento de Segurança Nacional, a CIA e a ASN tentam recrutar funcionários das Nações Unidas todos os dias. Seria imperdoável se as Nações Unidas fizessem o mesmo?

— Eu... — Novamente, ela foi obrigada a interromper o próprio discurso. — Você fala como se aqui dentro funcionasse uma agência de inteligência.

— Por favor! — exclamou Primakov, mais uma vez mostrando as mãos espalmadas. — As Nações Unidas não têm nada disso! Seu país, por exemplo, jamais aceitaria tal coisa. Evidentemente, se alguém quiser dividir conosco alguma informação, seria tolice negar.

— Qual foi a resposta de Angela?

— Um *não* categórico. Aquela ali era patriota. Eu até tentei tornar a proposta mais atraente, dizendo que as Nações Unidas estavam interessadas na captura do Tigre. Mas ainda assim ela recusou.

— Quando foi isso?

— No ano passado. Em outubro.

— Você sabe o quanto ela trabalhou para localizar o Tigre depois disso?

— Eu posso imaginar.

— Como assim?

— Porque, sempre que eu dispunha de dados, eu passava informações para ela. — Os dois se olharam por alguns instantes, e Primakov continuou: — Veja bem. Nós não queríamos o crédito pela captura do Tigre. Apenas queríamos que ele fosse pego. Os assassinatos cometidos por ele estavam prejudicando economias europeias e causando inquietação na África. Geralmente, Angela não sabia que a informação era passada por nós. Ela se considerava uma pessoa sortuda. E talvez fosse mesmo.

— E Milo?

— O que tem ele?

— Por que vocês não passaram informações para *ele*? Ele também estava no encalço do Tigre.

Primakov pensou na resposta antes de responder.

— Milo Weaver é meu filho. Eu posso amá-lo, sim. Posso cuidar para que o fato de eu ser pai dele não estrague sua carreira. Mas eu também sei que, por ser meu filho, ele tem as minhas limitações.

— Por exemplo?

— Por exemplo: não ser tão esperto quanto Angela Yates. Ele pegou o Tigre sim, mas somente porque o Tigre *queria* ser pego. Não me entenda mal, Sra. Simmons. Milo é muito esperto. Só não é tão esperto quanto a velha amiga, agora morta.

Primakov engoliu uma garfada de ovo frio.

— Você realmente está muito bem-informado, Yevgeny — disse Simmons.

Ele inclinou a cabeça.

— Obrigado.

— O que você sabe sobre Roman Ugrimov?

Primakov deixou cair o garfo, que tiniu no prato.

— Desculpe, Sra. Simmons, mas Roman Ugrimov é um merda, tanto quanto o avô do Milo. Mais um pedófilo, sabe? Há alguns anos ele matou a namorada, menor de idade e *grávida*, em Veneza, apenas para reforçar seu ponto de vista. — Primakov empurrou o prato, pois agora perdera totalmente o apetite.

— Você o conhece pessoalmente?

— Não tão bem quanto você.

Ela retrocedeu.

— Eu?

— A CIA, pelo menos. A Companhia conhece figuras muito estranhas.

— Espere um minuto — disse Simmons. — É possível que ele tenha cruzado o caminho de alguns agentes, mas a Companhia não trabalha com Roman Ugrimov.

— Por favor, não finja. Eu tenho fotos dele jantando alegremente com um dos seus gerentes.

— Qual gerente?

— Isso faz alguma diferença?

— Sim, na verdade, faz. Quem se encontrou com ele?

Primakov contraiu os lábios, refletiu um instante e balançou a cabeça.

— Eu não me recordo, mas posso enviar cópias das fotos, se quiser. Há um ano. Em Genebra.

— Genebra — murmurou Simmons, mas logo se conteve. — Você pode me enviar as cópias hoje?

— Quando a senhora quiser.

Ela retirou do bolso uma caneta e uma caderneta e se pôs a escrever.

— Eu vou estar no Centro Correcional Metropolitano. Eis o endereço. Basta que o portador entregue as fotos aos seguranças, em meu nome. — Arrancou e entregou-lhe a folha.

Primakov leu o endereço, semicerrando os olhos. Dobrou a folha ao meio.

— Vou precisar de algumas horas para rastrear as fotos. A entrega pode ser feita por volta de uma da tarde?

— Perfeitamente. — Ela deu uma olhada no relógio; faltavam 15 minutos para as dez horas. — Sou-lhe muito grata, Yevgeny.

Levantaram-se, e ele estendeu a mão. Ela, por sua vez, entregou-lhe a sua e aguardou enquanto ele beijava os nós dos dedos.

— Para mim, foi uma satisfação — disse ele com toda seriedade. — Lembre-se do pêndulo de Foucault, Sra. Simmons. Meu filho pode até ter confessado um assassinato, mas, apesar de ter ficado anos longe dele, eu o conheço melhor do que você. Ele jamais mataria o próprio pai.

15

A sala de interrogatório do CCM era bastante semelhante à do edifício da Avenue of the Americas, com uma diferença crucial: uma janela. A janela era pequena e ficava no alto, e era protegida por barras de ferro. Através dela, Milo pôde vislumbrar a luz do sol pela primeira vez em três dias. Ele não havia se dado conta da falta que a luz do sol lhe fazia.

Ainda algemado, ele havia sido preso à cadeira por um guarda chamado Gregg, e, passados cinco minutos, eles entraram. Enquanto Simmons se portava com total profissionalismo, Fitzhugh parecia desconcertado. Ele estava com olheiras e manteve os braços cruzados, numa atitude defensiva. Havia algo no ar.

Milo prosseguiu em seu relato. A chegada ao Aeroporto JFK, o aluguel do carro, a viagem até o lago Hopatcong, o carro deixado a cerca de 800 metros da casa, a caminhada pelo bosque. Conforme fizera antes, Simmons não deixava o relato avançar rapidamente, pedindo detalhes a todo momento.

A conversa com Grainger foi relatada sumariamente.

— Ele estava com medo. Logo percebi. De início, ele afirmou que nada tinha a ver com o encontro de Tripplehorn com Ugrimov e o Tigre. Mas depois admitiu que sabia algo a respeito, mas disse que as ordens não tinham partido dele. Tinham vindo de cima.

— De quem?

Milo balançou a cabeça, olhando para Fitzhugh, que mordia o interior da boca.

— Ele não quis dizer — respondeu. — Deu a entender que se tratava de uma conspiração. Luta por poder... esse tipo de coisa. Disse que tudo fazia parte de um plano para atrapalhar o fornecimento de petróleo para a China.

— Você acreditou nele?

Milo hesitou, e então assentiu.

— Sim, eu acreditava nos objetivos. Mas acho que a linha de comando acabava nele. Na verdade, eu sei que acabava nele. Eu já falei o quanto ele ficou aborrecido quando Ascot assumiu o comando da Companhia.

— Sim — disse Simmons. — Eu li o relatório a respeito.

— Tom ficou apavorado. À época, eu achei que ele só estava preocupado com o setor dele, com o fato de que muita gente seria demitida. Talvez estivesse mesmo, mas aquilo não era motivo para aborrecê-lo daquele jeito. Ele ficou com medo de que o projetinho paralelo dele fosse por água abaixo. Quem escondeu de mim o dossiê do Tigre? Tom. Quem se certificou de que Angela e eu nunca nos uníssemos para pegar o Tigre? Tom.

— Sim — admitiu Simmons. — E quem entregou seu dossiê ao Tigre, para que ele, em algum momento, fosse atrás de você? — Quando Milo não respondeu imediatamente, ela mesma respondeu à pergunta: — Tom.

Milo balançou a cabeça.

— O tiro saiu pela culatra. Ele tomou as providências para que o Tigre tivesse o meu dossiê, e esperava que o próprio Tigre saísse no meu encalço.

— Tom achava que o Tigre mataria você.

— Sim.

— Continue.

Milo explicou que Grainger estava desesperado para se livrar da encrenca em que havia se metido.

— Qual é a melhor maneira de fazer isso? É empurrar a culpa para os superiores.

— Gente como nosso Sr. Fitzhugh, aqui? — sugeriu Simmons, sorrindo.

A princípio Fitzhugh não sorriu; então exibiu um sorriso forçado e inclinou o corpo para a frente.

— É isso, Milo? Grainger tentou manchar meu bom nome?

— Claro que tentou. Mas o que ele poderia fazer? Ele saiu acusando todo mundo. Todo mundo, exceto ele próprio.

— E aí você o matou — concluiu Fitzhugh, forçando o avanço da história.

— Sim. Eu o matei.

Simmons cruzou os braços e encarou Milo.

— Dentro da casa, ao lado da porta da rua, morreu mais uma pessoa. Tinha sangue por todo lado. Além disso, três janelas estavam quebradas. Na escada de acesso ao primeiro andar, foram encontrados sete projéteis.

— Sim. Foi Tripplehorn.

— Você o matou?

— Eu interroguei Tom durante algumas horas na noite de segunda-feira. Não sei como, mas, de algum jeito, ele contatou alguém. Talvez já esperasse minha vinda e tenha se preparado. O fato é que, de manhã, Tripplehorn apareceu. Ele me encurralou na escada, e eu tive a sorte de acertá-lo.

— Onde estava Tom quando isso aconteceu?

— Na cozinha. Acho que quebrou as janelas, na tentativa de escapar...

— Escapar? — interrompeu Simmons. — Mas as janelas foram quebradas do lado de fora!

Milo fez uma pausa, parecendo desconcertado, embora admirasse a memória detalhista de Simmons.

— Como eu disse, eu não sei. Tudo o que eu sei é que Tom saiu. Eu estava ao lado do corpo de Tripplehorn quando o vi correndo. Não pensei duas vezes. Eu estava furioso. Peguei o rifle de Tripplehorn, apontei e fiz dois disparos.

— Um na testa e outro no ombro.

Milo fez que sim.

— Ele estava correndo de costas para a casa?

— Sim.

— Mas os tiros o atingiram de frente.

Milo tentou disfarçar a satisfação. Primakov estava coberto de razão.

— Eu gritei o nome dele. Ele parou e virou de frente.

A expressão de Simmons sugeria que ela já sabia disso.

— Mas tem uma coisa estranha.

Milo, olhando para o tampo da mesa, não se deu ao trabalho de indagar qual seria essa coisa estranha.

— Você se livrou do corpo de Tripplehorn, mas não do de Grainger. Por que fez isso, Milo?

Ele evitou o olhar dela.

— Eu achei que, se me livrasse de Tripplehorn, a perícia identificaria as balas como tendo partido da arma dele. Eu deixaria de ser o alvo da caçada. Só esqueci que, na realidade, ele não existia. Ele fazia parte do esquema.

— Você quer dizer que ele era Turista?

Milo ergueu os olhos na direção dela enquanto Fitzhugh se ajeitava na cadeira, dizendo:

— Como assim, Janet?

— Vamos parar com a conversa-fiada? Nós sabemos dos seus agentes especiais há anos. Responda à pergunta.

Milo olhou para Fitzhugh em busca de orientação, e o veterano, ainda mordendo a parte interna da boca, finalmente fez que sim.

— Sim — confirmou Milo. — Ele era Turista.

— Obrigada. Agora que isso já está esclarecido, vamos prosseguir?

Ele disse que havia deixado o corpo de Tripplehorn nas montanhas, perto do lago Hopatcong, mas afirmou não se recordar do local exato. Em seguida, enviara a Tina um e-mail codificado, de um café onde havia acesso à internet.

— O tal churrasco — lembrou Simmons com um sorriso forçado. — Foi uma bela jogada. Só percebemos depois que Tina nos contou.

— Então vocês também sabem que foi um fracasso. Ela se recusou a ir embora comigo.

— Não tome isso como pessoal — retrucou Simmons. — Pouca gente estaria disposta a largar tudo e sumir.

— Em todo caso, fiquei num beco sem saída. Eu não queria fugir sem minha família, e minha família não queria fugir comigo.

— Então você foi de carro até Albuquerque — interrompeu Fitzhugh. — E se hospedou no Red Roof Inn.

— Isso mesmo.

— Essa informação já foi verificada? — perguntou Simmons.

Fitzhugh assentiu, e então ergueu os olhos, pois alguém bateu à porta. Ele abriu-a apenas alguns centímetros. A voz de um guarda pôde ser ouvida.

— Isso aqui é para a agente Simmons.

— A mando de quem? — indagou Fitzhugh, mas Simmons já estava de pé, escancarando a porta e pegando o envelope pardo que estava nas mãos do guarda.

— Esperem um segundo, senhores — pediu ela, e saiu para o corredor.

Fitzhugh olhou para Milo, emitindo um pesado suspiro.

— Que situação difícil!

— Como assim?

— Toda essa situação com Tom. Você imaginava que ele pudesse ser tão manipulador?

— Ainda mal consigo acreditar.

Simmons voltou, trazendo o envelope embaixo do braço. Suas faces, conforme os dois homens notaram, estavam rubras.

— Qual é a novidade? — perguntou Fitzhugh, mas ela o ignorou e voltou à sua cadeira. Encarou Milo enquanto refletia por um instante e, em seguida, colocou o envelope sobre a mesa, cobrindo-o com a mão.

— Milo, quero que você me explique o passaporte russo.

Ele queria saber o que continha o envelope, mas respondeu:

— Terence já me falou disso. É falso, algum engodo. Não sou cidadão russo.

— Mas seu pai é.

— Meu pai está morto.

— Então como ele apareceu na Disney há duas semanas e teve um encontro secreto com você?

— *O quê?* — indagou Fitzhugh.

Simmons o ignorou.

— Responda, Milo. Sua esposa talvez não seja o tipo de pessoa disposta a desaparecer com você, mas é tão humana quanto qualquer um de nós. Você a apresentou a Yevgeny Primakov sem dizer que ela estava sendo apresentada ao sogro. E há dois dias nós visitamos seu avô por parte de mãe. William Perkins. Sua memória melhorou agora?

Milo ficou sem ar. Seu couro cabeludo formigava. Como ela havia conseguido tal informação? *Confie em mim*, o pai lhe dissera, mas aquela revelação não podia fazer parte de algum plano. Ele se voltou para Fitzhugh:

— Nada tenho a declarar. Sou leal a este país e à Companhia. Não dê ouvidos a ela.

— Responda *a mim* — ordenou Simmons.

— Não — negou-se Milo.

— Milo — começou Fitzhugh —, eu acho melhor você...

— Não! — gritou ele e começou a se remexer na cadeira, o ruído das correntes preenchendo a saleta. — Não! Saiam já daqui! Essa conversa chegou ao fim!

Os guardas entraram logo, dois de uma vez, e seguraram Milo pelos ombros, mantendo-o sentado.

— Damos um fim nele? — perguntou um deles a Fitzhugh.

— Não — decretou Simmons, levantando-se. — Deixem-no aqui dentro. Terence, venha comigo.

Eles se foram, e Milo se acalmou nas mãos dos guardas. Aquilo não tinha sido planejado em absoluto; o rompante fora involuntário, uma reação nervosa à violação de um segredo. Agora eles sabiam. E não apenas eles, mas Tina também.

Ele se curvou até que a fronte tocasse o tampo da mesa. Tina sabia. Ela agora sabia o que o marido era e sempre fora. Um mentiroso.

Será que tudo aquilo ainda teria alguma importância? Tudo o que desejava era voltar para casa, mas agora, provavelmente, ele já não seria bem-vindo.

Sem se dar conta, começou a cantarolar. Uma melodia.

Je suis une poupée de cire,
Une poupée de son.

Parou, antes que a canção o destruísse completamente.

Através da porta fechada, ouviu Fitzhugh gritar algo indecifrável e passos se afastando. Simmons entrou sozinha, trazendo o envelope embaixo do braço, com as faces menos coradas. Dirigiu-se aos guardas:

— Desliguem as câmeras e os microfones. Todas. Depois que fizerem isso, batam três vezes na porta, mas não entrem. Ok?

Os dois homens assentiram, olhando para o prisioneiro, e então saíram.

Simmons se sentou diante de Milo, colocou o envelope sobre a mesa e esperou. Permaneceu em silêncio, e Milo apenas se mexeu na cadeira, buscando uma posição mais cômoda. As correntes fizeram um leve ruído. Resolveu não especular sobre o que estava acontecendo; as especulações estavam acabando com ele. Quando finalmente ouviram três sonoras batidas à porta, Simmons exibiu um sorriso terno. Ela empregaria aquela voz afável que usara em Blackdale, no Tennessee, a voz que aprendera no treinamento de interrogatório. Inclinou-se para a frente, no intuito de diminuir a distância psicológica.

Retirou as fotos, uma de cada vez, e as três ficaram lado a lado, viradas para Milo.

— Você reconhece esses homens, Milo?

Um restaurante... chinês. Dois homens trocando um aperto de mãos. Ele trincou os dentes, compreendendo finalmente a situação.

Você vai saber. Você vai saber quando chegar a hora da Terceira Mentira.

Quando ele falou, a voz estava rouca, em consequência dos gritos que dera há poucos minutos.

— A luz não está das melhores.

Simmons considerou a asserção como se fosse factual; não era.

— Bem, um deles parece o Terence, não é? — perguntou ela.

Milo concordou.

— O outro homem, o amigo dele... o rosto dele não parece familiar?

Milo fingiu examinar o rosto. E balançou a cabeça.

— É difícil dizer. Acho que não conheço o sujeito.

— É Roman Ugrimov, Milo. Com certeza você se lembra da cara dele.

Milo não queria admitir coisa alguma. Contraiu os lábios e balançou a cabeça.

Ela recolheu as fotografias e as reinseriu no envelope. Em seguida, cruzou as mãos junto aos seios, como se estivesse rezando. Sua voz era só ternura e suavidade.

— Nós estamos sozinhos aqui, Milo. Terence já nem está no prédio. Ele saiu de cena. Pode parar de protegê-lo.

— Eu não sei do que você está falando — respondeu ele, mas a voz saiu em forma de sussurro.

— Pare com isso, ok? — pediu ela suavemente. — Nada vai acontecer se você simplesmente me contar a verdade. Eu prometo.

Milo avaliou a afirmação, mostrou-se inclinado a dizer algo, e então mudou de ideia. Respirou fundo, emitindo um chiado.

— Janet, apesar de nossas diferenças pessoais, eu confio que você vai manter sua promessa. Mas isso talvez não seja o bastante.

— Para você?

— E para outras pessoas.

Janet reclinou-se na cadeira, semicerrando os olhos.

— Para quem? Para sua família?

Milo não respondeu.

— Deixe sua família por minha conta, Milo. Ninguém vai encostar um dedo sequer nelas.

Ele hesitou, como se Simmons houvesse tocado num nervo exposto.

— Então pare de protegê-lo, ok? — insistiu ela. — Ele não pode fazer nada. Ele nem pode nos ouvir. Você e eu, Milo, estamos completamente a sós. Conte para mim a verdadeira história.

Milo refletiu e fez um gesto negativo com a cabeça.

— Janet, a gente nunca está sozinho. — Ele soltou o ar, olhou de relance para a porta e se inclinou para a frente, para que a Mentira Número Três pudesse ser ouvida com clareza. — Eu fiz um trato com ele.

— Com Terence?

Milo fez que sim.

Ela o observou durante alguns instantes, e ele aguardou para ver se ela seria capaz de chegar às suas próprias conclusões.

— Para assumir a culpa pela morte de Grainger — sugeriu ela.

— Sim.

— E jogar em Grainger a culpa de tudo?

Milo não se deu ao trabalho de confirmar isso. Apenas disse:

— Ele prometeu que eu ficaria pouco tempo na prisão, e ele... — Milo engoliu em seco. — E ele deixaria minha família em paz. Então, se você pretende tomar alguma medida em relação a isso, é melhor que esteja disposta a dar a vida para proteger Tina e Stephanie.

16

Antes de entrar naquela sala de interrogatório, perto da Foley Square, ele já sabia que a situação se deteriorava rapidamente, graças àquela mensagem enviada por Sal:

```
Não fui descoberto. Minha última mensagem foi sobre
viagem de JS ao QG do DT. Como assim, informação
errada?
```

A resposta era trágica, de qualquer forma. Havia três possibilidades:

1. Não foi Sal quem mandou a mensagem. Ele teria sido descoberto, e alguém do Departamento de Segurança Nacional estaria enviando e-mails em nome dele para enganá-lo.
2. Sal mandou a mensagem, mas teria sido descoberto, e seus novos chefes estariam lhe ditando o que escrever.
3. Sal mandou a mensagem, mas não sabia que tinha sido descoberto. Alguém decidira enviar mais uma mensagem a Fitzhugh e vê-lo suar frio.

As três possibilidades eram péssimas.

Mas ele tinha se recomposto antes do interrogatório. A verdade era que nada poderia relacioná-lo ao Tigre nem à morte de Angela Yates nem a Grainger. A operação inteira partira de Grainger, que estava morto, o que significava que, além de Milo Weaver, nada poderia ameaçá-lo. O caso estava encerrado... o caso *deveria mesmo* estar encerrado.

Mas autoconfiança tem limite. Simmons conseguira surpreendê-lo com a revelação sobre a paternidade de Weaver. Como eles não tinham descoberto aquilo? Em seguida, ela pediu que ele saísse da sala.

— Por que dois assessores do senador Nathan Irwin interrogaram Tina Weaver sobre você? Pode me esclarecer essa questão?

— O quê? — Ele nunca tinha ouvido falar nisso. — Não sei do que você está falando.

O rosto de Janet Simmons reluziu de tão vermelho, como se tivesse sido esbofeteado violentamente.

— Você disse que nada sabia sobre Roman Ugrimov. Certo?

Fitzhugh assentiu.

— O que, eu suponho, quer dizer que você nunca esteve com ele.

— Exatamente. Do que você está falando?

— Então o que é isso? — Ela deixou que ele próprio abrisse o envelope. Ele retirou três fotografias ampliadas, do tamanho de uma folha A4. Um restaurante chinês, fotografado por uma câmera provida de lente grande-angular, escondida e direcionada a uma pequena mesa ao fundo.

— Você e Ugrimov me parecem bons amigos — disse Simmons.

A visão ficou embaçada no momento em que ele se lembrou da noite anterior. Fora apenas um equívoco, o homem que o havia confundido com outra pessoa. Ele tentou focalizar Janet Simmons.

— Quem te deu essas fotos?

— Não importa.

— É claro que importa! — gritou ele. — Isso é um embuste, não percebe? Essa foto foi batida ontem à noite! Esse sujeito... ele me confundiu com outra pessoa... foi isso que ele disse. Ele apertou minha mão e depois se desculpou, porque tinha pensado que eu fosse um tal de... — Ele tentou se recordar. — Bernard! Isso mesmo! Ele disse Bernard!

— Essas fotos foram batidas no ano passado, em Genebra — A voz serena dela estabelecia um contraste marcante com o destempero dele.

Então finalmente ele entendeu. Era ela. Era ela, desde sempre. Janet Simmons e o Departamento de Segurança Nacional queriam a cabeça dele. Por que, ele não sabia. Talvez uma revanche pela atuação de Sal. Tudo aquilo, a desculpa de querer ver Milo atrás das grades, de ter sido ludibriada por Tom Grainger, não passava de uma artimanha para distraí-lo do verdadeiro objetivo: acabar com Terence Albert Fitzhugh. "Deus do céu", ele pensou. Eles *nem queriam saber* do Tigre ou de Roman Ugrimov. A vítima era ele.

Enfim ocorreram-lhe algumas palavras.

— O que quer que você acha que sabe, é tudo fantasia. Eu não conheço Roman Ugrimov. Não sou o culpado nisso tudo. — Ele apontou para a porta. — *Aquele* é o culpado, Janet, e você pode falsificar as provas à vontade. Isso não vai alterar nada.

Em seguida, ele se retirou e se dirigiu a um bar repleto de turistas nas proximidades do hotel onde estava hospedado. Uísque era sempre sua escolha, pois era a bebida predileta de seu pai e seu avô, mas ao seu redor os idiotas que viviam abaixo da Linha Mason-Dixon bebiam cerveja, enquanto suas esposas bebiam *cooler* e riam das histórias dos maridos.

Como a situação se deteriorou com tamanha rapidez? O que ele fez de errado?

Tentou se distanciar, enxergar a situação de longe, mas era difícil. Ele sabia, inclusive em decorrência dos bons trabalhos que realizara na África, que atos bem-intencionados podiam merecer interpretações bastante díspares. Estaria cometendo erros de interpretação? Estaria atento à verdade por trás das evidências que desfilavam diante do seu nariz?

Depois das seis da tarde, alguém selecionou na jukebox uma canção da banda Journey, e aquilo era como uma deixa para que ele fosse embora. Fitzhugh se juntou ao fluxo dos turistas de fim de semana que se dirigiam aos shows da Broadway, desejoso de ser apenas mais um anônimo entre eles, mas ao chegar à esquina avistou um telefone público a um quarteirão do Mansfield e percebeu que isso não seria possível. Precisava de ajuda.

Enfiou moedas no aparelho e discou o número do qual tentava não abusar; o senador Irwin respondeu ao quinto toque, em tom displicente.

— Alô?

— Sou eu — disse Fitzhugh e se lembrou do nome que deveria falar: — Carlos. É o Carlos.

— Então, como vai você, Carlos?

— Nada bem. Acho que minha esposa descobriu tudo. Ela já sabe da garota.

— Eu já lhe disse, Carlos, você precisa parar com isso. Essa história não é boa para ninguém.

— E ela já sabe do senhor. — Silêncio. — Não vai ter problema — acrescentou Fitzhugh. — Mas acho que vou precisar de ajuda. O senhor sabe, alguém que me dê cobertura.

— Quer que eu mande alguém?

— Sim. Isso seria ótimo.

— Você ainda vai se encontrar com ela no hotel?

— Vou — confirmou Fitzhugh, contente com a paciência do senador. — Vou me encontrar com ela às... — Ele verificou o relógio, à luz do sol poente. — Ela vai estar lá hoje às dez horas.

— É melhor que seja às onze — retrucou o senador Irwin.

— Claro. Às onze, então.

O senador desligou primeiro, e Fitzhugh depositou no gancho o fone imundo, limpando as mãos na calça. Um mensageiro do hotel o reconheceu e o cumprimentou com um meneio de cabeça; ele retribuiu a saudação. Dispunha de cerca de cinco horas para ficar sóbrio; portanto, foi até o bar do Mansfield e pediu um café. Mas, depois de meia hora e de uma rápida conversa com a bartender de 21 anos, uma atraente e promissora atriz, ele mudou de ideia. Um pilequinho não seria sua ruína. Mais três doses de uísque, e ele subiu um tanto trôpego para o quarto.

O que fazer com Simmons? O senador tinha força suficiente para transferi-la para um daqueles melancólicos escritórios regionais do Departamento de Segurança, talvez lá para os lados de Pierre, na Dakota do Sul. Qualquer coisa que simplesmente a mantivesse longe até que a investigação fosse concluída e Weaver fosse condenado pela morte de Grainger. Ele já não apostava suas fichas na hipótese de Weaver ser espião russo... aquilo era um passarinho voando. O passarinho preso em sua mão era o assassinato e a bela confissão feita por Weaver. Ele poderia mudar a história no último minuto, é claro, mas com Simmons fora de cena, Fitzhugh poderia trabalhar com a versão já gravada. De fato, ele disse a si mesmo ao localizar ao lado da cama o que restara do uísque e se servir de mais uma dose, bastava remover Simmons da equação e isso tornaria todos felizes e seguros, inclusive o senador, que agora se mostrava tão irritado.

Pontualmente, às onze horas, uma batida à porta o despertou. Tinha começado a cochilar sem se dar conta. Pelo olho mágico, viu um homem da idade dele, com as têmporas grisalhas, um dos assessores do senador.

Abriu a porta e estendeu a mão, mas, quando se cumprimentaram, o sujeito não lhe disse o nome. Aqueles tipos eram assim mesmo: não usavam nomes. Fitzhugh trancou a porta, ligou a televisão para abafar qualquer ruído e ofereceu uma bebida, apontando para a garrafa. O homem recusou educadamente.

— Vamos logo ao que interessa — disse ele. — Conte-me tudo.

17

Na segunda-feira, trinta de julho, na manhã seguinte à terceira noite que Milo passou no CCM, a agente especial Janet Simmons chegou à verdade. A trilha que a levou a Milo Weaver tivera início na manhã anterior, domingo, quando o celular dela a despertara às cinco horas. Era o escritório local do Departamento de Segurança Nacional, informando que talvez ela se interessasse por uma chamada gravada pelo 911. Ela se interessou, de fato, e pegou um táxi até o hotel Mansfield.

Passara três horas examinando o quarto e os pertences de Fitzhugh. Com sua Canon, fotografou o bilhete deixado por ele. Teve uma longa conversa com o investigador da Divisão de Homicídios, um veterano com vinte anos de experiência e que já tinha visto de tudo. Aquele era mais um homem abatido naquela cidade que, quando não era arrebatadora, tornava-se prontamente depressiva. Um representante da Companhia chegou lá às nove horas, agradeceu-lhe a presteza, mas afirmou que a ajuda dela não seria mais necessária.

Simmons retornara ao Grand Hyatt, sentindo-se tão entorpecida quanto faminta. Tomou um café da manhã reforçado no restaurante panorâmico e refletiu sobre as informações que havia recolhido nos últimos quatro dias. De volta ao quarto, contemplou a foto de Terence Fitzhugh e Roman Ugrimov em Genebra, e então fez uma chamada para Washington. Foi informada de que o Serviço de Imigração tinha dados de voos para um tal Roman Ugrimov, que desembarcara no Aeroporto JFK na quinta-feira, 26 de julho, e partira num dos últimos voos de sábado, 28 de julho. No dia anterior.

Telefonou para George e pediu fotografias de Jim Pearson e Maximilian Grzybowski, assessores do senador Nathan Irwin, de Minnesota. Uma hora depois, as imagens estavam em sua caixa de entrada.

Por volta das quatro da tarde, ela já havia chegado em Park Slope, mas dessa vez não se preocupou em estacionar longe do apartamento. Encontrou uma vaga na Garfield, próxima à porta da rua, e tocou a campainha para avisar a Tina que tinha visita. Por causa das peças quebradas que precisaram ser jogadas fora, o apartamento agora estava mais arejado, mais leve. Um local agradável para se passar uma tarde de domingo. Simmons havia comprado uma caixa de biscoitos a caminho do apartamento, a fim de recompensar Stephanie por ter encontrado o isqueiro, e a menina ficou contente por ela ter se lembrado do feito. Em seguida, sentaram-se no sofá, e Simmons mostrou as fotos de Jim Pearson e Maximilian Grzybowski. Embora já esperasse por tal reação, Simmons sentiu um toque de desespero diante da negativa de Tina, que insistia que aqueles homens eram totalmente estranhos.

Mais tarde, Tina quis saber tudo sobre Yevgeny Primakov. Simmons não via motivos para esconder a ascendência de Milo, e então contou a história na íntegra. Quando concluiu, as três estavam admiradas com aquela mulher, Ellen, e com a vida que ela levara.

— Meu Deus! — exclamou Tina. — Isso é tão barra-pesada!

Simmons riu.

— Barra-pesada? — indagou Stephanie.

De volta ao hotel, Simmons passou grande parte da noite em meio a um acesso de raiva. Quando a surpresa (até admiração) se esgotara, raiva foi tudo o que lhe restou. Megalomaníacos não conseguem lidar com a ideia de não estarem pessoalmente no controle de todas as variáveis. A coisa piora quando eles percebem que, além de não estarem controlando a situação, outra pessoa está no comando, inclusive de seus movimentos.

No meio do ataque de fúria, ela utilizou o telefone do hotel para ligar para a telefonista das Nações Unidas e pedir o número de Yevgeny Primakov em Nova York. A telefonista disse-lhe que o Sr. Primakov deixara a cidade naquela manhã. Constava que estava de férias, mas que poderia ser contatado através do escritório de Bruxelas a partir de 17 de setembro. Simmons quase arrebentou o fone, tamanha a violência com que desligou.

Finalmente a raiva diminuiu, até porque ela estava exausta. Lembrou-se da energia renovada que sentira em Blackdale, no Tennessee. Fora naquela cidade que ela havia ligado os motores, e mantivera a mesma aceleração ao longo de um mês. Em algum momento haveria de faltar combustível; isso era perfeitamente razoável.

De manhã, ela pegou o metrô no sentido sul, até a Foley Square, entrou no Centro Correcional Metropolitano, esvaziou os bolsos ao se submeter ao esquema de segurança e pediu para falar com Milo Weaver.

Milo foi trazido, novamente algemado. Parecia cansado, mas saudável. Os sinais da tortura nas instalações do prédio da Avenue of the Americas não passavam de pequenos hematomas, e parecia até que ele ganhara um ou dois quilos. Seus olhos já não estavam congestionados.

— Oi, Milo — cumprimentou ela enquanto o guarda, ajoelhado, prendia as correntes à mesa. — Você parece bem-disposto.

— A comida é excelente — comentou ele, sorrindo para o guarda, que também sorriu enquanto se levantava. — Está firme, Gregg?

— Está sim, Milo.

— Ótimo.

Gregg deixou-os a sós e trancou a porta ao sair da sala, mas permaneceu ao lado da janela reforçada, de olho na cena. Simmons sentou-se e cruzou os dedos em cima da mesa.

— Você tem acesso ao noticiário aqui dentro?

— Gregg conseguiu o *Sunday Times* para mim — admitiu ele, e baixou o tom de voz. — Não espalhe, ok?

Simmons fez um gesto, como se uma chave imaginária trancasse seus lábios.

— Fitzhugh está morto. O corpo foi descoberto ontem de manhã, no quarto do hotel onde ele estava hospedado.

Milo pestanejou, surpreso... mas estaria mesmo surpreso? Simmons tinha suas dúvidas. Ela havia lido o dossiê dele e revelado os segredos de seu passado, mas Milo Weaver ainda era um enigma.

— É sério? — disse ele.

— Sim. É isso mesmo.

— Quem o matou?

— O legista diz que foi suicídio. A pistola estava registrada no nome dele, e havia um bilhete.

Milo se mostrou ainda mais surpreso, e novamente ela teve dúvidas. Ele assumiu um ar grave.

— O que o bilhete dizia?

— Muitas coisas. Um discurso meio divagante, caligrafia ruim, provavelmente escrito quando ele estava bêbado. O corpo estava impregnado de uísque. A maior parte do bilhete era dirigido à esposa. Pedindo desculpas por ser um mau marido, esse tipo de coisa. Mas algumas frases tratavam do caso. Disse que era responsável pela morte de Grainger. Disse que comandou Grainger desde o começo. Na verdade, tudo aquilo que Grainger disse para você. Aquelas coisas nas quais você disse que não acreditou.

— Tem certeza de que foi suicídio?

— Nada sugere o contrário. A menos que você esteja escondendo de mim alguma informação.

Milo fitou a superfície branca da mesa, respirando de maneira audível, pensando. Em quê?

— Tem uma coisa da qual eu só me dei conta no sábado à noite, provavelmente por volta da hora em que Fitzhugh morreu — comentou ela. — É uma coisa que põe tudo em xeque, e eu pretendo verificar isso ainda hoje.

— O que é?

— Um dia depois que você chegou ao escritório da Avenue of the Americas, Fitzhugh recebeu um envelope anônimo... esse seu passaporte. Tudo bem, mas ele nunca respondeu uma pergunta: quem enviou esse documento a ele?

— Eu também gostaria de saber isso.

Ela sorriu.

— Mas você já sabe, não? Foi seu pai. Yevgeny enviou o passaporte para que eu passasse a questionar toda sua história, encontrasse seu avô e chegasse a ele próprio.

Milo não respondeu. Apenas aguardou.

— Ele foi esperto — continuou ela. — Isso eu admito. Ele poderia ter enviado o envelope diretamente a mim, mas sabia que eu desconfiaria de um envelope anônimo. Em vez disso, enviou-o para Terence, sabendo que ele dividiria a informação comigo, com todo o prazer. Terence achou que aquilo acabaria com você, mas o efeito foi contrário. O passaporte me levou a Primakov, que tinha uma foto de Terence com Roman Ugrimov... E Roman, imagine só, estava na cidade também. Que coincidência, você não acha?

— Acho que você está se rendendo a teorias da conspiração, Janet.

— Talvez esteja — admitiu ela, porque em parte ela queria que aquilo não passasse de fruto de sua imaginação. A exemplo de Milo semanas antes, ela não gostava da sensação de estar sendo ludibriada. Ainda assim, ela sabia que aquilo era verdade. — Tem seu apelo poético — disse ela. — Seu pai nos envia algo capaz de expor você como espião russo, mas, em vez disso, o item acaba nos levando a provas contra Terence Fitzhugh. Seu pai deve te amar muito para se arriscar tanto assim.

— Isso é ridículo — protestou Milo. — Como ele poderia saber que você seguiria exatamente a trilha que ele pretendia?

— Porque seu pai sabia que o relacionamento entre o Departamento de Segurança e a Companhia é péssimo — afirmou ela prontamente, a resposta na ponta da língua. — Você mesmo deve ter comentado isso com ele. Primakov sabia que, se eu farejasse algum podre, começaria a cavar e pressionar a Companhia. No fim das contas, não havia podre algum, apenas um agente com uma infância secreta.

Milo considerou tudo isso, contemplando as próprias mãos algemadas.

— Talvez isso seja viável, Janet; pelo menos no seu mundo paranoico. Mas você nunca reuniu provas suficientes para incriminar Fitzhugh, não é? Era tudo circunstancial. Mas, mesmo assim, Fitzhugh acabou se matando. Ninguém poderia ter previsto isso.

— Se é que ele se matou.

— Pensei que você acreditasse nisso.

— Fitzhugh — declarou Simmons — era uma velha raposa e não faria uma coisa dessas. Ele lutaria até o fim.

— Então quem o matou?

— Quem sabe? Talvez seu pai tenha feito o serviço. Ou talvez minha investigação estivesse deixando alguém acima de Fitzhugh meio tenso. Ele deixou bem claro, no bilhete, que a coisa parava nele. Você acredita nisso? Você acredita que ele não passasse de um gerente corrupto que resolveu desestabilizar países africanos no intuito de prejudicar o fornecimento de petróleo para a China?

Os ombros de Milo se curvaram, e ele assumiu uma postura abatida.

— Não sei o que pensar, Janet.

— Então talvez você possa me responder uma pergunta.

— Você me conhece, Janet. Estou sempre disposto a colaborar.

— O que você fez naquela semana em Albuquerque?

— Como já disse, eu bebi. Eu bebi, comi, caguei e pensei. E depois peguei o avião para Nova York.

— É — retrucou ela, levantando-se. Estava farta daquilo. — Eu pensei que você diria exatamente isso.

Os

PRIMÓRDIOS do TURISMO

DE SEGUNDA-FEIRA, 10 DE SETEMBRO,
A TERÇA-FEIRA, 11 DE SETEMBRO DE 2007

1

Ele soube desde o início como aquilo acabaria, apesar do medo e da incerteza gerados pelo severo regime prisional. Aquilo era perfeito para despertar dúvidas sobre tudo que dissesse respeito ao mundo exterior, mesmo no caso de uma velha raposa russa. A penitenciária determinava: *acordar a tal hora; comer a tal hora. Ao meio-dia é hora de fazer exercícios físicos no pátio.* No pátio, a mente vaga além dos muros, postulando e especulando sobre o que estaria ocorrendo fora dali naquele exato momento, mas o indivíduo é logo perturbado pela rotina de socialização dos detentos. Uma gangue de latinos diz que basquete não é o seu jogo, uma gangue de negros diz que a arquibancada onde ele estava sentado pertencia aos negros. Os *skinheads* dizem que você vai andar com eles, pois você é irmão, é branco. Se, conforme Milo fez, o indivíduo rejeita tudo e todos, afirmando que não quer pertencer a facção alguma, a mente errante volta ao interior dos muros e se dedica à sobrevivência.

Nas três primeiras semanas do período de um mês e meio em que esteve encarcerado, Milo foi vítima de três atentados. O primeiro foi cometido por um fascista calvo que considerava as próprias mãos uma arma, mas Milo as esmagou na grade da cela de um vizinho. Em outras duas ocasiões, internos avançaram nele com punhais feitos a partir de talheres, enquanto Milo era imobilizado por seus comparsas. Milo foi parar na enfermaria, com o peito, as coxas e as nádegas marcadas.

Dois dias mais tarde, o agressor, ex-capanga de uma organização criminosa de Newark, apareceu morto, estrangulado embaixo da arquibancada dos negros. Um muro de silêncio foi construído em torno de Milo Weaver.

Ele era um espinho no pé, os internos comentavam entre si, mas às vezes é melhor não mexer no espinho, pois ele pode infeccionar.

A agente Janet Simmons o visitava regularmente. Seu intuito era checar os detalhes da história de Milo, às vezes algo sobre o pai dele, outras, a respeito de Tripplehorn, cujo corpo fora descoberto nas montanhas Kittatinny, a oeste do lago Hopatcong. Ele perguntava sobre Tina e Stephanie, e ela sempre dizia que estavam bem. Por que não vinham visitá-lo? Simmons ficava constrangida.

— Acho que Tina pensa que seria difícil para Stephanie.

Depois de três semanas, quando ele estava na enfermaria cuidando de mais um ferimento, Tina finalmente apareceu. O enfermeiro o conduziu, numa cadeira de rodas, até a sala de visitação, e eles falaram através de um telefone, separados por um vidro à prova de bala.

Apesar das circunstâncias (ou seria por causa delas?), Tina parecia estar bem. Tinha perdido alguns quilos, fato que lhe acentuava as maçãs do rosto de um modo que ele nunca vira antes. A todo momento, ele tocava no vidro que os separava, mas ela não se rendia àquela ridícula expressão de desejo. Quando ela falou, era como se estivesse lendo um texto previamente elaborado.

— Não estou entendendo nada do que está acontecendo, Milo. E não vou fingir que estou. Primeiro você diz a todo mundo que matou Tom; depois, Janet Simmons diz que você não matou. Qual das duas afirmações é mentirosa, Milo?

— Eu não matei Tom. Essa é a verdade.

Ela exibiu um sorriso forçado. Talvez a resposta fosse um alívio; ele nada podia perceber na expressão do rosto dela.

— Sabe, o engraçado é que eu saberia lidar com isso — retrucou ela. — Eu poderia lidar com o fato de você ter matado o padrinho de Stephanie. Faz muitos anos que eu tenho confiança de sobra em você, e eu acreditaria que você o matou por um bom motivo. Eu acreditaria que o assassinato teria uma justificativa. Você entende? Isso é confiança. Mas a outra coisa... Seu pai. Seu *pai*, Milo. Deus do céu! — Se ela contava com um discurso previamente elaborado, começava a perder o rumo. — Quanto tempo mais você pretendia esperar para me contar essa merda? Quanto tempo demoraria para Stephanie saber que tem um avô?

— Sinto muito — desculpou-se ele. — É que... eu escondi a verdade desde a infância. Eu menti para a Companhia. Com o tempo, aquilo se tornou uma verdade para mim.

Havia lágrimas em seus olhos, mas ela não estava chorando. Não se permitiria cair em prantos, não na sala de visitação de uma penitenciária de Nova Jersey.

— Isso não basta. Você entende? Só isso não basta.

Ele tentou mudar de assunto.

— Como vai Stef? Do que ela já sabe?

— Ela acha que você está trabalhando. Um trabalho demorado.

— E?

— E... o quê? Você quer que eu diga que ela está com saudade do pai? Sim, ela está. Mas quer saber de uma coisa? O pai biológico dela, Pat, está sendo uma revelação. Ele a apanha na casa da babá e até cozinha. Está se mostrando um cara bem legal.

— Que bom — retorquiu ele, embora não achasse isso. Se Patrick fizesse Stephanie feliz, tanto melhor, mas Milo não confiava que ele fosse ficar por perto durante muito tempo. Não era uma pessoa constante. Sem se conter, ele fez a pior das perguntas:

— Você e ele...?

— Se estivéssemos, isso já não seria da sua conta, seria?

Aquilo já era demais. Começou a se levantar, mas o ferimento causado pela faca em seu peito fez com que ele se contraísse. Tina notou a dor estampada em sua fisionomia.

— Ei! Está tudo bem com você?

— Estou bem, sim — mentiu ele, desligando o telefone e chamando o guarda para que o empurrasse de volta à enfermaria.

No dia dez de setembro, uma segunda-feira, ele recebeu a última visita da agente Janet Simmons. Ela afirmou que finalmente as provas haviam se encaixado. Não disse por que o processo demorara tanto tempo. O sangue encontrado na casa de Grainger era o mesmo do corpo encontrado nas montanhas. Ela trocara alguns favores com os franceses e obtivera um exame de DNA, que relacionou o corpo ao frasco de soníferos encontrado no apartamento de Angela Yates em Paris.

— Eu não entendo, Milo. Você é inocente. Você não matou Grainger nem Angela. E, quanto ao Tigre, ainda não sei o que pensar.

Prestativo, Milo disse:

— Também não o matei.

— Então tudo bem. Você não matou ninguém. E sei, com certeza, você não fez trato algum com Fitzhugh para proteger sua família... aquilo foi só para despistar.

Milo não respondeu. Ela se aproximou do vidro.

— A questão é a seguinte: por que você não foi sincero comigo? Por que todo o trabalho de desinformação? Por que seu pai precisou me manipular? Isso é humilhante, porra! Eu sou uma pessoa razoável. Eu teria escutado.

Milo refletiu sobre a questão. Durante as horas que passara no 19º andar, ele bem que quis se abrir com ela. Mas lembrou-se do motivo pelo qual não o fizera.

— Você não teria acreditado em mim.

— Talvez eu tivesse. Pelo menos eu teria conferido sua versão.

— E não encontraria prova alguma. — Ele se lembrou do que o Tigre lhe dissera dois meses e uma vida inteira atrás. — Eu precisava ser evasivo, pois nenhum agente lúcido acredita no que lhe dizem. O único jeito de fazer com que você acreditasse em mim era deixar que descobrisse tudo sozinha, pensando que jamais fosse minha intenção conduzi-la à verdade.

Ela o encarou, talvez se sentindo manipulada, talvez se sentindo idiota; ele não tinha como saber. Naquele momento, sabia de pouca coisa.

— Ok. E esse senador? Seu pai enviou uns caras que se passaram por assessores de um senador, Nathan Irwin, e que mais tarde fingiram ser agentes da Companhia. Por que me direcionar para um senador?

— Isso você vai ter que perguntar a ele.

— Você não sabe?

Milo fez que não.

— Suponho que o senador esteja relacionado com tudo isso, mas meu pai nunca me disse nada.

— O que ele disse?

— Que eu confiasse nele.

Ela meneou a cabeça lentamente, como se confiança fosse um conceito difícil de engolir.

— Bem, parece que funcionou, no fim das contas. E amanhã, depois que a papelada for processada, você estará livre.

— Livre?

— Você foi liberado, não foi? — Ela se reclinou na cadeira, com o telefone pressionado ao ouvido. — Eu vou entregar ao guarda um envelope com dinheiro. Não vai ser muito, mas será suficiente para você comprar uma passagem de ônibus para onde quiser ir. Você tem para onde ir?

— Eu tenho um lugar em Jersey.

— Ah, certo. O apartamento dos Dolan. — Ela olhou para a moldura do vidro à prova de bala. — Faz algum tempo que não falo com Tina. Você vai procurá-la?

— Ela está precisando de um tempo.

— Provavelmente você tem razão. — Ela fez uma pausa. — Acha que valeu a pena?

— O quê?

— Todo aquele mistério sobre seus pais. Aquilo interrompeu sua carreira, e Tina está... bem, é possível que você tenha acabado com seu casamento.

Milo não hesitou ao responder, pois havia refletido muito sobre o assunto enquanto esteve preso.

— Não, Janet. Não valeu a pena. Com certeza não.

Despediram-se com palavras educadas, e Milo voltou à cela a fim de reunir os poucos pertences. Escova de dentes, alguns romances e seu caderno de anotações. Tratava-se de uma caderneta na qual começara a transformar o mito em realidade. Na folha de rosto, escrevera: LIVRO NEGRO.

Se houvessem examinado a caderneta, os guardas ficariam perplexos diante dos números de cinco dígitos que preenchiam aquelas páginas. Eles se referiam a páginas, linhas e números de palavras de uma edição do guia de viagem *Lonely Planet*, pertencente ao acervo da biblioteca da penitenciária. O tom elegante da versão decodificada surpreenderia qualquer pessoa que conhecesse Milo Weaver:

> O que é o Turismo? A ladainha já é conhecida: Langley informa que o Turismo é a espinha dorsal de seu paradigma de prontidão, a pirâmide de resposta imediata, ou seja lá qual for a nomenclatura por eles empregada em determinado ano. E que você, na condição de Turista, é o pináculo do trabalho autônomo de inteligência na contemporaneidade. Que você é um diamante. De fato.

Tudo isso talvez seja verdadeiro. Nós, Turistas, jamais conseguimos pairar acima do caos, a fim de encontrar a ordem que nele existe. Bem que tentamos, e isso faz parte da nossa função, mas cada fragmento de ordem que encontramos está ligado a outros fragmentos de ordem, numa metaordem controlada por uma meta-metaordem. E assim por diante. Essa é a esfera dos políticos e dos acadêmicos. Convém delegar isso a eles. Lembre-se: sua função primária enquanto Turista é permanecer vivo.

2

Entre os pertences devolvidos quando ele foi libertado estava o iPod. Um dos guardas o havia utilizado esporadicamente nos últimos dois meses e, portanto, o aparelho estava carregado. No ônibus, Milo tentou em vão se animar com a seleção de músicas francesas. Ouviu alguns segundos do canto de cada uma daquelas beldades que faziam com que os anos 1960 parecessem uma época bastante divertida e chegou à canção "*Poupée de cire, poupée de son*". Mas não conseguiu ouvi-la por completo. Não chorou... sequer conseguia chorar, mas aquelas melodias otimistas nada mais tinham a ver com a vida dele. Percorreu o playlist e optou por algo que não escutava havia muito tempo: Velvet Undergound.

Aquilo, sim, parecia refletir o mundo dele.

Não foi diretamente ao apartamento dos Dolan. Em vez disso, desceu do ônibus na sede da Autoridade Portuária e pegou o metrô até Columbus Circle. Comprou Davidoffs e saiu caminhando a esmo pelo Central Park. Encontrou um banco no meio de tantos outros, cercados de famílias e crianças, turistas espalhados por toda parte, e se pôs a fumar. Olhou o relógio, avaliando a hora, e fez questão de jogar a guimba de cigarro numa lixeira. Paranoia, talvez, mas não queria ser pego por jogar detritos fora do local adequado.

No ônibus, percebeu a presença do sujeito que o seguia. Um jovem de 20 e poucos anos, de bigode, pescoço fino, portando um telefone do qual enviava diversas mensagens de texto. Quando Milo desceu do ônibus e se dirigiu ao metrô, o jovem o seguira, passando, em determinado momento, informações aos superiores pelo telefone. Milo não o reconheceu, mas supunha que, no último mês, o Departamento de Turismo tivesse sido esvaziado e reabastecido com muitas caras novas. A presença do agente que o seguia não o incomodou, pois a Companhia só estava se certificando de que ele saía de cena. Eles não queriam mais encrenca com Milo Weaver.

Em seus ouvidos, Lou Reed cantava sobre botas de couro reluzentes.

Agora, enquanto ele caminhava em direção ao leste na extremidade sul do parque, o sujeito o seguia meio quarteirão atrás. Bom agente, ele pensou. Nunca se aproxime demais. Milo saiu do Central Park e, depois de caminhar dois quarteirões, entrou na estação da rua 57, onde pegou o trem F, em direção ao centro da cidade.

Dispunha de tempo e, portanto, não se incomodou com o fato de que o F parasse em todas as estações a caminho do Brooklyn. Passageiros entravam e saíam, mas o rapaz que o seguia, posicionado no fundo do vagão, permanecia onde estava. O único movimento que ele fez foi para ocupar um assento que ficou vago, embora Milo não tivesse notado o deslocamento.

Milo finalmente levantou-se quando as portas se abriram na estação da Sétima Avenida, e, ao olhar para trás, surpreendeu-se com o fato de que o rapaz havia desaparecido. Teria saído do metrô antes? Milo pisou na plataforma e levou um esbarrão de alguém que corria para entrar no vagão. Ergueu os olhos no momento em que as portas do trem voltavam a se fechar. O rapaz que o seguira olhava para ele através das janelas arranhadas. O jovem sorriu para ele e deu um tapinha no bolso do paletó. O trem se pôs em movimento.

Confuso, Milo apalpou os bolsos e sentiu a presença de algo estranho. Retirou do bolso um Nokia pequeno e preto, que nunca tinha visto antes.

Subiu a escada de acesso ao metrô e seguiu pela Sexta Avenida, atravessando a Garfield com pressa. Teve sorte, pois ninguém telefonou. Finalmente chegou à escola Berkeley Carroll.

Era quase a hora da saída, e dois quarteirões estavam engarrafados com os carros que circundavam a escola. Ele ignorou os outros pais aglomerados na calçada, conversando sobre trabalho, empregadas domésticas e notas, e vislumbrou um local discreto, ao lado de um olmo sombrio, acariciado pelo sol.

Enquanto a campainha da escola soava e a pequena multidão se agitava, o telefone dele tocou. Milo verificou o visor e, conforme esperava, lia-se ali NÚMERO RESTRITO.

— Alô?

— Tudo bem com você? — perguntou seu pai, em russo.

Milo não se animou e preferiu falar inglês.

— Ainda estou respirando.

Do outro lado da rua, crianças com belas mochilas saíam da escola e se misturavam à aglomeração de pais.

— Não era para ter demorado tanto — disse Primakov —, mas não tive como controlar a situação.

— É claro que não.

— Eles disseram alguma coisa sobre um trabalho?

— Ainda não.

— Mas vão dizer — garantiu Primakov. — Você sabe que vai ser alocado para o Turismo, não sabe? É a única coisa que eles podem fazer. Você foi inocentado de assassinato, mas nenhuma instituição gosta de ver suas próprias falhas apontadas assim, na cara.

Milo estava na ponta dos pés, fitando a multidão. Avistara Stephanie em meio às crianças. Seus cabelos haviam crescido, de maneira que já não restava qualquer evidência da apresentação feita por ela no Dia da Independência. Stef era mesmo linda, muito mais do que sua memória entorpecida pela prisão pudera registrar. Conteve o impulso de atravessar a rua e pegá-la no colo.

— Milo?

— Eu sei de tudo isso — afirmou ele, irritado. — E sei também que devo aceitar a oferta. Você está satisfeito?

Stephanie parou, deu meia-volta, a fim de olhar em torno de si, e então sorriu, reconhecendo alguém. E correu em direção a... Patrick, que saía de seu Suzuki.

— Escute — disse Primakov ao ouvido dele. — Milo, você está me ouvindo? Eu não queria que acabasse assim. Mas não tem outro jeito. Você entende, não é? Grainger era peixe pequeno, Fitzhugh também. O problema não é um grupinho de pilantras; é institucional.

Patrick pegara Stephanie no colo e a beijara, e agora a levava de volta ao Suzuki.

— Então o que você quer é que eu derrube a CIA inteira. — O tom de voz de Milo era enfadonho.

— Não seja ridículo, Milo. Isso jamais aconteceria, e nem quero que aconteça. Tudo o que eu quero é um pouquinho de cooperação internacional.

Isso é tudo que qualquer um de nós deseja. E já que você não quer aceitar o cargo nas Nações Unidas...

— Não vou ser seu funcionário, Yevgeny. Só um informante. E você só vai ficar sabendo aquilo que eu decidir que deve ser revelado.

— É justo. E se eu puder fazer qualquer coisa para ajudá-lo... eu posso falar com Tina. Ela pode vir a cooperar. Ela é inteligente; vai entender.

— Eu não quero que ela entenda.

— O quê? Como assim?

— A vida dela já está suficientemente atribulada. Não quero prejudicá-la por saber demais.

— Não a subestime — aconselhou o pai, mas Milo já não estava escutando. Já escutara o velho durante uma semana inteira em Albuquerque, todos aqueles esquemas e acordos. O que lhe restava agora?

O Suzuki passou a integrar o desfile de carros que levava as crianças para casa, e ele notou que no banco traseiro havia uma caixa embrulhada para presente, para o aniversário de sua filha.

— Milo? Você ainda está aí?

Mas Milo escutava apenas a Grande Voz, aquela que falava com a estranha entonação de sua mãe. Naquela cela do 19º andar, a voz repetira infinitas vezes que tudo aquilo estava errado, mas ele não lhe dera ouvidos. Mas agora: *lá se vai sua última esperança.*

Ouviu a voz de Einner: *aposto que o Livro tem algo a dizer sobre esperança.*

E a dele: *o livro diz que não se deve depender dela.*

Era exatamente a mesma situação de seis anos atrás, em Veneza, quando ele se esvaía em sangue no escaldante calçamento de pedra. Uma mulher grávida gritava, enquanto em suas entranhas uma criança se debatia para sair. Ele pensara que era o fim, mas estava enganado. Tudo... tudo o que realmente importava... estava apenas começando.

Um pingo de filosofia turística lhe ocorreu e, pela primeira vez, Milo retrucou algo àquela voz desalentada que vivia dentro dele: nós não precisamos de esperança, Mãe, porque não existe o fim.

— O que foi que você disse? — indagou Yevgeny.

O Suzuki virou à esquina. Eles se foram.

Este livro foi composto na tipologia Minion Pro
Regular, em corpo 11/15, e impresso em
papel off-white no Sistema Cameron da
Divisão Gráfica da Distribuidora Record.